AGENT RUNNING IN THE FIELD

에이전트 러너

JOHN LE CARRÉ

AGENT RUNNING IN THE FIELD

존 르 카레 장편소설 | 조영학 옮김

알에이치코리아

제인에게

계획에 없는 만남이었다. 내게도, 에드에게도. 그게 누군지는 모르겠지만, 아무튼 뒤에서 에드를 조종하는 사람도 마찬가지였다. 은밀한 감시자도, 노골적인 감시자도 없었다. 그저 그가 배드민턴 한 게임 치자며 도전해 왔고, 나는 받아들였을 뿐이다. 우리는 시합을 했다. 계략도 모의도 공모도 없었다. 내 삶에서 일어나는 사건들로 말하자면—그나마 요즘엔 사건이라 할 만한 것도 거의 없지만—별다른 해석의 여지가 없는 일들이다. 우리 만남도 그런 작은 사건의 하나다. 아무리 다그쳐도 내 대답이 요지부동인 이유도 그래서다.

토요일 저녁, 나는 배터시 아틸레티쿠스 클럽의 실내 수영장 옆 푹신한 접의자에 앉아 있었다. 명예 회장이라지만 별 의미는 없는 직함이다. 회원실은 천장이 높고 휑뎅그렁했다. 양조장을 개조한 곳으로, 한쪽에는 풀장이 있고 반대편에 바가 들어와 있다. 그 사이의 통로는 각각 탈의실 공간과 샤워장으로 이어진다.

풀장을 향해 앉은 터라 바 쪽은 보이지 않았다. 바 너머에 회원실 입구가 있고 문을 나서면 로비가 펼쳐진다. 출구는 로비 반대편이다. 그러니 내가 앉은 자리에서는 누가 회원실에 들어오는지, 누가 로비에서 어슬렁거리고 코트를 예약하는지, 누가 클럽 순위 명부에 이름을 적는지 알 도리가 없다. 바에는 손님이 많았다. 젊은 여성들이 애인과 함께 물장구를 치며 수다를 떨고 있었다.

나는 배드민턴 운동복 차림이었다. 반바지, 헐렁한 스웨터, 운동화. 새 운동화는 발목이 편하다. 한 달 전쯤 에스토니아의 숲을 산책하다가 삐끗한 왼쪽 발목의 통증을 달래기 위해 구입한 것이다. 오랫동안 외국을 돌아다니며 시답잖은 일들을 처리한 후 지금은 국내 휴가의 달콤함을 만끽하는 중이다. 업무에 먹구름 한 조각이 걸려 있기는 하지만 애써 무시하고 있다. 월요일이면 임시 해고 상태가 될 것이다. 그러라지. 주문처럼 그 말을 되뇐다. 내 나이 마흔일곱, 그동안 꽤 괜찮은 성과를 내왔다. 그 대가를 누릴 것이기에 불만은 없다.

나이도 많고 발목도 말썽이지만 나는 클럽 챔피언 자리를 지키고 있다. 지난 토요일에도 실력 있는 청년들을 상대로 단식 우승컵을 거머쥐었다. 단식은 대체로 발 빠른 20대가 유리하지만 용케 자리를 지켜낸 것이다. 오늘은 클럽 전통에 따라 왕좌에 오른 새 챔피언으로서 강 건너 첼시에 있는 경쟁 클럽 챔피언을 상대로 친선경기를 벌였고, 무난하게 승리를 거두었다. 젊고 체격 좋은 인도 출신의 야심만만한 바리스타. 그 친구도 지금 커다란 맥주잔을 들고 내 옆에 앉아 경기를 복기하고 있다. 마지막 순간 궁지에 몰리기는 했어도, 그간 축적된 노련미에 약간의 행운까지 겹쳐 나는 승기를 잡았다. 어쩌면 이 단순한 사실들 때문에 에드가 도전장을 던졌을 때 별 고민 없이 수락했는지도 모르겠다. 물론, 비록 임시지만 해고는 해고이고 삶은 삶이라는 생각도 한몫했고.

나는 패자 친구와 잡담을 나누는 중이다. 어제 일처럼 기억이 생생하다. 대화 주제는 각자의 부친이다. 알고 보니 두 분 모두 배드민턴 선수였다. 그의 부친은 전 인도 챔피언십의 이인자였고, 내 아버지는 싱가포르 주둔 당시 딱 한 번 영국 육군 챔피언으로 전성기를 구가했다. 그렇게 서로의 기억을 나누고 있는데, 카리브 출신의 접수원이자 회계원인 앨리스가 성큼성큼 진격해 들어왔다. 키가 무척 크고 별다른 특징이 없는 한 젊은이와 함께였다. 앨리스는 예순 먹은 괴짜에, 몸이 뚱뚱하고 늘 숨을 가쁘게 몰아쉬는 사람이다. 나와 더불어 클럽의 최장수 멤버이기도 하다. 나는 회원으로서, 앨리스는 직원으로서. 내가 이 세상 어디에 가 있든 우리는 어떻게든 서로에게 크리스마스카드를 보내곤 한다. 내 카드는 장난기로 가득한 반면 그녀의 카드는 늘 경건하기 그지없다. 내가 '진격'이라고 표현한 건, 정말 그 단어가 딱 들어맞아서다. 앨리스를 필두로 두 사람이 뒤쪽에서 진격해 들어왔다. 성큼성큼 내 앞으로 나아오더니 돌아서서 내 얼굴을 마주하는 두 사람의 동작이 거울처럼 일치했기에 어딘가 코믹해 보이기도 했다.

"내트 선생님." 앨리스가 과하다 싶게 예의를 차리며 입을 연다. 그녀에겐 '내트 경'이라는 호칭으로 불리는 경우가 잦은데, 오늘 저녁만큼은 나도 평범한 선생님인 모양이다. "여기 미남 청년이 개인적으로 드릴 말씀이 있답니다. 영광의 순간을 방해해서 죄송하다는 인사도 할게요. 이름은 에드예요. 에드, 내트 선생님께 인사드려요."

앨리스 뒤편으로 두 걸음 떨어져 서 있던 에드의 모습을 나는 오랫동안 잊지 못할 것이다. 180센티미터가 넘는 키에 안경을 쓰고 표정은 살짝 어눌한 청년. 어딘가 쓸쓸해 보이기도 하고 미소는 어색하기 짝이 없었다. 경쟁이라도 하듯 두 방향에서 나온 빛이 에드를 어떻게 비추었는지 지금도 생생하게 기억난다. 바의 오렌지색 빛줄기는 그를 마치 대천사처럼 보이게 했고, 풀장의 하향등은 그의 실루엣을 실제보다 커다랗게 만들어주었다.

청년이 앞으로 나서자 비로소 사람 같아 보인다. 성큼성큼, 어색한 걸음. 왼발, 오른발, 정지. 앨리스가 그를 재촉한다. 나도 멋쩍게 미소까지 지으며 그의 말을 기다린다. 적어도 190센티미터? 헝클어진 짙은 머리칼. 커다란 갈색 눈은 안경 때문인지 신중하면서도 초연해 보인다. 무릎길이의 흰색 스포츠 바지 차림인데, 주로 요트족이나 보스턴 갑부 2세들이 즐겨 입는 종류다. 스물다섯쯤 됐으려나? 하지만 이런 학생 같은 외모는 실제보다 더 어려 보이기도, 나이 들어 보이기도 하는 법이다.

"선생님?" 마침내 그가 입을 연다. 썩 공손한 태도는 아니다.

"내트라 불러도 되네." 내가 다시 미소를 지으며 대답한다.

에드는 잠시 생각에 잠긴다. 내트라고 부르라고? 살짝 인상을 찌푸리자 매부리코에 주름이 잡힌다.

"음, 전 에드라고 합니다." 이런, 이름이야 방금 앨리스가 알려줘서 알고 있다. 최근 잉글랜드로 돌아와 느낀 점인데, 이곳에서는 아무도 성을 밝히지 않는다.

"에드, 나한테 볼일이 있다고?" 내가 가볍게 되묻는다.

그는 다시 머뭇거리는가 싶더니, 이윽고 불쑥 내뱉는다.

"선생님과 겨루고 싶습니다. 챔피언이시니까요. 문제는, 제가 이곳에 가입한 지 얼마 되지 않았습니다. 그러니까…… 지난주에 들어왔죠. 순위 명부에 이름도 올리고 절차는 다 이행했습니다. 그놈의 명부에 이름 올리는 데만 몇 달은 걸린 기분이네요." 봇물 터진 듯 말을 쏟아내더니 이번에는 잠시 입을 다물고 우리 둘을 번갈아 바라본다. 처음에는 패자를, 이어서 나를.

딱히 이의를 제기한 것도 아니건만 나를 설득하기라도 하려는 듯 그가 말을 잇는다. "제가 클럽 규칙을 잘 몰라서요. 그럴 수밖에요. 앨리스한테 물었더니 선생님께 여쭈라더군요. 좋은 분이시라면서. 그래서 여쭙는 겁니다." 긴장했는지 그의 목소리가 조금 높아진다. 이어 잠시 말을 끊었다가, 부연 설명이 필요하다고 생각했는지 이렇게 덧붙인다. "선생님 게임은 봤습니다. 선생님이 이긴 선수 둘을 저도 이기고 선생님이 진 선수도 한두 명 이겼으니 얼추 상대는 될 겁니다. 좋은 경기를 보여드리겠습니다. 정말 좋은 경기가 될 거예요."

그런데 저 목소리. 저 목소리를 어디서 들어봤더라? 영국에는 사람 말투로 사회 계급을 가늠하는 유서 깊은 놀이가 있지만 난 솜씨가 젬병이다. 너무 오래 해외를 전전한 탓이리라. 하지만 내 외동딸이자 평등주의자인 스테파니라면 에드의 말투도 그럭저럭 들을 만하다고 여기겠거니 싶다. 말인즉슨, 사교육을 받은 티가 별로 나지 않는다는 뜻이다.

"어디서 뛰어봤는지 물어도 되겠나, 에드?" 내가 묻는다. 이 바닥에서야 기본적인 질문이다.

"여기저기. 괜찮은 상대가 있으면 어디든 갑니다." 그러곤 덧붙인다. "그러다가 선생님이 이곳 회원이라는 얘기를 들었죠. 어떤 클럽에서는 돈을 내고 경기를 할 수 있는데 여긴 아니더군요. 일단 가입부터 해야 했죠. 뭔가 사기당하는 기분이었지만 그래도 했습니다. 어지간히 비싸더군요, 빌어먹을."

"아, 돈을 쓰게 해서 미안하군." 나는 최대한 상냥하게 대꾸한다. '빌어먹을'은 그러려니 하고 넘어가자. 얘기나 얼른 끝내고 싶다. 바에 앉은 사람들도 흥미가 동하는지 이쪽으로 관심을 돌리고 있지 않은가. "시합을 원한다면 좋네. 조만간 날짜를 정하지. 기대되는군."

하지만 에드한테는 이 대답이 썩 만족스럽지 않은 모양이다.

"언제가 좋을까요? 날짜를 정하시죠. '조만간' 같은 거 말고요."
그 말에 바에서 웃음이 터진다. 인상을 찡그리는 것을 보니 에드는 그 웃음이 탐탁지 않은 모양이다.

"아무래도 한두 주 안으로는 어렵겠는데, 에드. 중요한 선약이 있어서. 오래전부터 계획한 가족 휴가가 잡혀 있거든." 나는 솔직하게 대답한다. 미소를 기대하지만 에드의 눈빛은 여전히 딱딱하기만 하다.

"언제 돌아오십니까?"

"다음 주 토요일. 사고만 생기지 않는다면. 스키 여행이라."

"어디로 가시죠?"

"프랑스, 므제브 근처. 스키 좋아하나?"

"예전에 조금 탔습니다. 바바리아에서. 그 주 일요일은 어떻습니까?"

"미안하네만 평일이 좋아." 나는 딱 잘라 말한다. 주말은 가족과 보내는 신성한 시간이다. 프루와 그렇게 약속했다. 오늘은 지극히 드문 예외인 셈이다.

"그럼 2주 후 주중이 되겠군요. 어느 날로 할까요? 정해 주시죠. 선생님이 정하시는 대로 따르겠습니다."

"월요일이 좋겠어." 내가 제안한다. 월요일 저녁에는 프루가 무료 법률 상담을 한다.

"2주 후 월요일. 6시? 7시? 언제가 좋으시죠?"

"음, 시간은 자네가 정하게. 난 딱히 다른 특별한 일이 없어서." 내가 말한다. 그때쯤이면 길거리에 나앉은 신세나 마찬가지일 테니까.

"월요일이면 일이 늦게 끝날지도 모르겠네요. 8시로 할까요? 8시

괜찮습니까?" 그가 불평하듯 내뱉는다.

"8시, 좋아. 그렇게 하지."

"1번 코트로 할까요? 앨리스 말로는 단식에는 코트를 잘 내주지 않는데, 선생님이라면 얘기가 다르다더군요. 예약은 제가 하죠."

"어느 코트든 상관없네." 바에서 웃음과 박수가 터져 나온다. 에드의 집요함을 향한 감탄이리라.

우리는 휴대전화 번호를 교환한다. 늘 그렇듯 난감한 상황이다. 나는 가족용 번호를 알려주고 문제가 있으면 문자를 보내라고 얘기한다. 그도 같은 요구를 한다.

"참, 내트?" 그의 목소리가 갑자기 부드러워진다.

"응?"

"가족 휴가 잘 보내시기 바랍니다." 그러곤 내가 잊기라도 할까 봐서인지 곧장 약속을 상기시킨다. "2주 후 월요일, 저녁 8시, 여기서 뵙죠."

다들 웃거나 박수를 친다. 에드는 오른팔을 아무렇게나 흔들어 작별 인사를 건네고 남성용 탈의실 쪽으로 향한다.

"누구 저 친구 아는 사람?" 내가 묻는다. 그러고 보니 나도 모르게 고개까지 돌린 채 에드의 뒷모습을 지켜보고 있었다.

다들 고개를 젓는다. 몰라.

"저 친구 시합하는 거 본 사람?"

다시 고갯짓.

나는 라이벌 친구를 로비까지 배웅하고 돌아오는 길에 사무실

안쪽으로 불쑥 고개를 들이민다. 앨리스가 컴퓨터 앞에서 작업 중이다.

"에드 성이 뭐예요?" 내가 묻는다.

"섀넌, 에드워드 스탠리. 단식 회원, 타운 멤버, 회비는 자동이체로 지불했어요." 앨리스는 고개도 들지 않은 채 읊조린다.

"직업은?"

"조사원이래요. 누굴 조사하는지, 뭘 조사하는지는 말하지 않았지만."

"주소는?"

"혹스턴, 해크니 자치구요. 제 동생 둘이랑 조카 에이미도 거기살죠."

"나이는?"

"주니어 멤버십 자격은 안 된다고 하더라고요. 정확히 몇 살인지는 밝히지 않았고요. 제가 아는 건 어떻게든 선생님을 만나고 싶어 했다는 것뿐이에요. 남부 챔피언이 되겠다고 자전거로 런던 전역을 돌아다닌대요. 선생님 얘기를 듣고 도전하러 온 거죠. 다윗이 골리 앗 잡듯이."

"그렇게 말했어요?"

"그건 아니지만 제 생각이 그래요. 선생님이 워낙 오랫동안 단식 챔피언 자리를 지키고 있잖아요. 골리앗이나 마찬가지죠. 설마 그 청년 부모 이름까지 알고 싶은 거예요? 대부금이 얼마나 되고, 교도소에는 얼마나 오래 있었는지 같은 얘기도?"

"좋은 밤 보내요, 앨리스. 아무튼 고마워요."

"선생님도요. 사모님께도 인사 전해 주시고요. 그리고 그 청년, 신경 쓰실 것 없어요. 선생님이 당연히 이기니까. 피라미들이야 수도 없이 상대했잖아요."

　공식 사건이라도 되었다면 에드의 성, 부모, 생년월일과 고향, 직업, 종교, 인종, 성적 취향 등, 앨리스의 컴퓨터에 없는 온갖 자료까지 기록했으리라. 하지만 여기서는 그가 아닌 나에 대해 기록해야겠다.

　내 세례명은 아나톨리, 후에 영국식으로 개명해 너새니얼, 줄여서 내트가 되었다. 키는 180센티미터, 얼굴은 늘 깨끗이 면도되어 있다. 숱 많은 머리는 조금씩 희끗해지기 시작한 참이다. 아내의 이름은 프루던스, 유서 깊은 법률 회사에서 런던 사무 변호사들의 파트너로 일한다. 주로 정상참작의 여지가 있는 법률문제들을 다루는데, 보통 무료 사건 위주다.

　체격은 호리호리한 편이다. 프루가 워낙 강단 있는 체형을 좋아한다. 스포츠라면 뭐든 좋아한다. 배드민턴에 더해 조깅과 달리기를 즐기며, 일주일에 한 번은 일반인에게 개방하지 않는 체육관에 나가 운동을 한다. 성격은 모나지 않은 편이다. 산전수전 공중전까지 다 겪은 터라 이해심도 어지간하다. 전형적인 영국인의 외모와 태도를 지녔으며, 언제든 유창하고 설득력 있는 토론이 가능하다. 환경에 잘 적응하고 아름다운 여자에게 약한 편이다. 사무직같이 정적인 삶은 천성적으로 맞지 않는다. 그게 어디 사나이가 할 일인가. 규율을 싫어하고 고집이 센 편인데, 이는 결점이자 장점이리라.

이상은 지난 25년간의 고용주들이 쓴 비밀 보고서들에서 발췌하여 정리한 내용이다. 내 능력과 일반적인 특징을 정리한 수준이라할 수 있다. 필요시 내가 얼마든지 잔인해질 수 있는지도 알고 싶을지 모르지만, 그렇다고 누가 날 필요로 하는지, 또 어느 정도까지 잔인해지는지 얘기할 수는 없다. 이율배반적이지만 어쨌건 평소에는 꽤 서글서글해 사람들이 쉽게 믿고 따르는 편이다.

좀 더 평범한 소개를 해 보자. 나는 혼혈의 영국 국민이다. 파리에서 외동아들로 태어났다. 고인이 된 아버지는 퐁텐블로의 나토 사령부, 근위보병 제3연대의 가난한 소령으로 복무했다. 내가 어머니 배 속에 있을 때 얘기다. 시답잖은 백러시아 귀족의 딸인 어머니는 당시 파리에서 지내고 있었다. 사실 백러시아라 하기엔 부친 쪽에 독일 피가 상당히 섞여 있는데, 어머니는 기분에 따라 이러한 점을 인정하기도 하고 부인하기도 한다. 두 남녀가 처음 만난 곳은 자칭 러시아 망명정부의 마지막 잔당들이 개최한 리셉션 자리였다.

어머니는 아직 미술대학 학생 시절이었고, 아버지는 나이가 마흔에 가까울 즈음이었다. 다음 날 아침 두 사람은 약혼을 했다. 적어도 어머니의 주장은 그런데, 그분 인생의 다른 단면들에 비추어보건대 충분히 있을 수 있는 일이다. 아버지가 군복을 벗자마자—어머니한 테 빠져 있을 당시 이미 아내와 자식들이 있었기에 그럴 수밖에 없 었다—신혼부부는 파리 외곽 뇌이에 정착했다. 외조부모가 희고 예 쁜 집을 내주었다. 이어 얼마 되지 않아 내가 그곳에서 태어나며 어 머니에게 소일거리를 잔뜩 안겨주었다. 품위 있고 현명하고 사랑스 러운 갈리나 부인이 마지막 순간까지 나를 돌봐주었다. 갈리나는 나의 언어 선생이자 보육인이자 가정교사였다. 듣자 하니 로마노프 혈통의 백작 부인이었으나 러시아 볼가 지역에서 쫓겨났다고 한다. 갈리나가 어떻게 까탈스러운 우리 가족 사이에 끼어들었는지는 지 금도 모르겠지만, 필경 내 이모부에게 버림받은 정부였을 것이다. 이모부는 레닌그라드에서 도망 나온 후 미술상으로 제2의 부를 누 리며 평생 아름다운 여성들을 쫓아다녔다. 처음 우리 집에 나타났 을 때 갈리나는 쉰 살이었다. 무척 뚱뚱했고, 미소는 고양이 같았다. 늘 검은색 비단 롱 드레스 차림에 모자를 직접 만들어 쓰던 갈리나 는 두 개의 고미다락에서 지냈다. 그 작은 세계에는 온갖 것이 있었 다. 축음기, 성상, 새카만 동정녀 마리아 그림들(레오나르도가 그렸다 고 갈리나는 주장했다)에 상자들도 상당수였는데, 그 속엔 주로 옛 편지들과 사진들이 들어 있었다. 조부모의 소공자와 공주들이 눈밭 에서 개와 하인들과 함께한 모습이 담긴 사진들이었다. 나를 보살

피는 일 다음으로, 갈리나 부인은 언어에 큰 관심을 보였다. 몇 개 국어에 능통해 내가 영어 철자를 다 외우기도 전에 키릴어를 가르치려 들었다. 침대에 들면 같은 아이의 이야기를 매일 밤 다른 언어로 읽어주었다. 백러시아 후손들과 소련 망명자들의 파리 공동체가 빠른 속도로 쇠퇴하던 시기였는데, 나도 그들의 모임에 나가 다국어에 능한 소년 홍보대사 노릇을 했다. 나중에 듣자니 당시 내가 프랑스 억양으로 러시아어를 하고, 러시아 억양으로 프랑스어를 하고, 프랑스와 러시아 억양을 섞어 독일어를 했다고 한다. 한편 영어는 좋든 나쁘든 아버지 쪽을 닮았다. 아버지의 스코틀랜드식 운율을 쏙 뺐다는 얘기도 들었다. 아, 그렇다고 술에 취해 버럭버럭 내지르는 소리까지 닮은 것은 아니지만.

열두 살 때, 아버지가 암과 우울증으로 쓰러졌다. 난 갈리나 부인의 도움을 받으며 아버지 침실을 지켰다. 어머니는 구애자들 가운데 돈이 제일 많은 사람과 재혼했다. 벨기에 출신의 무기상. 난 그자가 맘에 들지 않았다. 아버지가 죽은 뒤로 불편한 삼각관계가 이어졌고, 난 결국 천덕꾸러기 신세가 되어 짐을 챙겨 스코티시보더스로 떠났다. 방학과 휴일이면 뚱한 고모 집에서 숙식을 하고 학기중에는 엄격한 하일랜드 기숙학교에서 지냈다. 야외 활동을 제외한 교과목 교육에 큰 노력을 기울이지 않는 학교였지만, 난 잉글랜드 중부의 어느 대학에 입학했다. 그곳에서 처음으로 여자와 섣부른 관계를 가졌고, 슬라브어 학위를 간신히 따냈다.

그런 뒤 25년간, 영국 비밀정보국, 즉 '사무실'에서 근무하고 있다.

/ AGENT RUNNING IN THE FIELD

★★★

비밀정보국 요원. 난 요즘도 그것이 내 운명이라는 생각을 한다. 실제로도 이직을 깊이 고려하거나 바란 적이 없다. 배드민턴 선수나 캐언곰산맥을 횡단하는 모험가 정도면 모를까. 대학 시절 담당 교수가 미적지근한 화이트와인을 건네며 이렇게 물었다. "조국을 위해 뭔가 비밀스러운 일을 해 볼 생각 있나?" 그 순간 심장이 뛰며 생제르맹의 어두운 아파트가 떠올랐다. 아버지가 죽기 전까지, 매주 일요일 갈리나 부인과 함께 찾아간 곳이다. 난 그곳에서 처음으로 반(反)볼셰비키 음모에 대해 듣고 전율했다. 의붓 사촌, 백부, 큰고모 들이 조국의 메시지라며 소곤거렸다. 조국이라 해 봐야 그 사람들조차 한 번도 밟아보지 못한 곳이지만. 절대 발설하지 말라며 나를 위협하기도 했는데, 사실 난 그게 다 무슨 말인지 이해하지도 못했다. 그저 그 러시아 불곰들에게 푹 빠졌다. 나와 같은 핏줄이건만 그들은 다방면에 능했고, 대단한 포용력을 지녔으며, 세상 이치에도 밝았다.

어느 날 편지함에서 기분 좋은 편지가 한 장 펄럭였다. 버킹엄궁 인근의 어느 옛 건물에 가보라는 내용이었다. 퇴역한 해군 장성이 포탑만큼이나 커다란 책상에 앉아 물었다. 좋아하는 종목이 뭔가? 배드민턴이라고 대답하자 그는 놀라는 표정을 지었다.

"이런, 싱가포르에서 자네 부친과 배드민턴을 치다가 박살이 난 적이 있지. 그 얘기 들어봤나?"

아뇨, 못 들었습니다. 아버지 대신 사과해야 할까요? 다른 얘기는 아는데 그 얘기는 처음 듣습니다.

"자네 부친이 어디 묻혔는지는 알고?" 내가 일어나려는데 그가 재차 물었다.

"파리라고 들었습니다."

"아, 그래? 좋아, 행운을 비네."

그다음 지시는 보드민 파크웨이 정거장이었다.《스펙터》지난 호를 들고 있으라는 지시였는데, 재고를 도매상에 반품한 후라 지역 도서관에서 한 부 훔쳐야 했다. 캠본행 열차가 몇 시에 떠나는지 아십니까? 녹색 중절모를 쓴 남자가 물었다. 아뇨, 전 디드코트로 가는 길이라 모릅니다. 내가 대답하고는 멀찌감치 떨어져서 남자를 따라 주차장으로 갔다. 그곳에 흰색 밴이 대기 중이었다. 그 후 사흘간 이해 불가의 심문과 딱딱한 식사를 감내하며 정치 성향과 알코올의존 여부를 증명하고 나서야 위원회에 소환되었다.

"내트, 질문 많이 받았지? 반대로 우리한테 묻고 싶은 게 있나?" 테이블 중앙에 회색 머리의 중년 여성이 앉아 있었다.

"예, 물론 있습니다." 나는 한참을 고민하는 척하다가 이렇게 물었다. "나를 믿을 수 있는지 확인하셨죠? 반대로, 제가 여러분들을 믿어도 되겠습니까?"

여자가 씩 웃었다. 다른 사람들도 따라서 미소를 지었다. 슬픈 듯하면서도 지혜롭고 은밀한 미소. 그 미소가 아마 정보국의 트레이드 마크이리라.

긴장되는 상황에서도 재치를 잃지 않음. 잠재적 공격성도 충분함. 강력 추천.

★★★

기본 무술 훈련 과정을 마치던 달, 운 좋게도 미래의 아내 프루던 스를 만났다. 그리 상서로운 첫 만남은 아니었다. 아버지의 죽음으로 가족 간의 은밀한 연대에 금이 가 있던 상황이었다. 생전 듣도 보도 못 한 이복형제들이 나타나, 지난 14년의 논란과 소송을 거쳐 스코틀랜드 신탁회사에 깨끗하게 넘어가 있던 부동산을 내놓으라며 협박을 해 대기 시작했다. 한 친구가 법률 회사를 추천했는데, 그곳 고참 파트너가 5분쯤 내 한탄을 듣더니 벨을 눌렀다.

"최고의 변호사입니다." 그가 장담하듯 말했다.

문이 열리더니 내 또래의 여성이 성큼성큼 들어왔다. 법률 전문가답게 도발적인 검은색 정장 차림에 학자 같은 안경을 쓰고 거창한 검은색 워커를 신은 모습이었다. 발은 작아 보였다. 우리는 악수를 했다. 여자는 내게 시선 한 번 주지 않았다. 그녀는 저벅저벅 워커 소리를 내며 나를 어느 칸막이 안쪽으로 데려갔다. 반투명 유리에 "법학 석사 P. 스톤웨이"라고 적혀 있었다.

우리는 마주 앉았다. 밤색 머리를 귀 뒤로 묶어서인지 그녀는 무척 단호해 보였다. 그녀가 서랍에서 노란색 용지 묶음을 꺼냈다.

"직업은요?"

"직장인입니다. 외교부." 내가 대답했다. 이상하게 얼굴이 화끈거렸다.

그 앞에서 가족의 내력을 하나하나 풀어냈지만, 지금까지 기억에 남아 있는 것은 그녀의 강직하고 단호한 턱과 뺨에 흘러내린 머리카락 몇 올뿐이다. 가느다란 빛줄기에 비친 그 머리카락이 얼마나 인상적이었는지.

"전화드려도 되겠죠, 내트?" 첫 만남이 끝나자 그녀가 물었다.

당연하지.

"프루라고 불러요." 다음 만남을 2주 후로 정한 뒤, 그녀는 역시 건조한 목소리로 조사가 어떻게 진행될지 일러주었다.

"아셔야 할 게 있어요, 내트. 부친의 재산이 당신 손에 들어온다 해도 지불할 수임료에 못 미쳐요. 당신을 상대로 한 청구액은 말할 것도 없겠죠. 다만!" 이쯤에서 더 이상 귀찮게 굴지 않겠다고 얘기하려 했으나 프루가 빨랐다. "가난 등의 이유로 자격 요건을 충족할 경우 무료 수임이 가능하다는 조항이 있어요. 당신 같은 경우가 그런 범주에 속하죠. 이 소식을 전하게 되어 기쁘네요."

프루는 그 주에 한 번 더 만나 얘기하자고 했지만 내 쪽에서 미룰 수밖에 없었다. 백러시아의 붉은 군대 통신 기지에 라트비아 요원이 침투하는 사건이 일어났기 때문이다. 영국 귀국 길에 프루에게 전화를 걸어 저녁 초대를 했지만, 이번엔 그녀가 고객과의 관계는 철저히 업무에 기반한다는 회사 방침을 내세웠다. 그러면서 회사의 노력이 결실을 맺어 손해배상 청구가 모두 파기되었다고 전했다. 나는 크게 감사를 표하며, 그렇다면 이제 저녁 식사도 문제없는 것 아니냐고 재차 물었다. 프루는 그렇다고 대답했다.

우리는 비앙키 식당으로 갔다. 프루는 앞섶이 깊이 팬 여름 원피스 차림에 머리를 귀 뒤쪽으로 묶은 모습이었다. 남자 여자 할 것 없이 식당의 모두가 그녀를 바라보았다. 나도 평소와 달리 말투가 어눌해졌다. 메인 코스가 올라올 때까지도 그녀는 기껏 법과 정의의 간극을 다루는 논문 대하듯 나를 상대했다. 계산서가 나오자 프루가 받더니 자기 몫을 잔돈까지 계산하고 10퍼센트의 팁까지 덧붙인 다음 가방에서 현금을 꺼내 내게 주었다. 나는 짐짓 화난 척, 이렇게 뻔뻔하리만치 고결한 사람은 생전 처음 본다며 따지듯 말했다. 프루는 웃다가 의자에서 굴러떨어질 뻔했다.

여섯 달 뒤, 상사들의 동의를 얻어 프루에게 스파이와 결혼할 의향이 있는지 물었다. 그녀는 그렇다고 대답했다. 이제는 정보국이 프루를 저녁 식사에 초대할 차례였다. 2주 후 프루를 만났더니, 법률가로서의 경력을 잠시 내려놓고 배우자를 위한 정보국 훈련 과정에 참여하기로 결정했다고 알려주었다. 배우자들도 언제든 적대적 상황에 놓일 수 있기 때문이다. 프루는 이것이 나를 사랑해서가 아니라 온전히 자신의 의지로 내린 결정이라고 못을 박았다. 망설이기는 했지만 끝내 애국심에 설득당한 것이다.

프루는 눈부신 성적으로 훈련을 마쳤다. 일주일 뒤, 나는 2등 참사관(상업) 보직을 받아 아내 프루던스와 함께 모스크바의 영국 대사관으로 향했다. 모스크바 건을 끝으로 우리는 더 이상 함께 일을 하지 않았지만, 프루가 마음 상할 만한 이유는 아니었다. 그에 대해서는 조만간 얘기할 것이다.

처음에는 프루와 함께, 이후로는 나 혼자, 벌써 20년 이상 영국에 봉사했다. 외교관이나 영사로 위장해 모스크바, 프라하, 부쿠레슈티, 부다페스트, 트빌리시, 트리에스테, 헬싱키, 좀 더 최근에는 탈린까지, 여러 지역에서 온갖 유형의 비밀 요원들을 모집하고 운용했다. 고위층이 아닌 터라 정책 결정에 참여하지는 않지만 오히려 그 점이 마음에 들었다. 제대로 된 에이전트 러너[1]라면 온전히 스스로의 의지대로 움직여야 하는 법이다. 런던의 지시를 받기야 해도, 현장에서는 자신과 요원들의 운명을 거머쥐고 있어야 한다. 그러니 은퇴할 때가 된 40대의 떠돌이 스파이가 할 수 있는 일은 많지 않다. 게다가 사무직을 끔찍이 싫어하고 이력서라 해 봐야 기대에 못 미치는 중견 외교관 수준 아닌가.

★★★

크리스마스가 얼마 남지 않았다. 심판의 날이 다가왔다. 템스강 옆, 정보국 본부 지하 깊숙이 내려간 나는 다시 작고 답답한 면접실로 안내된다. 그곳에서 한 여성이 나를 맞이한다. 나이를 가늠할 수

---

1 agent runner. 비밀에 접근 가능한 사람들을 포섭해 관계를 유지하고 비밀 확보를 위해 지시와 지원을 하는 고급 요원.

/ AGENT RUNNING IN THE FIELD

없지만 더없이 지적이고 상냥한 여인, 인사과의 모이라다. 정보국의 모이라들에게는 조금씩 비인간적인 구석이 있다. 나 자신보다 나에 대해 잘 알면서도 절대 말해주는 법이 없다. 심지어 그 내용이 마음에 드는지 여부조차 함구한다.

"최근 법률 회사 합병이 있었다면서요? 프루는 살아남았나요? 꽤 당혹스러웠을 텐데." 모이라가 인사치레로 묻는다.

고마워요, 모이라. 별로 당혹스러워하진 않더라고요. 아, 그리고 큰 숙제를 마쳤다죠? 축하해요. 당연히 성공할 줄 알았어요.

"프루는 잘 있는 거죠? 당신도?" 걱정하는 투지만 난 무시하기로 한다. "어쨌든 무사히 귀국했네요."

"그러게요. 재회하니 좋네요. 모이라."

그러니 어서 사형선고를 읊고 깨끗하게 끝냅시다. 하지만 모이라에겐 모이라만의 방식이 있다. 다음은 내 딸 스테파니가 등장할 차례다.

"이제 성장통은 끝이겠죠? 무사히 대학에 다니리라 믿어요."

"그 비슷한 것도 없어요. 고마워요, 모이라. 지도 교수들도 다 만족스러워해요."

내 머릿속엔 다른 생각뿐이다. 자, 목요일 저녁에 내 은퇴 파티를 연다고 얘기해 줘요. 금요일 파티는 다들 싫어하잖아요. 여기 일이 끝나면 아이스커피 한 잔 손에 들고 세 층 아래 있는 재정착 지원실에 내려가 또 다른 고문을 받아야 하거든요. 무기 거래니, 비밀계약이니, 청부 운운하며 늙은 스파이들을 위한 보직을 늘어놓겠죠. 내셔널 트러스트, 자동차협회 같은 곳. 아니면 사립학교 보조 회계원이나. 그러니 모이라가 밝은 목소리로 이렇게 선언할 때 나로서는 놀라지 않을 수가 없다.

"자리가 하나 있어요, 내트. 물론 당신 의향이 중요하겠지만."

의향? 모이라, 당연히 세상 누구보다 하고 싶죠. 살짝 걱정은 되는군요. 당신이 어떤 제안을 하려는지 알 것 같거든요. 그녀가 당연한 러시아의 위협 운운하며 뻔한 지침을 늘어놓자 그 의혹은 확신으로 굳어진다.

"말 안 해도 알겠지만 모스크바 센터 때문에 이곳 런던 요원들이 아주 죽어나잖아요. 뭐, 다른 곳도 마찬가지겠지만."

예, 모이라, 당연히 알죠. 나도 벌써 몇 년째 사령부에 그렇게 얘기해 온걸요.

"그 친구들, 전보다 악랄해졌어요. 깐깐하고 뻔뻔해진 데다 숫자까지 늘어났죠. 제 말이 맞나요?"

예, 맞아요, 모이라. 정말로. 내가 에스토니아에서 보낸 보고서가 있는데 읽어봐요.

"우리가 그쪽 합법들을 대량으로 내보냈거든요?" 합법이란 외교관으로 위장한 스파이들, 즉 나 같은 부류다. "그랬더니 이후로 우리 쪽에 비합법[2]만 보내는 거예요. 내트도 알겠지만, 걔들이 제일

---

2 illegal spy. 합법 스파이와 대비되는 개념. 위장 여권으로 제3국에서 합법적 직업 및 신분을 획득한 스파이들을 말한다.

말썽인 데다 냄새 맡기도 어렵잖아요. 혹시 할 말 있을까요?"

그래, 할 말이야 있지. 그냥 내질러 봐? 잃을 것도 없잖아?

"음, 모이라, 얘기가 더 진행되기 전에 말입니다."

"예?"

"문득 생각이 났는데, 러시아국에 빈자리가 있지 않을까요? 다들 알다시피 젊고 유능한 사무 요원들은 얼마든지 있잖아요. 그러니까…… 나같이 노련한 구원투수가 필요하지 않겠어요? 경험도 많고, 러시아어를 모국어처럼 구사하는 인물 말입니다. 신호만 떨어지면 언제 어디로든, 말조차 안 통하는 곳이라도 날아가 러시아 망명자나 요원을 제일 먼저 물어 올 사람요."

모이라는 아까부터 고개를 젓고 있다.

"아냐, 아냐, 안 돼요, 내트. 이미 브린이 있잖아요. 아주 든든한 양반이죠."

브린이라면 정보국에 딱 한 사람뿐이다. 브린 사이크스-조던, 줄여서 브린 조던, 러시아의 영원한 지배자. 한때 모스크바 기지에서 내 사수였던 위인이다.

"그게 진짜 이유예요?" 내가 재차 묻는다.

"알잖아요. 러시아국의 평균 나이는 서른셋이에요. 브린이 꼈는데도 그 정도밖에 안 되죠. 대부분 철학 박사에, 컴퓨터 다루는 일도 귀신이고요. 모든 면에서 완벽한 사람들이죠. 솔직히, 당신은 저런 기준하고는 거리가 있잖아요?"

"브린도 마찬가지 아닌가?" 내가 물었다. 요컨대 최후의 발악인 셈이다.

"지금 이 순간에도 브린 조던은 워싱턴 디시에 목을 매고 브린만이 가능한 일을 하고 있거든요. 트럼프 대통령의 정보 단체들과 특수 관계를 회복하기 위해서죠. 브렉시트 이후 죄다 수렁에 빠졌거든요. 말인즉슨, 절대 방해하지 말라 이겁니다. 아무리 당신이라 해도요. 아무튼 브린이 당신에게 위로와 안부를 전해 달라고 하기는 했어요. 답변이 되었나요?"

"예, 충분히."

"다행히 내트한테 어울리는 자리가 하나 있어요. 자격이야 넘치고도 남고요." 그녀가 활짝 웃으며 말을 잇는다.

드디어 때가 왔군. 처음부터 불안했던 악몽의 순간이다.

"미안하지만, 모이라······" 내가 선수를 친다. "훈련 파트라면 난 옷 벗었어요. 자상한 배려는 고맙지만."

행여 기분이 상했을까 싶어 나는 모이라에게 거듭 사과를 건넨다. 훈련 팀의 훌륭한 요원들한테 무례를 저지를 뜻은 없다고, 하지만 아닌 건 아닌 거라고도 둘러댄다. 모이라는 인상을 풀며 씁쓸한 미소를 짓는다.

"훈련 파트는 아니에요, 내트. 물론 그곳에서도 잘하겠지만요. 돔이 만나고 싶다더군요. 설마 돔한테 당신이 옷 벗었다고 전하라는 건 아니겠죠?"

"돔?"

"도미니크 트렌치. 얼마 전 런던 제너럴 회장으로 발령이 났어요.

부다페스트 기지에서 내트 상사였던가요? 듣자 하니, 두 사람이 찰떡궁합이었다면서요? 이번에도 마찬가지겠…… 당신 표정이 왜 그래요?"

"돔 트렌치가 런던 제너럴 회장이라고요?"

"제가 거짓말하는 것처럼 보여요?"

"언제부터?"

"한 달 전. 내트가 탈린에서 잠만 자느라 뉴스 레터는 쳐다도 안 볼 때였죠. 내일 10시 정각에 약속 잡아놨으니까 먼저 비브한테 확인해 봐요."

"비브?"

"돔의 비서."

"아."

03

"내트! 신수가 훤하군요! 이제 막 바다에서 돌아온 선원처럼 싱싱해 보여요. 나이를 거꾸로 먹었나!" 도미니크 트렌치가 외치며 옥좌에서 벌떡 일어나 두 손으로 내 오른손을 잡는다. "체육관에서 땀 좀 흘리나 봐요. 프루도 잘 지내고요?"

"아주 건강해요, 돔. 고마워요. 레이철은 어때요?"

"아, 잘 있죠. 나야말로 세상에서 제일 운 좋은 사내 아닌가 싶어요. 당신도 레이철 한번 만나봐야 하는데. 프루랑 넷이서 저녁 식사라도 해요. 분명 맘에 들 거예요."

레이철. 왕국의 실력자. 토리당의 권력자. 돔의 두 번째 아내. 최근 결혼.

"아이들도 잘 지내요?" 돔에게는 아이가 둘 있다. 아름다운 첫 아내와의 사이에서 낳은 아이들이다.

"오, 잘 있어요. 세라는 사우스햄스테드에 있죠. 옥스퍼드가 코앞이에요."

"새미는?"

"사춘기예요. 어쨌든 곧 헤어 나와 누나 뒤를 따르겠죠."

"태비 소식도 궁금하군요. 불편하지 않다면." 태비사. 그의 첫 아내. 그와 헤어질 무렵 정신병으로 고생 중이었다.

"아, 역시 잘 지내요. 아직까지 새 남자는 없는 것 같더군요. 뭐 앞으로야 모르지만."

누구나 삶 어딘가에 돔 같은 인물 하나씩은 있을 것이다. 당신을 한구석으로 끌고 가 자신이 세상에서 유일한 친구라며 개수작을 부리는 사내(돔은 늘 사내여야 한다). 개인사를 잔뜩 늘어놓으며 조언을 구하고(자신이 조언을 하는 법은 절대 없다), 조언을 따르겠다고 맹세하고, 그다음 날 아무렇지도 않게 안면을 몰수하는 사내 말이다. 부다페스트에서 일하던 5년 전에도 서른을 막 넘긴 외모였건만 여전히 서른 살의 외모다. 카지노 딜러만큼이나 잘생긴 얼굴, 줄무늬 셔츠, 스물다섯 살 젊은이에게나 어울릴 법한 노란색 멜빵, 흰색 커프스, 금으로 된 커프스단추, 다목적으로 쓰이는 미소까지, 돔은 하나도 변한 게 없다. 지금 이 순간에도 늘 그랬듯 의자에 등을 기대고 양손으로 웨딩 아치를 만든 채 마치 모든 것을 안다는 듯 사람을 내려다보고 있지 않은가!

"아, 축하해요, 돔." 나는 CEO의 팔걸이의자와 3급 공무원에게나 제공되는 세라믹 커피 테이블을 가리키며 축하 인사를 건넨다.

"고마워요, 내트. 다정한 양반. 나도 놀랐어요. 아무튼 부르니 와야지 어쩌겠어요. 커피 할래요? 아니면 차?"

"커피."

"우유? 설탕? 사실 우유는 아니고 두유인데, 난 넣어 마셔요."

"그냥 블랙으로. 고마워요, 돔. 두유는 사양할게요."

두유라고? 요즘은 우유 대신 두유를 쓰나 보지? 돔이 유리문을 열고 고개를 빼더니 비브와 농담 섞인 몇 마디를 주고받은 다음 다시 자리에 앉는다.

"런던 제너럴 일은 전이랑 비슷하고요?" 내가 가볍게 묻는다. 언젠가 브린 조던이 그곳을 '정보국 내 길 잃은 개들의 집'이라 묘사한 적이 있다.

"아, 물론 여전하죠, 내트."

"그러니까 이제 런던 기반의 모든 분국이 명실공히 돔의 지휘하에 놓인 셈이군요."

"영국 전역. 런던만이 아니라 전국이죠. 북아일랜드만 빼고. 자랑스럽게도 여전히 100퍼센트 독립체랍니다."

"독립체라면, 행정적으로? 아니면 작전 측면에서도?"

"무슨 뜻으로 하는 말이에요, 내트?" 법정에 선 피고라도 대하듯 돔이 인상을 찌푸리며 묻는다.

"런던 제너럴의 수장으로서 독자적 작전을 입안할 수 있는 건지 궁금해서요."

"그게 어디 무 자르듯 되는 일입니까? 분국에서 작전을 제안하면 해당 분국에서 승인하는 게 상례잖아요. 난 그에 반기를 들어왔고. 늘 하던 얘기 아닙니까?"

그가 씩 웃는다. 나도 미소를 짓는다. 우리는 동시에 우유 없는 커피를 홀짝거리고, 동시에 잔을 내려놓는다. 이제 새 아내 얘기를 꺼내며 특유의 친근감을 과시하려 들겠지? 아니면 왜 불렀는지 이유를 말해주려나? 아니, 아직은 아니다. 먼저 옛 추억을 꺼내 수다부터 떨어야 한다. 우리가 함께 굴렸던 공작원들, 당시 나는 그들의 훈련관이었고, 돔은 쓸모없는 상사였다. 제일 먼저 도마에 오르는 이는 폴로니어스다. 최근 '셰익스피어 네트워크'에 합류한 인물. 몇 달 전 리스본 업무 때 텅 빈 골프 코스 옆에 자리한 알가르브의 신축 건물에서 그를 만난 적이 있다. 재정착 프로그램의 일환으로 얻은 매물이다.

"잘 지내요. 새로 만들어준 신분에도 만족하고, 아내의 죽음도 극복했더군요. 아주 좋아 보였어요. 정말로."

"내트, 목소리는 그 반대인 것 같은데요." 그가 비난하듯 말한다.

"음, 사실 그 양반한테 영국 여권을 약속했었잖아요. 돔, 기억하죠? 그런데 당신이 런던으로 돌아간 뒤 약속이고 뭐고 죄다 하수구에 쓸려 가버린 것 같더군요."

"한번 살펴볼게요." 그러고는 보란 듯이 볼펜으로 메모를 한다.

"딸을 옥스브리지에 넣어주지 않았다며 크게 실망도 했죠. 가볍게 힘만 쓰면 되는 일인데 우리가 그마저 외면했다는 거예요. 우리든 돔이든, 그 친구 생각은 그래요."

돔은 죄의식이 없다. 대체로 기분이 상하거나 아무 생각이 없을 뿐인데, 그중에서는 기분이 상하는 쪽을 선호한다.

"대학 탓이에요, 내트. 대학이 다 그렇잖아요. 이 대학 저 대학 다니며 구걸해야 한단 말입니다. 모자까지 벗어 들고……. 아무튼 알아보죠." 다시 메모.

두 번째 화제는 델릴라다. 70대의 활달한 여성. 헝가리 의회 소속으로 러시아 루블을 챙기다가 루블이 붕괴하려는 순간 재빨리 영국파운드로 갈아탔다.

"델릴라도 잘 있어요, 돔. 아주 잘 지내죠. 내 후임이 여성이라는 사실을 알고 살짝 실망하긴 했지만요. 내가 조종간을 잡는 한 머잖아 사랑이 이루어지리라는 꿈이라도 꿀 수 있었다더군요."

델릴라의 수많은 연인들을 떠올리며 돔이 미소와 함께 어깨를 으쓱인다. 소리 내어 웃지는 않는다. 이어 커피 한 모금 홀짝이더니 잔을 받침대에 내려놓는다.

"내트?" 어딘가 아쉬운 목소리.

"예?"

"이번 일이 당신한테는 황금 같은 순간이 되리라 믿어요. 정말로."

"왜 그럴까요?"

"맙소사! 지금 내가 기막힌 기회를 제안하는 중이라고요! 혼자서 본토 기반의 러시아 분국을 재건하는 일이에요. 지금까지 너무 오래 오지 신세였던 곳이죠. 내트 같은 전문가라면 제대로 해낼 겁니다. 한…… 6개월쯤? 창조적이고도 실무적인 일이에요. 당신 전문이죠. 이보다 더 흥미로운 일이 어디 있습니까?"

"아쉽게도 내 생각은 좀 달라요, 돔."

"다르다고?"

"예, 달라요."

"그럼 여기 왜 온 겁니까?"

"당신하고 얘기해 보라더군요. 그래서 얘기 중이고. 우리가 만난 건 그래서예요."

"아무것도 모르고 온 거예요? 맙소사, 인사과 놈들 머릿속에는 도대체 뭐가 든 거야? 모이라가 얘기 안 했어요?"

"당신한테 직접 듣는 편이 낫다고 생각했겠죠. 무슨 얘기든. 본토 기반의 러시아 분국이라고요? 너무 오래 오지 신세였고? 내가 아는 곳은 단 한 곳, 헤이븐뿐이에요. 거긴 오지 신세의 분국이 아니라던 제너럴 관할하의 죽은 분국이죠. 재정착 전향자들과 5급 쓰레기 첩보원의 하치장이기도 하고. 최근에 듣기로는 재무부에서도 곧 청산할 예정이라던데. 이미 잊힌 곳 아닌가요? 나보고 거길 맡으라는 얘깁니까?"

"헤이븐이 하치장은 아니죠, 내트. 아니고말고. 내 관할도 아니고요. 현재 늙다리 관리가 두 명 있어요. 장담하지만, 거기 정보들도 잠재력을 발휘할 날이 올 겁니다. 무엇보다 굉장한 자료가 많아요. 어떻게 찾아야 할지 아는 사람이 없을 뿐이지. 그리고 물론……" 짧은 고민의 시간. "러시아국으로 진급하고자 하는 사람들이라면 헤이븐이야말로 최고의 기회가 될 겁니다."

"그래서, 돔 당신 자신에게도 추천할 만한 곳입니까?" 내가 묻는다.

"뭐라고요?"

"러시아국에 가고 싶은 겁니까? 헤이븐으로 우회하면서까지?"

그가 인상을 찌푸리며 삐쭉 입술을 내민다. 돔은 속이 빤한 사람이다. 러시아국, 더욱이 국장 자리는 그에게 평생의 꿈이나 마찬가지다. 그 분야를 잘 알아서가 아니다. 경험이 많지도 않고, 러시아어는 말 그대로 깡통이다. 그쪽이라면 완전히 젬병이라는 뜻이다. 돔은 뒤늦게 스카우트로 영입된 도시 출신 애송이다. 선발 이유도 모호해 돔 자신조차 왜 뽑혔는지 알지 못한다. 언어능력이라고는 밑바닥 수준이고.

"돔, 지금 생각하는 게 그거라면 나도 함께하죠." 내가 밀어붙인다. 익살? 조롱? 분노? 내 감정이 어느 쪽인지 나도 모르겠다. "안 그러면 보고서에서 내 이름을 빼고 당신 이름만 올릴 거잖아요. 부다페스트에서도 그랬잖습니까? 그냥 까놓고 말해요, 돔."

돔은 고민하는 표정이다. 잠시 깍지 낀 손 너머로 나를 보다가 상체를 뒤로 젖혀 의자에 등을 기대고는, 내가 달아나지 않았는지 확인하듯 다시 나를 바라본다.

"내 제안은 이래요, 내트. 받아들이거나, 아니면 그만두라는 것. 런던 제너럴 수장으로서의 권한이죠. 곧 정식으로 요청하죠. 자일스 웹퍼드를 이어 헤이븐 분국장으로 가줘요. 잠정적이겠지만 그래도 내 지시는 따라야 할 겁니다. 자일스의 공작원들과 자금은 즉시 인수받게 될 거예요. 판공비도 포함해서…… 물론 남은 게 있어야겠지만. 헤이븐을 정상 궤도로 돌려놓은 다음엔 얼마든 은퇴 생활을 누려도 좋습니다. 어때요?"

"내가 할 만한 일이 아니에요, 돔."

"그럼 어쩌라고? 기도라도 해요?"

"일단 프루하고 얘기부터 해 보죠."

"도대체 언제부터 프루하고 그런 얘기까지 한 겁니까?"

"딸 스테파니가 곧 열아홉 살이 돼요. 브리스틀로 돌아가기 전에 일주일간 가족끼리 스키 여행을 가기로 했죠."

돔이 목을 길게 빼고는 인상을 찌푸리며 벽에 걸린 달력으로 시선을 돌린다.

"어느 시기죠?"

"스테파니는 지금 2학기를 보내는 중이에요."

"아니, 아니, 휴가가 언제냐고."

"토요일. 스탠스테드역에서 새벽 5시에 출발해요. 왜요? 함께 가시게?"

"그 전에 프루랑 얘기해서 만족스러운 결론에 이른다면, 그다음 주 월요일까지 자일스를 붙들어놓죠. 도망간다면 또 모르겠지만.

그렇게 하면 만족스러우시겠지? 설마 그래도 안 되나?"

좋은 질문이군. 만족스럽냐고? 정보국에 남아 러시아를 상대로 일한다니, 아마 만족스럽겠지. 설사 돔의 콩고물을 받아 먹어야 한다 해도 말이다.

하지만 프루도 만족스러워할까?

★★★

오늘날의 프루는 더 이상 20여 년 전 어느 스파이의 헌신적인 배우자였던 그 여자가 아니다. 물론 지금도 이타적이고 올곧기는 하다. 머리카락을 늘어뜨리면 여전히 익살맞아 보이고 세상에 봉사할 때는 늘 그렇듯 결연한 모습이지만, 더는 정보 분야에서 일하지 않는다. 역감시, 안전 신호, 수수소[3]에 메시지를 전달하거나 수거하는 훈련까지 받고 실제로 나를 따라 모스크바까지 갔던 그녀는 도청당하고 감시받고 분석당한다는 사실에 지독한 스트레스를 겪으며 열네 달을 돌밭에서 굴렀다. 우리의 약점이 노출되거나 보안상 위험이 생길 경우를 위한 대비이기는 했다. 현재 워싱턴의 정보기관 파트너들과 신경전을 벌이고 있는 브린 조던이 당시 지국장이었다. 그의 탁월한 인도하에 프루는 부부 전략을 완벽하게 실행에 옮기고

---

3 dead letter box(dead drop). 공작원들이 감시망을 회피하기 위해 일종의 우편함처럼 사용하는 장소를 말한다. 대체로 벽의 구멍이나 나무 밑처럼 은밀한 곳을 활용한다.

적의 도청을 교란했다.

모스크바에서 두 번째 부부 작전을 수행하던 중, 프루의 임신 사실을 알게 되었다. 임신과 동시에 그녀는 정보국과 정보활동에 환멸을 느끼기 시작했다. 그때까지는 미망에 사로잡혀 있었는지 몰라도, 그마저 더는 소용없게 된 것이다. 프루는 외국에서 아이를 낳고 싶어 하지 않았다. 우리는 영국으로 돌아왔다. 아기가 태어나면 마음을 바꾸지 않을까 싶기도 했지만 그건 프루를 몰라도 한참 모르는 얘기였다. 스테파니가 태어나던 날, 장인이 심장 발작으로 세상을 떠났다. 장인의 유산 덕분에 아내는 배터시에 자리한 빅토리아풍 저택을 현찰로 구매했다. 커다란 정원에 사과나무까지 한 그루 서 있는 집. 마당에 깃발을 꽂으며 "이곳이 내가 살 곳이야!" 하고 외치지는 않았지만 아내의 의도는 너무도 분명했다. 스테파니를 절대 외교가의 망나니로 만들지 않으리라! 우린 그런 아이들을 너무 많이 보았다. 부모를 따라 이 나라 저 나라, 이 학교 저 학교를 떠돌아다니는 응석받이들. 딸은 태어난 곳에 뿌리를 박고 공립학교에 다니게 될 것이다. 사립이나 기숙학교는 어림도 없지!

프루 자신은 무슨 일을 하고 살 생각이었을까? 그녀는 자신이 떠나온 곳으로 돌아가 인권 변호사, 이른바 억압받는 이들을 위한 법적 수호자가 되기로 했다. 하지만 그 결정이 이혼을 뜻하는 것은 아니었다. 프루는 여왕, 영국, 정보국을 향한 내 사랑을 이해했고, 나 또한 법과 정의를 향한 아내의 사랑을 잘 알았다. 한때 정보국을 위해 모든 것을 바쳤으니 이제 그 일을 그만두겠다는 것뿐이었다. 결혼 초기부터 짐작했지만, 아내는 상사가 개최하는 크리스마스 파티를 끔찍이도 싫어했다. 사랑하는 동료의 장례식이나 부하 직원과 식솔들을 위한 저녁 초대 역시 마찬가지였다. 나 역시 프루의 급진적인 법조계 동료들과 잘 어울리지 못했다.

하지만 우리 둘 다 예상하지 못한 일이 있었다. 공산주의 이후의 러시아가 세상의 기대와 바람을 꺾고 자유민주주의에 명백하고도 현실적인 위협으로 재등장한 것이다. 해외 파견 한 번이면 세상에 없는 남편이자 아버지가 될 각오를 해야 한다는 뜻이었다.

돔의 말마따나, 난 이제 바다를 건너 집에 돌아와 있다. 우리 부부에게 쉬운 시간은 아니었다. 특히 프루에게는. 아내는 내가 지상에 발붙이고 새 삶을 찾아야 할 수많은 이유를 댄다. 그녀에겐 이곳이 진짜 세상이다. 옛 동료가 버밍엄에 불우 아동을 위한 체험 훈련장을 열었는데, 평생 그렇게 행복했던 적이 없대. 자기도 언젠가 그런 거 하고 싶다고 하지 않았어?

04

스탠스테드에서 새벽 여행을 떠나기까지 며칠 동안, 가족의 화합이라는 덕목이 줄곧 나를 고민에 빠뜨렸다. '저 따분한 정보국 보직'을 받아들여야 하나? 아니면 깨끗하게 갈라서? 후자는 프루가 오래전부터 주장해 오던 일이다. 하지만 프루는 얼마든 기다릴 사람이고, 스테파니도 어느 쪽이든 상관없을 것이다. 딸이 보기에 난 그렇고 그런 관료에 불과하니까. 말하자면 뭘 해도 성공과는 거리가 먼 위인이라는 얘기다. 나를 사랑이야 하겠지만, 그거야 가족이기 때문 아니겠는가.

"까놓고 말해서, 그 사람들이 우릴 베이징 대사로 임명하거나 기사 작위라도 내줄 위인들이야?" 저녁 식사 자리에서 아내가 우연히 꺼낸 얘기에 한 방 맞은 기분이다. 외교관 신분으로 외국에 있는 동안에는 적어도 지위라는 게 주어진다. 그런데 조국에 돌아오기만 하면 이렇게 천덕꾸러기 신세가 되고 마는 것이다.

산속에서 보내는 이틀째 저녁, 스테파니는 호텔에서 만난 이탈리아 아이들과 놀러 나가고 프루와 나는 마르셀 식당에서 퐁듀와 버찌주 한두 잔을 즐기고 있었는데 문득 정보국에서 제안한 보직에 대해 프루한테 털어놓고 싶은 충동이 인다. 괜히 변죽만 울리거나 남의 다리 더듬는 식으로 돌려 말할 게 아니라 전부 까놓고 이실직고하자. 어차피 결국은 솔직하게 얘기하게 될 거야. 게다가 아내의 체념섞인 표정으로 보아, 내가 불우 아동을 위한 체험 훈련장 따위에는 손톱만치도 관심이 없다는 정도는 눈치챈 듯도 싶었다.

"냉전기라는 영광의 시대가 끝나고도 과거의 영예에 젖어 헛짓거리를 해대는 분국이 하나 있어. 주류에서 몇 광년은 떨어진 허접스러운 곳. 내가 맡는다면 정상 궤도로 돌려놓거나, 아니면 서둘러 무덤으로 보내버려야겠지." 내가 무덤덤하게 말한다.

프루에게 정보국 얘기를 직접적으로 꺼내놓는 경우는 거의 없다. 순풍을 맞을지 역풍에 당할지 갈피를 잡을 수 없어서 늘 위태롭게 에둘러 얘기하고 만다.

"지휘 보직은 싫다고 하지 않았어? 차라리 이인자가 낫다며. 돈 세는 것도, 부하들 부리는 것도 싫다면서?" 아내가 가볍게 딴지를 놓는다.

"음, 지휘 보직이랑은 좀 달라, 프루. 난 여전히 이인자 역할을 할 테고." 나는 조심스럽게 대꾸한다.

"그럼 뭐가 문제야? 브린이 어지간히 잘 챙겨주겠어? 존경할 만한 사람이잖아. 우리 둘 모두에게." 아내가 밝게 웃으며 되묻는다.

우리는 브린 지국장이 우리를 지켜주고 이끌어주던 모스크바 스파이 시절의 짧은 허니문을 떠올리며 멋쩍은 미소를 교환한다.

"브린의 지시를 직접 받거나 하지는 않을 거야. 요즘 브린은 러시아의 차르 격이거든. 헤이븐 같은 오지는 위신에 맞지 않지."

"그럼 어떤 행운아가 자기를 담당하지?"

까놓고 이실직고하기는 다 틀려버렸다. 프루는 돔을 증오한다. 스테파니와 함께 부다페스트에 왔을 땐 돔의 정신없는 아내와 아이들을 보며 넌더리를 내기도 했다.

"공식적으로는 런던 제너럴 휘하에 있게 돼. 중요한 사항이라면야 피라미드를 넘어 브린에게까지 흘러들겠지만." 나는 달래듯 이야기하지만, 그 대상이 누구인지는 나한테도 프루한테도 분명하지 않다.

프루는 포크로 퐁듀 조각을 찍어 먹고 와인을 조금 마신다. 버찌주도 한 모금 홀짝인다. 그러다가 뭔가 결심한 듯 테이블 너머 두 손을 내밀어 내 손을 잡는다. 돔인 줄 알아챈 건가? 직감으로 알았을까? 프루의 심령에 가까운 통찰력이라면 가능하고도 남는다.

"음, 내가 해 줄 말은 하나야, 내트." 프루가 잠시 뜸을 들이다가 입을 연다. "자기가 원하는 대로 하면 돼. 자기 권리니까. 이것저것 따질 필요 없어. 당연히 나도 똑같이 할 거고. 다만, 이번에는 내가 희생할 차례겠지? 그러니까 그만 얘기해도 돼. 나중에 죄다 갚아줄

게." 그녀의 농담은 늘 빛이 난다.

분위기는 더없이 좋다. 침대에 누운 채 나는 지난 몇 년간 보여준 그녀의 너그러운 마음씨에 감사하고, 그녀도 좋은 말을 해 준다. 스테파니는 밤새도록 춤을 추고 있으리라. 문득 내 입에서 이런 얘기가 흘러나온다. 지금이야말로 아빠가 어떤 일을 하는지 솔직하게 밝힐 때가 아닐까? 본부에서 허락하는 정도만이라도? 내가 보기엔 지금이 적기다. 당사자한테서 직접 듣는 게 훨씬 좋겠지? 귀국 후 스테파니는 줄곧 내게 함부로 굴고 있었다. 솔직히 나로서도 짜증이 나고, 아이가 사춘기 아이처럼 노는 꼴도 못마땅하다. 딸은 나를 성가신 어른 혹은 황혼기에 접어든 꼰대인 양 대했다. 게다가 조금 더 솔직해지자면, 프루가 인권 변호사로 명성을 굳힐수록 스테파니가 나를 고인 물 취급하는 것도 화가 난다.

일단 변호사 엄마인 프루는 신중한 태도로 나온다. 그 애한테 어디까지 말할 생각이야? 당연히 제약이 있겠지만, 정확히 어디까지지? 그 제약은 누가 만들었는데? 정보국? 아니면 자기? 구체적인 설명을 원하면 어떻게 대처할 생각이야? 그럴 가능성에 대해서도 생각한 거지? 흥분하지 않을 자신은 있어? 스테파니가 어떻게 나올지 우리 둘 다 모르잖아. 스테파니랑 자기는 너무 쉽게 화를 내. 그런 점에서 둘은 닮은꼴 맞아, 어쩌고저쩌고.

늘 그렇듯 지극히 건전하고 논리적인 경고들이다. 프루가 상기시켜줄 필요도 없이 스테파니의 이른 사춘기는 끔찍한 악몽이었다. 그 사내애들며, 마약이며, 악다구니며……. 현대의 흔한 일상이라

말할지 모르겠지만 스테파니는 그 모든 것을 예술적인 경지로 승화시켰다. 내가 해외 기지 사이를 오가는 동안, 프루는 틈날 때마다 교장이나 담임을 만나 상담을 하고, 부모 모임에 참석하고, 서적과 신문 기사는 물론 인터넷 상담 서비스까지 뒤져야 했다. 저 무모한 딸을 어떻게 다룰지 고심에 고심을 거듭하고, 또 그 모든 상황에 자책해야 했다.

나로서도 최선을 다해 아내의 부담을 덜어주고 싶었다. 주말이면 비행기를 타고 날아와 정신과 의사나 심리학자 등 온갖 전문가들을 만나 고민을 나누었다. 그들이 유일하게 서로 동의하는 점은 스테파니가 초지능적 인간이라는 사실이다. 놀랄 일은 아니다. 스테파니는 또래 아이들한테 흥미를 느끼지 못한다. 그 애에게 규율은 실존에 대한 위협이며, 선생들은 따분하기 이를 데 없는 인간들이다. 스테파니가 필요로 하는 것은 자신에게 걸맞은 도전적이고 지적인 환경이다. 나한테는 너무도 명확한 결론이지만 프루에겐 아니었다. 그녀는 전문가들의 의견보다 자기 자신을 더 신뢰했다.

그리고 스테파니는 마침내 도전적이고 지적인 환경을 갖게 되었다. 브리스틀 대학. 수학과 철학 전공. 벌써 2학기에 접어들었다.

그러니 이제 얘기하자.

"당신이 말하는 편이 더 나으려나?" 내가 말한다. 프루야말로 위기의 순간마다 가족의 지혜를 담당해 온 인물 아닌가.

"아니, 자기가 해. 마음을 정했으면 직접 얘기하는 게 좋아. 다만 성질 죽이고, 자기 비하조로 얘기하지 않도록 주의해. 그랬다간 개도 꼭지가 돌아버릴 테니까."

★★★

위험한 목적지에 접근할 때 하는 식으로 마땅한 장소들부터 물색해 보았다. 현 시점에서 가장 자연스럽고도 최선의 환경을 갖춘 곳은, 이용자가 거의 없고 발아래로 활강 연습장이 그랜드 터레인의 북쪽 경사까지 치고 올라가는 스키 리프트였다. 리프트에는 구닥다리 T-바가 하나밖에 없으니 나란히 타고 올라가는 동안 눈을 마주치지 않아도 되고, 누군가 엿들을 가능성도 없다. 왼쪽으로는 소나무 숲, 오른쪽으로는 눈밭이 계곡까지 이어진다. 리프트는 하나뿐이고 기슭까지의 경사는 짧고 가파르다. 대화가 끊길 염려는 없다. 꼭대기에 이르러 리프트에서 내린 뒤에도 보충 설명이 필요한 경우엔 다시 올라가면 될 것이다.

청명한 겨울 아침, 완벽한 눈. 프루는 배가 아프다는 핑계를 대고 혼자 쇼핑을 갔다. 스테파니는 이탈리아 녀석들이랑 나갔다가 언제 돌아왔는지 모르겠지만, 어쨌든 아빠와 단둘이 나가는 게 싫지는 않은 모양이다. 의뭉스러운 과거를 시시콜콜 밝힐 생각은 없다. 그저 내가 진짜 외교관이 아니라 위장 신분으로 일하고 있으며, 베이징에 갔을 때도 기사나 대사 자격이 아니었다는 정도? 어쩌면 스테파니도 더 이상 묻지 않을 것이다. 내가 이미 집에 돌아와 있는 데다 그 정도면 크게 거슬리는 문제도 아니지 않은가.

열네 살 생일 때 전화하지 못한 이유에 대해 얘기해 주고 싶다. 아직도 아이가 그 일로 꽁해 있는 것 같으니까. 당시 난 러시아 국경 너머 에스토니아 쪽에 앉아 있었다. 공작원이 통나무 더미 밑에 두텁게 쌓인 눈을 뚫고 무사히 국경을 건너기를 신께 기도하면서. 정보국의 모스크바 지국 소속으로 끊임없이 감시를 받으며 살던 엄마 아빠의 기분이 어땠을지도 조금이나마 알려주고 싶다. 수수소를 비우거나 채우는 데만 열흘이 걸리고, 자칫 실수하는 날에는 우리 공작원이 끔찍하게 죽을 수도 있었다. 하지만 프루는 모스크바 시절 따위 다시 돌아가고 싶지 않은 삶의 일부일 뿐이라고 주장하며 언제나처럼 직설적으로 이렇게 덧붙인다.

"러시아 카메라 앞에서 섹스 한 사실까지 얘기할 필요 없다는 건 알지?" 아내는 되찾은 성생활에 만족스러워한다.

★★★

스테파니와 나는 리프트를 타고 올라간다. 처음에는 내 귀국에 대해 얘기한다. 반평생을 바쳤지만 조국에 대해 정말이지 아는 게 없다는 얘기도 한다. 스테파니, 너도 알겠지만 여기 적응하려면 배워야 할 게 너무나 많구나.

"그 좋은 면세 양주도 없잖아! 아빠 만나러 갈 땐 있었는데!" 스테파니의 탄식에 우리는 정말 아빠와 딸처럼 웃는다.

리프트가 정상에 도착해, 이제는 산 아래로 활강할 차례다. 스테파니가 앞장선다. 대화를 위해서는 더할 나위 없는 분위기다.

"어떤 식으로든 조국을 위해 일하는 건 부끄러운 게 아니야." 프루의 조언이 머릿속에서 메아리친다. "자기와 내가 애국을 어떻게 달리 생각하든 말이야. 하지만 스테파니한테 조국이란 인류에 대한 저주라는 거 명심해. 종교 다음으로 나쁘지. 그리고 농담도 하지 마. 심각한 순간에 나오는 농담은 비겁한 도피로 보일 테니까."

다시 리프트를 타고 우리는 재차 언덕 위로 올라가기 시작한다. 지금이야. 농담, 자기 비하, 사과는 금물. 프루의 지시를 따를 것. 절대 곁길로 새지 말 것. 나는 정면을 바라보며 자못 심각하고도 엄숙한 말투를 고른다.

"스테파니, 아빠에 대해 얘기할 게 있어. 엄마랑도 말해봤는데 지금이 적기일 것 같아."

"내가 주워 온 자식이라는 거?" 스테파니가 자못 진지하게 묻는다.

"아니, 내가 스파이라는 거."

스테파니 역시 앞만 바라보고 있다. 이런 식으로 시작하고 싶진 않았지만 아무려면 어떠랴. 나는 계획대로 얘기하고, 스테파니는 귀를 기울인다. 눈을 마주치지 않으니 스트레스도 없다. 얘기는 되도록 짧고 담담하게. 내 얘기는 여기까지야, 스테파니. 이제 이해했니? 아빤 지금껏 거짓말 세계에서 살았고, 너한테도 어쩔 수 없이 거짓말을 해야 했어. 낙오자처럼 보일지 몰라도, 이 세계에서는 어느 정도 능력을 갖춘 사람이지. 스테파니는 아무 말도 없다. 리프트가 정상에 이르고, 우리는 다시 언덕 아래로 활강해 내려간다. 대화

같은 건 없다. 스테파니가 나보다 더 빠르다. 아니, 자기가 더 빠르다는 걸 확인하고 싶은 걸까? 아무려면 어떠랴, 어차피 리프트 앞에서 다시 만날 텐데.

기다리는 동안에도 우리는 아무 말이 없다. 딸은 나를 똑바로 바라보지 않는다. 그렇다고 딱히 불편한 것은 아니다. 스테파니는 자신의 세계에서 산다. 그리고 이젠 아빠에게도 아빠의 세계가 있다는 사실을 알게 되었다. 그 세계가 외교부 떨거지들의 하치장은 아니라는 것도. 스테파니가 먼저 리프트 바를 잡는다. 사람 죽인 적 있어? 출발하자마자 아이가 묻는다. 무척이나 담담한 목소리로. 나는 키득거리며 웃는다. 아니, 없어, 맙소사, 없고말고. 정말이다. 다른 동료들은 간접적이나마 살인 경험이 있지만 나는 아니다. 살인 근처에도 간 적 없다. 정보국이 하는 말마따나 '부인 가능한 작업' 같은 식으로도 아니다.

"사람을 죽이지 않았다면, 그다음 나쁜 짓으로는 뭘 했는데?" 여전히 담담한 목소리.

"음, 제일 나쁜 짓이라면 다른 사람들한테 뭔가를 시켰다는 게 아닐까 싶네. 그러니까…… 내 지시가 없었다면 하지 않았을 그런 일들 말이야."

"나쁜 일?"

"어쩌면. 어느 쪽에 속해 있느냐에 따라 다르겠지만."

"예를 들면?"

"음, 우선 조국을 배신하기?"

"조국을 배신하라고 시켰다고?"

"직접 각오하지 않는 경우라면, 그래, 내가 지시했지."

"다들 남자였어? 아니면 여자도 있었어?" 스테파니가 페미니즘을 걸고 들어오면 문제가 커진다.

"주로 남자들이야, 스테파니. 당연히 거의 다 남자였지."

리프트가 정상에 이르자 우리는 다시 차례차례 활강해 내려간다. 딸은 정면만 바라보고 있다. 우리는 리프트 앞에서 만난다. 대기자는 없다. 그때껏 스테파니는 줄곧 고글을 이마에 걸친 채였지만 이제는 제대로 쓰고 있다. 렌즈가 반사경 같은 종류라 더 이상 딸의 눈을 볼 수 없다.

"정확히 어떤 식으로 지시하는데?" 리프트가 움직이자 스테파니가 묻는다.

"손톱을 뽑거나 뭐 그런 건 아니야, 스테파니." 전문가답지 않은 대답이다. 심각한 순간에서 나오는 농담은 스테파니가 도피로 여길 거랬는데.

"그러니까 어떻게?" 스테파니가 몰아붙인다. '지시' 문제를 물고 늘어지려는 것이다.

"음, 스테파니, 세상에는 돈을 위해 뭐든 하려는 사람이 많아. 원한이나 자아실현 때문에 일을 하는 사람도 많고. 물론 이상을 추구하는 사람도 있어. 그런 부류는 명분이 충분하다면 돈도 받지 않으려 하지."

"정확히 어떤 이상을 말하는 건데, 아빠?" 저 망할 놈의 고글 같으니! 그러고 보니 아이가 나를 아빠라고 부른 것이 몇 주 만인지 모르겠다. 게다가 욕설도 내뱉지 않는다. 스테파니 입에서 나오는 욕설은 일종의 경고 신호라 할 수 있다.

"음, 이렇게 말해볼까? 예를 들어, 누군가는 영국을 민주주의의 대모라고 믿고 있어. 여왕을 무조건적으로 신봉하기도 하지. 더 이상 국가가 우리를 위해 존재하지 않을 수 있지만, 그 친구들 생각은 달라. 무조건 믿는 거야."

"아빠도 그래?"

"어느 정도는. 몇 가지 불만은 있지만."

"심각한 불만인가?"

"맙소사, 지금 불만 없는 사람이 어디 있겠니?" 내가 발끈한다. 나라가 개판 일보 직전이라는 사실을 나만 모르고 있다는 투 아닌가! "최악의 토리당에 멍청한 외교부 장관. 노동당도 똑같지. 미쳐 날뛰는 저 브렉시트만 봐도……" 내가 말을 끊는다. 나한테도 감정은 있었군. 분노의 침묵으로 더 이상의 언급을 대신하자.

"그러니까 불만이 많은 거네. 아주, 아주 많아." 스테파니의 말투는 천연덕스럽기까지 하다.

지나치게 솔직한 면이 없지 않지만, 사실 처음부터 원하던 바다. 딸에게 승리의 기쁨을 선사하고, 내 수준이 학교 교수 근처에도 못 미친다는 사실을 깨닫게 해 준 다음, 원래의 부녀 관계로 돌아가기.

"내가 제대로 이해했다면……" 올라갈 차례가 되자 스테파니가 다시 입을 연다. "아빠 스스로의 마음에도 들지 않는 나라 때문에 다른 나라 사람들을 꼬드겨 자기 조국을 배신하게 만든다는 거지?"
이어 생각났다는 듯 덧붙인다. "그 사람들은 아빠와 달리 아빠 나라
에 불만이 없는 대신 자기 나라에 불만이 많으니까. 맞아?"

그 말에 난 탄성을 지르며 명예로운 패배를 인정한다. 억울한 구
석이 없지는 않지만.

"하지만 그들도 순진한 양 떼는 아니야, 스테파니. 자원하기도 했
고…… . 그래, 대개가 자원자들이지. 우리는 그들을 돌봐주고 지원
해 줘. 돈을 원하면 돈다발을 안겨주고, 신을 원하면 신을 선물하지.
먹히는 거라면 뭐든. 스테파니, 우린 그들의 친구야. 그들도 우리를
믿고. 우린 그들에게 필요한 것을 제공하면서 우리가 원하는 바를
요구할 뿐이지. 세상 돌아가는 이치가 다 그렇잖아?"

스테파니의 관심사는 세상 돌아가는 이치가 아니라 내 방식이다.
그 사실을 나는 다시금 리프트에 올라서야 깨닫는다.

"다른 사람들의 존재를 규정해 주면서, 아빠는 스스로가 어떤 존
재인지 생각해 본 적 있어?"

"정의의 편에서 일하는 존재라는 것만은 분명히 알지." 내가 대답
한다. 프루의 경고에도 불구하고 짜증이 일기 시작한다.

"정의의 편이 어딘데?"

"내가 속한 정보국. 내 조국. 물론 네 조국이기도 하고."

마지막 오르막. 나도 어느 정도 마음을 가라앉힌다.

"아빠?"

"말해."

　　　　　/　AGENT RUNNING IN THE FIELD

"외국에 있을 때 여자가 있었어?"

"여자?"

"애인 말이야."

"엄마가 그런 소릴 해?"

"아니."

"그럼 네 빌어먹을 연애질이나 신경 쓰지 그래?" 결국 참지 못하고 버럭 화를 내고 만다.

"엄마가 말해주지 않으니까 그러지!" 스테파니도 똑같이 소리를 지른다.

우리는 찝찝한 마음으로 헤어져 따로따로 마을로 돌아간다. 그날 저녁, 스테파니는 피곤하다는 핑계를 대며 이탈리아 친구들의 초대를 모조리 거절한다. 대신 와인 한 병을 비우고는 자기 방으로 사라진다.

나는 어느 정도 뜸을 들인 뒤 부녀간의 대화를 프루에게 전한다. 편의상 스테파니의 마지막 질문은 생략한 채 대화 임무를 무사히 수행했다고 우겨보지만, 그러기엔 프루가 날 너무 잘 안다. 다음 날 런던으로 돌아가는 비행기, 스테파니는 통로 건너편에 자리를 잡는다. 그다음 날, 그러니까 스테파니가 브리스틀로 돌아가기 전날에는 스테파니와 프루가 말 그대로 대판 싸운다. 스테파니가 분노한 건 아버지가 스파이라는 사실 때문도, 다른 사람들을 스파이로 만들었기 때문도 아니다. 그보다 엄마가 오랫동안 고통을 겪으면서도 자신에게까지 그 엄청난 비밀을 감췄다는 사실이 더 분하다고 했다. 요컨대 여성 사이의 가장 성스러운 신뢰를 깨뜨렸다는 것이다.

비밀을 밝히는 것은 엄마가 아니라 아빠의 몫이며, 어쩌면 정보국의 몫일지 모른다고 조용히 지적했지만, 스테파니는 집을 뛰쳐나가 남자친구 집으로 갔다. 심지어 혼자 브리스틀로 떠나 개강 이틀 후에야 도착했고, 남자친구를 집으로 보내 짐을 가져오게 했다.

★★★

이 가족 드라마 어딘가에 에드가 깜짝 출연을 했을까? 물론 그런 일은 없다. 어떻게 가능하겠는가? 그는 본토를 떠난 적도 없는데. 그럼에도 불구하고 혹시나 싶은 순간이 있었다. 프루와 내가 투아소메의 스키 산장에서 풍광을 즐기며 치즈 빵과 화이트 와인을 즐기고 있을 때 한 젊은이가 들어왔다. 그가 에드의 분신이었을 수도 있다. 아니, 어쩌면 분신이 아니라 현신이자 그 자신일지도 모른다.

스테파니는 늦잠을 잤다. 프루와 나는 일찍 스키를 즐긴 뒤 언덕을 내려갈지, 아니면 침대로 갈지 망설이던 참이었다. 그런데, 짠! 에드의 분신 같은 인물이 털모자를 쓰고 등장한 것이다. 키도 비슷하고, 어딘가 슬프면서도 상심한 듯한 분위기까지 흡사했다. 자기 때문에 모두가 일어나 있건만, 젊은이는 문지방에 서서 구두의 눈을 털어내고 고글을 벗더니 마치 잘못 찾아온 사람처럼 눈을 끔벅이며 안을 둘러보았다. 난 무심결에 두 손을 들어 그를 맞이할 뻔했다.

하지만 프루가 언제나처럼 재빠르게 내 행동을 제지했다. 내가 반발하자 아내는 정확하게 빠짐없이 설명할 것을 요구했다. 난 짧게 요약해 주었다. 아틀레티쿠스에 있는데 한 친구가 찾아와 집요하게 시합을 제안했어. 프루는 그 이상의 설명을 원했다. 잠깐 본 사이라면서 왜 그렇게 친근하게 굴어? 비슷하게 생긴 사람한테까지 즉각적으로 반응할 정도로? 자기가 좋아하는 타입도 아닌데?

프루의 추궁에 나도 줄줄이 대답을 늘어놓아야 했다. 당신이라면 더 똑똑히 기억했을걸? 엄청 괴짜였거든. 바에 있던 짓궂은 녀석들이 아무리 비아냥거려도 끝내 자기가 원하는 바를 얻어내더라고. 나중에는 꺼지라는 듯 그 친구들까지 밀치면서 나가더라니까.

★★★

나처럼 산을 좋아하는 사람에게 하산이란 늘 울적한 일이다. 하지만 비가 퍼붓는 월요일 아침, 캠던의 어느 뒷골목에서 붉은 벽돌로 지어진 3층짜리 흉물은 그저 보는 것만으로 사람 기운을 빼놓았다. 안에 들어가 도대체 어디부터 손을 대야 할지 난감한 지경이랄까.

이런 곳에 분국을 세운 것부터 말이 되지 않는다. 도대체 어떻게 헤이븐이라는 별명을 얻었을까? '안식처'라니, 맙소사! 1935년부터 10년간 벌어진 전쟁 당시 독일 스파이 포로의 안가로 쓰였다는 얘기는 들었다. 이후로는 예전 분국장이 정부를 이곳에 숨겨두었다는 소문도 돌았지만, 그나마 개연성 있는 얘기는 다음과 같다. 정책 실패를 거듭하던 본부가 또 바보 같은 짓을 했다는 것. 말인즉슨, 보안상의 이유로 런던 전역에 분국을 흩뜨려놓고는 정작 정책을 폐기할 때 헤이븐은 안중에도 없었다. 그만큼 하찮고 무의미한 곳이라는 뜻이리라.

나는 다 부서진 세 단짜리 층계를 올라간다. 페인트칠이 벗겨진 현관문은 녹슨 열쇠를 넣기도 전에 열린다. 바로 앞에 전설적인 자일스 웩퍼드가 서 있다. 지금이야 체중도 불고 고초열로 고생 중이지만, 전성기에는 정보국에도 가장 잽싼 에이전트 러너에 속했다. 나이도 나보다 겨우 세 살 많다.

"친애하는 동지, 언제나처럼 시간 약속에 철저하군. 진심으로 환영하네! 그리고 영광이군. 당신 같은 양반이 후임으로 오다니!" 갈라진 목소리로 인사를 건네는 그의 입에서 어젯밤 마신 위스키 냄새가 진동한다.

그의 팀원들도 만난다. 그들은 좁은 나무 계단 위아래에 두 명씩 진을 치고 있다.

이고르. 한풀 꺾인 예순다섯의 리투아니아인. 냉전 중에는 정보국 최고의 발칸 네트워크 통제관이었으나, 지금은 외국 대사관에 고용된 청소 용역, 도어맨, 타자수 들이나 관리하는 신세다.

그다음은 마리카. 에스토니아 출신. 은퇴한 뒤 레닌그라드, 즉 지금의 페테르부르크에서 사망한 어느 공작원의 아내로, 지금은 이고르의 연인이다.

세 번째가 데니즈. 땅딸막하고 성마른 스코틀랜드 여성. 러시아

/ AGENT RUNNING IN THE FIELD

어에 능통하며 부모는 노르웨이 출신이다.

마지막으로 눈치 빠른 청년 일리야. 영국과 핀란드 혼혈로, 역시 러시아어에 능통하다. 5년 전 헬싱키에서 내가 직접 이중 스파이로 선발했다. 지금은 영국에서 재정착 약속을 받고 선임 분국장을 위해 일하고 있다. 본부에서는 일리야를 받아들이려 하지 않았다가 내가 두 차례에 걸쳐 브린 조던을 설득한 뒤에야 마지못해 제일 하급의 비밀 요원, 즉 C급 사무직으로 임명했다. 일리야가 핀란드인답게 활짝 웃으며 러시아식으로 나를 포옹한다.

어둠의 저주를 받은 듯한 꼭대기 층은 몰락한 지원 팀의 사무직원들이 차지하고 있다. 모두 다문화 배경에 기초 작전 훈련을 마친 친구들이다.

우리는 건물을 한 바퀴 돌아본다. 그런데 이인자가 있다고 하지 않았나? 어디 있지? 궁금증이 일기 시작할 즈음 자일스가 유리문을 조심스레 노크한다. 집무실이라는데, 아마 과거엔 하녀 방으로 쓰였던 듯싶다. 방 안으로 들어가자 퀴퀴한 냄새가 진동한다. 그곳에서 나는 플로렌스를 처음 만난다. 선이 굵고 인상이 당당한 젊은 여성. 2년 차 수습 직원으로 러시아어에 유창하며 헤이븐 기지에는 제일 최근에 합류했다. 돔의 말에 따르면 유망주다.

"그럼 왜 러시아국으로 바로 보내지 않은 거죠?" 그때 내가 돔에게 물었었다.

"풋내기잖아요, 내트. 재능은 있지만 설익었죠. 1년은 더 있어야 제 역할을 할 겁니다." 돔은 거만한 투로 대답했다. 자신이 결정의 주체임을 과시하려는 뜻이었다.

재능은 있지만 설익었다? 모이라에게 플로렌스의 인사 파일을 요청했더니, 아니나 다를까 돔이 그 파일에서 훔쳐낸 표현이었다.

★★★

언제부터인지 헤이븐에 떨어진 모든 업무가 플로렌스의 주도하에 진행되고 있었다. 적어도 내 기억엔 그렇다. 다른 의미 있는 프로젝트도 있었겠지만, 내가 로즈버드 작전 초안과 눈을 맞춘 그 순간부터 로즈버드는 이 작은 세계의 유일한 쇼였으며 플로렌스는 유일한 스타였다.

플로렌스는 요원 모집도 주도적으로 이끌어 어느 쓰레기 같은 인간의 불만 많은 정부를 영입했다. 여자의 정부인 오슨이라는 사람은 런던에서 활동하는 우크라이나 과두정치인으로, 모스크바 센터는 물론 우크라이나 정부의 친푸틴 관료들과도 확실한 연줄을 가졌다.

플로렌스의 야심 차면서도 허무맹랑한 계획에 따르면, 본부의 잠행 팀이 파크 레인에 있는 오슨의 7500만 파운드짜리 저택에 침입해 도청 장치를 설치하고 컴퓨터들을 조작해야 한다. 컴퓨터실은 전망대 라운지로 오르는 대리석 계단 중간쯤, 철문 안에 보호되어 있다.

그 수준이라면 로즈버드가 작전국에서 오케이 사인을 받을 확률은 제로에 가깝다. 불법 침입은 매우 경쟁적인 분야이며 잠행 팀은 사금처럼 귀한 존재다. 로즈버드는 이 도떼기시장 속에 묻히고 말 터였다. 그런데 기안을 파고들수록, 나는 로즈버드 작전이 치밀하고도 시의적절하다는 확신을 갖게 되었다. 고급 정보를 캐낼 수 있을 만한 작전이었다. 게다가 어느 날 밤 헤이븐의 부엌에서 탈리스커 위스키를 한 병 까면서 자일스가 어렵사리 들려준 얘기도 있었다. 그는 로즈버드가 무자비하면서도 집요한 수호자를 찾아낸 셈이라고 했다.

"그 여자, 직접 현장을 누비고 서류 작업도 혼자 다 했어. 오슨을 파낸 다음부터는 도청에 완전히 미쳤지. '자네 그 친구한테 억하심정이라도 있나?' 하고 물었더니 뭐라 대답했는지 아나? 인간성을 말살하는 자이니 제거해야 한다고 웃음기 하나 없이 말하더군."

자일스가 위스키를 한 모금 들이켜고 말을 이었다.

"아스트라에게 접근해서는 아주 단짝이 됐어." 아스트라는 오슨의 정부를 부르는 암호명이다. "게다가《데일리 메일》기자를 사칭하고 목표 건물의 야간 근무자까지 꼬드겼더라고. 런던 과두정치인들의 라이프 스타일에 관한 특집 기사를 준비 중이라고 뻥을 친 거야. 놈은 플로렌스에게 홀딱 빠져서 그 여자가 하는 말을 그대로 다 믿었지. 사자 우리를 들여다보고 싶을 때면 언제든《데일리 메일》의 자금처[4]에서 5000파운드씩 나오니 요구만 하면 되는 일이었을

---

4 reptile fund. 위장 작전에 지불하는 자금.

거고. 망할, 풋내기라고? 그 여자, 뱃속에 코끼리 불알을 감추고 있다고."

★★★

나는 퍼시 프라이스와 오붓한 점심 식사 약속을 잡는다. 프라이스는 감시 팀의 강력한 수장이며, 감시 팀은 그 자체로 제국이다. 규정에 따라 돔도 초대하지만, 퍼시와 돔 사이가 좋지 않다는 사실이 금세 분명해진다. 반면 퍼시와 나는 오래전부터 가까운 사이다. 퍼시는 50대의 정치인 출신으로 깡마르고 입이 무겁다. 10년 전, 그의 잠행 팀원과 내가 굴리는 에이전트가 함께 국제 무기 시장 전시장에서 러시아산 표준 미사일 한 대를 빼돌리기도 했다.

"그러잖아도 이 오슨이란 놈이 자꾸 걸리적거리더라고. 러시아 파이에 손을 대는 교활한 억만장자를 털 때마다 오슨이 튀어나오는 거야. 우리는 공작원이 아니라 감시원이잖아. 감시하라는 지시가 내려오면 감시할 뿐이지. 어쨌든 누군가 치려 한다니 반갑군그래. 오슨 패거리 때문에 오랫동안 껄끄러웠거든."

퍼시가 창구를 하나 마련하겠다고 말한다. 하지만 쉽지는 않을 거야, 내트. 막판에 작전국에서 다른 방식이 낫겠다고 판단하면 퍼시든 누구든 더는 손쓸 방법이 없다는 얘기다.

"무엇보다 나를 통해야 합니다, 퍼시." 돔이 끼어든다. 우리 둘은 대답한다. 예, 돔, 물론 그래야죠.

사흘 뒤, 퍼시가 정보국 전용 휴대전화로 전화를 걸어온다. 고삐가 조금 풀릴 것 같아, 내트, 시도해 볼 가치가 있겠어. 고마워, 퍼시, 적절한 시기에 돔에게도 전하지. 내가 말한다. 그 시기를 최대한 늦추거나 아예 전하지 않겠다는 뜻이다.

플로렌스의 방은 내 집무실 바로 옆이다. 나는 그녀에게 지시한다. 지금부터 얼마든지 시간을 써도 좋으니 오슨의 전 정부, 즉 암호명 아스트라와 함께 지내요. 교외로 드라이브를 가고, 함께 쇼핑을 하고, 포트넘 식당에서 아스트라가 좋아하는 음식을 사주어도 좋아요. 타깃 건물의 야간 근무자와의 관계도 상향 조정할 필요가 있고. 나는 돔의 허가 없이 500파운드의 활동비를 승인한다. 내 지휘하에, 플로렌스는 처음으로 오슨 저택 내부의 비밀 정찰을 위한 공식 신청서를 작성할 것이다. 작전 지휘는 작전국의 잠행 팀이 맡을 예정이다. 초기 단계에 작전국을 끌어들임으로써 중대한 의도를 내비치는 셈이다.

★★★

처음에는 조심스럽게 플로렌스의 비위를 맞출 생각이었다. 어릴 때부터 조랑말 타고 놀던 상류층 여자라니, 맙소사, 그 속을 누가 알겠는가. 스테파니라면 플로렌스를 보는 순간 인상을 찌푸릴 것이고, 프루도 그리 호감을 느끼지는 않으리라. 웃음기라곤 없는 커다란 갈색 눈. 일터에서는 체형이 드러나지 않는 펑퍼짐한 모직 치마를 즐겨 입고 굽 낮은 구두를 신으며 화장은 하지 않는다. 파일에 따르면 핌리코에서 부모와 살고 있으며 파트너는 없다. 성적 지향은 본인의 뜻에 따라 빈칸으로 남겨져 있다. 왼손 약지에 남성용 금도장 반지를 꼈는데, 내가 보기엔 접근하지 말라는 의미 정도다. 보폭은 넓고 걸음은 경쾌한 편이다. 특유의 경쾌함은 흡사 첼트넘의 순진한 여대생이 비속어를 구사하는 듯한 목소리에서도 묻어난다. 이 이율배반적인 모습을 나는 로즈버드 작전 회의에서 처음 접한다. 모두 다섯 명이 모인 자리다. 돔, 퍼시 프라이스, 나, 오만한 사기꾼 에릭, 그리고 플로렌스. 정전을 활용해 상대의 주의를 다른 곳으로 유도하자는 이야기 중이다. 정전을 일으키면 에릭의 요원들이 오슨의 저택에 들어가 수색을 하면 된다. 플로렌스는 끝까지 침묵을 지키다가 불쑥 끼어든다.

"하지만 에릭, 그럼 오슨의 컴퓨터도 꺼지지 않겠어요? 망할, 랜턴 배터리로 컴퓨터를 돌리게요?"

내가 처리해야 할 가장 시급한 문제는, 작전국에 제출할 그녀의 보고서 초안에 스며 있는 도덕적 분노의 흔적을 제거하는 것이다. 비록 서류 작업의 제왕은 아니지만—사실 그 반대에 가깝다—어떻게 해야 친애하는 기획가들의 결단을 이끌어낼 수 있을지 잘 아니까. 내가 설명하자 플로렌스가 발끈한다. 망할, 지금 내가 싸우는 상대가 스테파니인지 내 부하인지 모르겠군.

그녀가 푹 한숨을 내쉰다.

"세상에, 지금 나한테 부사 사용법에 대해 강의라도 늘어놓을 생각이에요?"

"그런 얘기가 아니잖아요. 오슨이 세상에서 가장 천박한 인간인지 아니면 존경할 만한 인물인지 작전국과 러시아국에 설명할 필요는 없어요. 이런 식으로 통과가 되겠어요? '정당한 명분', '약자들에게 빼앗은 더러운 돈' 같은 표현은 사용하면 안 된다고요. 그저 위험 수준과 포기 가능성을 타진하고 분류만 하면 그만이지. 제안서 페이지마다 헤이븐의 상징을 집어넣고, 타 부서의 흔적은 철저히 배제하고."

"돔의 서명 같은 거요?"

"그 누구의 서명도 안 돼요."

플로렌스는 성큼성큼 자기 사무실로 돌아가 쾅 소리를 내며 문을 닫는다. 자일스가 반할 만도 하군. 자일스에겐 딸이 없다. 난 퍼시에게 전화를 걸어 로즈버드 초안이 진행 중이라고 보고한다. 보류 평계가 소진될 즈음 돔에게도 진행 상황을 있는 그대로 설명한다. 그러니까, 돔이 나불대지 않을 수준으로 보고했다는 뜻이다. 월요일 저녁, 어느 정도 흡족한 마음으로 헤이븐에 퇴근을 고한 뒤 아틀레티쿠스로 향한다. 오래 기다린 도전자 에드 스탠리 섀넌과의 배드민턴 대결에 관심을 쏟을 차례다.

05

업무 일지에는 절대 위험한 정보를 기록하지 않는다. 버스나 집에 두었을 때를 대비해서다. 지금 일지를 확인해 보니, 에드와 나는 아틀레티쿠스에서 총 열다섯 차례 시합을 벌였다. 주로 월요일이지만 다른 요일도 있다. 한 주에 두 번도 했다. 전락(Fall)의 그날까지 열네 번, 그 이후에 한 번이다. 나는 이 'fall'이라는 단어를 멋대로 사용한다. 가을과도, 아담과 이브의 타락과도 무관한 이 단어가 내 패배를 제대로 설명하는지 모르겠지만, 어쨌거나 더 나은 표현은 찾을 수 없다.

북쪽에서 아틀레티쿠스에 가려면 마지막 구간인 배터시 공원을 가로질러야 한다. 직선거리 500미터 남짓한, 늘 기분 좋은 산책길이다. 아틀레티쿠스는 내게 클럽이라기보다 삶의 도피처에 가깝다.

프루 말마따나 놀이터라고나 할까. 외국에 나가 있을 때도 멤버십을 계속 유지하고 휴가 기간을 이용해 순위에서 밀려나지 않도록 애도 썼다. 정보국에서 작전 회의에 참석하라고 부를 때마다 어떻게든 시간을 내 시합에 참석했다. 아틀레티쿠스에서 난 회원 내트일 뿐, 나라는 인간이나 내 직업을 들어 야유를 보내는 사람은 없다. 중국 등 아시아 회원과 백인 회원의 비율은 3대 1쯤 된다. 스테파니는 "싫어"라는 말을 배운 이래 한 번도 시합에 참여한 적이 없지만, 아이스크림과 수영을 미끼로 함께 올 기회는 얼마든지 있었다. 프루 또한 운동을 좋아하기에 부탁하면 마다하지 않는다. 그래봐야 건성일 뿐이고, 그나마도 요즘에는 무료 변호와 집단소송 문제로 전혀 관심이 없지만.

이곳 바텐더는 스와타운 출신이다. 이름은 프레드, 나이도 안 먹고 잠도 없는 친구다. 아틀레티쿠스 클럽은 청소년 멤버십을 운영한다. 손해가 극심한 분야지만 다행히 스물두 살까지만 가입할 수 있다. 그 이후에는 상당한 액수의 가입비와 더불어 매년 150파운드의 출자금을 지불해야 한다. 만약 아서라는 중국계 회원이 10만 유로라는 거금을 기부하지 않았더라면 클럽 내에 상점이라도 유치하거나 출자금을 올려야 했을 것이다. 이와 관련해서도 흥미로운 일화가 얽혀 있다. 클럽의 명예 회장으로서, 난 아서의 너그러운 기부에 대해 감사 인사를 전하기로 했다. 어느 날 저녁 그가 바에 있다는 얘기를 들었다. 내 또래임에도 머리에 흰 서리가 내려앉았다. 그는 술은 주문하지도 않은 채 값비싼 정장에 타이까지 맨 모습으로 정면을 바라보고 있었다.

"아서, 어떻게 감사 인사를 드려야 할지 모르겠군요." 내가 그의 옆에 앉아 말했다.

고개를 내 쪽으로 돌리겠거니 했는데 아서는 계속 허공만 바라보았다.

"내 아이를 위해서입니다." 영겁의 시간이 지난 뒤에야 그가 겨우 입을 열었다.

"자제분이 오늘 여기 와 있나요?" 내가 물었다. 그러고 보니 중국 아이들 한 무리가 풀장 주변에서 어슬렁거리고 있었다.

"더는 오지 않습니다." 그가 대답했다. 여전히 시선은 앞을 향한 채였다.

더는 오지 않는다고? 무슨 뜻이지?

나는 조심스럽게 검색을 해 보았다. 중국 이름은 어렵다. 청소년 멤버 가운데 기부자와 성이 같은 아이가 있기는 했지만 이미 6개월 전에 멤버십이 종료되어 있었다. 안내 문자에도 아무런 답이 없었다. 사정을 파악해 낸 것은 앨리스였다. 앨리스의 기억으로는 '킴'이라는 이름을 가진, 작고 비쩍 마르고 아주 상냥한 소년이었다. 나이는 열여섯인데 예순처럼 보이기도 했단다. 처음엔 매우 공손한 중국 여성과 함께 왔다. 모친이었을까? 아니면 간호원? 6회 초보자 과정을 현찰로 지불했지만, 소년은 셔틀콕을 제대로 맞히지 못했고 가벼운 서브마저 어려워했다. 결국 코치는 집에서 연습해 볼 것을 제안했다. 손과 눈을 같은 높이에 두고 라켓으로 셔틀콕 맞히기 연습을 한 다음 몇 주 후에 다시 오라고 했지만, 그것으로 끝이었다. 소년도 여자도 다시는 오지 않았다. 그래서 포기했거나 중국으로 돌아갔으려니 했는데…… 오, 이런, 그렇게 된 거구나. 신이여, 불쌍한 킴을 축복하소서!

이 이야기를 왜 이렇게 길게 늘어놓는지 모르겠다. 아마 그만큼 이곳을 사랑하기 때문이리라. 지난 수년간 내게 소중했던 곳. 여기서 에드와 열다섯 차례나 시합을 벌이기도 했다. 시합은 모두 즐거웠다. 마지막 경기만 빼면.

★★★

사실 첫 월요일은 그리 유쾌한 시작이라 할 수 없었다. 나는 시간 관념이 정확한 사람이다. 스테파니의 표현에 따르면 끔찍할 정도로 그렇다. 에드는 3주 전에 약속해 둔 시각을 3분 남기고 헐레벌떡 달려왔다. 구겨진 타운 슈트 차림에, 바지 양쪽 발목은 자전거용 밴드로 묶고, 갈색 인조가죽 가방을 든 채였다. 기분도 엉망인 것 같았다.

기억해 두자. 내가 배드민턴 경기복 차림의 에드를 본 것은 단 한 번뿐이다. 스무 살이나 어린 녀석이 동료 회원들 앞에서 도전장을 냈다. 에드의 면목을 봐서 도전을 받아들인 것은 물론 아니었다. 하나 더 염두에 둘 것이 있다. 클럽 챔피언이긴 하지만, 나는 아침 내내 자일스의 무능하고 무기력한 요원 둘과 연달아 인수인계 회의를 한 뒤였다. 불행히도 둘 다 여성이었고, 둘 다 조정관 교체에 불만을 표했다. 점심은 프루를 달래는 데 할애했다. 스테파니가 감정 섞인 이메일을 보내온 것이다. 휴대폰을 거실 테이블에 두고 왔는데 등기우편으로, 그것도 주노라는 놈팡이 주소로 보내달라나? 도대체 주노는 또 어떤 놈이야? 오후 시간은 오슨의 추잡한 라이프 스타일에 대한, 훨씬 더 추잡한 묘사들과 싸우느라 탕진했다. 플로렌스에게 삭제를 두 번이나 요청했는데도 그 모양이었다!

마지막으로 하나만 더. 에드가 마라톤 선수처럼 탈의실로 들이닥쳤을 때 난 완벽하게 복장을 갖춘 채 10분 내내 시계만 쳐다보던 중이었다. 에드는 옷을 갈아입으면서도 들릴락 말락 투덜거렸다. 어느 "트럭 운전사 새끼"가 신호등 앞에서 욕을 해대고("야, 이 개새끼야, 왜 자전거를 타고 도로에 처나오고 지랄이야?"), "상사라는 놈들"은 "괜히 바쁜 사람 붙들고 염병을 떨었다"는 것이다. 그러니 난들 어쩌겠는가? "저런 안됐군." 위로의 말이랍시고 던지고, 멍하니 벤치에 앉아 그가 옷을 갈아입을 때까지 기다리는 수밖에.

첫 만남 때보다 좀 더 긴장했던 탓일까? 어쨌든 그날의 에드는 처음의 머쓱한 청년과 사뭇 달라 보였다. 그는 재킷을 벗고 상체를 숙이더니 난폭하게 로커를 열었다. 그 안에서 셔틀콕 통 하나와 라켓 두 개, 차곡차곡 개어놓은 옷 보따리가 나왔다. 셔츠, 반바지, 양말, 운동화…….

발이 크군. 발이 크면 동작이 굼뜰 텐데. 그런 생각을 하는 동안 에드가 갈색 가방을 로커에 넣고 문을 열쇠로 잠갔다. 왜 잠그지?

배드민턴 복장으로 갈아입는 중이잖아. 30초 뒤에는 일상복을 로커에 넣어야 할 텐데 왜 벌써 잠그는 걸까? 기껏 30초 후에 다시 열겠다고? 등을 돌리고 있는 동안 누군가 가방을 엿볼까 봐 그러는 건가?

그렇다고 진지하게 의구심을 품은 것은 아니다. 그저 직업병 비슷한 습관이었다. 그렇게 하도록 배운 데다 평생 지켜온 버릇이기도 하니까. 그 대상이 누구든 말이다. 화장대 앞에서 얼굴을 만지는 프루일 수도 있고, 카페 한구석에 죽치고 앉아 대화에 몰두하는 중년 커플일 수도 있다. 저 부부가 애써 나를 외면하는 이유가 뭘까?

에드가 셔츠를 벗자 맨가슴이 드러났다. 다소 마른 편이긴 하지만 꽤 좋은 몸이군. 문신이나 흉터를 비롯해 특별한 흔적도 없고. 그리고 가까이에서 보니 키가 정말 컸다. 그는 안경을 벗고 로커를 열더니, 안경을 넣은 다음 다시 잠갔다. 이어 티셔츠와 칠부바지를 입었다. 처음 만났을 때 입고 있던 바지다. 양말은 흰색이었다.

"다 됐나요?" 그가 묻는다. 자기가 아니라 나 때문에 늦어졌다는 말투다. 이제 그의 무릎이 내 얼굴과 수평을 이루었다. 안경을 벗으니, 처음 내게 접근했을 때보다 훨씬 순박하고 어려 보였다. 많아봐야 스물다섯? 그가 상체를 숙인 채 벽 거울을 들여다보며 콘택트렌즈를 눈에 넣은 뒤 깜빡였다. 신기하게도 그런 일련의 동작 중에도 무릎을 굽히는 법이 없다. 단 한 번도. 운동화 끈을 묶을 때도, 목을 뺀 채 렌즈를 살필 때도, 돌쩌귀 역할은 늘 허리가 담당하고 있었다. 말인즉슨, 큰 키에도 불구하고, 콕을 낮고 넓은 범위에 넣으면 손이 닿기 어려울 수 있다는 뜻이었다. 에드는 다시 로커를 열어 정장과 셔츠와 구두를 넣고 쾅 닫았다. 열쇠를 뺀 뒤에눈, 행여 열쇠가 사라지기라도 한 양 빤히 손바닥을 바라보다가 어깨를 으쓱이고는 열쇠에 부착된 리본을 풀어냈다. 발아래 쓰레기통을 열어 끈을 던져넣은 다음, 그는 열쇠를 반바지 오른쪽 주머니에 집어넣었다.

우리는 코트를 향해 걸어간다. 에드는 내 앞에서 라켓을 빙빙 돌리며 걷는다. 여전히 혼자 씩씩대는 중이다. 개떡 같은 트럭 운전사, 대가리에 똥만 든 상사들, 그도 저도 아니면 아직 얘기하지 않은 불만이 남았으리라. 길은 에드도 알고 있다. 도전장을 날린 뒤 슬그머니 들어와 연습했겠지. 그건 분명하다. 나야 일 때문에라도 평소라면 그리 내키지 않는 상대와도 어울리는 일이 잦지만, 이 젊은이는 오로지 내 자제력을 건드리기 위해 이곳에 온 사람이다. 배드민턴 코트라니, 그야말로 최적의 장소 아니겠는가.

★★★

첫날 저녁은 치열하게 일곱 게임을 치러냈다. 챔피언 결정전에서도 그보다 더 긴장하지는 않았던 것 같다. 풋내기한테 분수를 가르쳐주겠다고 무리를 해서일까? 네 번을 이기긴 했지만 아주 근소한 차이였다. 에드는 실력이 좋았다. 그나마 이따금 흔들린 덕에 내가 우위를 유지할 수 있었다. 어린 나이지만, 내가 보기에 에드는 전성기의 순간에 있었다. 나를 아주 아슬아슬하게 따라잡을 정도로. 다만 집중력이 부족하다는 게 내게는 다행이었다. 한번은 밀어붙이고, 내리찍고, 질주하고, 높이 쳐올리고, 드롭샷으로 속이고, 되받아치며 10여 점을 연달아 따내기도 했다. 전신을 기이한 각도로 비튼 채 받아치면 나도 방어하느라 애를 먹을 수밖에 없었다. 그 후에도 서너 차례 공방이 이어졌는데 에드는 이상하게 열의가 식은 듯했다. 승패에도 관심이 없어 보였다. 그러다 곧 다시 기운을 차렸지만 이미 늦은 시점이었다.

마지막 공방까지 한 마디 말도 오가지 않았다. 에드가 점수를 확인하는 소리, 실수를 자책하는 소리, 이따금 울려 퍼지는 "망할!" 정도가 전부였다. 결승전에 이를 즈음엔 관객도 열두어 명으로 늘었다. 시합이 끝나자 다들 박수갈채를 보냈다. 짐작이 맞았다. 에드는 발이 무거웠다. 게다가 큰 키에도 불구하고 앙각 공격이 다소 부산한 데다 한 박자씩 늦기도 했다.

에드는 더할 나위 없이 우아하게 시합을 치렀고, 또 패했다. 인-아웃 판정에 반박하지도, 재경기를 요구하지도 않았다. 아틸레티쿠스에서든 어디에서든 항의와 반발이 있기 마련이건만. 게다가 시합이 끝나자 활짝 미소를 짓기까지 했는데, 내게 접근한 이후 그런 미소는 처음이었다. 정말로 시합을 즐겼다는 얘기다. 별 기대가 없어서였을까? 덕분에 나도 기분이 좋아졌다.

"정말, 정말 좋은 시합이었습니다, 내트. 최고였어요." 그가 진심으로 인사를 건네며 내 손을 잡더니 위아래로 흔든다. "혹시 가볍게 꺾을 시간 있으세요? 저하고?"

꺾어? 내가 너무 오래 영국을 떠나 있었나? 무슨 소리지? 한 게임 더 하자는 얘긴가? 그럼 자기가 나를 꺾을 수 있다고? 혹시 팔씨름을 하자는 얘긴 아니겠지? 그때 그가 술잔 들이켜는 시늉을 한다. 바로 가서 가볍게 한잔하자는 얘기다. 난 오늘 밤은 곤란하다고 대답한다. 에드, 고맙지만 내가 매인 몸이라. 뭐, 틀린 말은 아니다. 아직 인수인계 작업이 남아 있다. 이번에는 자일스의 하나뿐인 여성 공작원이다. 암호명 스타라이트. 내가 보기엔 절대 신뢰할 수 없는 부류지만, 자일스는 충분히 통제할 수 있다며 큰소리를 쳤다.

"다음 주에 복수전 어때요?" 에드는 포기하지 않는다. 뭐, 이제는 나도 그러려니 싶다. "상황 봐서 취소해도 되고요. 일단 예약은 해둘게요. 괜찮으시죠?"

내 대답은 역시 신중하다. 요즘 정신이 없긴 하네. 일단 발등의 불부터 끄고 봐야 해서. 아무튼 예약은 내가 하지. 계산도 내가 하고. 이어 에드식으로 악수를 나눈다. 널뛰기를 하듯 위아래로 흔드는 이상한 방식이다. 그러고 헤어진 다음, 나는 밖에서 자전거 밴드를 발목에 묶은 채 구식 자전거 체인을 푸는 에드를 우연히 본다. 누군가 왜 길을 막느냐고 시비를 걸자, 그는 "좆 까!"라고 외치며 응수한다.

결국 다음 월요일 시합은 문자로 취소해야 했다. 로즈버드 때문이다. 플로렌스가 도덕적 분노를 가라앉히지 않는 데다 나로서도 물밑 접촉이 필요했기에 문제가 복잡해지고 있었다. 에드가 수요일 시합을 제안했지만 난 한 주 내내 눈코 뜰 새 없다고 대답했다. 그다음 주 월요일, 우리는 여전히 위기 상황에 놓여 있었고, 난 다시 이런저런 핑계를 더해 약속을 취소했다. 그 주 내내 상황이 좋지 않았다. 그와의 약속을 미루는 것이 난 정말로 괴로웠다. 그래서 그가 "괜찮습니다"라고 답장을 보낼 때마다 그렇게 마음이 놓일 수 없었다. 그렇게 세 번째 금요일이 돌아올 때까지도 여전히 경기를 잡을 만한 상황이 아니었다. 이번이면 벌써 세 번째 취소가 될 것이다.

폐장 시간이 지났다. 헤이븐의 주말 근무조가 들어오기 시작한다. 일리야는 이번에도 자원했다. 돈이 필요한 것이다. 집무실 전화벨이 울린다. 돔이다. 그냥 모르는 척할까 하다가 전화를 받는다.

"기쁜 소식이 있어요, 내트. 로즈버드라는 이름의 여성이 러시아국 수장들의 호감을 이끌어냈더군요. 그쪽에서 우리 제안을 작전국에 알렸으니 결론을 내리고 행동에 들어갈 겁니다. 주말 잘 보내요. 쉴 자격 충분해요."

"'우리' 제안이라고요, 돔? 런던 제너럴이 아니고?"

"합동 제안이라고 해 두죠, 내트. 합의한 바 아닙니까? 헤이븐과 런던 제너럴은 함께 움직인다. 맞죠?"

"그럼 공식 입안자는 정확히 누구죠?"

"아직 가임용 신분이기는 해도 당신네 이인자가 작전 입안자로 임명되었어요. 돌아오는 금요일 10시 30분에 작전실에서 플로렌스가 입안자 자격으로 공식 발표를 할 겁니다. 관례에 따라서요. 이제 됐죠?"

문서로 확인받을 때까지는 아니죠, 돔. 나는 비브에게 전화를 건다. 비브는 우리 편이 확실하다. 그녀가 이메일을 보내 공식적으로 확인해 주었다. 돔과 내가 공동 책임자, 플로렌스가 공식 입안자다. 나는 비로소 마음을 놓고 에드에게 문자를 보낸다. 급하게 연락해서 미안하네만, 혹시 월요일에 한 게임 뛸 수 있겠나?

에드는 좋다고 답장을 보낸다.

★★★

이번에는 땀내 나는 셔츠도, 자전거 밴드도 없다. 트럭 운전사와 대가리에 똥만 찬 상사들 욕도 없고, 인조가죽 가방도 없다. 청바지에 스니커즈, 노타이셔츠, 거기에 온통 커다랗고 행복한 미소뿐이다. 에드가 사이클용 헬멧을 벗으며 악수를 청한다. 3주 동안 밤낮으로 업무에 시달린 터라 에드 특유의 미소와 악수가 큰 위안으로 다가온다.

"겨우 용기를 내신 것 맞죠? 지금껏 겁먹고 있다가 말이에요."

"지금도 두 발이 구두 안에서 떨고 있지." 나는 흔쾌히 대꾸하고 보병처럼 씩씩하게 탈의실로 이동한다.

시합은 이번에도 막상막하였다. 그나마 관중이 없어서 긴장감은 덜했다. 지난번에 그랬듯 최후의 공방도 용호상박이었다. 그러다가 당혹스럽게도—사실 고맙기도 했다. 누가 매번 상대를 이기고 싶겠는가?—기어이 내가 무릎을 꿇고 말았다. 이번엔 내가 먼저 한잔 꺾자고 그를 꼬드겼다. 월요일이라 다른 회원이 많지 않았지만, 충동 때문이든 습관 때문이든 나는 모퉁이 자리를 향해 걸어갔다. 양철 테이블이 놓인 곳으로, 풀장에서 어느 정도 떨어진 데다 벽을 등진 위치라 편하게 입구를 관찰할 수 있다.

그때부터 이 고립된 양철 테이블은 우리의 암묵적인 아지트가 되었다―내 동료들이라면 아마 '범죄 모의 현장'이라 부르겠지만. 월요일이든 언제든, 우리는 만나면 늘 그곳에 앉았다.

★★★

배드민턴 시합 이후 첫 뒤풀이 자리가 예상 외로 평소의 의례를 벗어나고 말았다. 원래는 패자가 첫 잔을 사고, 더 마실 의향이 있으면 승자가 두 번째 잔을 산다. 농담 좀 주고받고, 다음 경기 날짜를 정하고, 샤워하고, 서로 갈 길을 가면 그만이다. 에드가 밤 9시부터 본격적으로 하루를 시작하는 나이라 나도 딱 한 잔만 하고 집에 돌아가 달걀 요리나 해야겠다 생각하던 터였다. 프루는 친애하는 무료 소송 고객들을 만나느라 한창 바쁠 테니까.

"런던 출신이신가요?" 맥주가 나오자 에드가 묻는다.

난 그렇다고 대답한다.

"어떤 유형이죠?"

'런던 남자는 클럽을 좋아한다면서요?'에서 한발 더 나아간 질문이지만, 개의치 않기로 한다.

"여기저기 사냥하면서 돌아다니는 유형이랄까. 한동안 해외에 나가 돈벌이도 했지만 지금은 귀국해서 어디 입에 풀칠할 거리 없나 기웃거리는 중이야. 친구 사업을 조금 도와주기도 하고." 내가 말한다. 언제나 먹히는 대답이다. "자네는 어떤가? 언뜻 조사원이었다고 들었는데, 맞나?"

에드는 생전 처음 듣는 소리라는 듯한 표정으로 대답에 뜸을 들인다.

"조사원이라, 뭐 그렇죠. 자료가 들어오면 정리해 고객들한테 보내주는 일이니까."

"국내 소식?"

"뭐든지요. 국내, 해외, 가짜 뉴스."

"법인회사인가?" 내가 찔러보았다. 지난번 고용주들을 향한 악담이 떠오른다.

"예, 전형적인 관료제랄까요. 까라면 까, 아니면 때려치우든가."

그것으로 그 얘긴 끝인가 했는데, 그가 생각에 잠기는가 싶더니 말을 이어간다.

"지금도 하고 있어요. 독일에서도 2년간 일했고요. 독일을 사랑하지만 일은 별로였죠. 그래서 돌아온 겁니다." 고백이라도 하는 투다.

"하는 일은 똑같고?"

"예, 뭐, 개떡 같다는 점에서는 똑같죠. 분과가 달라 더 낫겠거니 생각했는데."

"그런데 아니었군."

"전혀요. 그냥 버티는 수준이에요. 저 나름 최선은 다하지만요."

그것으로 둘의 잘난 직업 얘기는 끝이다. 내 동료들은 믿지 않으려 했지만, 사실 우리 둘 다 서로의 직업에 대해서는 크게 신경 쓰지 않았다. 다시 그런 얘기를 나눈 적도 없고. 그보다 내가 생생하게 기억하는 것은 따로 있다. 직업 얘기를 마친 순간, 대화가 엉뚱한 곳으로 빠져버린 것이다.

에드는 한동안 허공을 응시한다. 인상을 쓰는 것으로 보아 고민이 있는 게 분명하다.

"질문 하나 해도 될까요, 내트?" 그가 갑자기 결심한 듯 묻는다.

"물론, 얼마든지." 나는 상냥하게 대답한다.

"내트를 정말 존경합니다. 만난 지는 얼마 안 됐지만, 사실 함께 시합해 보면 사람을 금방 알게 되잖아요."

"계속 얘기해 보게."

"그러죠. 오랜 고민 끝에 내린 결론인데요, 영국과 유럽 그리고 전 세계 자유민주주의를 위해서도, 브렉시트는 그야말로 개지랄 아닙니까? 더욱이 도널드 트럼프의 미국이 뿌리 깊은 인종차별과 네오파시즘으로 곤두박질치는 이 시국에 말이죠. 제 질문은 이렇습니다. 이런 생각에 동의하십니까? 아니면 기분이 상하셨나요? 제가 지금 자리에서 일어나 꺼지면 좋겠습니까?"

갑작스레 정치 성향을 캐물으니 솔직히 놀랍기는 하다. 이제 겨우 안면을 튼 애송이 아닌가. 나는 아무 말도 하지 않는다. 에드는 수영장에서 물놀이하는 사람들을 바라보다가 다시 고개를 돌린다.

"내트라는 인물과 경기에 반하기는 했어도, 불편을 무릅쓰면서까지 앉아 있을 생각은 없어서 묻는 겁니다. 제 생각에 브렉시트는 1939년 이후 영국이 직면한 가장 중요한 일이거든요. 1945년 이후라는 사람도 있긴 하지만, 글쎄요. 아무튼 요점은 이겁니다. 제 말에 동의하십니까? 아, 제가 지나치게 진지하다는 건 알아요. 늘 듣는 소리니까요. 그 바람에 욕도 많이 먹고요."

"직장에서?" 내가 묻는다. 여전히 시간을 버는 중이다.

"표현의 자유 문제라면 제 직장은 완전히 절벽 수준이에요. 어떤 주제에 대해서도 목소리를 내지 못하도록 되어 있거든요. 입을 열었다간 곧장 외톨이 신세예요. 일터에서야 아가리에 지퍼부터 채워야 하죠. 하긴, 그런 곳이 어디 한둘인가요? 사람들은 엄정한 실상을 알고 싶어 하지 않아요. 하물며 나 같은 놈한테 그런 얘길 들으려 하겠습니까?"

그래, 나도 어디 한번 얘기해 봐? '개지랄'까지는 모르겠지만 브렉시트는 내게도 엿 같은 일이다. 동료들한테도 지겹도록 한 얘기다. 난 뼛속까지 유럽인이다. 내 피에는 프랑스, 독일, 영국, 구러시아의 피가 흐르고, 유럽 대륙 어디에서건 배터시만큼이나 마음이 편하다. 트럼프 미국에 창궐한 백인 우월주의? 빌어먹을, 그 점에 대해서도 이하동문이다. 나뿐 아니라 대부분의 동료들도 같은 생각이다. 나중에야 중립적인 태도가 어떻고 운운할지 모르지만.

그렇다 해도, 그의 질문에 대답하기가 께름칙하다. 언제나처럼 떠오르는 첫 번째 의구심. 혹시 나를 엮자는 건가? 약점을 잡으려고? 이 질문에는 확실하게 아니라고 답할 수 있다. 적어도 이 청년은 아니다. 맹세코 아니다. 그럼 다음 의구심. 혹시 내가 프레드의 경고를 위반하고 있는 건가? 스와타운 출신의 이 바텐더가 손수 적어서 안쪽 거울에 붙여놓은 경고장이 보인다. "브렉시트 논쟁 금지."

그리고 마지막 의구심. 내가 공무원의 본분을 망각한 건 아닐까? 그것도 비밀 공무원인데? 공무원은 정부 정책을 따르기로 서약한 사람을 뜻한다. 이 정부에 정책이라는 게 있다면 말이지만. 차라리 이렇게 생각하는 게 어떨까. 여기 용맹하고 진지한 젊은이가 있다. 뭔가 이상한 구석은 있지만, 세상에 만인의 입맛을 모두 만족시키는 요리가 어디 있겠는가. 고백하자면 그래서 더 마음에 드는 것도 사실이다. 이 청년의 심장은 적어도 제자리에 있다. 이야기 상대가 필요한, 내 딸보다 일고여덟 살쯤 나이가 많은 청년(스테파니의 급진적 성향 또한 어쩔 수 없는 현실이고). 무엇보다 배드민턴 솜씨가 기막히지 않은가.

거기에 하나만 더해 보자. 지금에야 겨우 인정하지만 실은 거짓말 같은 첫 만남 때부터 깨달았던 사실이다. 지금까지의 삶은 물론 젊은 시절 어디에서도 만나지 못했던 어떤 것, 이른바 진정한 신념에 대한 얘기다. 이해관계나 질투, 복수나 자기과시에서 비롯한 동기가 아닌, 진실을 향한 확신 말이다. 그렇다면 문제는? 그 신념을 취할 것인가. 버릴 것인가?

바텐더 프레드가 기다란 술잔에 시원한 라거 맥주를 따라준다. 에드는 깊은 생각에 잠긴 듯 손가락 끝으로 반투명의 술잔을 툭툭 건드린다. 대답을 기다리는 것이다.

"에드." 나는 한참 뜸을 들이며 충분히 고민했다는 점을 내비친 다음에야 입을 연다. "이렇게 말해보지. 브렉시트는 그야말로 헛발질이야. 그렇다고 시계를 되돌릴 방법은 없겠지. 자네인들 가능하겠나?"

당연히 불가능하다. 그 정도는 우리 둘 다 알고 있다. 이윽고 내 점잖은 침묵도 에드의 기나긴 침묵에 묻히고 만다. 시간이 흐르면서 깨닫게 되지만 이러한 두 침묵은 어느새 우리 대화의 기본 요소가 되어 있었다.

"그럼 도널드 트럼프는요?" 그가 묻는다. 에드는 악마의 이름이라도 되는 양 그 이름을 씹어뱉는다. "트럼프는 문명 세계 전반에 대한 위협이자 위기입니다. 그렇게 생각하지 않으세요? 제 생각은 그래요. 놈은 브레이크 터진 기관차처럼 미국을 나치 제국으로 만들고 있다고요."

그 지점에서 내가 미소를 지어 보인다. 에드의 얼굴은 여전히 우울하다. 내 쪽으로 귀를 돌리고 있는 모습이 대답은 오직 말로만 하라고 시위하는 듯하다. 내 표정 같은 건 전혀 개의치 않는다.

"근본적인 차원이라면 모르겠네만, 그래, 에드, 기본적으로 나도 자네 말에 동의하네. 위로가 되겠나?" 내가 인정한다. "트럼프가 영원한 대통령은 아니잖아, 응? 그곳에도 헌법이 있으니 고삐를 조이지 않겠어? 아무리 트럼프라도 마음대로는 못 할 거야."

그 대답에도 에드는 만족하지는 못한다.

"그 인간 주변의 광신도들은요? 근본주의 기독교도들은 예수가 탐욕을 만들었다고 주장하더군요. 그자들이 가만히 있을까요?"

나는 농담조로 응수한다. "에드, 트럼프가 떠나면 그놈들도 바람 속 먼지처럼 흩어질 거야. 그러니 제발 맥주나 한 잔 더 하자고."

솔직히 그쯤이면 궁상은 그만 접고 평소처럼 활짝 웃겠거니 생각했는데, 여전히 그의 얼굴에 웃음기라곤 없다. 대신 그는 테이블 너머로 커다란 손을 내민다.

"어쨌든 그럼 우리 사이는 괜찮은 거네요, 그렇죠?"

난 손을 맞잡으며 그렇다고 대답한다. 그제야 에드는 라거를 한 잔 더 주문한다.

★★★

그 후로 월요일 저녁 시합을 열 차례쯤 더 치르는 동안, 나는 에드의 주장을 반박하지도, 애써 말을 조심하지도 않았다. 두 번째 격돌 이후로 아지트에서 맥주를 마실 때마다 에드는 늘 그즈음의 이슈를 놓고 정치 독백을 늘어놓았다.

시간이 흐르며 좀 나아지기는 했다. 초반에 보여준 풋내기의 정치 쇼는 잊어버리자. 그는 풋내기가 아니라 그저 과도하게 몰입했을 따름이다. 이제 와서 말하자면, 과도하게 몰입해 일종의 강박이 되었달까. 4차전 즈음에는 뉴스 마니아를 자임하기도 했다. 브렉시트, 트럼프, 시리아 등 세계 정치 무대의 이변이나 만성적인 재앙이라면 어느 작은 흐름이나 굴곡 하나 빠뜨리는 법이 없었다. 그에게 그보다 중요한 문제는 없는 듯했다. 그런 사람을 말린다고? 그보다 경솔한 짓도 없으리라. 젊은이에게 최고의 선물은 시간이다. 그렇 잖아도 스테파니에게 시간을 충분히 주지 못해 마음이 무거운 터였 다. 모르긴 몰라도, 에드의 부모도 그런 점에선 별로 관대하지 않았 으리라.

동료들은 시간을 내준 것만으로도 그를 자극한 셈이라고 말했다. 우리 둘의 나이 차이와, 소위 내 '전문가적 매력'이 그 근거라고. 개 소리. 그가 자신의 우화집 속에서 나를 고분고분 얘기 잘 듣는 말상 대로 설정한 이상, 나는 에드의 옆자리에 앉은 '승객 1'이라 해도 과 언이 아니다. 지금 돌이켜보아도, 내 의견은 그에게 한 번도 영향을 미치지 못했다. 티끌만큼도. 공감을 표해도 마찬가지였다. 에드는 그저 반대하거나 기겁하지 않고 가만히 들어주는 청중이 있다는 사 실에 고마워했을 뿐이다. 얼마나 오랫동안 이데올로기와 정치 논쟁 을 이어갈 생각이었는지는 모르겠다. 사실 나중에는 그가 입을 열 기 전부터 어떤 얘기가 나올지 뻔히 알 수 있었지만, 그래도 상관없 었다. 어차피 단순한 청년 아닌가? 내가 잘 아는 부류다. 몇 명을 포 섭해 본 적도 있다. 관점이 편협할지언정 에드는 젊고, 지적이며, 지 정학적으로 예민한 사람이었다. 시험해 볼 기회는 없었지만, 만일 내가 반대 의사를 내비쳤다면 곧바로 발끈했으리라.

배드민턴 코트에서의 치열한 혈투 말고 그와의 관계에서 내게 어떤 이득이 있었을까? 동료들이 집요하게 물고 늘어진 또 하나의 문제다. 심문을 당할 때도 나는 그 답을 얻지 못했다. 다만 심문 과정에서 에드가 도덕적 의무감을 내게 떠넘겼음을 깨달았을 뿐이다. 내 양심을 찌르고는, 특유의 얄미우리만치 풍성한 웃음으로 넘겨버린 것이다. 궁지에 몰린 짐승에게 피난처를 제공했다는 기분도 들었다. 프루에게도 그 비슷한 얘기를 했던 것 같다. 집에 불러 한잔하든가 일요일에 점심이라도 함께하려 했지만, 프루는 영리하게도 넘어가지 않았다.

"서로에게 힘이 된다는 얘기 같은데? 그냥 혼자 차지해. 방해하지 않을 테니까."

난 아내의 조언을 받아들여 에드를 독차지했다. 우리의 일상은 언제나 같았다. 마지막까지 그랬다. 코트에서 심장이 터져 나가도록 시합을 한 뒤, 재킷을 집어 들고 목에 스카프를 대충 두른 다음 모퉁이 아지트를 점령한다. 패자는 곧장 바로 가서 맥주를 주문한다. 몇 마디 인사를 나누고 승부처 한두 지점을 복기한다. 막연하게 가족의 안부를 물어 오면 나도 주말 잘 보냈는지 묻는다. 그러고 나면 당연하다는 듯 에드의 침묵이 이어진다. 애초에 깨달았지만 이럴 땐 덩달아 입을 다물어주는 게 상책이다. 그럼 에드가 그날의 보고를 시작하고, 나도 대체로 동의해 준다. 이를테면 "그래그래, 자네 말이 맞아!" 하며 맞장구를 치거나 "오, 그런 일이 있었군!" 정도로 응수하는 것이다. 늙은 현인답게 적당한 타이밍에 웃어주기도 한다. 논지가 샛길로 빠질 경우 더없이 부드러운 말투로 브레이크를 걸기도 하지만 이는 극히 드문 일이고, 혹시 그래야 할 때면 신중에 신중을 기한다. 처음부터 느꼈지만 에드는 심약한 친구다.

이따금 에드가 다른 사람이 된 양 흥분할 때도 있다. 그럴 때면 목소리부터 달라진다. 평소의 매혹적인 목소리에서 톤은 한 옥타브쯤 올라가고, 속도는 빨라지고, 어투는 교훈적으로 변한다. 오래가지는 않지만 내가 고개를 갸웃거릴 만큼은 지속된다. 이 목소리는 뭐지? 사실 스테파니 덕분에 낯설지는 않은 상황이다. 이 경우 논쟁은 불가능하다. 그런 목소리는 자기 뜻과 무관하게 저절로 흘러나오기 때문이다. 제풀에 잦아들 때까지 고개나 끄덕이는 수밖에.

이야기의 내용? 어떤 의미에서 보면 매번 똑같다. 브렉시트가 제물이다. 영국 대중은 벼랑 끝으로 내몰리고 부자 엘리트 협잡꾼들이 민중의 지팡이로 둔갑해 이들을 현혹한다. 트럼프와 푸틴은 적그리스도다. 벼락부자이자 병역기피자인 트럼프에게 현생에서든 내세에서든 구원은 가당치도 않다. 트럼프야 불완전할망정 어쨌든 위대한 민주주의를 경험했지만 푸틴은 아예 그게 뭔지도 모른다는 점에서 희박하게나마 가망이 있다. 반체제 인사 에드는 그렇게 불평불만의 선봉장이 되어가는 중이었다.

그래서? 발전이 있었습니까, 내트? 동료들은 물었다. 그의 견해가 발전 과정을 밟던가요? 절대적 해결책을 향한다는 느낌이라도 받았어요? 역시 나는 속 시원한 대답을 내놓지 못했다. 유일한 청중인 나를 신뢰하면서 에드가 더 거침없고 거리낌 없이 나아가게 되었을 수는 있다. 시간이 흐르면서 내가 보다 호의적으로 변했을지도 모른다. 사실 딱히 호의적이지 않았던 적도 없기는 했지만.

/ AGENT RUNNING IN THE FIELD

분명한 사실은, 아지트에서 에드와 노닥거리던 시기엔 내게 걱정 거리가 별로 없었다는 점이다. 스테파니나 프루와의 관계도 그럭저럭 괜찮았다. 기껏해야 신임 공작원이 제멋대로 굴고, 신종 플루 덕분에 2~3주쯤 훈련관들의 손이 묶인 정도? 그 덕에 그에게 더욱 관심을 집중할 수 있었다. 에드가 지나치게 급진적으로 나올 때면 논쟁을 벌이기도 했다. 그러니까 그의 주장이 너무 독단적일 때면 말이다. 그런 의미에서라면, 발전까지는 아니더라도 내 쪽에서 어느 정도 익숙해진 것만은 사실이다. 에드도 이따금 머쓱한 웃음으로 얼버무리곤 했다.

하지만 명심해야 할 게 있다. 이것은 변명이 아니라 사실인데, 내가 늘 그의 말을 경청했던 것은 아니다. 때로는 완전히 스위치를 내려버리기도 했다. 헤이븐 문제가 점점 스트레스로 작용할 무렵이었다. 그럴 때면 아지트로 향할 때 미리 정보국 전용 휴대전화를 챙겼다가 그가 열을 내는 동안 몰래 메시지를 확인했다.

에드의 독단과 어설픈 논리에 지치면, 그와 악수를 나누고 헤어진 뒤 집으로 직행하는 대신 공원으로 우회했다. 마음을 가라앉히고 생각을 정리할 시간이 필요했다.

★★★

배드민턴에 대해 마지막으로 한마디. 배드민턴 시합이 에드와 나한테 어떤 의미였을까? 모르는 사람들에게 배드민턴은 스쿼시의 말랑말랑한 버전이다. 이를테면 뚱보들이 심장에 무리가 가지 않는 선에서 즐기는 운동이랄까? 하지만 신봉자들에게는 이만한 스포츠가 없다. 스쿼시는 질주하고 휘두르면 그뿐이지만 배드민턴은 트릭, 인내, 스피드, 발 빠른 복귀가 생명이다. 독사처럼 웅크리고 있다가 셔틀콕이 포물선을 그리면 쏜살같이 달려가 반격한다. 스쿼시와 달리 배드민턴에는 사교의 매력이 없다. 상류층 오락도 아니고, 테니스나 풋살 같은 인기 야외 스포츠와도 다르다. 아무리 멋진 공격을 성공시켜도 가산점은 없다. 동작은 격렬하다. 무릎 사용 빈도가 상대적으로 낮은 반면 엉덩이는 혹사당하기 십상이다. 배드민턴은 스쿼시보다 반응이 빨라야 한다. 선수 간 소통이 거의 없는, 대체로 독불장군에 가까운 종목이다. 다른 운동선수들 사이에서 우리는 괴짜이자 무뚝뚝한 존재로 통한다.

아버지는 싱가포르 주둔 당시 배드민턴 선수로 뛰었다. 오직 단식만. 퇴역 이전에는 부대 대표로 시합을 했고, 이후에는 나와 함께 즐겼다. 노르망디 해안에서 여름휴가를 보낼 때 우리는 뇌이의 정원에서 네트 대신 빨랫줄을 이용해 시합을 벌였다. 아버지는 한 손에 늘 스카치 텀블러를 든 채였다. 배드민턴이야말로 아버지가 가장 잘하는 것 중 하나였다. 아버지가 다녔던 스코틀랜드의 끔찍한 학교로 보내졌을 때도, 난 아버지가 그랬듯 배드민턴을 했다. 나중에는 미들랜즈 대학 선수로도 뛰었다. 첫 해외 부임지 배정을 기다리며 정보국 주변을 어슬렁거리던 시기에는 동료 수습생을 모아 '용병단'이라는 위장명을 걸고 도전자들을 받았다.

그런데 에드는? 어떻게 이 게임 중의 게임에 귀의했을까? 우리는 아지트에 앉아 있다. 에드가 수정 같은 눈으로 라거 잔을 들여다본다. 세상의 난제를 풀거나 백핸드 실수를 곱씹을 때, 혹은 아무 대화 없이 생각에 잠길 때 늘 보이는 모습이다. 그에게 간단한 문제란 존재하지 않는다. 어떻게든 뿌리까지 파고들어야 직성이 풀리는 성격 탓이다.

"중등학교 때 한 체육 선생이 있었어요." 그가 씩 웃으며 말을 잇는다. "어느 날 저녁 애들 두어 명이랑 선생님 클럽에 갔죠. 그때부터였어요. 선생님이 입은 미니스커트랑 그 새하얀 허벅지 때문에! 정말이라니까요!"

06

전락의 그날에 이를 무렵, 에드의 삶에 대해 알게 된 사실들이 있다. 배드민턴과는 무관한 일들. 동료들의 감화를 위해 여기 아는 대로 기록해 본다. 청취자이자 기록자로 훈련을 받지 않았던들 나 역시 꽤 놀라움을 느꼈을 내용이다.

에드는 남매 중 오빠로 태어났으며 동생과는 열 살 터울이다. 아버지는 노스컨트리의 광부이자 감리교도였다. 조부는 20대 나이에 아일랜드에서 건너왔다. 탄광이 문을 닫으면서 부친은 상선을 타기 시작했다.

그 이후로 아버지를 거의 못 봤어요. 집에 돌아오자마자 암에 걸렸거든요. 마치 기다리기라도 한 것처럼. 에드의 말이다.

부친은 구닥다리 공산주의자였으나 1979년 소련이 아프가니스

탄을 침공하자 당원 카드를 불태워버렸다. 듣자 하니 에드는 아버지의 임종 때까지 곁을 지킨 듯하다.

부친의 죽음 이후, 가족은 동카스터 인근으로 이사했다. 에드는 중등학교에 입학했다. 어느 학교인지는 말해주지 않았다. 모친은 일을 하면서 여가 시간에 성인 교육 수업을 들었다.

로라를 돌봐야 했지만, 어머니는 사회가 허용하는 수준 이상으로 머리가 좋았거든요. 에드의 말이다.

로라는 에드의 여동생이다. 글을 깨치는 데 어려움이 있었고, 약간의 신체적 장애가 있다.

열여덟 살, 에드는 기독교 신앙을 버리고 소위 '포괄적 인본주의'로 개종했다. 듣기로는 '무신론적 비국교도 신앙'과 비슷한 것 같은데 더 묻지는 않았다.

중등학교 졸업 후에는 '신설' 대학에 들어갔다. 역시 어느 학교인지는 밝히지 않았다. 전공은 컴퓨터 과학, 부전공으로 독일어를 공부했다. 성적은 모르겠지만 중간 정도였던 것 같고, '신설'은 스스로를 비하하는 개념인 듯싶다.

여자관계? 그가 좀처럼 털어놓지 않던 민감한 주제다. 여자들이 그를 싫어했거나 그가 싫어했을 것이다. 잡다한 세상사에 빠져 여자 생각을 할 여유가 없었던 건지도 모르겠다. 또 하나, 에드는 자신의 매력을 제대로 알지 못했다.

남자친구들은? 체육관에서 어울리거나 세상사를 논하는 사람들, 함께 어울려 조깅이나 사이클을 즐기고 술집에 드나드는 사람들은? 그런 친구들이 있는지 묻기는 했으나, 에드는 한 번도 입에 올린 적이 없다. 그는 고독을 명예 훈장처럼 달고 다니는 듯했다.

에드는 배드민턴 선수들 사이에서 오가는 소문을 듣고 나를 시합 상대로 끌어들였다. 이를테면 난 그의 전리품이다. 그는 나를 다른 사람에게 빌려줄 생각도 전혀 없었다.

어떻게 미디어 쪽 일을 하게 되었는지 묻자 처음에는 얼버무렸다. 그렇게 싫다면서 계속하는 게 신기했다.

어디선가 구인 광고를 보고 면접을 봤죠. 시험도 보고. 그랬더니 합격이라며 일하러 오라더군요. 에드의 말이다.

하지만 직장에 맘에 맞는 친구가 있지 않느냐고 물었을 땐, 터무니없는 질문이라는 듯 고개를 저었다.

반가운 소식. 에드의 고독한 우주에도 우러러볼 태양은 있었다. 독일, 독일, 독일.

에드는 독일에 열광했다. 나도 독일을 좋아하지만 그건 그저 외가 쪽에 독일 피가 섞여 있기 때문이다. 에드는 미디어 일을 하면서 튀빙겐에서 1년, 베를린에서 2년간 공부했다. 그에게 독일은 꿈의 왕국이요, 독일 국민은 유럽 최고의 백성이었다. 어느 나라도 독일과 비교가 안 됩니다. 유럽연합이 어떤 의미인지 이해한다면 더욱 그래요. 에드의 단호한 말이다. 에드는 모든 걸 버리고 독일에서 새 삶을 살고 싶었지만 여자친구가 거부했다. 여자는 당시 베를린 대학 연구생이었다. 들기로는 에드가 1920년대 독일 민족주의 발현사를 연구한 것도 여자친구 덕분이었다. 그게 그녀의 연구 과제였

/ AGENT RUNNING IN THE FIELD

다. 그렇게 마구잡이식으로 공부한 탓에 그는 유럽 독재자들과 도널드 트럼프의 비교가 가능하다고 믿게 된 듯하다. 그 문제를 건드려보라. 장담하건대, 지극히 오만하고 방자한 에드를 보게 될지니.

에드의 세계에서, 브렉시트 광신도와 트럼프 광신도는 한 끗 차이에 불과하다. 양쪽 다 인종주의자에 외국인 혐오자 아닌가. 과거 제국주의 전당에 향을 피우는 것도 똑같다. 이 문제를 천착하면서 에드는 객관성을 완전히 잃고 말았다. 에드가 보기에 트럼프와 브렉시트 옹호자들은 자신에게서 유럽인으로서의 생득권을 박탈하려고 음모를 꾸미는 중이었다. 다른 분야에서야 왕따일지 몰라도, 유럽 문제에 대해서라면 에드는 얼마든지 자기 세대를 대변하고 우리 세대에 손가락질을 할 수 있었다.

언젠가 격렬한 시합을 마치고 탈의실에 앉아 있을 때였다. 에드가 로커에서 스마트폰을 꺼내더니 비디오 영상을 보여주었다. 트럼프의 측근들이 한 명씩 돌아가며 존경하는 지도자에게 충성 서약을 하는 장면이었다.

"망할 놈의 히틀러 선서를 하는 거예요. 다시 보세요, 내트." 그가 숨을 몰아쉬며 강요했다.

나는 얌전히 지켜보았다. 맞는 말이다. 욕지기가 나올 것 같았다.

그에게 말은 하지 않았지만, 내가 보기에 세속화한 감리교도인 그의 영혼을 가장 강력하게 뒤흔든 것은 독일이 과거의 잘못을 속죄했다는 사실이었다. 위대한 국가가 이웃에 죄를 지은 뒤 전 세계를 상대로 속죄했다는 점. 그런 나라가 또 있던가요? 그가 물었다.

아르메니아와 쿠르드족을 학살한 후 터키가 사죄를 했습니까? 미국은 베트남에 용서를 구했습니까? 영국은 전 세계 4분의 3을 식민지 삼아 원주민들을 노예로 만들었고, 일본은 동아시아를 침략했어요. 그런데 그중 누가, 언제 속죄했죠?

특유의 널뛰기식 악수? 짐작건대, 베를린에 있을 당시 여자친구의 프러시아 가족에게서 배운 것이리라. 기이한 충성심이 습관으로 굳은 것이다.

07

햇볕 쏟아지는 봄날의 어느 금요일 아침 10시, 새들이 우리를 내려다보고 있다. 플로렌스와 나는 일찍부터 만나 커피를 마신다. 나는 배터시에서 왔고, 플로렌스는 핌리코에서 템스 강변을 따라 사령부로 향했을 것이다. 지난 시절 협상이나 휴가를 위해 정보국으로 돌아올 때면 저 화려한 캐멀롯의 모습에 움찔하곤 했다. 승강기에서 속닥대는 사람들이나 병원처럼 밝은 복도, 다리에 서서 빤히 쳐다보는 관광객들까지, 그 무엇에도 적응하기가 쉽지 않았다.

지금은 아니다.

30분 뒤면 플로렌스가 런던 제너럴의 특수작전에 대해 보고할 것이다. 3년 만의 첫 전격 프로젝트로, 작전은 헤이븐의 승인을 전제로 한다. 플로렌스는 깔끔한 바지 정장 차림이고 화장은 가볍게 했다. 데뷔 공포증이 있는지 모르겠지만 티는 전혀 나지 않는다. 지난 3주 내내 우리 둘은 올빼미처럼 헤이븐의 창 없는 작전실 구닥다리 식탁에 앉아 새벽까지 머리를 맞댄 채 거리 지도와 감시 보고서, 전화와 이메일 도청 자료, 오슨의 옛 애인 아스트라의 설명까지 파고 또 팠다.

오슨이 돈세탁업자 2인조를 파크 레인 저택으로 불러들이려 한다고 보고한 사람이 바로 아스트라였다. 사이프러스를 주무대로 활동하는 슬로바키아 출신 친모스크바 성향의 이 2인조는 니코시아에 개인 은행을 두고 있으며 런던에 지점까지 열었다. 둘은 범죄 신디케이트의 회원으로도 알려졌는데, 해당 신디케이트는 크렘린의 용인하에 오데사에서 활동 중이다. 2인조가 도착한다는 보고를 듣고 오슨은 저택에 도청기나 카메라가 있는지 점검 작업을 거쳤다. 장치는 발견되지 않았다. 이제 장치를 설치하는 것은 퍼시 프라이스 휘하 잠행 팀의 몫이다.

부재중인 작전국장 브린 조던의 동의를 얻어 러시아국도 끼어들었다. 임원 하나가 플로렌스의《데일리 메일》편집장으로 위장해 야간 근무자와 거래까지 마무리 지었다. 오슨의 저택을 관리하는 가스 회사를 끌어들여 누출 신고를 하고 에릭의 지휘로 3인조 잠행 팀이 가스 회사 기사로 위장해 저택을 살펴보았다. 영국인 열쇠 수리공들은 복사 키 제작과 비밀번호 해재를 위한 지침을 제공했다.

이제 로즈버드에 남아 있는 절차는 본부 높으신 분들의 모임, 즉 작전국에서 공식적으로 녹색 신호를 밝혀주는 것뿐이다.

★★★

플로렌스와 나 사이에 딱히 관계랄 것은 없지만―사실 의도적으로 거리를 유지한 터라 신체 접촉으로 보자면 손 한 번 스친 적도 없다―그럼에도 우리는 꽤나 가깝다. 일단 세대와 무관하게 삶의 여러 지점이 겹쳐 있다. 플로렌스의 부친은 외교관 출신으로 모스크바의 영국 대사관에서 두 차례 연임을 했다. 부임 당시 아내와 세 아이를 데려갔는데 플로렌스가 장녀였다. 우리가 여섯 달만 더 근무했다면 프루와 나도 그 가족을 만났을 것이다.

플로렌스는 모스크바 국제 학교에 다니며 젊음 특유의 열정으로 러시아의 시혼을 받아들였다. 그녀의 삶에도 마담 갈리나 같은 유모가 있었다. 구소련 '공인' 시인의 배우자로, 페레델키노의 한물간 예술인 마을의 저택에서 살던 여자였다. 플로렌스가 영국 기숙학교에 다닐 즈음, 정보국의 인재 발굴 팀이 플로렌스의 재능을 알아채고 눈여겨보기 시작했다. A 등급 시험을 볼 때는 정보국 소속 러시아 어학자까지 보내 언어능력을 평가했는데, 그녀는 비러시아인 최고 점수를 받았다. 불과 열아홉 살 때의 일이다.

대학에서는 정보국 감독하에 공부를 이어가는 한편, 방학 때면 시간을 떼어 하급 훈련을 받았다. 베오그라드, 페테르부르크, 마지막에는 탈린까지⋯⋯. 설령 그녀와 내가 외교관과 삼림 관리학과 학생이라는 위장 신분으로 살지 않았더라도, 우리는 어딘가에서 한 번은 만났을 것이다. 플로렌스도 달리기를 좋아하고 나도 좋아한다. 내가 배터시 공원에서 달리는 동안 그녀는 햄스테드 히스를 즐겨 찾았다. 햄스테드에서 핌리코까지는 거리가 꽤 되지만, 플로렌스 말로는 버스가 있었다. 언젠가 확인해 보니 사실이었다. 24번 버스가 그녀의 집과 햄스테드 히스를 왕복했다.

플로렌스에 대해 또 뭘 알고 있지? 타고난 정의감이 강해 가끔은 마치 프루를 보는 기분이었다. 스파이 일을 좋아하고, 다른 사람보다 재능도 많았다. 자기 삶에 대해서는 과묵하고 방어적인 태도를 보였다. 하루 종일 고되게 일한 어느 저녁, 그녀가 구석에 쪼그리고 앉아 주먹을 꽉 쥔 채 울고 있었다. 스테파니에게 호되게 배운 교훈이 하나 있다면, 그럴 경우 절대 캐묻지 말고 자리를 피해주라는 것이다. 나는 아무 말 없이 되돌아 나갔다. 그때 그녀가 왜 울고 있었는지는 여전히 알지 못한다.

지금 플로렌스의 머릿속에는 로즈버드 작전뿐이다.

★★★

그날 아침을 돌이켜보면 마치 꿈만 같다. 정보국 최고 정예들이 모인 자리 아닌가. 실재하지 않는 경험이나 비현실적인 기억 같은 느낌이랄까? 꼭대기 회의실 채광창으로 햇살이 들이쳐 미색 패널 벽을 물들이는 가운데 사람들이 심각한 표정으로 플로렌스와 나를 지켜본다. 우리는 청원인답게 테이블 말석에 어깨를 마주 대고 앉았다. 청중들은 모두 오래전부터 알던 사이로, 그럭저럭 존경할 만한 사람들이다. 기타 마스든은 전직 트리에스테 지국장이자 정상에 오른 최초의 흑인 여성이다. 퍼시 프라이스는 정보국 주력 부대인 감시 팀의 수장이다. 러시아 지원단장인 가이 브래멀. 쉰다섯의 나이에 체구는 통통하고 성격은 교활한 편으로, 현재 워싱턴에 묶인 브린 조던의 대행을 맡고 있다. 매리언은 현 정보국의 고위 간부로 파견 근무 중이다. 가이 브래멀 휘하의 여성 정예 2인조인 베스(북 코카서스)와 리지(러시아령 우크라이나)도 모습을 드러낸다. 그리고 마지막이자 제일 별 볼 일 없는 인물, 런던 제너럴 대표 돔 트렌치. 이 양반은 다른 사람들이 모두 자리에 앉은 뒤에야 나타난다. 이유는 단 하나, 자칫 별 볼 일 없는 인물로 비쳐질까 불안해서다.

"플로렌스, 어디 계획 좀 들어볼까요?" 가이 브래멀이 느긋하게 포문을 연다.

그리고 갑자기 플로렌스가 나타난다. 조금 전까지 내 곁에 있었건만 어느새 2미터 앞쪽에 가 있다. 플로렌스, 성질은 까칠해도 재능 하나는 끝내주는 2년 차 수습 요원. 그녀가 쟁쟁한 상사들을 모아놓고 작전을 설명하기 시작한다. 헤이븐의 일리야는 큐 시트를 든 채 영사실에 요정처럼 쪼그리고 앉아 플로렌스를 위해 슬라이드 쇼를 준비한다.

오늘 플로렌스의 목소리엔 흥분기가 전혀 없다. 지난 몇 달간 부글부글 끓어대던 내적 분노는 흔적도 없고, 오슨을 위해 은밀하게 마련해 둔 연옥 또한 잔잔하기만 하다. 감정을 가라앉히고 정확하게 이야기하라는 경고 덕분일까? 우리의 감시 팀장 퍼시 프라이스는 독실한 국교도인지라, 과장된 앵글로색슨식 표현에 질색을 한다. 기타도 다르지 않지만 이교도적 방식에는 조금 더 관대하다.

플로렌스는 메시지에 집중한다. 오슨의 사건 기록을 읽어 내려가면서도 분노나 흥분을 내비치지 않는다. 맙소사, 모자만 떨어져도 발끈하는 성격인 줄 알았는데, 프루에 비견할 만한 저 차분함이라니! 언젠가 10분 정도 법정에 앉아 참관한 적이 있다. 프루가 상대방을 갈가리 찢어발기는데, 그 차분함과 정중함에 실로 소름이 끼칠 정도였다.

플로렌스는 먼저 오슨이 쥐고 있는 출처 불명의 재산에 관한 이야기로 시작한다. 오슨은 거액의 해외 자산을 건지와 런던 등에서 관리해 왔습니다. 아마도 어딘가에 더 있겠죠. 그다음은 마데이라, 마이애미, 체르마트, 북해의 도시에 산재한 해외 부동산 차례다. 이어 런던의 러시아 대사관에서 개최한 리셉션에 브렉시트 찬성파들을 이끌고 느닷없이 나타나 투쟁 자금으로 100만 파운드를 쾌척한 일, 러시아 사이버 전문가 여섯—서구의 민주 포럼들을 대규모로 해킹한 이들—을 대동한 채 브뤼셀의 비밀 회담에 참석한 사실도 언급한다. 이 모든 모든 내용을 그녀는 감정의 기복 없이 알린다.

플로렌스가 살짝 흥분한 지점이라면, 목표 저택 어디에 도청 장치를 심을지 제안할 때뿐이다. 일리야의 슬라이드 쇼에 10여 곳이 붉은 점으로 표시되어 있다. 매리언이 말을 끊고 들어온다.

"플로렌스, 난 이해가 안 되는군……. 왜 미성년자들을 상대로 특수 장비를 설치하려는 건가?"

플로렌스는 아무 말도 못 한 채 얼어붙는다. 분국장인 내가 구원투수로 나선다.

"매리언 얘기는, 굳이 모든 방에 장치를 심어야 하느냐는 뜻이요. 방 주인이 누구인지도 고려해야 하지 않을지……." 나는 플로렌스에게 조용히 속삭인다.

매리언이 다시 입을 연다.

"내가 제시하는 문제는 윤리적 측면이네. 아이들 방에 도청기와 카메라를 설치해도 되는 건가? 유모 방은 또 어떻고? 오슨의 아이들과 유모도 감시 대상이라는 뜻인가?"

이즈음 플로렌스도 안정을 되찾는다. 아니, 그보다는 싸울 준비를 마쳤다고 해야 하리라. 그녀가 심호흡을 하더니 첼트넘 학생을 연상시키는 감미로운 목소리로 입을 연다.

"매리언, 오슨은 아이 방에도 동업자들을 끌어들입니다. 특별히 은밀한 얘기를 할 필요가 있는 경우라면 더더욱요. 아이들이 유모와 소치의 해변에 가고 아내가 카르티에 상점으로 가서 쇼핑을 할 땐 유모 침실로 매춘부를 불러들이죠. 아스트라 얘기로는, 여자들과 뒹굴면서 신나게 무용담을 떠벌린다는군요. 그 얘기도 들어볼 필요가 있다고 생각합니다."

그것으로 끝이다. 다들 웃음을 터뜨린다. 가이 브래멀의 웃음소리가 제일 크고, 심지어 매리언마저 미소를 짓고 있다. 돔도 마찬가지다. 돔은 소리를 내지 않고 온몸을 들썩이며 웃는다. 모두 자리에서 일어서고, 커피 테이블에 작은 모임이 만들어진다. 기타가 플로렌스에게 축하 인사를 건넨다. 그때 누군가 내 팔뚝을 잡는다. 나로서는 아무리 기분이 좋아도 그리 유쾌하지 않은 행동이다.

"내트, 좋은 모임이었어요. 런던 제너럴에도, 헤이븐에도 좋은 일입니다. 당신한테도 그렇고."

"만족스럽다니 다행이군요, 돔. 플로렌스가 워낙 유능해서요. 입안자의 권리를 인정해 줘서 고맙습니다. 이런 일들은 그냥 흘려버리기 십상이거든요."

"늘 그렇지만 내트가 뒤쪽에서 조언을 건네는 목소리도 이상적이었어요. 아버지처럼 따뜻한 마음까지 느낄 수 있더군요." 내 가벼운 조롱을 애써 무시한 채 돔이 돌아서며 대꾸한다.

"아, 고맙습니다, 돔, 정말 고마워요." 이번에는 나도 인사치레를 한다. 도대체 이자는 무슨 꿍꿍이속이야?

★★★

일이 잘 풀려서 플로렌스와 나는 기분 좋게 햇살을 즐기며 강변 보도를 따라 산책을 한다. 서로 의견을 나누는 식이지만 주로 대화를 주도하는 쪽은 플로렌스다. 로즈버드가 기대치의 20퍼센트의 성과를 내더라도 한 가지는 틀림없이 챙길 수 있다. 런던의 러시아 첩자로서 오슨의 역할이 막을 내린다는 점. 또 하나, 플로렌스가 간절히 바라는 바도 있다. 오슨이 런던 세탁소를 통해 서반구 여기저기 꿍쳐둔 돈줄을 끊어놓는 것이다.

이 순간을 위해 밤낮을 쉬지 않고 일하느라 거의 제정신이 아닌데다 식사도 제대로 하지 못한 터라, 우리는 곧장 지하철을 타는 대신 선술집에 들어가 후미진 곳에 자리를 잡고 생선 파이와 레드 와인 한 병을 주문한다. 부르고뉴는 스테파니도 좋아하는 술이다. 생선 요리도 마찬가지고. 우리는 설렁설렁 행사를 복기해 본다. 실제 회의는 기록된 내용보다 훨씬 길고 전문적이었다. 퍼시 프라이스와 밤도둑 에릭의 역할은 중요하다. 예컨대 감시 목표 선정과 모니터링, 목표물의 구두나 의상에 도청 장치를 이식하는 작업, 헬리콥터나 드론의 활용 여부가 그렇다. 잠행 팀의 작업 중에 오슨 일당이 느닷없이 복귀하면 어떻게 대처하지? 해결책. 정복 경관이 등장해 침입자가 있다는 신고를 받았다고 알린 다음, 신사 숙녀 여러분을 경찰차로 모셔 따뜻한 차를 대접한다. 그리고 그사이에 작전을 마무리하자!

 "그럼 다 된 거죠? 이제 끝이에요. 시민 케인이여, 마침내 그대의 날이 도래하였도다." 플로렌스가 두 잔인가 세 잔째를 마시면서 중얼거린다.

 "아직 아니에요. 그 전에 뚱보 아줌마가 노래를 불러야죠."

 "망할, 그게 누군데요?"

 "재무부 분과위원회."

 "거기 누가 있죠?"

 "재무부, 외교부, 내무부, 국방부 고위 관리 각 한 명씩에 선임 국회의원 두 명. 의원들이야 시키는 대로 할 놈들이니 신경 안 써도 되지만."

"거기서 뭘 하는데요?"

"작전 서류에 고무도장 찍어서 본부로 돌려보내요. 그래야 행동 개시고."

"망할, 그야말로 시간 낭비잖아요."

지하철로 헤이븐에 돌아오니, 먼저 와 기다리던 일리야가 플로렌스의 위대한 승리를 축하해 준다. 오늘의 주인공이 왔군요! 예순다섯 먹은 투덜이 이고르도 골방에서 나와 악수를 청한다. 내게도 손을 내밀긴 하지만, 애초에 자일스를 몰아내고 다른 누군가가 자리를 차지한 일 자체가 러시아의 음모라고 여기는 인물이다. 나는 집무실로 몸을 피한다. 넥타이와 재킷을 의자에 걸고 컴퓨터를 끄려는데 가족용 휴대전화가 울린다. 프루겠지? 스테파니라면 좋겠지만. 재킷 주머니에서 휴대전화를 꺼내 확인하니 에드다. 어딘가 비장한 목소리다.

"내트?"

"그래, 날세. 에드 아닌가?" 내가 장난치듯 전화를 받는다.

"예, 접니다. 저……" 잠시 침묵. "로라 때문에 전화했어요. 월요일 문제로."

로라. 지체 장애가 있는 여동생.

"괜찮아, 에드. 로라를 돌봐야 하면 그렇게 하게나. 시합이야 다음으로 미루면 되니까. 시간 날 때 다시 약속 정하자고."

하지만 전화한 이유는 다른 데 있겠지. 당연하다. 에드 아닌가! 기다리면 그 이유를 털어놓으리라.

"그러니까…… 복식을 하자네요."

"로라가?"

"예, 배드민턴요."

"배드민턴이라."

"그게, 그 애가 워낙 한번 꽂히면 아주 집요해서요. 실력은 별로 좋지 않아요. 사실 형편없는 수준이죠. 열심히 하기는 하지만."

"그야 그렇겠지. 안 될 것도 없고. 그런데 복식이면 어떤……?"

"혼합복식요. 여자가 있어야겠죠? 사모님은 어떠세요?" 에드도 프루의 이름을 알지만 감히 부르지 못하는 모양이다. 프루? 내가 대신 말했더니 그제야 호응을 한다. "예, 프루."

"이런, 프루는 배드민턴 못 쳐. 물어볼 필요도 없어. 게다가 월요일 저녁은 의뢰인 면담일이거든. 자네도 알잖아. 자네 직장에 할 만한 사람 없겠나?"

"글쎄요. 제가 알기로는 없어요. 어쩌죠? 로라가 정말 하고 싶어 하거든요."

그때쯤 내 시선은 유리문을 향하고 있다. 그 너머가 바로 플로렌스의 자리다. 지금은 나를 등진 채 나처럼 책상 컴퓨터를 종료하는 중이다. 전화를 끊지 않은 상태로 에드와 내가 말없이 있는데, 그녀도 문득 이상한 낌새를 챘는지 내 쪽을 돌아보더니 유리문을 열고 고개를 빼꼼 들이민다.

"저 찾으셨어요?"

"그래요. 혹시 배드민턴 라켓 잡는 법 알아요?"

일요일 저녁. 에드, 로라, 플로렌스와의 혼합복식 전날이다. 나는 프루와 함께 탈린에서 돌아온 이후 최고의 주말을 즐기고 있다. 내가 종신관이라도 된 듯 집에 처박혀 지내는 현실이 우리 둘에게는 여전히 새롭기만 하다. 그 덕분에 서로 어느 정도 조심하는 것도 사실이고. 프루는 정원을 사랑한다. 나도 기꺼이 잔디를 깎고 물건을 날라주지만, 제일 좋아하는 순간은 오후 6시, 술잔을 들고 아내를 만나러 정원으로 갈 때다. 프루의 회사는 빅 파마[5]를 상대로 집단 소송을 벌이고 있는데 아직까지는 순조롭게 진행되는 듯하다. 우리 둘 모두에게 감사한 일이다. 불만이 없지는 않다. 프루의 헌신적인

5 Big Parma. 다국적 초대형 제약 회사.

법조 팀이 '업무 회의'를 명목으로 브런치 모임을 잡는 통에 일요일 아침을 늘 빼앗기기 때문이다. 간간이 전해 듣는 바에 따르면, 아내의 법조 팀은 노련한 변호사들이라기보다 무정부주의 반역자에 가깝다. 그 말을 하자 프루가 박장대소하며 인정한다. "정확해. 딱 그 짝이지!"

오후에는 함께 영화를 보러 갔다. 재미는 있었는데 영화 제목은 기억이 나지 않는다. 집에 도착하자 프루가 함께 치즈 수플레를 만들자고 제안한다. 스테파니는 구닥다리 댄스 같은 맛이라고 깎아내리지만 우리 부부는 치즈 수플레를 사랑한다. 나는 치즈를 갈고 아내가 달걀 몇 개를 꺼내 푼다. 그동안 볼륨을 최대로 키우고 디트리히 피셔를 듣는다. 아내가 믹서에서 손을 뗀 뒤에야 정보국용 휴대 전화 벨소리가 들린 것은 그 때문이다.

"돔이야." 내 말에 아내가 인상을 찡그린다.

나는 거실로 나가 문을 닫는다. 정보국 일이라면 프루도 알고 싶어 하지 않는다.

"내트, 일요일에 불쑥 전화해서 미안해요."

나는 괜찮다고 대답한다. 목소리가 가벼운 것으로 보아 로즈버드 건을 재무부에서 승인했다는 얘기 아닐까? 아니, 그런 얘기라면 월요일에 해도 충분할 텐데.

"아니, 아직은 아니에요, 내트. 아직은."

아직은 아니라고? 무슨 뜻이지? 곧 통과가 된다는 뜻인가? 아니면, 설마? 아무튼 전화한 이유는 따로 있다.

"내트." 이 인간, 요즘 말끝마다 내트, 내트, 내트다. 긴장하라고 경고하는 거야 뭐야? "미안하지만 나 좀 도와줘요. 조금 심각한 일인데, 내일 시간 있죠? 월요일마다 약속이 있다는 건 알지만, 딱 하루만 부탁합시다."

"무슨 일인데요?"

"내 대신 노스우드에 몰래 다녀와줘요. 다국적 사령부. 가본 적 있죠?"

"아뇨."

"아, 그럼 일생일대의 기회가 되겠군요. 우리의 독일 친구가 모스크바 전쟁 프로그램에서 기가 막힌 자료를 확보했대요. 이미 나토 전문가들 청취단을 구성했습니다. 내가 보기엔 딱 내트 건이에요."

"나보고 그 일을 도와주라는 건가요?"

"아뇨, 아뇨, 아뇨. 돕지 않을수록 좋아요. 분위기가 안 좋아요. 범유럽 일색이라 영국 측 목소리는 환영받지 못할 거예요. 가겠다면 차를 한 대 내줄게요. 고급이고 운전사도 딸려 있으니 내트는 앉아 있기만 하면 됩니다. 도착해서도 그냥 듣기만 하다가 오면 돼요. 끝나면 운전사가 배터시로 다시 모셔다 줄 테고."

"러시아국 일이군요. 런던 제너럴도, 헤이븐도 아니고. 맙소사." 나는 신경질적으로 내뱉는다. "애들을 보내지 그래요?"

"내트, 가이 브래멀이 자료를 보고 직접 확인해 준 얘긴데, 러시아국은 아무 역할도 따내지 못해요. 내트가 런던 제너럴뿐 아니라 러시아국 대표까지 겸해야 한다는 얘기잖아요. 좋지 않아요? 이중의 영예인데?"

영예는 개뿔. 따분 그 자체라면 몰라도. 어쨌거나 난 돔의 명령에 따라야 하고, 지금이 바로 그런 순간이다.

"알았어요, 돔. 차는 신경 쓰지 맙시다. 내 차 끌고 가면 되니까. 노스우드에도 주차장은 있겠죠?"

"안 될 말이에요, 내트! 이건 유럽 고위직 회담이라고요. 정보국도 공식적으로 참석하는 거고. 수송부에도 그 점을 강하게 주장했으니 그렇게 알아요."

부엌으로 돌아가니 프루가 잔을 들고 테이블에 앉아 있다. 수플레를 기다리며 《가디언》을 읽는 중이다.

★★★

마침내 월요일, 에드와 배드민턴 시합을 약속한 날이다. 이번에는 에드의 동생 로라를 위한 특별 복식이고, 진심이야 어떻든 크게 기대한다고 말한 바도 있다. 암울한 하루다. 노스우드의 지하 요새에 갇혀 독일 전략가들의 헛소리를 듣고 있는 마당이니 왜 아니겠는가. 게다가 발표가 끝날 때마다 식당 종업원처럼 일어나 유럽 정보 전문가들에게 브렉시트 문제로 사과를 해야 한다. 도착하자마자 휴대전화를 빼앗긴 터라, 쏟아지는 폭우를 뚫고 돌아올 때에야 비브와 전화 통화를 할 수 있게 되었다. 돔은 자리에 없다. 늘 그런 식이다. 비브의 전언에 따르면, 재무부 분과위원회가 로즈버드를 "잠정적으로 유보"했다고 한다. 보통 때라면 그렇게 열 받을 일이 아니었을 테지만 돔이 말한 "아직은"이 머릿속을 떠나지 않는다.

폭우에 퇴근 시간까지 겹쳐 배터시 다리는 정체 상태다. 난 운전사에게 곧장 아틀레티쿠스로 가자고 말한다. 다행히 늦지 않게 도착한다. 플로렌스가 우비를 뒤집어쓴 채 현관 계단을 오르고 있다.

이제부터는 신중하게 기록할 생각이다.

★★★

정보국 리무진에서 내리며 플로렌스를 부르려는데, 문득 둘 다 위장 신분을 준비하지 못했다는 생각이 스친다. 부랴부랴 복식조를 꾸리느라 경황이 없던 탓이다. 우리는 어떤 일을 하고, 서로 어떻게 알게 됐지? 에드가 전화할 때 왜 같은 방에 있었을까? 최대한 빨리 기회를 잡아 문제를 해결해야 한다.

에드와 로라는 로비에서 기다리고 있다. 에드는 구식 방수 코트 차림에 선원 아버지한테서 물려받았음 직한 운동모자를 썼다. 로라는 오빠의 옷자락 뒤에 숨어 그의 다리를 잡아당긴다. 앞으로 나올 생각은 없는 것 같다. 환한 미소와 청색 던들 드레스. 갈색 곱슬머리를 뒤로 올려 묶어서인지 작지만 강인해 보인다. 어떻게 인사를 해야 하지? 엉겁결에 뒤쪽으로 발을 빼며 에드 너머 손을 내미려는데 플로렌스가 황급히 달려온다. "와, 로라, 드레스 예쁘네요. 새 옷이에요?" 그 말에 로라가 환히 웃으며 대답한다. "오빠가 사다 줬어요. 독일에서." 깊고 허스키한 목소리. 그녀가 동경하듯 오빠를 올려다본다.

"맞아, 그런 드레스를 살 만한 곳은 독일뿐이죠." 플로렌스는 로라의 손을 잡더니 어깨 너머로 "잠시 후에 봐요, 신사분들"이라 외치고는 함께 여성용 탈의실로 향한다. 에드와 나는 멍하니 바라볼 뿐이다.

"저런 분은 어디서 찾은 겁니까?" 에드는 가볍게 툴툴거리지만 분명 강한 호기심의 에두른 표현이다. 당장 임시변통으로 위장 신분을 만들어내야 한다. 플로렌스와 합의도 없이.

"누군가의 조수야. 나도 그 정도밖에는 모르네." 나는 애매하게 대답하고 남자 탈의실로 향한다. 에드가 플로렌스에 대한 질문을 쏟아낼까 봐 걱정하면서.

다행히 화살은 트럼프에게로 돌아간다. 오바마가 이란과 맺은 핵 협약을 그 미친놈이 폐기했다는 얘기다.

"미국의 말은 공식적으로 개소리가 된 거죠. 안 그렇습니까?" 그가 대답을 강요한다.

"그럼, 그렇고말고." 내가 대답한다. 솔직한 심정으로는 플로렌스와 얘기할 기회를 잡을 때까지 계속 이런 식이면 좋겠다. 그리고 그 기회가 빨리 오면 좋겠다. 에드가 나를 어딘가 의뭉스러운 인간으로 볼까 싶어 찝찝하다.

"그놈이 오타와에서 무슨 짓을 했는지 아세요?" 아직 트럼프 얘기다. 지금은 반바지로 갈아입는 참이다.

"무슨 짓을 했는데?"

"러시아와 이란이 짝짜꿍인 것처럼 보이게 만들었잖아요. 어떻게 그런 일이 가능하죠?" 에드가 씩씩거리며 되묻는다.

"기가 막힐 노릇이군." 난 이번에도 동의한다. 어서 코트에 나가면 좋겠는데. 플로렌스라면 로즈버드에 대해 뭔가 들었을지도 모르니, 그 얘기도 해 봐야 한다.

"영국은 미국과 자유무역을 해야 하니 도널드에게 굽신거리지 않겠어요? 망할 놈의 도널드, 자다가 뒈지지도 않나?" 그가 고개를 들고 나를 빤히 바라본다. "안 그래요, 그 도널드 놈? 예?"

그래서 두 번째로 동의한다. 아니, 세 번짼가? 오늘따라 세계 정의 얘기가 빨리 시작되었다는 생각이 든다. 보통은 아지트에서 라거를 마시며 떠들지 않았던가. 어쨌든 얘기는 아직 끝나지 않았고, 나로서도 나쁠 게 없기는 하다.

"놈은 증오와 혐오의 화신이에요. 유럽을 증오하죠. 직접 말하기도 했고요. 이란을 증오하고, 캐나다를 증오하고, 협약을 혐오하는 인간이라고요. 도대체 사랑하는 게 있기는 할까요?"

"골프?" 내가 대꾸한다.

3번 코트는 통풍이 심하고 상태도 좋지 않다. 다만 클럽 뒤에 자체 대기실이 있는 터라 관객도 통행객도 없다. 아마 그래서 에드가 이곳을 선택했을 것이다. 오로지 로라를 위한 게임이므로 아무도 보지 않기를 바란 것이다. 우리는 숙녀들을 기다리며 어슬렁거린다. 플로렌스와 내가 어떻게 아는 사이인지 캐물을까 봐 내내 좌불

안석이다. 에드가 부디 이란 문제를 파고들기를.

여성용 탈의실이 열린다. 예쁜 운동복으로 갈아입은 로라가 엉거주춤 통로로 나온다. 새로 산 반바지, 깨끗한 체크무늬 운동화, 체게바라 티셔츠, 포장도 뜯지 않은 전문가급 라켓.

마침내 플로렌스도 등장한다. 지친 모습도 아니고, 바지 정장이나 비에 흠뻑 젖은 가죽옷도 아니다. 지금은 날씬하고 자유로우며 자신감으로 가득한 젊은 여성만 보인다. 짧은 스커트 아래 허벅지가 희고 눈부시다. 힐끔 에드를 곁눈질하지만 그는 어느 때보다 무덤덤한 얼굴이다. 첫눈에 반한 표정과는 거리가 멀다. 내가 괜히 신경질이 난다. 플로렌스, 지금 그런 모습은 곤란하잖아? 어쨌든 나도 평정심을 되찾고, 평소의 책임감 있는 남편이자 아버지로 되돌아간다.

우리는 당연하다는 듯 편을 나눈다. 로라와 에드 대 플로렌스와 내트. 이런 구도라면 로라가 네트 가까이에 서서 셔틀콕을 처리하고, 그게 불가능할 경우 에드가 마무리를 하는 식이 될 것이다. 말인즉슨, 플로렌스와 나로서는 은밀하게 대화를 나눌 기회가 많다는 뜻이다.

"누군가의 씩씩한 조수라고 소개했어요." 플로렌스가 뒤쪽에서 셔틀콕을 주워 올리는 사이 내가 얼른 속삭인다. "나는 상사의 친구라 우리끼리는 그리 친한 사이가 아니라고. 그렇게 알고 둘러댑시다."

대답은 없다. 기대도 하지 않았다. 똑똑한 여자. 에드는 로라의 운동화 끈을 매주고 있다. 로라가 끈이 풀렸다고 투덜댄 것이다. 에드의 관심은 동생에게 너무도 중요하다.

"우리는 친구 사무실에서 우연히 마주친 거요. 내가 들어갈 때 당신은 컴퓨터 앞에 앉아 있었지. 그 밖에는 전혀 모르는 사이고." 나는 말을 이어가다가 문득 생각난 듯 목소리를 더욱 죽인다. "내가 노스우드에 있는 동안 로즈버드에 대해 얘기 들은 거 있어요?" 아무리 물어도 이 여자는 입 한 번 뻥끗하지 않는다.

우리는 가볍게 연습부터 한다. 로라는 건너뛴다. 플로렌스는 타고난 선수다. 적절한 타이밍과 반응. 아프리카 영양처럼 민첩하고 혀를 내두를 정도로 우아하다. 공방이 시작되자 에드는 평소처럼 훨훨 날아다니면서도 시선만은 로라에게서 떼지 못한다. 플로렌스를 애써 무시하는 것도 로라를 위해서인 듯하다. 동생을 화나게 하고 싶지 않은 것이다.

셋 사이에 공방이 이어지자 로라가 꽥 소리를 내지른다. 나만 따돌리고! 재미없게! 우리는 잠시 중단한다. 에드는 무릎까지 꿇고 동생을 달랜다. 절호의 기회다. 플로렌스와 나는 엉덩이에 두 손을 걸친 채 얼굴을 마주 보고 위장 신분을 짜낸다.

"내 친구이자 당신 고용주는 일용품 무역업을 하고, 당신은 임시 고용원이에요."

하지만 플로렌스는 내 말은 귓등으로 흘리고 로라 남매한테 신경을 쏟는다. "헤이, 두 사람, 이제 그만, 뚝!" 그러고서 네트로 달려가더니 파트너를 바꿔보자고 선언한다. 남자 대 여자! 바야흐로 대혈투의 시작이죠! 시합은 3전 2승제, 플로렌스가 먼저 서브를 넣기로 한다. 나는 맞은편 코트로 넘어가려는 그녀의 팔을 건드린다.

"이해한 거예요? 내 말 알아들었죠?"

플로렌스가 홱 돌아서며 나를 노려본다. "거짓말은 이제 질색이에요. 저분이든 누구한테든. 알아들었죠?" 그녀가 딱 잘라 말한다. 눈에서 불꽃이 튄다.

당연히 알아들었다. 그런데 에드도 들었을까? 다행히 그런 낌새는 보이지 않는다. 플로렌스는 성큼성큼 네트를 지나 로라의 손을 잡고는 에드에게 저쪽으로 건너가라고 지시한다. 우리는 그야말로 대혈투를 펼친다. 세기의 남녀 혈전. 플로렌스는 셔틀콕이 오는 족족 내리친다. 마침내 남성 팀의 크나큰 기여에 힘입어 여성 팀이 대승을 거둔다. 두 사람은 라켓을 높이 휘두르며 탈의실로 향하고, 우리도 남자 탈의실로 건너간다.

연애 전선에 문제라도 있나? 문득 그런 생각이 든다. 얼마 전 그녀의 고독한 눈물을 보았지만 이유는 묻지 않았다. 아니면 정보국 정신과 의사들이 말하는 '낙타 등 증후군'인 걸까? 그러니까, 신경쓰지 않던 일들이 어느 날 갑자기 지금껏 신경 쓰던 일보다 더 신경 쓰이기 시작했다거나. 그래서 긴장한 탓에 잠시 기분이 가라앉았을까?

나는 로커에서 정보국용 휴대전화를 꺼낸 뒤 복도로 나가 플로렌스의 단축 번호를 누른다. 연결할 수 없다는 기계음이 나온다. 두어 번 더 시도하지만 소용이 없기에 그냥 탈의실로 돌아간다. 샤워를 마친 에드가 수건을 목에 두른 채 벤치에 앉아 있다.

"혹시 괜찮다면 어디 가서 식사라도 하실래요?" 그가 머뭇머뭇 제안한다. "바는 말고요. 로라가 싫어하거든요. 넷이서 밖으로 나가죠. 제가 사겠습니다." 내가 나갔다 돌아온 사실은 신경도 쓰지 않는 것 같다.

"지금?"

"예, 괜찮으시면요. 괜찮죠?"

"플로렌스도?"

"말했잖아요. 넷이라고."

"플로렌스가 시간이 안 되면?"

"된답니다. 제가 물어봤더니 좋다던데요."

순간 머리를 굴린다. 그래, 잘됐다. 기회를 봐서 무슨 속셈인지 알아내고 말 테다. 식사 후보다는 그 전이 좋겠지.

"도로 위에 골든 문이라는 레스토랑이 있어. 중국 식당인데 늦게까지 문을 열지. 맛도 괜찮을 거야." 내가 제안한다.

말을 채 끝내기도 전에 정보국용 휴대전화가 나귀처럼 울어댄다. 플로렌스, 결국 전화하는군. 맙소사, 정보국 규칙을 어기더니 이젠 우르르 저녁 식사를 하러 가기로 했다고? 난 속으로 중얼거린다.

에드에게는 프루에게 무슨 일이 생겼나 보다고 중얼거리며 다시 복도로 나간다. 하지만 프루도 플로렌스도 아닌, 오늘의 야간 당직자 일리야다. 아무래도 로즈버드에 대한 분과위원회의 결정에 대해 알려야겠다고 생각한 모양이다. 망할, 하필 이런 때에.

아니, 그 때문이 아니다.

"긴급 전갈이에요, 내트. 내트의 농장 친구로부터 피터 앞으로요."

'농장 친구'라. 피치포크 얘기다. 요크 대학의 러시아 연구생. 자일스에게서 인수한 요원. 피터는 나, 내트를 뜻한다.

"뭐라는데?" 내가 묻는다.

"가능한 한 빨리 방문하시랍니다. 혼자, 동행 없이. 긴급."

"직접 전한 얘기인가?"

"원하신다면 그대로 전송해 드릴게요."

나는 탈의실로 돌아간다. 스테파니가 자주 쓰는 말마따나 '고민 감'도 아니다. 때때로 우리는 악당도 되고, 사마리아인도 되고, 완전히 헛발질도 한다. 하지만 내 멘토인 브린 조던 가라사대, 공작원이 곤경에 처했을 때 배신하면 영원히 끝이다. 에드는 고개를 숙인 채 아직 벤치에 앉아 있다. 나는 휴대전화로 기차 시간표를 검색한다. 요크행 막차, 58분 후, 킹스 크로스역에서 출발 예정.

"아쉽지만 나는 못 가겠군, 에드. 오늘은 중국요리랑 인연이 없나 봐. 골치 아파지기 전에 처리해야 할 일이 생겼어. 미안하네."

"아쉽네요." 에드는 고개도 들지 않고 말한다.

나는 문을 향해 걸어간다.

"저기, 내트."

"응?"

"어쨌든 고마웠습니다. 정말 친절하셨어요. 플로렌스도 그렇고요. 그분한테도 로라에게 즐거운 하루를 만들어줘서 고맙다고 얘기했습니다. 중국요리는 안타깝게 됐네요."

"나도 고마워. 거기 가면 베이징 덕 먹어봐. 팬케이크와 잼이 곁들여 나오는데…… 자네 왜 그래? 무슨 일 있나?"

에드는 극적인 장면을 연출하듯 두 팔을 벌린 채 절망에 빠진 사람처럼 고개를 좌우로 흔든다.

"궁금하세요?"

"간단하게."

"유럽이 당하지 않으려면 누군가는 트럼프한테 맞서야 합니다."

"그 누군가가 누군데?" 내가 묻는다.

에드는 대답 없이 다시 고민에 빠져든다. 나는 요크를 향해 출발한다.

09

나는 좋은 일을 하는 사람이다. 전 세계 요원들의 하소연, 무덤까지 가져갈 사연에 일일이 응답하고 있지 않은가. 곡도, 멜로디도 다르지만 결국 같은 노래들. 나 자신이 역겨워 죽겠어요, 피터. 스트레스 때문에 죽고 싶어요, 피터. 조국을 배신했어요, 피터, 그 죄를 어찌 다 감당하겠습니까? 정부가 달아났어요. 아내가 나를 속여요. 당신 같은 조정관이라도 없었으면 손목을 그어버리고 말았을 겁니다.

왜 우리 에이전트 러너들은 매번 이렇게 달려가야 할까? 이유는 간단하다. 빚이 있으니까.

하지만 피치포크 요원한테는 그다지 빚을 졌다는 생각이 들지 않는다. 관심을 기울이기에는 활동이 워낙 미미하다. 요크행 기차는 연착이다. 런던으로 소풍을 갔다가 돌아오는 아이들이 빽빽 소리를 질러댄다. 그 와중에 간신히 자리 하나를 찾아 앉으면서도, 난 피치포크가 아니라 플로렌스 생각을 한다. 정보원에게 위장 신분은 칫솔질만큼이나 당연한 일상이다. 그런데 왜 거부했지? 로즈버드 작전은 왜 승인이 나지 않은 거지? 프루와의 통화도 신경이 쓰인다. 전화를 걸어 오늘 밤 집에 들어가지 못한다고 전하고 스테파니에게서 별다른 소식이 없는지 물었다.

"클리프턴의 고급 하숙으로 이사했다는데 누구랑 지내는지는 얘기를 안 하네."

"클리프턴? 세가 얼만데?"

"물어볼 수가 없었어. 이메일인데 발신 전용이더라고." 아내의 목소리에는 짙은 절망감이 배어 있었다.

프루의 슬픈 목소리가 잦아들 때쯤 플로렌스의 목소리가 나를 괴롭힌다. "거짓말은 이제 질색이에요. 저분이든 누구한테든. 알아들었죠?" 그다음은 돔이다. 리무진에 운전사까지 딸려 보내며 살랑거릴 때부터 의문 하나가 신경을 긁었다. 돔이 이유 없이 일을 벌인 적은 한 번도 없다. 말이 되든 않든, 이유는 분명 존재한다. 플로렌스의 정보국용 휴대전화로 두어 번 전화를 걸어보지만 통화 중 신호뿐이다. 여전히 돔이 머리에서 떠나지 않는다. 왜 자기 동선에서 나를 빼돌린 걸까? 플로렌스가 조국을 저버리면서까지 거짓말은 않겠다고 선언한 이유도 혹시 그 자식이랑 관련되어 있는 것 아닐까? 조국을 위해서라도 거짓말을 해야 하는 직업이기에, 그녀의 선언은 꽤 심각한 문제다.

피터버러에 이러서야, 나는 《이브닝 스탠더드》로 앞을 가린 채 끝없는 문자열을 해독하여 피치포크 요원의 기록을 읽어낸다.

★★★

세르게이 보리소비치 쿠즈네체프. 업무 규칙에 반하지만 이곳에서는 그를 세르게이라는 실명으로 부르겠다. 세르게이는 피터버러에서 태어났다. 아버지와 할아버지는 소련 비밀경찰이었다. 할아버지는 내무인민위원회(NKVD)의 명예로운 장군으로 크렘린의 벽에 묻혔고, KGB 대령 신분의 부친은 체첸공화국에서 부상을 입고 사망했다. 여기까지는 좋다. 하지만 세르게이가 정말로 고귀한 혈통의 후계자인지는 여전히 불투명하다.

알려진 사실만으로 보면 그럴 법하다. 다만 그런 사실들이 너무 많고, 그 사실들 속에 너무 많은 의미가 들어 있다. 그는 열여섯 살에 페름 인근의 특수학교에 들어가 물리학과 '정치 전략'을 배웠다. 음모와 스파이 활동 관련 과목이다.

열아홉에는 모스크바 주립 대학에 입학했으며, 물리학과 영어에서 뛰어난 점수를 받았다. 졸업 후에는 특수학교에 선발되어 대기 첩보원들을 위한 훈련에 돌입했다. 증언에 따르면, 2년 과정 첫날부터 어디든 자신이 배정받은 서방으로 망명하겠다고 마음을 굳혔다고 한다. 실제로 밤 10시에 에든버러 공항에 도착하자마자 영국 정보국 고위 관리와 얘기하고 싶다고 밝힌 바 있다.

표면상으로는 의심의 여지가 없다. 세르게이는 어린 시절부터 안드레이 사하로프, 닐스 보어, 리처드 파인만 그리고 우리의 스티븐 호킹 같은 물리학 선지자들과 인본주의를 선망했다. 만인의 자유, 만인의 과학, 만인의 인본주의를 꿈꾸기도 했다. 그런데 어찌 블라디미르 푸틴 같은 야만 독재자와 그 만행을 증오하지 않을 수 있겠는가?

세르게이는 자신이 게이라고 주장한다. 동기나 선생들한테 들켰다면 그 사실만으로 즉각 퇴학감이지만 용케 이성애자를 자임하며 버텨냈다. 학기 중에는 여학생들과 시시덕거리고 침대에 들기도 했는데, 그의 말에 따르면 모두 위장 목적이었다.

이 모든 것을 입증하는 방법? 그냥 담당 청취관 테이블에 놓인 보물 상자를 보면 된다. 서류 가방 두 개와 배낭. 그 사이에 놓인, 진짜 스파이의 완벽한 도구 세트. 첨단 화학물질로 제조한 비밀문서용 카본지, 가공의 덴마크인 여자친구에게 보낸 편지 행간에 투명 탄소로 적은 비밀 메시지, 열쇠고리에 매달린 소형 카메라, 가방 바닥에 숨긴 공작금 3000파운드(모두 10, 20파운드짜리다), 일회용 메모철, 비상시에만 사용 가능한 파리의 본 부슈 레스토랑 전화번호.

세르게이는 소지품을 모두 신고한 뒤 가명의 훈련관들과 동료 훈련생들을 묘사하고 지금껏 배운 기술들을 써 내려갔다. 자신의 훈련용 임무들, 그리고 러시아의 충성스러운 대기 첩보원으로서 수행해야 할 성스러운 임무까지 주문처럼 술술 불었다. 열심히 공부하고, 동기들의 존중을 얻고, 그들의 가치와 철학을 옹호하고, 학술지에 글을 발표하라. 어떤 일이 있어도 런던의 러시아 대사관을 찾지 말라. 이미 폐물이 된 고정 스파이와 접촉하지 말라. 어느 고정 스파이도 너를 알지 못하며, 누구도 대기 첩보원을 돕지 않는다. 대기 첩보원은 고정 스파이보다 엘리트 집단이다. 태어나자마자 선발되는 데다 모스크바 센터에서도 전담 팀의 지시를 직접 받지 않는가. 순리에 따르되, 매달 우리와 접선하고 매일 밤 조국 러시아를 꿈꿀지어다.

의문점 하나(담당관들에게야 의문 이상이겠지만). 그 어디에도 새롭거나 주목할 만한 정보는 없었다. 그가 내놓은 정보라고 해 봐야 이미 다른 전향자들이 토해 낸 것들뿐이었다. 인물, 훈련 방법, 첩보 기술까지 모두. 심지어 그가 내놓은 첩보용 물품 두 개는, 이미 복사품으로 제작되어 현재 참모본부 1층 응접실의 검은 박물관에 전시되어 있는 물건들이었다.

★★★

청취 담당관들의 의혹에도 불구하고 브린 조던 휘하의 러시아국은 피치포크에게 제1급 망명자의 특권을 제공했으며 저녁 식사와 축구 경기에도 데려갔다. 물리학과의 월간 공동 연구 보고서를 함께 작성해 가공의 덴마크 여자친구에게 보내고, 집에 도청 장치를 달고, 통신망을 해킹하고, 간헐적으로 비밀 감시를 진행하면서……
지금껏 기다렸다.

그런데 왜? 여섯 달, 여덟 달, 1년, 비싼 돈을 들이며 기다렸건만 모스크바 센터 훈련관에게서는 감감무소식이었다. 암호로 된 것이든 아니든 편지 한 장 없었고, 이메일이나 전화는 물론 상용 라디오 방송에 암호 광고조차 나오지 않았다. 그쪽에서 포기한 걸까? 이미 정체를 파악했나? 이성애자가 위장임을 눈치채고 결론을 내려버린 걸까?

시간이 흐르고 인내심도 바닥날 때쯤, 러시아국은 피치포크를 헤이븐에 넘겨 '관리와 교육'을 맡겼다. 당시 자일스의 말도 기가 막혔다. "고무장갑 끼고 석면 집게로 다루도록 하게. 나한테 삼중 스파이 냄새를 맡는 능력이 있는데, 이놈은 악취가 진동을 해."

악취는 모르겠지만, 아무튼 그마저 옛일이다. 경험에 비추어보건대, 오늘 세르게이 보리소비치는 러시아의 이중-삼중 무한 루프 게임에 휩쓸린 형편없는 선수에 불과하다. 느긋하게 여유를 부리다가 토사구팽 되어 결국 도움 요청 버튼을 누를 때가 된 것이다.

★★★

아이들이 식당차로 건너가자 객차 안이 조용해진다. 나는 구석 자리에 앉아 세르게이에게 전화를 건다. 그의 휴대전화도 우리가 지급했다. 전화 목소리는 지난 2월 자일스와의 인수인계 때처럼 공손하고 담담하다. 지금 가는 중이라고 하자 그는 고맙다고 말한다. 어떻게 지내냐 물으니 잘 있단다. 잘 지냅니다, 피터. 11시 30분 전에는 도착한다고 알린 뒤 오늘 밤 만나야 하는지, 아니면 내일 봐도 괜찮은지 묻는다. 오늘은 조금 피곤하네요, 피터. 내일이 좋겠어요. '긴급 상황'은 개뿔. 나는 상황을 '전통 절차'로 전환할 생각이라고 전하고 묻는다. "그래도 상관없겠나?" 그렇게 하면 현장 요원은 아무리 의구심이 생긴다 해도 최종적으로 결정된 사항만 알게 된다. 고마워요, 피터. 아무래도 그게 좋겠죠.

퀴퀴한 호텔 침실, 다시 플로렌스에게 전화를 걸어본다. 이미 한밤중이건만 이번에도 기계음만 흘러나온다. 내가 아는 그녀의 휴대전화 번호는 정보국용뿐이라, 이번에는 헤이븐의 일리야에게 건다. 로즈버드 관련한 최신 정보가 있나?

"아뇨, 내트. 눈곱만큼도 없어요."

"음, 그렇다고 그렇게 좋아할 필요는 없잖아." 난 발끈해서 한마디 쏘아붙이고 전화를 끊는다.

플로렌스한테서 전화가 왔었는지, 아니면 그녀의 휴대전화가 왜 불통인지 물어볼 수도 있지만, 일리야가 다소 출싹대는 성격인지라 자칫 헤이븐 식구 모두 호들갑을 떨게 될까 두려웠다. 휴대전화가 불통일 경우에 대비해 지원 인력은 모두 유선 번호를 제시하게 되어 있다. 플로렌스가 가장 최근에 등록한 번호는 햄스테드다. 기억으로는 그녀가 조깅을 하던 곳이다. 아무도 개의치 않는 듯했지만, 핌리코에서 부모와 함께 살고 있다고 한 터라 햄스테드까지 조깅을 나간다는 게 어딘가 이상했다. 플로렌스의 주장대로 24번 버스가 두 곳을 왕복하기는 해도.

햄스테드 번호를 누르지만 자동 응답기로 넘어간다. 나는 고객 센터의 피터인데, 귀하의 계좌가 해킹 당한 것 같으니 지체 없이 이 번호로 전화해 계좌를 보호하라고 녹음을 남긴다. 그런 뒤 위스키를 잔뜩 마시고 잠을 청한다.

★★★

세르게이에게 이야기한 '전통 절차'는 그가 현역 이중 스파이로서 발전 가능성이 무한하다고 여겨졌을 때부터 적용되어온 방식이다. 접선 장소는 요크시(市) 경주로의 급유장으로 정했다. 세르게이는 버스를 타고 와 날짜가 지난 《요크셔 포스트》 한 부를 들고 있기로 했다. 그사이 담당 공작관인 나는 정보국 전용차에서 대기할 것이다. 세르게이가 사람들 사이를 어슬렁거리는 동안 퍼시 프라이스의 감시 팀은 적들의 이상 동향을 점검한다. 우리의 접선 사실을 들켰을 수도 있기 때문이다. 우리 팀이 이상 무를 선언하면 세르게이는 정류소로 돌아가 시간표를 확인한다. 신문을 왼쪽에 들면 접선 중단, 오른쪽이면 예정대로 진행하라는 뜻이다.

반면에 자일스가 주도한 인수인계 절차는 전통과 다소 거리가 있었다. 대학 캠퍼스 내 세르게이의 숙소에서 훈제 연어 샌드위치와 보드카 한 병을 준비해 놓고 행사를 치르겠다고 고집을 부린 것이다. 그놈의 얄팍한 위장 탓에 지금 그 뒤치다꺼리를 하고 있는 걸까? 자일스가 헤드헌팅에 나선 옥스퍼드의 객원 교수였다면, 나는 그의 누비아인 노예인 셈이다.

이제 전통 절차로 복귀한다. 훈제 연어 따위는 없다. 나는 낡아빠진 복스홀을 한 대 빌렸다. 렌터카업체에서 제공 가능한 최고급 차량이다. 나는 한쪽 눈을 백미러에 고정한다. 나도 뭘 찾는지는 모르겠지만 시선을 뗄 수 없다. 가랑비가 내리는 흐린 날씨다. 경주로까지의 도로는 곧고 평평하다. 로마인들도 이곳에서 말을 탔겠지. 왼쪽으로 흰색 가드레일이 깜빡이듯 지나간다. 이윽고 깃발이 잔뜩 내걸린 출입구가 나타난다. 나는 아주 느릿느릿, 궂은 날 소풍을 나온 사람들과 쇼핑객 사이로 핸들을 꺾는다.

정류장. 승객들이 버스를 기다리고 있다. 세르게이도 그 속에 섞여 노란색 버스 시간표를 들여다본다. 《요크셔 포스트》는 오른손에 들려 있다. 그런데 왼손의 악보집과 우산은 뭐지? 대본에 없었잖아. 나는 정류장을 몇 미터 지나 차를 세운 뒤 창문을 내리고 소리친다. "어이, 잭! 나 기억나나? 나 피터야!"

일단 그는 못 들은 척한다. 일종의 습관인데, 대기 요원 훈련을 2년이나 했으니 당연하다. 이윽고 그가 놀라며 고개를 돌리더니 고개를 갸웃한다. 활짝 웃는 건 그다음이다.

"피터! 내 친구! 당신이군요. 와, 이렇게 만나다니, 세상에, 맙소사!"

오케이, 잘한다. 이제 차에 타. 그가 차에 오른다. 행여 지켜보는 사람이 있을까 우리는 포옹하는 시늉까지 한다. 세르게이는 황갈색의 버버리 레인코트 차림이다. 그가 코트를 벗어 개키더니 얌전히 뒷좌석에 놓는다. 악보집은 여전히 무릎 사이에 있다. 시동을 거는

데, 정류장의 남자가 옆에 선 여성에게 인상을 쓴다. 봤어요? 늙은 호모 새끼가 백주에 예쁜 남창을 꼬시고 있어요!

뒤쪽에 주차한 놈을 주의할 것. 뒤를 확인하지만 승용차나, 밴, 심지어 오토바이조차 보이지 않는다. 이상한 낌새는 없다. 전통 절차인지라 세르게이로서는 자신이 어디로 끌려가는지 들은 바가 없다. 나도 이제야 얘기해 줄 참이다. 세르게이는 인수인계 때보다 마르고 고민이 많아 보이는 모습이다. 검은 머리는 산발에 눈빛도 슬퍼 보인다. 수수깡 같은 손가락으로 계기반을 톡톡 두드린다. 대학 숙소에서도 나무 의자 팔걸이에 대고 하던 짓이다. 트위드 재킷이 큰 탓일까, 어깨까지 축 처진 것 같기도.

"악보집은 뭔가?" 내가 물었다.

"서류예요, 피터. 당신한테 줄 겁니다."

"서류?"

"아주 중요한 물건이죠."

"듣던 중 반가운 소리군."

세르게이는 내 비아냥에도 아랑곳없다. 그로서는 아마 예상한 일이리라. 줄곧 그랬을 것이다. 나를 경멸하고, 자일스도 경멸하겠지.

"자네 몸이나 옷 어딘가에 내가 확인해야 할 물건이 또 있나? 서류 말고? 필름이나 녹음기 같은 것 말이야."

"이런, 피터, 그런 거 없어요. 아무튼 중요한 서류니 맘에 드실 겁니다."

목적지에 도착하기까지 그 정도면 대화는 충분하다. 디젤엔진이 툴툴거리고 차체가 흔들리는 데다 소음마저 심한 탓에 녀석의 얘기를 놓칠 수 있다. 휴대전화로 녹음한다 해도 헤이븐에 전송하지 못할지 모른다. 자일스는 러시아 출신을 절대 믿지 않는다. 나도 다르지 않지만 세르게이에게 그것까지 알려줄 필요는 없다. 목적지인 언덕마루는 마을에서 30킬로미터 떨어진 곳이다. 이곳을 택한 이유는 황무지가 훤히 내려다보여서다. 하지만 복스홀을 세우고 엔진을 껐을 때 눈앞에 보이는 광경이라곤 잿빛 구름과 앞 유리를 두드리는 빗줄기뿐이다. 규정대로라면 위기 상황에 대비해 우리의 위장 신분과 헤어질 경우 언제 어디에서 다시 만날지 합의해야 한다. 물론 불안 요소가 있는지에 대해서도 확인이 필요하다. 그러나 세르게이는 곧바로 악보집을 무릎에 놓고 고리를 풀더니 A4 사이즈의 갈색 봉투를 꺼내기 시작한다. 봉투는 봉해지지 않은 채다.

"모스크바 센터에서 마침내 연락이 왔어요, 피터. 1년이 꼬박 지났죠?" 식자의 오만이 엿보이고, 어딘가 흥분에 들뜬 것 같기도 한 말투다. "중요한 내용입니다. 코펜하겐의 아네트가 영어로 아름답고 은밀한 편지를 보내왔는데 비밀 카본 아래 모스크바 통제관의 전언이 숨어 있더라고요. 읽기 좋게 영어로 번역해 놨습니다." 그 말과 함께 봉투 안에서 내용물을 꺼내려 한다.

"잠깐 기다려, 세르게이." 나는 봉투를 빼앗지만 안을 들여다보지는 않는다. "까놓고 말하지. 자넨 덴마크 애인이 보낸 연애편지를 받았어. 그리고 인화액으로 숨은 문서를 드러내고 암호를 푼 다음 날 위해 그 내용을 영어로 번역했지. 혼자서. 맞나?"

129

"정확해요, 피터. 그간의 인내가 보상을 받은 셈이죠."

"편지를 받은 게 정확히 언제지?"

"금요일 정오쯤요. 저도 깜짝 놀랐어요."

"오늘이 화요일. 그런데 어제 오후나 되어서야 사무실에 전화해?"

"주중에 일하면서도 내내 내트 생각만 했어요. 얼마나 신이 났는지 밤낮으로 인화하고 번역하고 그랬다니까요. 머릿속으로였지만요. 노먼도 성공을 축하해 주면 좋으련만."

자일스 얘기다.

"모스크바 훈련관의 편지를 받은 게 금요일이야. 그사이에 아무한테도 보여주지 않은 거 확실해?"

"당연하죠, 피터. 그럴 리가요. 제발 봉투 안부터 보세요."

난 그의 청을 무시한다. 이놈이 겁대가리를 상실한 걸까? 대학물 좀 먹었다고 보통 스파이 나부랭이들과 급이 다르다고 여기는 거야 뭐야?

"해독하고 번역하는 동안 우리 지시는 무시했다는 얘기잖아. 러시아 훈련관들이 보낸 편지나 지시는 그 즉시 담당 공작관에게 보고하라고 했을 텐데?"

"물론…… 지시대로 한 겁니다. 해독하자마자……"

"보고 후 지시에 따라 행동할 것. 1년 전 에든버러에 도착했을 때 청취관들이 약품을 압수한 것도 그래서야. 그렇다면 인화를 할 수 없어야 했던 것 아닌가?"

내가 한참을 윽박지르다가 반쯤만 진심인 분노를 가라앉힐 때까지 세르게이도 씩씩거리기만 할 뿐 대답을 내놓지 못한다.

"인화액은 어떻게 구한 거야? 약방에 달려가 성분을 살펴봤나? 그럼 누군가 옆에 있다가 오, 이 친구 비밀 편지를 인화하려는 모양이네, 생각했겠군. 교내에도 약국이 있나, 응?"

우리는 한동안 빗소리를 들으며 나란히 앉아 있다.

"피터, 나도 바보는 아니에요. 버스를 타고 시내로 나가 여기저기 약국을 돌아다녔다고요. 현찰로 지불했고, 대화는 전혀 없었어요. 저 나름대로 조심했단 말입니다."

여전히 침착하고, 여전히 잘났다. 그래, 비밀경찰의 손자이자 아들답군.

★★★

마침내 봉투 안을 살펴보기로 한다.

첫 번째는 장문의 편지 두 통, 위장 편지와 숨겨진 카본 문서다. 세르게이는 인화 단계 모두를 복사하거나 촬영한 뒤 내가 확인하도록 인쇄까지 해 두었다. 순서와 번호도 질서 정연하다.

두 번째는 덴마크 소인의 봉투다. 봉투 앞면에 여자의 필체로 세르게이의 이름과 대학 주소가 적혀 있고, 뒷면에는 발신자의 이름과 주소가 있다. 아네트 페데르센, 코펜하겐 교외에 자리한 어느 아파트 1층 5호.

세 번째, 영어로 된 위장 문서. 장장 여섯 장으로, 봉투와 똑같은 여자의 필체로 적혀 있다. 세르게이와의 섹스가 너무도 황홀했기에 그 생각만 해도 몸이 뜨거워진다느니 하는 유치한 내용이다.

인화를 거친 비밀문서는 세로로 적힌 네 자리 숫자들로 빽빽하다. 그다음은 러시아어 문서. 내용을 해독하느라 휘갈긴 일회용 메모지가 붙어 있다.

마지막이 나를 위해 러시아 문서를 번역해 놓은 영어 문서다. 나는 인상을 찌푸리며 러시아 문서를 밀어내고 영어본을 집어 들어 두어 번 읽는다. 그동안 세르게이는 짐짓 뿌듯한 표정을 가장하지만, 두 손은 긴장을 다스리느라 대시보드를 꽉 붙들고 있다.

"여름방학이 시작되자마자 런던에 숙소를 정하라는 지시군. 자네 생각엔 놈들이 왜 이러는 것 같나?" 내가 담담하게 묻는다.

"놈이 아니라 년입니다." 그가 갈라진 목소리로 지적한다.

"그게 누군데?"

"아네트."

"아네트가 실존 인물이라는 얘기야? 모스크바 센터에서 여자 행세를 하는 남자가 아니고?"

"저도 아는 여자예요."

"아네트…… 실존 인물이라. 아는 여자이기도 하고."

"그래요, 피터. 위장을 목적으로 아네트라고 자칭하는 바로 그 여자요."

"어떻게 알게 됐나?"

그가 한숨을 내쉰다. 얘기해 봐야 나로서는 이해하지 못할 거라는 의미겠다.

"매주 한 시간씩 대기 요원 훈련소에서 강의를 했어요. 영어 교육이었죠. 흥미로운 사례들을 알려주고, 정보 업무를 위한 조언과 격려도 많이 해 줬죠."

"그 강사 이름이 아네트였다?"

"강사들이나 학생들이나 다들 공작명을 사용했어요."

"그럼 공작명은?"

"아나스타샤."

"아네트가 아니고?"

"그런 이름은 없습니다."

나는 말없이 이를 간다. 곧 그가 평소의 오만한 말투로 얘기를 이어간다.

"아나스타샤는 아주 똑똑한 여자예요. 물리학을 심도 있게 논할 능력도 있죠. 그 여자에 대해선 청취관들한테도 자세히 얘기했습니다. 듣지 못하셨나 보네요."

거짓말은 아니다. 세르게이는 아나스타샤 얘기를 했다. 자세하지도 구체적이지도 않게. 그 사람이 앞으로 아네트라는 이름으로 자신과 통신할 상대라는 내용도 없었다. 청취관들이 알기에 아나스타샤는 모스크바 센터의 통제관으로 가끔 대기 요원 훈련소에 얼굴을 비추는 정도였다.

"그러니까 대기 요원 훈련소의 가칭 아나스타샤가 직접 이 편지를 썼다는 얘긴가?"

"분명합니다."

"숨은 문서만? 아니면 위장 편지까지?"

"둘 다요. 아나스타샤가 아네트입니다. 나한테는 인식 신호인 셈이죠. 모스크바 센터의 똑똑한 강사 아나스타샤가, 코펜하겐의 존재하지 않는 내 애인 아네트로 변신한 거예요. 필체만 봐도 알 수 있어요. 강의 중에 키릴문자의 영향을 피해 유럽인처럼 글을 쓰는 방법에 대해 조언했었거든요. 강의 목표는 늘 하나였어요. 서방의 적에게 동화하라. '시간이 지나면 너희는 놈들이 되고, 놈들처럼 생각하며 말하게 된다.' 아나스타샤도 나처럼 비밀경찰 가문 출신이에요. 아버지와 할아버지가 그렇다면서 매우 자랑스러워했죠. 마지막 강의에는 나를 따로 부르더니 이렇게 말하더군요. '영원히 내 이름을 모르겠지만 너와 나는 같다. 우리는 순혈이고, 비밀경찰이며, 러시아 그 자체다. 네 위대한 소명을 내 영혼으로 축하하마.' 그러더니 나를 안아주었어요."

과거 스파이 시절의 메아리가 흐릿하게 기억의 귀를 울리기 시작한 게 이 지점부터였을까? 아마 그럴 것이다. 그렇지 않고서야 내가 본능적으로 화제를 바꿀 이유가 없지 않은가.

"타자기는 어떤 제품을 쓰나?"

"수동 타자기예요, 피터. 전자 제품은 안 씁니다. 그렇게 교육받았죠. 전자 제품은 위험하다고. 아나스타샤, 그러니까 아네트는 현대적 인물이 아니에요. 철저히 전통적이고, 학생들도 전통적이기를 바랐죠."

난 아네트인지 아나스타샤인지 하는 여자에 대한 세르게이의 강박을 애써 외면한 채, 그가 해독하고 번역한 비밀문서를 다시 읽어본다.

"7월과 8월에는 노스런던의 지정된 세 지구 가운데 하나를 골라 세를 얻어라. 맞나? 통제관, 그러니까 옛 강사가 셋집을 지정해 준 건가? 이 지시는 어떤 의미지?"

"늘 그런 식으로 가르쳤어요. 비밀 모임을 준비하려면 대체 장소를 확보해 둘 것. 그런 식으로 해야 병참 변경이 용이하고 보안도 지킬 수 있다고요. 그 여자의 첩보 좌우명 같은 겁니다."

"노스런던 지구에는 가봤나?"

"아뇨, 가보지 않았습니다."

"마지막으로 런던에 간 게 언제지?"

"5월에 가서 일주일 지내다 왔어요."

"누구랑?"

"그건 중요한 문제가 아니잖아요."

"아니, 중요해."

"친구."

"남자? 여자?"

"중요하지 않아요."

"남자군. 이름이 뭐지?"

세르게이는 대답하지 않는다. 나는 계속 읽어 내려간다.

"7월과 8월, 런던에서 지내는 동안 마르쿠스 슈바이처라는 이름을 쓰기로 했군. 독일어가 가능한 스위스 프리랜서 기자고. 이 일에 대해서는 추가 지시가 내려올 거라고 적혀 있군그래. 마르쿠스 슈바이처는 아는 사람인가?"

"아뇨, 그런 사람 모릅니다."

"전에도 이 가명을 써본 적이 있나?"

"아뇨, 없습니다."

"들어본 적도 없고?"

"예."

"런던에 데려갔다는 친구 이름이 마르쿠스 슈바이처인가?"

"아뇨, 피터. 그리고 내가 아니라 그 친구가 날 데려간 겁니다."

"아무튼 독일어는 가능하잖아."

"그런대로."

"청취관 얘기로는 그 이상이던데. 유창하다더군. 모스크바의 지령에 대해 내게 설명할 게 하나도 없나?"

세르게이는 다시 입을 다문다. 에드처럼 생각에 빠져든 것이다. 그렇게 빗방울이 내리치는 앞 유리를 노려보다가 갑자기 입을 연다.

"피터, 안타깝지만 스위스 기자 노릇은 못 합니다. 런던에도 갈 생각 없어요. 이 지령은 제게 도발이나 마찬가지예요. 저, 그만두겠습니다."

"내가 알고 싶은 건, 모스크바가 왜 너를 독일어가 가능한 프리랜서 기자 마르쿠스 슈바이처로 만들려고 하느냐야. 그것도 노스런던에서." 나는 세르게이의 반발을 무시한 채 물고 늘어진다.

"나를 죽이려는 겁니다. 모스크바 센터의 행태를 아는 사람이라면 누구나 아는 수작이죠. 런던 주소를 센터에 보내는 것 자체가 언제 어디서 나를 제거하면 되는지 알려주는 행위라고요. 반역을 의심받는 경우 늘 이런 식이죠. 모스크바는 가장 고통스럽게 죽일 방법을 모색할 겁니다. 난 절대 못 가요."

"그 정도면 머리 좀 쓴 편 아닌가? 너 하나 죽이겠다고 런던으로 끌어내? 그냥 이런 오지로 데려와서 땅 파고 총 쏜 다음 묻어버리는 게 낫잖아. 요크의 친구들한테는 네가 고향으로 돌아갔다고 둘러대면 그만이고. 일단 질문에나 대답해. 네 심경 변화가 어떤 식으로든 친구와 관계가 있나? 런던에 데려갔다는 그 친구 말이야. 나도 만나본 사람 같은데, 아냐?"

문득 짚이는 구석이 생겨 나는 둘에 둘을 더해 다섯을 만들기로 한다. 세르게이의 대학 기숙사가 떠오른 것이다. 자일스의 황당한 인수인계를 치르는 중에 노크도 없이 문이 열리더니 귀걸이에 말총머리를 한 청년이 고개를 빼꼼 내밀었다. "세르게이, 혹시 너한테……" 그러다 우리를 보고는, 마치 애초에 여기 온 적도 없다는 듯 얌전히 문을 닫았다.

다른 한편에서도 머릿속을 꿰뚫고 들어오는 생각이 있다. 아나스타샤, 아네트, 또 어떤 이름이 있을까? 그 이름은 더 이상 과거에 반쯤 숨은 그림자가 아니다. 세르게이 자신이 묘사했듯, 재능과 첩보 기술이 출중한 실존 인물로 변해 있다.

"세르게이." 나는 보다 부드러운 목소리로 입을 뗀다. "이번 여름

런던에서 마르쿠스 슈바이처가 되지 못할 이유가 또 있나? 친구와 휴가 계획이라도 세워둔 거야?"

"나를 죽이려고 한다니까요."

"방학에 뭘 할 계획인지, 네 친구 이름은 뭔지 얘기해. 그럼 우리가 합리적인 방편을 세울 수 있어."

"계획 같은 거 없어요, 피터. 뭔가 음모를 꾸미려는 모양인데, 다 당신네들 좋을 일이잖아요. 난 당신에 대해 아는 게 하나도 없어요. 노먼은 그나마 친절하기라도 했지, 당신은 그야말로 절벽이군요, 피터. 친구인 줄 알았는데 아니었어요."

"그럼 누가 네 친구야? 이봐, 세르게이, 우리도 인간이잖아. 영국에서 1년을 보냈는데 설마 어울릴 사람 하나 만들지 못했다고 하지는 않겠지? 친구가 생기면 통보부터 했어야 하잖아. 좋아, 이 얘긴 그만두자고. 자네 말마따나 문제 될 것도 없어. 그냥 방학에 동행할 친구, 여름 파트너 정도로 해 두지. 안 될 것도 없잖아?"

세르게이가 러시아인답게 발끈하며 나를 돌아본다.

"여름 파트너가 아니라, 영혼을 나눈 친구예요!"

"오, 그래? 없으면 안 되는 친구란 얘기군. 그럼 행복하게 해 줘야지. 런던에서는 아니지만, 우리도 뭐든 고민해 보겠네. 그 친구도 학생인가?"

"대학원생이에요. 쿨투르니(Kulturny)…… 예술 전반에 조예가 깊은 친구죠." 그가 부연 설명까지 덧붙인다.

"물리학 전공이고?"

"아뇨. 영문학 쪽. 당신네 위대한 시와 시인 모두에 정통하죠."

"자네가 러시아 공작원이라는 사실도 아나?"

"알면 날 싫어할 겁니다."

"영국 정부를 위해 일하는데?"

"위장이나 거짓에 질색을 하는 사람이니까요."

"그럼 걱정할 필요 없군, 안 그래? 여기 이 종이에 친구 이름이나 적어봐."

그가 메모지와 펜을 받아 들더니 등을 돌리고 쓰기 시작한다.

"생일도. 생일 정도는 당연히 알겠지?" 내가 덧붙인다.

그가 덧붙여 적고는 종이를 접어 신경질적으로 내민다. 나는 종이를 펼쳐 확인한 뒤 다른 서류와 함께 봉투에 넣고 메모철을 회수한다.

"그래, 세르게이, 며칠 안에 네 친구 배리 문제는 해결해 주지. 긍정적이고도 창의적으로 말이야. 더는 협조하지 않겠다는 얘기까지 내무성에 전할 필요는 없겠지? 그건 주재 조건 위반이잖아?" 난 훨씬 부드러운 말투로 경고한다.

빗줄기가 다시 차창을 때리기 시작한다.

"알았어요. 그렇게 하죠." 그가 말한다.

★★★

나는 얼마간 차를 몰다가 밤나무 아래 차를 세운다. 그나마 바람과 비가 극성을 부리지 않는 곳이다. 세르게이는 여전히 옆에 앉아 있지만, 더 이상 상종도 하고 싶지 않다는 표정으로 창밖만 내다본다.

"아네트 얘기 좀 더 해 보지. 아니면 아나스타샤라고 부를까? 그 여자한테 배울 때 그 이름으로 알았다니까. 그 밖에 어떤 능력이 있는지 얘기해 봐." 나는 최대한 느긋한 목소리로 말한다.

"언어능력이 탁월합니다. 재능, 학력, 기술까지 삼박자를 고루 갖추었죠. 음모에 최적화된 사람입니다."

"나이는?"

"글쎄요, 쉰? 쉰셋? 미인은 아니지만 품위가 있고 카리스마도 넘쳐요. 표정에서도 잘 드러나죠. 주님을 믿는 사람만의 자신감이에요."

세르게이 자신도 신을 믿는다고 청취관에게 말한 바 있으나 크게 신경 쓸 문제는 아니다. 지식인으로서 성직자는 경멸하기 때문이다.

"키는?" 내가 묻는다.

"글쎄요, 165쯤?"

"목소리는?"

"아나스타샤는 우리와 대화할 때 영어만 썼어요. 아주 유창했죠."

"러시아어는 못 들어봤고?"

"네, 피터, 못 들어봤어요."

"한 마디도?"

"예."

"독일어는?"

"딱 한 번 독일어를 했죠. 하이네를 낭독할 때였어요. 낭만주의 시대의 독일 시인이자 유대인이죠."

"잘 생각해 봐. 목소리를 들었을 때 어디 사람 같던가? 출신 지역 얘기야."

고민하는 시늉이라도 할 줄 알았는데 곧바로 대답이 나온다.

"태도나 검은 눈, 얼굴색, 말투로 보아 틀림없이 그루지야 출신이에요."

너무 앞서가지 말자. 그냥 평범한 전문가 수준에서 상황을 보는 거야. 나는 스스로를 억누른다.

"세르게이?"

"예, 피터?"

"배리와 휴가를 보내기로 한 날짜가 언제지?"

"8월 한 달 내내가 될 거예요. 순례 여행하듯 영국의 문화 유적지와 성지 들을 돌아볼 생각이에요."

"개강일은?"

"9월 24일."

"휴가를 9월로 미루지. 배리한테는 런던에 중요한 프로젝트가 있다고 해."

"그럴 수는 없어요. 배리가 얼마나 가고 싶어 하는데."

내 머리는 온갖 대안을 돌리고 있다.

"이러면 어떨까? 우리가 너한테…… 예를 들어 공문서를 보내는 거야. 하버드 대학 물리학과 전용 편지지로. 요크에서의 업적을 치하하고 7월과 8월 두 달간 하버드의 여름 연구원 자격을 제안하지. 연구비까지 더해서. 그걸 배리한테 보여주면 되잖아. 그런 뒤 마르쿠스 슈바이처 신분으로 활동을 마치자마자 런던에서 그를 만나 하버드가 제공하는 달러를 탕진하며 인생을 즐기는 거야. 그 정도면 괜찮지 않겠어?"

"그런 편지가 정말 있고 연구비가 제공된다면, 배리도 자랑스러워하겠죠." 그가 말한다.

경량급 스파이들이 중량급 행세를 하는 경우가 있다. 가끔은 헤비급 행세까지도 한다. 세르게이는 지금 막 거물로 승진한 참이다.

★★★

자동차에 나란히 앉아, 우리는 2인조 전문가처럼 아네트에게 어떤 답장을 보낼지 논의한다. 비밀 편지 초안은 지시에 따르겠다는 보고가 될 것이다. 위장 편지는 세르게이의 성적 상상력에 맡기겠지만, 그것도 보내기 전에 비밀 편지와 함께 내 승인을 받는 것으로 못을 박는다.

세르게이가 여성 조정관을 더 편하게 대할 것 같아(어느 정도는 나 자신의 편의를 위해서이기도 하고). 나는 이제부터 제니퍼, 즉 플로렌스에게 상황을 보고하라고 일러준다. 내가 제니퍼를 요크로 데려가 만남을 주선하고, 향후 두 사람을 어떤 관계로 위장하는 것이

적합할지 논하겠다고. 애인은 어려울 거라고. 제니퍼가 키 큰 미인이라 배리가 상처 받을 수 있다고. 내가 담당 공작관으로 남아 있는 이상 제니퍼 역시 내게 보고할 거라고도 덧붙인다. 나 나름의 생각도 있다. 배드민턴 코트에의 일과 상관없이, 이 도발적인 공작을 선물로 주면 플로렌스도 모처럼 기술을 발휘할 기회에 기뻐하며 사기를 되찾을 것이다.

우리는 요크 변경의 주유소에 들러 달걀 샐러드 샌드위치 두 개와 탄산 레모네이드 두 병을 주문한다. 자일스라면 선물 보따리라도 만들어냈을 텐데. 식사를 마치고 빵가루를 털어낸 뒤 나는 세르게이를 버스 정류장에 내려준다. 그가 포옹하려 하지만 악수로 대신한다. 놀랍게도 아직 이른 오후다. 렌터카를 차고에 반납하고 다행히 급행열차를 잡는다. 늦지 않게 런던에 도착해 프루를 인디언 식당으로 데려간다. 정보국 일은 금기이기에, 대화는 빅 파마의 추악한 짓거리에 머문다. 집에 돌아가서는 채널4 뉴스를 시청한다. 취침 시간이 되어 침대에 들기는 하지만 잠이 오지 않는다.

플로렌스에게서는 여전히 연락이 없다. 비브의 애매한 이메일에 따르면, 분위기상으로는 재무부 분과위원회에서 로즈버드를 당장이라도 승인할 것 같긴 한데 아직은 더 기다려야 한단다. 내가 여기서 마땅히 느꼈을 법한 불길한 징조를 느끼지 못한 것은, 아마도 세르게이와 아네트 사이에서 발견한 기묘한 관계의 연속성을 은근히 즐기고 있었기 때문이리라. 문득 브린 조던의 경구가 떠오른다. 오랫동안 스파이 짓을 하다 보면 쇼는 반복되기 마련이다.

10

수요일 일찍 지하철을 타고 캠던 타운으로 향할 때에야 눈앞의 문제들이 보다 선명하고 분명해진다. 플로렌스의 불복종과 관련한 사안을 어디까지 가져가야 하지? 인사과에 보고하고 모이라가 주도하는 징계위원회에 넘겨 호된 벌을 받게 해? 아니, 그럴 수는 없다. 이건 단둘이 만나 해결해야 할 문제다. 해결이 잘되면 피치포크 건으로 보상해 주는 거다.

헤이븐의 어둑한 복도로 들어가는데 평소와 달리 정적이 감돈다. 일리야의 자전거는 그대로인데…… 일리야는? 다들 어디 간 거지? 첫 번째 층계참에도 아무 기척이 없다. 문은 모두 닫힌 채다. 두 번째 층계참에 오르자, 플로렌스의 쪽방 문에 테이프가 붙어 있고 그 위에 빨간 글씨로 "출입 금지"라는 글자가 적힌 것이 보인다. 문손잡이에도 스프레이 왁스를 뿌려놓았다. 반면에 내 집무실은 활짝 열려 있다. 책상 위에 인쇄물 두 개가 놓여 있다.

첫 번째는 비브의 내부 문건이다. 재무부 분과위원회가 숙의 끝에 로즈버드를 철회하였다. 불필요한 위험이 그 이유다.

두 번째는 모이라의 메모다. 수신자는 관계 부서. 플로렌스가 월요일 자로 정보국에서 사임했으며, 내무성 해약 규정에 따라 해직 절차가 진행 중이라는 내용이다.

★★★

해결하겠다고 나서는 건 미루고, 일단 생각을 해 보자.

모이라에 따르면, 플로렌스의 사임 시점은 아틀레티쿠스에서 에드-로라와의 혼합복식 시합에 나타나기 네 시간 전이다. 따라서 그녀가 보인 비이성적인 행동은 어느 정도 이해가 가능하다. 그런데 사임 이유가 뭐지? 로즈버드 작전 취소 때문일 수 있지만 섣불리 넘겨짚지는 말자. 나는 서류 두 개를 천천히, 세 번이나 살핀 다음 층계참으로 나온다. 그러곤 두 손을 확성기처럼 만들어 입에 대고 소리친다.

"다들 밖으로 나와봐, 당장!"

팀원들이 문을 열고 나오자, 나는 그들이 아는 바, 혹은 내게 알려주는 바에 따라 이야기의 조각들을 맞춰가기 시작한다. 내가 노스우드의 깜깜한 지하실에 유폐되어 있던 월요일 오전 11시경, 플로렌스는 일리야에게 돔 트렌치를 만나러 간다고 통보했다. 믿을 만한 소식통인 일리야의 보고에 따르면 당시 플로렌스는 기대감보다 걱정이 큰 표정이었다.

1시 15분쯤, 플로렌스가 용건을 마치고 주방 앞에 나타났다. 일리야는 위층에서 통신 데스크를 담당하고, 나머지 팀원들은 아래층에서 샌드위치로 점심을 때우며 핸드폰을 보고 있었다. 플로렌스가 바쁘거나 휴가를 낼 때면 서열이 제일 비슷한 스코틀랜드인 데니즈가 공작원들을 관리한다.

"거기 그냥 서 있더라고요. 몇 분 정도. 우리를 빤히 바라보는데, 마치 '정신 나간 놈들'이라고 말하는 것 같았어요." 데니즈는 어딘가 풀이 죽은 듯한 기색이다.

"특별한 얘긴 없었고?"

"예, 아무 말도 안 했어요, 내트. 그냥 빤히 보기만 했죠."

플로렌스는 부엌을 떠난 뒤 2층 자기 방에 들어가 문을 잠갔다. 일리야의 말. "5분 후에 다시 나왔어요. 여행 가방에 샌들, 책상 위에 있던 모친 사진, 추울 때 걸치던 카디건, 서랍에 있던 일용품까지 모두 챙겨 넣고." 가방 속을 어떻게 꿰뚫어 봤는지 모르겠지만 일리야도 눈칫밥이 적지 않은 사람이다.

"러시아식으로 나한테 세 번이나 키스하고 다시 포옹까지 하더라고요. 우리 모두를 위한 인사라면서요. 그래서 내가 물었죠. 도대체 무슨 일이에요, 플로렌스? 플로라고 부르면 안 된다는 정도는 다들 알거든요. 플로렌스는 별일 아니라고만 했어요. 다만 쥐새끼들한테 배를 빼앗겨서 뛰어내려야 한다고."

다른 증언이 없는 이상 그 말은 헤이븐에 보내는 작별 인사쯤 될 것이다. 그녀는 본부의 돔과 담판을 마친 뒤 사임장을 내던지고 헤이븐으로 돌아와 소지품을 챙겼다. 그리고 오후 3시 5분경 실업자 신세로 거리에 나섰는데, 떠난 지 불과 몇 분 만에 공안 요원 둘이 정보국 밴을 타고 나타났다. 배를 점령한 쥐새끼라기보다 족제비에 가까운 자들이라 늘 하듯이 건물을 뒤지고 다녔다. 플로렌스의 컴퓨터와 철제 금고를 압수하고 직원들을 하나하나 불러 플로렌스가 맡겨놓은 물건이 없는지, 왜 떠났는지 따위를 캐물었다. 그리고 면담을 마친 다음 곧바로 플로렌스의 집무실을 봉쇄했다.

★★★

직원들에게 평소대로 업무에 충실하라고 말은 했지만 그게 어찌 쉬운 일이겠는가. 나는 골목으로 나와 부지런히 10분을 걸어 어느 카페에 앉는다. 그러곤 더블 에스프레소를 주문한 뒤 호흡을 가다듬는다. 상황을 정리할 필요가 있다. 플로렌스에게 다시 전화해 보지만 역시 먹통이다. 대신 햄스테드에서 메시지가 하나 날아든다. 젊고 밉살맞은 상류층 남자의 목소리. "플로렌스를 찾나요? 그 여자 여기 없습니다. 다신 전화하지 마쇼." 돔에게 전화를 걸자 비브가 받는다.

"돔은 하루 종일 회의네요, 내트. 내가 뭐 도울 일이 있을까요?"

아, 고맙지만 괜찮아요. 그런데 비브, 그놈의 연쇄 회의 장소는 홈그라운드인가요? 아니면 원정이나 시내 주변?

비브가 망설인다. 그래, 제대로 짚었어.

"돔이 전화 안 받겠대요, 내트." 그 말과 함께 그녀는 전화를 끊는다.

★★★

"내트, 오, 존경하는 내트." 크게 놀란 말투다. 내 이름을 무기처럼 사용하는 습관은 여전하다. "언제나 환영이오만…… 우리가 약속을 했던가요? 내일 다시 만나도록 하죠. 오늘은 좀 바빠서……."

그 말을 증명이라도 하듯 책상 위에 서류들이 어지럽게 널려 있다. 오전 내내 나의 방문을 대비했다는 뜻이다. 돔은 절대 무언가에 맞서는 법이 없다. 그 정도는 우리 둘 다 알고 있다. 맞서기는커녕 눈치만으로 여기까지 온 사람이 아닌가. 나는 문고리에 빗장을 걸고 의자에 털썩 주저앉는다. 돔은 모르는 척 서류 작업에 열중한다.

"나갈 생각이 없는 모양이군요." 한참이 지나서야 그가 입을 연다.

"괜찮다면요, 돔."

돔은 미결 서류함에서 다른 파일을 꺼내더니 다시금 일에 몰두한다.

"로즈버드는 아쉽게 됐더군요." 어느 정도 기다렸다가 내가 말을 꺼낸다.

돔은 못 들은 척한다. 설마 정말로 일에 몰두한 걸까?

"플로렌스도 아쉽고. 최고의 러시아 관리자를 놓친 겁니다. 보고 서 좀 보여주시겠어요? 여기 있을 것 같은데."

"보고서? 무슨 얘깁니까?" 고개는 여전히 숙인 채다.

"재무부 분과위원회 보고서 말입니다. 불필요한 위험이니 뭐니 하는. 볼 수 있겠죠?"

돔이 고개를 들지만 아주 잠깐이다. 눈앞의 파일이 여전히 나보 다 더 중요하다.

"내트, 런던 제너럴 수장으로 이 얘긴 해야겠군요. 내트는 아직 자격 있는 위치가 아닙니다. 다른 질문은?"

"질문이야 많죠, 돔. 당신에게도 있겠죠? 플로렌스는 왜 사임한 겁니까? 같잖은 안건을 빌미로 나를 노스우드로 보낸 이유는 뭐고? 플로렌스를 두고 농간을 부린 겁니까?"

마지막 말에 그가 불쑥 고개를 든다.

"그 가능성이라면, 나보다 내트 쪽이 더 큰 것 같은데요."

"근거는?"

그가 의자에 등을 기대며 양손을 맞잡는다. 때가 온 것이다. 준비 된 연설이 막 시작될 참이다.

"내트, 당신 말대로 분과위원회 결정 관련해서 사전에 보고를 받 았지만 일대일 기밀 조건이 걸려 있었어요."

"그게 언제죠?"

"내트와 상관없는 일이에요. 계속할까요?"

"부디."

"플로렌스는 아시다시피 성숙함과는 거리가 있는 친구예요. 철회 이유라면 그게 핵심입니다. 재능이야 있죠. 그것만은 나도 인정해요. 하지만 로즈버드 발표를 보며 확연히 깨달은 바가 있었어요. 그여자는 감정적으로, 지나치게 감정적으로, 자신과 우리에게 가져다줄 떡고물에만 매달렸어요. 그래서 공식 발표 전에 내가 따로 그녀에게 알렸습니다. 실망감을 조금이라도 덜어주려고요."

"그렇게 플로렌스를 엿 먹이는 동안 나를 노스우드에 보냈고요. 신중도 하셔라."

돔은 빈정거리지 않는다. 특히 자신이 조소 대상일 때는 절대로.

"이봐요, 여자가 정보국을 그만둔 문제라면, 당신한테 더 다행스럽고 자축할 만한 일이에요. 분과위원회가 국가 간 이해관계를 내세워 로즈버드를 허락하지 않겠다고 결정했을 때 그 여자가 얼마나 부적절한 반응을 보였는지 압니까? 아주 히스테리를 부리더구먼. 내가 정보국라도 기꺼이 잘라버렸을 거예요. 자, 그러니 피치포크 얘기나 합시다. 보아하니 왕년의 거장 내트가 돌아왔더군요. 모스크바의 지령을 어떻게 해석합니까?"

상황이 불리하면 이런 식으로 화제를 바꿔 상대의 예봉을 피해가는 것도 돔답다. 그래도 이 경우에는 내게 호의를 베푸는 셈이다. 나로서는 교활한 계략 따위 생각해 본 적도 없지만, 어쨌든 돔 덕분에 이 일이 수면에 오른 것 아닌가. 그와 플로렌스 사이에 어떤 일이 있었는지 얘기해 줄 사람이 있다면 당연히 플로렌스뿐이다. 하지만 연락도 안 닿으니 어쩌겠는가? 그러니 주는 떡이나 받아먹자.

"그 친구가 받은 지령을 어떻게 해석하냐고요? 차라리 러시아국이 어떻게 해석할지 묻지 그럽니까?" 내가 돔만큼이나 거만을 떨며 되묻는다.

"거기서는 어떻게 했답니까?"

거만하면서도 단호한 태도다. 나는 미숙한 관료의 열정에 찬물이나 끼얹는 늙은 러시아인 신세고.

"피치포크는 대기 요원이에요, 돔. 잊었습니까? 그만큼 오래 기다려야 한다는 뜻이에요. 정확히 1년간 대기 상태였는데, 마침내 모스크바 센터가 워밍업을 시킬 모양이네요. 우선 자기편인지부터 확인하려 들겠죠. 증명이 끝나면 다시 요크에서 대기 상태로 두고요."

돔은 반박하려다가 잠시 입을 다문다.

"인정하기 어렵지만, 내트의 전제가 옳다는 가정하에…… 그럼 우리는 어떻게 나가는 게 좋을까요?"

"지켜봐야죠."

"좋아요. 지켜보는 동안 우리가 지켜본다는 사실을 러시아국에 알려주고?"

"작전을 넘겨받고 런던 제너럴을 에어브러시로 지워버릴 생각이라면 지금이야말로 절호의 기회겠군요." 내가 빈정거린다.

그는 입을 삐죽거리더니, 마치 고위급 인사의 의견을 묻기라도 하듯 시선을 다른 곳으로 돌린다.

"좋아요, 내트. 당신 말대로 지켜보자고요. 대신 향후 진행 상황

은 빠짐없이 보고하는 걸로 알고 있겠습니다. 아무리 사소한 일이
라도요. 알았죠? 아, 여기까지 와줘서 고마웠어요." 이어 다시 서류
작업으로 돌아간다.

"하지만⋯⋯." 난 일어나지 않은 채 운을 뗀다.

"또 뭐죠?"

"피치포크가 받은 지령의 맥락으로 미루어, 우리로서는 만전을
기하기 위해서라도 이 일을 단순한 몸풀기 이상으로 보는 편이 나
을 것 같군요."

"조금 전 얘기와는 상반되는 것 같은데."

"피치포크의 이야기에 아직 불분명한 요소가 숨어 있으니까요."

"말도 안 돼. 무슨 요소 말입니까?"

"지금은 톰의 이름을 올릴 만한 시기가 아니에요. 당신 이름이 보
이면 러시아국에서 이유를 알려고 할 겁니다. 그건 나보다 당신한
테 더 곤란한 일 아닌가요?"

"내가 왜?"

"직감이 맞는다면, 이번 사안은 헤이븐과 런던 제너럴에게 금쪽
같은 기회가 될 테니까요. 확인이야 필요하겠지만 결국은 재무부
분과위원회의 훼방 없이 우리 둘 이름을 모두 올릴 수 있을 거고."

그가 한숨을 내쉬며 서류를 옆으로 밀쳐낸다.

"내 옛 공작원 우드페커 사건은 잘 알죠? 아, 아직 그 정도 나이
는 아니던가요?" 내가 다시 꼬집는다.

"물론 잘 압니다. 기록을 읽었으니까. 안 읽은 사람도 있나요? 트

리에스테. 간첩 중의 간첩, 고정간첩, 전직 KGB, 구닥다리, 영사 신분으로 위장. 기억이 맞는다면, 내트가 배드민턴으로 꾀어들였죠? 나중에는 원래의 모습으로 돌아가 적들과 내통했고. 아니, 애초에 배신한 적이 없을 수도 있겠군. 별로 명예스러운 얘기는 아닌 것 같은데 왜 갑자기 우드페커 얘기를 꺼내는 겁니까?"

낙하산치고 숙제를 제법 했군.

"그래도 일하는 동안은 마지막까지 아주 가치 있고 믿을 만한 친구였죠." 내가 말한다.

"그렇게 생각한다면야. 다른 사람 생각은 다를 수 있겠지만. 어쨌든 본론으로 돌아가죠."

"피치포크에게 떨어진 모스크바 지령에 대해 그 친구와 얘기해보고 싶습니다."

"누구하고?"

"우드페커. 그가 어떻게 생각하는지 알아야겠어요. 내부자의 의견을 듣자는 거죠."

"제정신이 아니군요."

"그럴지도."

"미쳐도 단단히 미쳤어요. 우드페커는 공식적인 위험인물이에요. 요컨대 러시아국장 승인 없이는 정보국 누구도 접근 불가라는 뜻이죠. 러시아국장은 현재 워싱턴 디시에 숨어 있고요. 우드페커는 신뢰도 빵점입니다. 철저한 야누스에 러시아 범죄자 아닌가요?"

"불허인가요?"

"내 눈에 흙이 들어가기 전에는 절대로. 보고서를 작성해 징계위원회에 회부도 할 생각입니다만."

"일주일 정도 골프 휴가를 가고 싶은데, 그건 허가해 주시죠."

"웬 골프 타령이죠? 치지도 않으면서."

"만약 우드페커가 나를 만나겠다면 그 친구도 모스크바 센터 지령을 이상하게 여기고 있다는 반증이 될 겁니다. 결국은 그 친구한테 연락해 보라고 하게 될 거예요. 그러니 망할 보고서 보내기 전에 재고해 보지 그래요?"

문을 열려는데 돔이 부른다. "내트?"

난 그 자리에 선 채 고개만 돌린다. "예?"

"그자한테서 뭘 얻어내겠다는 겁니까?"

"운에 맡겨야죠. 지금으로서는 아는 바가 없으니."

"그런데 왜 나가죠?"

"직감만으로 작전국을 끌어들일 수는 없으니까. 작전국은 실행 가능한 정보를 좋아해요. 그러니 돌다리를 두드리고 또 두드려봐야죠. 혹시 모르실까 봐 말씀드리자면, 그런 걸 증거 우선주의라고 합니다. 말인즉슨 그쪽에선 캠던 오지에 처박아둔 현장 요원이 아무리 헛소리를 해 봐야 눈 하나 깜짝 안 한다는 뜻이에요. 근본 모를 런던 제너럴 수장도 마찬가지긴 하겠지만."

"돌았군." 돔이 되뇌며 서류 뒤로 숨어든다.

★★★

헤이븐으로 돌아와 잔뜩 찡그린 팀원들과 마주한 다음, 나는 곧바로 과거의 공작원 우드페커, 즉 아르카디에게 보낼 편지 초안을 작성한다. 브라이턴의 배드민턴 클럽 간사라는 가상의 권한을 활용해 아름다운 해변 도시로 그의 혼합 팀을 초대한다고 운을 뗀 뒤 경기 날짜와 시간을 제안하고 무료 숙식도 약속한다. 공개 음어는 성서보다 오래된 암호로, 발신자와 수신자의 상호 이해를 전제로 한다. 아르카디와 나의 상호 이해는 지상의 암호집을 초월한다. 내용은 모두 반대의 뜻을 지향한다. 따라서 내가 아니라 그가 초대할 수 있는지의 가능성을 타진한 것이다. 가상의 클럽이 손님들을 맞기로 한 날짜는 내가 아르카디와의 조우를 바라는 날짜이기도 하다. 환대하겠다는 제안 또한 나를 받아들일지에 대한 조심스러운 문의이자, 그렇다면 어디에서 만날지 묻는 질문이기도 하다. 경기 시간을 지정한 것은, 나로서는 언제든 좋다는 뜻이다.

한 문단만큼은 위장이 허용하는 한도 내에서 가장 사실적인 내용으로 작성하며 바깥세상의 격변 속에서도 우리 두 클럽이 오랫동안 호의적인 관계를 유지해 온 사실을 상기시킨다. 발신인 이름은 니컬라 할리데이 부인. 5년 가까이 협력 관계를 이어가던 내내 아르카디가 나를 닉으로 알았기 때문이다. 물론 내 본명은 트리에스테의 영사관 공식 목록에 분명하게 적혀 있다. 할리데이 부인은 주소를 적지 않지만, 아르카디가 관심이 있다면 답장 보낼 주소는 얼마든지 찾을 수 있다.

　나는 느긋하게 기다리기로 한다. 아르카디는 큰 결정일수록 서두르지 않는 사람이다.

★★★

　아르카디와의 만남과 관련한 걱정이 커질수록 에드와의 배드민턴 전쟁과 아지트에서의 정치 논쟁은 그만큼 더 소중해져갔다. 문제는 요즘 들어 에드에게 번번이 깨진다는 사실이었다.

　사람이 하룻밤 새 달라진 것 같았다. 갑자기 더 빠르고 더 자유롭고 더 즐겁게 뛰어다녔다. 나와의 나이 차이도 확연하게 드러났다. 결국 한두 경기 만에 난 그의 발전을 객관적으로 인정할 수밖에 없었다. 그의 성취에 한몫했다고 마지못해 자위도 했다. 사실 나보다 더 젊은 선수와 게임을 하라고 권해야 할 상황이지만, 그 얘기를 하자 에드는 무슨 소리냐며 크게 화를 냈다.

　더 중요한 문제들은 여전히 난맥상이었다. 매일 아침 정보국의 위장 주소지를 확인했으나 아르카디의 답신은 없었다. 사실 아르카디보다는 플로렌스가 더 골칫거리였다. 일리야나 데니즈와 가까운 듯했건만, 그녀의 주소와 근황에 대해서라면 팀원 누구도 알지 못했다. 모이라는 안다고 해도 말해줄 리가 없었다. 다른 사람도 아니고 플로렌스가, 사랑하는 공작원들을 버리고 떠나? 나로서는 도무지 이해가 가지 않았다. 돔 트렌치와의 결정적인 만남을 재구성해 보려 했지만 그 역시 불가능했다.

고민에 고민을 거듭하다가 에드에게 운을 맡겨보기로 했다. 승산 없는 기대였지만 밑져야 본전 아니겠는가. 급조한 위장에 따르면 플로렌스와 나는 서로 잘 모르는 사이다. 가상의 친구 사무실에서 가상으로 만나 한 차례 배드민턴 경기를 치렀을 뿐이다. 둘이 보자 마자 서로 끌렸다는 가설도 가능하지만, 사실 아틀레티쿠스에 나타 날 때의 심정을 감안한다면 플로렌스가 누구한테 마음을 준다는 자 체가 어불성설이다.

아지트에 앉아 첫 잔을 비우자 에드가 맥주 두 잔을 다시 받아 온다. 4대 1로 이긴 터라 에드는 마냥 싱글벙글한다. 물론 난 전혀 아니다.

"중국집은 어땠나?" 내가 눈치를 살피며 넌지시 묻는다.

"중국집이라뇨?" 에드는 언제나처럼 다른 생각 중이다.

"이런, 골든 문 말이야. 식사하기로 했다가 내가 일 때문에 도망 갔지, 기억 안 나?"

"아, 예, 기억나요. 맛있었죠. 로라가 오리 요리를 좋아하더라고 요. 지금까지 먹어본 음식 중 최고였다네요. 애 입맛만 높아졌어요."

"그 여성분은? 이름이 플로렌스였나? 기분 상할 일은 없었겠지?"

"아, 맞아요, 플로렌스. 예, 아주 좋은 분이셨어요."

이 친구, 일부러 얘길 안 하는 건가? 아니면 평소처럼 말을 아끼 는 건가? 아무튼 눈치만 볼 수는 없는 노릇이다.

"혹시, 전화번호 받아둔 거 없나? 친구 놈이 전화했더군. 그동안은 임시직으로 일했는데, 그 친구 말이 정규직으로 채용할 의향이 있대. 일을 잘하는데 에이전시에서 영 협조를 안 한다더군."

에드는 인상을 찌푸리며 잠시 생각에 잠긴다. 기억을 더듬거나, 아니면 더듬는 척하는 것이리라.

"전화번호는 몰라요. 뭐, 어차피 에이전시 놈들은 협조 안 할걸요. 가능하면 자기들이 평생 부려먹으려고 하겠죠. 도움이 못 돼 죄송해요." 그러더니 곧바로 외교부 장관을 맹폭하기 시작한다. "에스토니아 엘리트 나르시시스트 같으니! 제 몸 하나 가누지 못하는 얼간이예요. 늘 그 모양 그 꼴이지." 구시렁구시렁.

★★★

지루한 기다림 속에도 위안이 없지는 않다. 그 하나는 월요일 저녁의 배드민턴 경기요, 두 번째는 세르게이, 즉 피치포크다. 세르게이는 하룻밤 사이 헤이븐의 거물 공작원이 된 참이다. 그는 학기를 마치자마자 스위스 프리랜서 기자 마르쿠스 슈바이처로 변신해 노스런던 세 지역 중 하나를 골라 숙소를 정했다. 모스크바도 승인했다. 각 지역을 차례로 조사하고 보고하는 게 임무다. 나는 플로렌스 대신 데니즈를 지명했다. 어릴 때부터 러시아적인 모든 것을 자신의 수호자로 여겨온 친구다. 세르게이 또한 잃어버린 누이라도 만난 듯 그녀에게 매료되었다. 데니즈의 부담을 덜어주기 위해 헤이븐 팀원들의 지원도 승인해 두었다. 팀원들의 위장은 문제 될 게 없다. 다들 알아서 야심만만한 기자, 실직한 배우, 지나가는 행인 등으로 자리를 잡는다. 제아무리 모스크바의 런던 첩보부라 해도 역감시 팀 전원을 밝혀낼 수는 없으리라. 모스크바는 계속 지역의 세부 정보들을 요구한다. 아무리 성실한 대기 요원이라도 버거울 법한데 세르게이도 만만치는 않다. 데니즈와 일리야도 든든하게 받쳐준다. 모스크바에서 요구한 사진은 세르게이의 휴대전화로만 촬영한다. 아네트, 즉 아나스타샤는 상세한 지형 정보를 요구한다. 모스크바의 지령이 떨어질 때마다 세르게이는 영어로 초안을 작성하고, 내 승인을 받아 러시아어로 번역한다. 다시 내가 오케이하면 그 내용은 일회용 암호표에 따라 암호화된다. 이런 식으로라면 세르게이는 자신의 실수에 스스로 책임을 지게 되고, 따라서 센터와의 까다로운 소통 작업에 신뢰가 생긴다. 위조팀에서도 하버드 대학 물리학과의 초빙을 훌륭하게 이끌어냈다. 세르게이의 친구 배리는 적잖이 감동한 눈치다. 브린 조던이 워싱턴에서 하버드 물리학과 교수를 구워삶은 터라, 누군가 의구심을 느낀다 해도 적절히 대응할 수 있다. 나는 브린에게 편지를 보내 노고에 감사를 전했지만 답신은 없다.

다시 기다림의 시간. 모스크바센터가 방황을 끝내고 노스런던 어딘가에 정착하기를, 플로렌스가 고개를 빼꼼 내밀고 왜 직장과 요원들을 내팽개쳤는지 얘기해주기를, 아르카디가 가타부타 결정내려주기를 기다렸다. 아니면 다 헛일이 되든가.

그러다가, 언제나처럼 상황이 한꺼번에 터지기 시작한다. 아르카디가 답장을 보내왔다. 답장이라고 하기엔 어딘가 부족하지만 아무튼 반응은 반응이다. 편지는 런던이 아니라 베른 어딘가 자신이 좋아하는 위장 주소로 배달되었는데, 형식상의 수신자는 N. 할리데이다. 봉투에는 체코 소인이 찍히고 활자는 전동 타자기로 작성된 편지였다. 봉투 안에는 카를로비바리에 자리한 스파 리조트의 그림엽서가 한 장, 그리고 그곳에서 10킬로미터 떨어진 호텔 팸플릿이 들어 있었다. 러시아어 팸플릿 안에서 예약 확인증이 나왔다. 숙박 일정, 인원, 입실 예정 날짜, 알레르기 유무 등을 체크하도록 되어 있었다. 미리 체크된 내용을 보니, 난 월요일 밤 10시에 입실이 예정되어 있었다. 과거 관계를 고려하면 이보다 더 마지못한 답장을 기대하기도 어려울 판이지만 어쨌든 "오세요" 한 셈이다.

니콜라스 조지 할리데이의 여권은 아직 살아 있다. 영국에 돌아오자마자 반납해야 했으나 요구하는 사람이 아무도 없었다. 난 여권을 이용해 월요일 아침 프라하행 비행기를 예약하고 개인 신용카드로 지불한다. 에드에게 아쉽지만 배드민턴 회동은 취소한다고 이메일을 보내자 그는 "겁쟁이"라며 답장을 보낸다.

금요일 오후, 가족용 휴대전화로 플로렌스의 문자가 들어온다. "원한다면 얘기 좀 해요"라는 내용이다. 그녀는 문자 발신 번호와는 다른 휴대전화 번호를 알려준다. 전화를 걸자 자동 응답기로 넘어간다. 문득 그녀가 직접 전화를 받지 않아 다행이라는 생각이 든다. 며칠 후에 다시 전화하겠다고 메시지를 남기지만, 아무래도 평소의 나답지 않은 행동이다. 그날 6시, 난 헤이븐에 '전원 열람' 메시지를 전하고 인사과에도 보낸다. "가족행사로 6월 25일부터 7월 2일까지 일주일간 휴가 예정." 어떤 가족행사인지는 나도 모르겠다. 어쨌든 스테파니가 몇 주간 연락을 끊은 끝에 소식을 전해오기는 했다. '채식주의자 친구'와 일요일에 집에 와서 함께 점심식사를 하겠단다. 어느 집안에든 위태로운 화해를 위한 순간은 오는 법이다. 나로서는 굳이 화해가 필요하지 않지만, 이럴 때 내 책임이 뭔지 정도는 알고 있다.

★★★

카를로비바리 여정을 위해 침실에서 짐을 싸기 시작한다. 세탁소에 보낼 옷, 닉 할리데이와 상관없는 옷들을 따로 솎아낸다. 프루는 스테파니와 오랫동안 통화한 뒤 위층으로 올라오더니 짐 싸는 일을 도우며 딸과의 통화에 대해 얘기한다. 그러다가 불쑥 날 선 질문이 튀어나온다.

"프라하에 배드민턴 장비까지 챙겨 가?"

"체코 스파이들도 배드민턴을 하거든. 그런데 그 채식주의자는 남자래, 여자래?"

"남자."

"우리가 아는 놈? 모르는 놈?"

스테파니의 수많은 남자 중 내가 만난 놈은 둘뿐이고, 둘 다 게이였다.

"주노라는 애야. 둘이 파나마로 갈 거래. 스테파니 말로는 주노

원래 이름은 주네이드고, 뜻이 싸움꾼이라네. 그렇다고 자기가 호감을 가질지는 모르겠지만."

"뭐, 그럴지도."

"루턴에서 전화했더라고. 새벽 3시에. 그러니까 우리 집에서 잠은 안 잔다는 얘기지. 자기는 그래서 안심이지?"

당연히 안심이다. 스테파니의 침실에서 남자친구가 자고, 그 문틈으로 대마초 연기가 새어 나온다? 내가 생각하는 화목한 가정과는 어울리지 않는 풍경이다. 게다가 카를로비바리에 가기 위해 짐을 싸는 중 아닌가.

"도대체 파나마 같은 데는 누가 가는 거야?" 내가 짜증스럽게 말한다.

"음, 스테파니가 가겠지? 뭔가 작심하고?"

나는 고개를 돌려 프루를 노려본다.

"무슨 뜻이야? 거기 가서 아예 눌러살겠대?"

아내는 그저 미소만 짓는다. "그 애가 뭐라는지 알아?"

"알 리가 없지."

"같이 키슈를 만들자네. 나랑 둘이서만. 점심에. 주노가 아스파라거스를 좋아한다나. 그리고 이슬람 얘기는 금물이야. 주노가 무슬림이라 술도 안 마신대."

"그건 좋군."

"스테파니와 함께 뭘 만들어본 게 벌써 5년 전이야. 그 애는 당신네 남자들이 부엌에 들어가야 한다고 생각하잖아. 그런데 우리 집에서는 그게 안 되고."

나는 최대한 장단을 맞춘다는 마음으로 슈퍼마켓에 가서 무염 버터와 소다빵, 스테파니가 좋아하는 특산품 두 종을 장바구니에 넣는다. 주노야 싫어한다지만 스스로의 옹졸함에 대한 보상으로 시원한 샴페인도 한 병 구입한다. 주노가 용납하지 않으면 아마 스테파니도 다르지 않을 것이다. 지금쯤 그 아이도 반쯤 이슬람으로 개종했겠지.

쇼핑에서 돌아오다가 복도에 서 있는 두 사람과 마주친다. 청년은 옷을 단정히 차려입었고, 공손하기까지 하다. 게다가 갑자기 다가와 쇼핑백을 받아 드는 게 아닌가! 심지어 스테파니는 나를 와락 끌어안더니 머리를 어깨에 기댄 채 한참을 가만히 있는다. 마침내 아이가 떨어지며 외친다. "주노, 내 말 맞지? 우리 아빠 엄청 멋있지?" 인도계 청년이 다시 앞으로 나선다. 이제 정식으로 서로를 소개할 차례. 그때 나는 스테파니의 약지에 반지가 끼워진 것을 보지만, 스테파니가 직접 말할 때까지 기다려야 한다는 정도는 알고 있다.

여자들은 키슈를 만들기 위해 주방으로 간다. 나는 샴페인을 따서 두 사람에게 한 잔씩 건넨다. 거실로 나와 주노에게도 한 잔을 따라준다. 남자에 대해서라면 나는 스테파니의 말을 곧이곧대로 믿지 않는 편이다. 아니나 다를까, 주노도 사양 않고 받는다. 내가 앉으라고 권하자 그제야 자리를 잡는다. 이거 너무 생소한 분위긴데? 주노는 자기들 때문에 너무 놀라지 않았기를 바란다며 인사부터 챙긴다. 스테파니 문제라면 더 이상 놀랄 일이 없다고 답하자 안심하는 눈치다. 내가 묻는다. 파나마에는 무슨 일로 가나? 자신이 동물학과 대학원생인데 스미소니언 초청을 받았단다. 파나마운하의 바로 콜로라도에서 박쥐 군락 조사단을 지휘하기로 했는데 스테파니도 함께 가기로 했다는 것이다.

"벌레는 딱 질색인데." 스테파니가 앞치마 차림으로 문 너머 고개를 빼꼼 내민다. "훈증 소독도 해야 하고 마음대로 숨도 쉴 수 없대. 내 섹시한 구두도 못 신는다며, 주노?"

"구두는 신어도 되지만 그 위에 덧신을 씌워야 하죠." 주노가 내게 설명한다. "훈증 소독은 없어, 스테파니. 그건 그냥 하는 말이야."

"해변에 나가면 악어도 조심해야 된다더라. 자기가 나 안고 다닐 거지, 주노, 응?"

"악어 먹이나 빼앗으려고? 그건 안 되지. 야생동물 보호하려고 거기 가는 건데."

스테파니가 키득거리며 문을 닫는다. 점심 식사를 하는 중에 스테파니가 약혼반지를 흔들어 보인다. 물론 나를 위해서다. 프루한테야 주방에서 벌써 다 털어놓았을 테니.

주노 말로는 스테파니의 졸업식 다음 날 결혼을 한단다. 스테파니가 의과로 전공을 바꾼 탓에 졸업은 아직 한참 남았다. 전공을 바꿨다는 사실도 이제야 알게 됐지만, 아무리 청천벽력 같은 고백이라도 담담하게 받아들여야 한다는 건 이미 오래전부터 익숙한 지침이다.

주노가 내게 공식적으로 스테파니의 손을 잡아달라고 부탁한다. 스테파니는 자기 손은 남의 소유물이 아니라며 반발한다. 뭐, 어쨌거나 한 사람에게라도 부탁을 받았다는 사실에 의의를 두자. 나는 두 사람이 결정할 일이며 얼마든지 시간을 갖고 생각해 보라고 대답한다. 주노는 그러마고 약속한다. 둘 다 아이들을 원하지만 나중 얘기란다. 심지어 스테파니는 "여섯 명!"이라고 외치기까지 한다. 주노는 우리 부부를 부모한테 인사시키고 싶다고 말한다. 두 분 다 뭄바이에서 교사로 재직 중인데 크리스마스 때 영국을 방문할 계획이라고. 내 직업에 대해서도 묻는다. 스테파니는 얼버무렸지만 부모님이 알고 싶어 한단다. 공무원? 특수직? 스테파니인들 어찌 알겠는가.

스테파니는 한 손으로 턱을 잡고 다른 손은 주노를 향해 뻗은 채 식탁 주변을 어슬렁거린다. 답변을 기다리는 것이다. 스키 리프트에서의 대화를 비밀로 하리라 기대하지 않았고 부탁하는 것도 적절치 않다고 여겼지만, 분위기로 보아 아직 아무한테도 말하지 않은 모양이다.

"공무원이지. 정확히는 외교부 업무, 외교관 자격으로 영국 장사치들을 데리고 외국을 돌아다닌다고 생각하면 대충 맞을 거야." 내가 웃으며 대답한다.

"그럼 참사관이겠군요. 영국 참사관이라고 말씀드리면 되겠죠?" 주노가 다시 묻는다.

"그런 셈이지. 퇴직 후 집에 돌아온 참사관."

하지만 프루가 가만히 듣고 있지 않는다.

"말도 안 돼. 내트는 스스로를 낮춰 말하는 습관이 있어."

이번에는 스테파니도 나선다.

"아빠는 공무원이야, 주노. 그것도 아주 고위직. 맞지, 아빠?"

두 사람이 침실로 돌아간 뒤, 프루와 나는 동화 속 나라에 빠진 기분이라며 웃는다. 물론 내일 떠나면 스테파니는 곧바로 원래의 철부지로 돌아갈 것이다. 우리도 씻고 일찌감치 침실에 든다. 내일 새벽에 비행기를 타야 하기에 사랑을 나눌 시간이 필요하다.

"프라하에는 어떤 여자를 숨겨둔 거야?" 프루가 문간에 서서 짓궂게 묻는다.

나는 프라하에서 회의가 있다고 얘기해 둔 참이다. 카를로비바리에 가서 아르카디와 숲속을 산책한다는 말은 하지 않았다.

★★★

이 끝없는 기다림의 기간 중에 입수했으나 당시엔 별 가치가 없다고 판단해 최근까지 묵혀둔 첩보가 하나 있다. 금요일 오후 헤이븐의 업무가 마무리될 즈음, 유명무실하다 할 수 있는 국내 팀에서 자료 하나를 보내왔다. 세르게이의 지령에 명시된 세 지역을 분석한 자료였다. 별 의미 없는 수로나 교회, 전선, 유적지, 유명 건축물의 이름이 언급되고, "해당 지역 세 곳이 모두 자전거도로로 연결되어 있다"는 내용이 적혀 있었다. 혹스턴에서 센트럴런던까지 이어진 도로다. 팀은 자전거도로의 경로를 분홍색으로 색칠한 대형 지도도 첨부해 두었다. 지금 이 글을 쓰는 나의 눈앞에는 바로 그 지도가 펼쳐져 있다.

11

우리를 위해 생의 황금기를 첩보 활동으로 보낸 공작원들에 대한 기록은 거의 없다. 바라건대 앞으로도 그럴 것이다. 고액의 보수와 상여금과 퇴직금을 받은 뒤, 소란 부리지 않고 노출되거나 변절하지도 않은 채 자신이 배신한 나라(또는 마음 편한 곳)에 숨어 평화롭게 살고 있는 그들의 과거 신분을 드러낼 이유가 어디 있겠는가.

우드페커, 즉 아르카디가 그런 인물이다. 한때 트리에스테의 모스크바 센터에서 대외 첩보부를 이끌었으며, 동시에 영국 공작원이자 내 배드민턴 상대였던 인물. 자유민주주의라는 대의를 좇아 공작원이 된 사나이. 하지만 그 이야기를 하자면 천성적으로 선한(이는 지극히 개인적인 의견이지만) 한 인간의 시대적 방황부터 거론해야한다. 그는 혼란스러운 러시아 역사 속에서 신음하던 사람이었다.

우드페커는 트빌리시 출신인 유대계 매춘부와 그루지야 정교회 신부 사이에서 사생아로 태어났다. 기독교 환경에서 자랐으나 마르크스주의자 선생들 눈에 띄었다. 그렇게 이중생활을 이어가던 그는 이후 거리낌 없이 마르크스-레닌주의로 개종했다.

열여섯 살, 러시아가 그를 KGB 요원으로 발탁했다. 첩보원 훈련을 받은 뒤 오세티아 북부에 자리한 기독교 반혁명 진원지에 침투하라는 지시를 받았다. 기독교에 몸을 담근 바 있기에 적격이기도 했다. 그가 밀고한 사람 다수가 총살되었다.

공적을 인정받아 KGB의 말단 지위에 오른 그는 절대복종과 '즉결심판'으로 명성을 쌓았다. 일을 하는 동안에도 야간학교에 다니며 고등 마르크스 변증법을 배우고 외국어를 습득했다. 그로써 해외 첩보 활동에 대해서도 깨우칠 수 있게 되었다.

그는 외국에 파견되어 '초법적 수단', 즉 암살에 몸을 담기도 했다. 그러다가 지나치게 망가지기 전에, 정부가 그를 모스크바로 소환해 위장 외교라는 보다 세련된 기술을 재교육했다. 그는 외교관으로 위장한 '땅개 스파이'가 되어 브뤼셀, 베를린, 시카고에서 첩보 활동을 이어가며 현장 조사, 역감시 등을 수행하고, 한 번도 만나지 못한 공작관들을 지원하는가 하면, 수수소를 수도 없이 채우고 비웠다. 그러면서 소비에트의 적들(실제이든 가상이든)을 '중립화'하는 일에도 참여했다.

하지만 나이가 들수록 애국적 열정은 줄어들고 살아온 길에 대한 회한만 자꾸 늘어갔다. 유대인 모친, 이도 저도 아닌 기독교도 그리고 마르크스-레닌주의의 집요한 공격까지. 사실 베를린 장벽이 무너질 때조차 그는 이 폐허에서도 러시아식 자유민주주의, 대중 자본주의가 가능하리라 믿었다. 무엇보다 러시아 부흥이라는 황금시대가 열릴 것이라는 확신을 버리지 못했다.

더디기만 한 모국 재건의 와중에 아르카디 자신은 어떤 역할을 할 것인가? 당연히 지금처럼 조국의 충실한 당원이자 수호자로 남을 터였다. 해외든 국내든, 파괴와 약탈의 어떤 시도에서도 조국을 지켜낼 것이었다. 그는 역사의 굴곡을 잘 알았다. 지키지 않으면 모두 빼앗긴다는 것도 알았다. 다만 KGB는 더 이상 대안이 되지 못했다. 지도자가 아니라 러시아 인민 모두를 지키려면 새롭고 이상적인 스파이 활동이 필요했다.

그를 최후의 미망에서 깨운 이는 다름 아닌 과거의 전우 블라디미르 푸틴이었다. 푸틴은 체첸의 독립 열망을 진압하고, 그가 사랑하는 그루지야의 독립 요구를 깔아뭉갰다. 스파이 시절 별 볼 일 없던 조무래기가 독재자로 돌변해 모든 것을 '음모론'으로 돌려버리고 있었다. 푸틴을 비롯한 고집불통 스탈린주의자들로 인해, 러시아는 밝은 미래로 나아가기는커녕 암흑과 미망의 과거로 퇴화하기만 했다.

"당신, 런던 사람이오?" 그가 내 귀에 대고 영어로 소리쳤다.

둘 다 외교관, 형식적으로는 영사 신분이었다. 하나는 러시아, 하나는 영국. 트리에스테를 대표하는 스포츠 클럽의 연말 파티에서였다. 우리는 춤도 추지 않고 밖에 앉아 있었다. 그 친구와는 지난 석

달간 배드민턴 시합을 다섯 차례 가진 터였다. 때는 2008년 겨울, 러시아는 그해 8월 그루지야를 침공한 뒤 그 머리에 대포를 겨누고 있었다. 엿듣는 이는 없었고, 악단이 60년대 인기곡들을 신나게 연주하는 마당이라 도청 장치도 쓸모가 없었다. 늘 발코니에서 우리의 시합을 감시하고 탈의실까지 따라다니던 아르카디의 운전사이자 보디가드도, 오늘 밤만은 댄스 플로어 저편에서 새로 사귄 애인과 흥청거리는 중이었다.

"맞아요, 런던 사람." 그렇게 대답했겠지만 소음 때문에 내 목소리도 들리지 않았다. 기다리던 순간이었다. 세 번째 시합 이후 난 툭하면 그에게 수작을 걸었고, 아르카디 역시 기회를 엿보던 터였다.

"그럼 런던에 전해요. 그도 흥미가 있다고."

그? '그'는 변절하고자 하는 사람을 뜻한다.

아르카디가 이야기를 이어갔다. 여전히 영어였다.

"그는 오로지 당신 뜻에 따릅니다. 4주 후 이곳에서 다시 혈전을 벌일 겁니다. 같은 시간, 단식 경기. 전화를 걸어 공식으로 도전할 거예요. 런던에 전해요. 손잡이가 빈 라켓이 필요하다고. 라켓은 탈의실에서 적당한 때 바꿔치기합니다. 당신이 준비해 줘요."

대가로 원하는 건? 내가 물었다.

"인민에게 자유를. 그는 유물론자가 아니라 이상주의자요."

그보다 세련되게 전향한 예가 있는지 모르겠지만 어쨌든 난 들어본 적이 없다. 그리고 2년 뒤, 우리는 모스크바 센터에 그를 빼앗겼다. 그가 북유럽국 이인자로 있을 때였다. 모스크바에 있는 동안 그는 철저히 접촉을 거부했다. 그가 위장 신분으로 베로그라드에 배속되었을 때, 러시아국 윗선들은 내가 그의 주변을 얼쩡거리지 못하도록 부다페스트 무역 참사관으로 파견했다. 난 그곳에서 그를 움직였다.

활동이 막바지에 이르러서야 분석가들이 그의 보고서에서 징후들을 찾아내기 시작했다. 처음에는 과장, 나중에는 노골적인 조작. 나보다는 분석 팀이 이를 더 심각하게 받아들였다. 사실 공작원이 나이를 먹으며 피로를 느끼고 다소 의욕을 잃는 일이야 흔한 경우다. 하지만 보통 끈을 끊어버릴 생각까지는 하지 않는다. 심지어 아르카디를 담당하는 두 기관에서(모스크바 센터는 노골적으로, 우리는 보다 조심스럽게) 그를 치하하며 포상까지 내린 직후였다. 대의를 위해 충성스럽게 일한 것에 대한 보상이었는데, 바로 그다음 순간 그가 꾸준히 제3의 가능성을 설계한다는 사실을 알게 된 것이다. 그는 러시아의 범죄 수익 일부를 축적하고 있었다. 러시아와 영국의 돈줄로서도 감히 상상 못 할 정도의 규모였다.

★★★

프라하행 버스가 어둠 속으로 깊이 곤두박질친다. 도로 옆 검은 언덕이 좌우 밤하늘을 배경으로 점점 더 높이 치솟는다. 내게는 그 높이보다 깊이가 더 두렵다. 이 오지까지 왜 온 거람. 맙소사, 이토록 무모한 여행이라니. 10년 전이라면 절대 하지 않았을 짓이다. 그보다 더 젊은 시절이었다면 오히려 나섰을까? 오래전 현장 담당관 훈련을 받던 시기에, 우리는 고된 하루를 마친 뒤 스카치를 마시며 공포의 요인들을 점검하곤 했다. 어떤 식으로 변수를 억제하고 두려움을 통제할 것인가. 하지만 사실 당시 우리가 논한 것은 두려움이 아니라 그 반대, 즉 용기였다.

차내는 조명이 환하다. 버스가 마침내 카를로비바리 주도로로 접어든다. 카를로비바리, 표트르대제 당시 칼스바트라 불렸으며, 이후 러시아 특권층의 사랑을 받게 된 온천. 오늘날에는 그 지역의 모든 시설을 포괄하는 이름이 되었다. 거리 양쪽으로 번쩍거리는 호텔과 목욕장, 카지노 그리고 진열장을 뽐내는 보석상들이 조용히 지나간다. 그 사이로 강이 흐르고, 화려한 인도교가 그 위를 가로지른다. 이곳을 처음 찾은 건 20년 전, 돈을 탕진하며 정부와 농탕질을 치는 체첸 공작원을 만나기 위해서였다. 그때만 해도 소비에트 공산주의 특유의 단조롭고 우중충한 잿빛 페인트가 전부였다. 제일 큰 호텔은 옛 요양소 부지에 자리한 모스크바 호텔이었다. 몇 년 전까지도 공산당 특권층과 정부들은 프롤레타리아의 따가운 시선을 피해 그곳에서 유흥을 즐기곤 했다.

9시 10분, 버스가 터미널에 정차한다. 나는 차에서 내려 걷기 시작한다. 어디로 가야 할지 모르는 사람처럼 보이지 말 것. 의도를 품은 채 어정거리지도 말 것. 나는 이제 막 도착한 여행객이다. 행인이자 보잘것없는 인물이다. 여느 여행객이 그러듯 나는 주변을 살피며 걷는다. 여행 가방은 어깨에 둘러멨다. 배드민턴 라켓 손잡이가 배낭 밖으로 삐져나와 있다. 멍청한 중산층 남성 역할이지만 그렇다고 안내서가 담긴 비닐 명찰까지 목에 걸지는 않았다. 나는 카를로비바리 영화 축제 포스터를 감탄 어린 눈길로 바라본다. 티켓을 끊을지도 모르잖아? 바로 옆에는 유명 온천의 치유 효과를 떠벌리는 포스터가 붙어 있다. 하지만 러시아의 유력 조직범죄단이 이 휴양지를 선호한다는 얘기는 어느 포스터에도 나와 있지 않다.

앞쪽 부부는 걸음이 굼뜨다. 뒤에 있는 여자는 커다란 여행 가방을 나르고 있다. 중심가 한쪽을 통과하자 화려한 인도교가 나온다. 느긋하게 다리를 건너자 맞은편 거리로 길이 이어진다. 나는 외국에서 온 영국인으로, 아내한테 카르티에 금시계를 사다 줄지 디오르 가운을 선물할지 고민하는 중이다. 다이아몬드 목걸이를 살까? 아니면 5만 달러짜리 제정러시아 복원 가구? 어느 쪽이든 괜찮은 선택이리라.

그랜드 호텔과 카지노 퍼프, 과거 모스크바 호텔의 안뜰은 투광 조명으로 가득하다. 만국기들이 조명을 받으며 저녁 바람에 나부낀다. 놋쇠로 된 포장석에는 과거와 현재 그곳을 찾은 명사들의 이름이 새겨져 있다. 괴테도 왔네! 스팅도! 이제 택시를 잡을 시간이다. 때마침 5미터 앞에 한 대가 멈춰 선다.

어느 독일 가족이 차에서 내린다. 독일인 특유의 격자무늬 꾸러미, 아이들의 새 자전거 두 대. 운전사가 나를 향해 고개를 끄덕인다. 나는 조수석에 앉은 뒤 여행 가방을 뒷좌석에 던진다. 러시아어 합니까? 인상. 네트(아뇨). 영어? 독일어? 미소와 고갯짓. 나도 체코

말은 모른다. 택시는 가로등 없는 길을 굽이굽이 돌아 언덕 숲속으로 올랐다가 다시 가파르게 내려간다. 오른쪽으로 호수가 보인다. 반대편에서 차 한 대가 헤드라이트를 켠 채 달려온다. 운전사가 그대로 달리자 다가오던 차가 옆으로 물러선다.

"러시아 사람 부자. 체코 사람 안 부자! 정말!" 운전사가 내뱉듯이 말한다. 이어 다시금 "정말!"이라고 외치더니, 차를 돌려 대피선 너머에 세운다. 플래시 불빛 하나가 우리를 겨냥하며 다가오고 있다.

운전사가 창문을 내리며 뭐라고 외친다. 20대로 보이는 금발 사내가 차 안으로 고개를 들이밀고는 내 여행 가방에 매달린 브리티시 항공사의 꼬리표와 나를 번갈아 살핀다. 사내의 뺨에 불가사리 모양 흉터가 선명하다.

"이름이 어떻게 되죠?" 그가 영어로 묻는다.

"할리데이요. 닉 할리데이."

"소속은요?"

"할리데이 & 컴퍼니."

"카를로비바리엔 무슨 일로 오셨습니까?"

"친구와 배드민턴 시합 약속이 있소."

그가 체코어로 뭐라고 하자 운전사가 20미터쯤 차를 몬다. 차창 밖으로 스카프를 맨 노파가 휠체어를 타고 지나간다. 차는 농장 같은 건물 앞에 멈춘다. 이오니아식 대리석 기둥과 황금색 카펫, 진홍색 비단으로 된 난간줄이 눈에 띈다. 정장 차림의 남자 둘이 계단 아래 서 있다. 나는 택시비를 지불하고 뒷좌석에서 가방을 꺼낸다.

그러곤 두 사내의 감시를 받으며 웅장한 금빛 계단을 올라간다. 로비에 이르자 사람의 땀, 디젤 기름, 퀴퀴한 담배 냄새와 암내가 뒤섞인 러시아 특유의 향이 코를 자극한다.

샹들리에 아래 서 있자니 이번엔 검은 정장 차림의 여자가 다가와 아무 말 없이 여권을 확인한다. 유리 파티션 너머, 담배 연기 자욱한 바에 세워진 "만석" 푯말이 보인다. 실내에서는 카자흐풍 모자를 쓴 노인이 손님들을 향해 장황한 연설을 늘어놓고 있다. 청중은 모두 동양인 남자이고 모두 놀란 표정이다. 카운터 여자의 시선이 내 어깨 너머에 꽂힌다. 어느새 금발 흉터가 뒤에 와서 서 있다. 나를 따라온 게 분명하다. 여자가 여권을 건네자 그가 펼쳐 사진과 내 얼굴을 비교한다. "따라오시죠." 남자를 따라가자 어지러운 사무실이 나온다. 벌거벗은 여자들을 그린 프레스코화가 걸려 있고, 프랑스식 유리문 밖으로는 호수가 내다보인다. 집기라고는 컴퓨터 셋, 의자 셋, 전신 거울 둘이 전부다. 그 밖에는 마분지 상자들이 분홍색 노끈으로 묶인 채 쌓여 있다. 건장한 젊은이 둘이 서 있는데, 둘 다 청바지에 스니커즈를 신고 금목걸이를 한 모습이다.

"형식상의 절차라고 보시면 됩니다. 우리가 그간 뼈저린 경험을 해서요. 그 점에 대해서는 정중히 사과드립니다." 남자들이 접근하자 금발이 말한다.

우리? '우리'란 아르카디를 뜻하는 걸까? 아니면 아제르바이잔 마피아? 정보국 파일에 따르면 놈들은 노예시장 수익으로 이곳을 지었다. 30여 년 전, 러시아 마피아단원들이 서로 피를 흘리기엔 이곳이 너무 아름답다는 데 동의하여 돈과 가족, 정부를 위한 안전한 은신처로 만들기로 합의했다고 한다.

놈들은 내 여행 가방을 보고 싶어 한다. 한 녀석이 가방을 향해 손을 내밀고, 다른 놈은 벌써 열어볼 태세다. 내가 보기엔 체코가 아니라 러시아 놈들이다. 그것도 특수부대원 출신. 미소를 지을 때 특히 조심해야 할 인간들이다. 나는 가방을 넘긴다. 전신 거울에 비친 모습을 보니 흉터 청년은 생각보다 어리다. 허세를 부리는 중이라는 얘기다. 조사를 맡은 둘은 허세를 부릴 필요조차 없다. 둘은 안감을 더듬고, 전동 칫솔을 꺼내고, 셔츠 냄새를 맡고, 운동화 밑창을 비틀어본다. 배드민턴 라켓의 손잡이를 당겨보고, 책을 훑고 두드리고 흔들어도 본다. 훈련받은 절차에 따라 확인하는 걸까? 아니면 본능적인 행동일까? '뭔가 있다면 분명 여기야' 하는 식으로. 그런데 그게 뭐지?

마침내 놈들이 물건을 닥치는 대로 욱여넣는다. 청년은 당황해하며 어떻게든 정리해 보려 애를 쓴다. 놈들이 몸까지 수색하려 해 나는 팔을 올린다. 하지만 일단 반쯤만 올리기로 한다. 요컨대 어디 해 볼 테면 해 보자는 사인이다. 첫 번째 사내가 그 모습을 보고 뭔가 생각하다가 의미심장한 태도로 다가온다. 두 번째 사내는 여전히 대기 중이다. 팔, 겨드랑이, 벨트, 가슴, 돌려세운 뒤 등. 이어 무릎을 꿇고 사타구니와 허벅지를 건드리더니 러시아어로 청년에게 무슨 말인가를 한다. 순박한 배드민턴 선수인 나는 알아듣지 못하는 척한다. 불가사리 흉터의 청년이 통역을 해 준다.

"구두를 벗으라네요."

구두를 건네주자 하나씩 구부리고 만져본 다음 돌려준다. 나는 다시 구두끈을 묶는다.

"왜 휴대전화가 없냐는데요."

"집에 두고 왔소."

"실례지만 왜죠?"

"여행 다니면서까지 감시당할 필요는 없으니까?" 내가 농담처럼 대답하자 청년이 통역한다. 아무도 웃지 않는다.

"하나 더. 나보고 선생님 손목시계와 펜, 지갑을 압수했다가 떠날 때 돌려주라고 하네요." 청년이 말한다.

나는 펜과 지갑을 주고 손목시계도 푼다. 두 놈은 코웃음을 친다. 이거 일본제 싸구려야. 5파운드짜리. 놈들은 여전히 성에 차지 않는 듯 줄곧 나를 빤히 노려본다.

청년이 러시아어로 놈들을 제지한다. 의외로 강단이 있는 녀석이다.

"이제 그만. 그만해요."

놈들은 어깨를 으쓱이고 멋쩍게 웃더니 프랑스식 유리문으로 빠져나간다. 청년과 나만 남는다.

"아버지와 배드민턴 시합하러 오신 거죠, 할리데이 선생님?" 청년이 묻는다.

"자네 아버지가 누군데?"

"아르카디. 전 디미트리예요."

"아, 만나서 반갑군, 디미트리."

우리는 악수를 나눈다. 디미트리의 손에는 진땀이 배어 있다. 내 손도 마찬가지리라. 맙소사, 아르카디의 아들과 얘기를 다 하다니! 공식적으로 채용되던 날, 이 썩어빠진 세상에서 절대 아이를 낳지 않겠다고 맹세한 그가 아니었던가! 입양한 걸까? 아니면 애초에 디미트리를 숨겨놓고 우리를 위해 첩보 활동을 하면서 아이의 미래를 위험에 빠뜨렸다며 자괴감에 빠져 살았나? 카운터 여자가 객실 열쇠를 건넨다. 청동 무소 장식이 매달린 열쇠다. 디미트리는 다소 과시하는 듯한 영어로 "손님은 나중에 돌아올 것"이라고 말한 뒤 나를 메르세데스 벤츠 사륜구동으로 데려가 조수석에 앉힌다.

"시선을 끌지 말라고 하셨어요." 그가 말한다.

다른 차가 따라붙는다. 내게는 차의 헤드라이트밖에 보이지 않는다. 난 조심하겠다고 약속한다.

★★★

메르세데스 사륜구동의 시계에 따르면 우리는 35분간 언덕을 올라왔다. 길은 가파르고 구불구불하다. 한참 후 디미트리가 질문을 던지기 시작한다.

"선생님, 아버지를 오랫동안 알고 지내셨죠?"

"그래, 몇 년 됐지."

"그때도 아버지가 오건스에서 일했나요?" 러시아어로 오르가니,

첩보 기관을 뜻한다.

내가 웃는다. "내가 알기로, 자네 아버지는 배드민턴을 좋아하는 외교관이었어."

"선생님은요? 당시에 어떤 일을 하셨어요?"

"나도 외교관이었지. 무역 담당."

"트리에스테에서요?"

"다른 곳에서도. 우린 배드민턴 코트가 있는 곳이라면 어디에서 든 만났어."

"아버지와 시합 안 하신 지 오래됐죠?"

"그래, 무척 오랜만이군."

"지금은 두 분 다 사업을 하시고요?"

"그건 아주 내밀한 정보야, 디미트리." 내가 경고한다. 이제 아르카디가 아들에게 어떤 위장 신분을 내세웠는지 알 것 같다. 난 디미트리에게 무슨 일을 하는지 묻는다.

"머지않아 캘리포니아 스탠퍼드 대학에 갑니다."

"전공은?"

"해양생물학자가 될 겁니다. 모스크바하고 브장송에서 그쪽 분야를 공부했거든요."

"그 전에는?"

"아버지는 이튼 칼리지에 보내고 싶어 하셨지만 보안 상황 때문에 포기했어요. 대신 스위스의 고등학교에 다녔죠. 보안이 괜찮다는 이유로. 선생님, 선생님은 아주 특별한 분이세요."

"왜 그렇지?"

"아버지가 그러셨어요. 무척 존경하는 분이라고. 그런 말씀을 하시는 경우가 없거든요. 러시아어도 유창하다고 하셨는데 전혀 드러내지 않으시네요."

"그래야 자네가 영어 연습을 하지 않겠나?"

나는 장난스레 대답한다. 문득 스테파니가 떠오른다. 스키 리프트에서 고글을 쓴 채 옆에 앉아 있던 모습이.

★★★

다시 검문소. 남자 둘이 우리를 내리게 하더니 검사 후 통과시킨다. 총은 보이지 않는다. 카를로비바리의 러시아인들은 준법정신이 투철해 어지간해선 총을 노출하지 않는다. 그다음으로 도착한 곳은 합스부르크 시대의 유겐트슈틸 석재 문설주 앞이다. 탐조등이 켜지고 여러 대의 카메라가 우리를 내려다본다. 이번에도 남자 둘이 나와 플래시 불빛까지 비추고 나서야 손짓으로 들여보낸다.

"보안이 철저하군." 내가 디미트리에게 말한다.

"안타깝지만 필요한 일이죠. 아버지는 평화를 사랑하시지만, 사랑이 늘 보답받는 건 아니니까요." 그가 대답한다.

좌우로 높은 철조망 담벼락이 숲까지 이어져 있다. 불빛에 놀란 사슴 한 마리가 차 앞을 막아섰다가 디미트리가 위협하자 숲속으로 달아난다. 잠시 후 작은 탑이 있는 건물이 불쑥 나타난다. 반은 사냥 오두막이고 반은 바이에른 철도 소유의 역사라는데, 1층 창 너머에 건장한 사내들이 오가는 모습이 보인다. 디미트리는 건물이 아니라 숲길로 방향을 튼다. 차는 노동자의 막사촌을 지나 자갈이 깔린 농가 마당으로 들어선다. 한쪽으로 가축우리들이 보이고, 반대편 어둠 속에는 창문 없는 헛간이 서 있다. 디미트리가 차를 세우고는 내 쪽으로 손을 내밀어 문을 열어준다.

"좋은 시합 되시길 빕니다, 할리데이 선생님."

차가 떠난다. 난 농가 뜨락 한가운데 혼자 남는다. 숲 위로 반달이 떠올라 그 빛 덕분에 헛간 문간에 서 있는 남자 둘을 알아볼 수 있다. 문이 안에서 열리더니 강력한 불빛이 쏟아져 나온다. 순간 아무것도 볼 수 없지만, 어둠 속에서 그루지야 억양의 러시아어가 들려온다. 부드러운 목소리.

"들어와 시합할 거야? 아니면 내가 그리로 나가서 먼지 나도록 두들겨 패줄까?"

나는 안으로 들어선다. 사내 둘이 미소를 지으며 길을 열어준다. 잠시 후 문이 닫히고 난 다시 흰색 통로에 홀로 남는다. 2층에 문이 보여 계단을 오르니 배드민턴 인조 코트가 펼쳐지고, 마침내 예순 살의 전직 공작원 아르카디, 암호명 우드페커가 등장한다. 말쑥한 운동복 차림에 단단한 체구. 두 발을 살짝 벌리고 양팔은 반쯤 든 채 배드민턴 자세를 취하고 있다. 가볍게 상체를 숙인 모습이 선원이나 파이터를 보는 듯하다. 짧은 회색 머리는 많이 벗겨졌지만 의심 많은 눈과 앙다문 턱은 여전하다. 주름살은 더 깊어졌다. 전과 다름없이 미소에 인색해, 몇 년 전 트리에스테의 영사관 칵테일파티에서 배드민턴 시합을 청할 때만큼이나 속내를 읽기가 어렵다.

그가 고갯짓으로 신호를 보내고는 등을 돌려 성큼성큼 걷기 시작한다. 나도 그를 따라 코트를 가로지르고 나무 계단을 올라 전망대 겸 발코니로 향한다. 발코니에 이르자 그가 문을 열고 나를 들인 뒤 다시 잠근다. 계단을 오르니 기다란 고미다락이다. 다락 끝에 대리석 벽과 유리창 딸린 문이 보인다. 그 문을 열자 덩굴이 드리운 또 다른 발코니가 나온다. 그는 이번에도 문을 잠그더니 스마트폰에 대고 짧게 한 마디 던진다. "해산."

나무 의자 두 개, 테이블, 보드카, 유리잔 두 개, 검은 빵이 담긴 쟁반, 등잔처럼 밝은 반달. 숲 너머 아까 본 건물의 탑이 어른거리고, 투광조명이 비추는 잔디밭에는 정장 차림의 남자 둘이 각각 순찰을 돌고 있다. 요정들이 조각된 석조 테두리로 둘러싸인 연못에서는 분수들이 물을 뿜는다. 아르카디는 정교한 동작으로 보드카 두 잔을 따른 뒤 내게 한 잔을 건네고 빵을 가리킨다. 우리는 자리에 앉는다.

"인터폴이 보낸 거야?" 그가 그루지야 억양의 러시아어로 묻는다.

"그럴 리가."

"그럼 협박하러 온 건가? 런던에 다시 협조하지 않으면 푸틴한테 꼰지르겠다?"

"그것도 아니고."

"왜? 좋은 기회잖아? 내가 고용하는 놈 절반이 나를 푸틴 법정에 고발하는데."

"안됐지만, 런던은 더 이상 당신 정보를 믿지 않거든."

그제야 그가 잔을 들어 조용히 내 잔에 부딪친다. 나도 따라 한다. 함께 산전수전을 다 겪었지만 이렇게 화가 난 모습은 처음이다.

"사랑하는 러시아가 아니군. 벚나무 숲 속 다차에서 살기를 꿈꾸지 않았던가? 아니면 그루지야로 돌아가거나. 그동안 뭐가 잘못된 거지?" 내가 묻는다.

"잘못된 건 없어. 페테르부르크와 트빌리시에도 집이 있지만, 이래 봬도 국제주의자 아닌가. 카를로비바리가 제일 마음에 들었어. 성스러운 러시아 사기꾼들이 여기 정교회 성당에서 일주일에 한 번 미사 같은 것도 올리잖아? 죽으면 그쪽에 빌붙어볼 생각이야. 젊고 아름다운 아내도 있다고. 친구 놈들마저 군침을 흘리지만 아내는 철통같지. 그러니 뭐가 아쉽겠나?" 그가 부드러운 말투로 되묻는다.

"류드밀라는 어떻게 지내나?"

"죽었어."

"이런. 어쩌다?"

"악성 신경 질환. 보통 암이라고들 하지. 4년 전이야. 2년쯤 추모 기간을 가졌는데, 그런들 또 무슨 소용이겠어?"

영국 정보국에서 류드밀라를 만나본 사람은 없다. 아르카디에 따르면 류드밀라도 모스크바에서 변호사 일을 했단다. 프루처럼.

"디미트리는 류드밀라의 아들인가?"

"아이가 마음에 들던가?"

"좋은 아이더군. 훌륭한 인물이 될 거야."

"이런, 미래를 누가 알겠어?"

그가 긴장할 때 늘 그러듯 주먹 쥔 손으로 입 주변을 문지르더니 고개를 돌려 숲 너머 건물과 환한 잔디밭을 건너다본다.

"여기 온 건 런던에서도 알고?"

"나중에 얘기할 생각이야. 먼저 만나 얘기해 본 다음에."

"프리랜서로 일해?"

"아니."

"그럼, 국가주의자?"

"그것도 아니고."

"그럼, 정체가 뭐야?"

"지킴이 정도로 해 두지."

"지킨다니, 뭘 지켜? 페이스북? 닷컴 기업들? 기후 위기? 다들 엄청나잖아. 당신네 타락한 나라 정도는 한입에 먹힐걸? 돈은 누가 주고?"

"정보국이겠지. 여기서 돌아가면 말이지만."

"원하는 게 뭔가?"

"옛일에 대한 몇 가지 대답. 대답을 듣는 게 우선이고, 괜찮다면 확인도."

"나한테 거짓말한 적 있지?" 이건 비난이다.

"한두 번은 했겠지. 불가피한 경우에."

"지금도 거짓말이야?"

"아니. 그러니 나한테도 거짓말할 생각 마, 아르카디. 마지막으로 거짓말했을 때 내 화려한 경력도 끝장날 뻔했거든."

"힘들었나 보군." 그가 툭 내뱉는다. 우리는 한참 동안 밤하늘을 바라본다.

"한마디만 하지." 그가 보드카를 벌컥 들이켜고 말을 잇는다. "요즘 영국 놈들이 우리를 반역자로 팔아넘긴다는데, 그게 어디 할 짓이야? 자유민주주의가 인류를 구한다고? 도대체 그런 개소리에 내가 왜 끌렸을까?"

"자네가 원했으니까."

"당신들은 당당하게 고개까지 쳐들고 유럽을 빠져나갔어. '우리는 특별해. 영국이니까. 유럽 따위 필요 없어. 우리만의 힘으로 전쟁을 이겼잖아? 미국, 러시아, 아무도 없이 말이야. 우리는 슈퍼맨이야.' 그래, 자유를 사랑한다는 위대한 대통령 도널드 트럼프가 당신네 경제를 구해 주던가? 도대체 트럼프가 어떤 놈인지 알기나 해?"

"계속해 봐."

"푸틴 똥구멍이나 빠는 새끼지. 좀생이 푸틴 놈은 능력이 없으니 뭐든 대신 해 주려 든다고. 나토를 위협하고, 크림반도와 우크라이나가 러시아 땅이라 우기고, 중동을 유대인과 사우디에 넘기려 하고. 세계 평화는 좆 까라지. 당신네 영국인들, 도대체 뭐 하자는 거야? 그 새끼 좆이나 빨고 여왕하고 티타임이나 가지면 그만이야? 우리가 검은 돈을 가져가 세탁하고, 우리가 엄청난 사기를 쳐도 대환영이잖아. 우리한테 런던 절반을 팔아넘기고, 우리가 반역자들을 처단하면 손을 비비 꼬면서 친애하는 러시아여, 제발, 제발, 제발, 거래를 좀 합시다, 이 지랄……. 목숨을 걸고 싸운 결과가 고작 그거야? 설마 아니겠지. 영국 놈들은 나한테 역겨운 위선만 한 트럭 팔아넘겼어. 그러니 나한테 자유주의적 양심과 기독교 정신, 위대한 대영제국에 대한 사랑을 깨우쳐주기 위해 왔노라 운운하는 개소리나 지껄일 생각이라면 애초에 집어치우라고. 이빨도 안 들어갈 테니. 내 말 알아들어?"

"얘기 끝났나?"

"아니."

"아르카디, 자네는 내 나라를 위해 일한 적이 한 번도 없어. 처음부터 자네 조국을 위해 싸웠지만 먹히지 않았을 뿐이지."

"자네 생각은 좆도 관심 없으니까 원하는 게 뭔지나 말하고 꺼져."

"내가 원하는 거야 늘 똑같지. 옛 동무들과 만나나? 모임도 열고 훈장도 주고? 옛 시절을 찬양하면서? 위대한 과거를 꿈꾸면서? 뭐, 당신같이 잘난 베테랑한테야 영예로운 자리겠지."

"그렇다면?"

"축하해야지. 구시대 비밀경찰로서 위장 신분을 끝내 지켜낸 셈이니까."

"위장에는 아무런 문제도 없어. 러시아 영웅으로 인정도 받고 들킬 염려도 없지."

"그래서 체코 오지 숲속에, 경호원까지 잔뜩 세워놓고 살아?"

"어디에나 경쟁자는 있으니까. 사업가의 운명 아니겠나?"

"우리 기록에 따르면, 자네는 지난 18개월간 퇴역자 모임에 네 번 참석했더군."

"그래서?"

"옛 동료들과 만나 공작을 논한 건가? 새로운 작전에 대해?"

"얘기가 나오면 끼기야 하지만 먼저 얘기를 꺼낸 적은 없어. 알다시피 내 성격에 맞지가 않아서. 하지만 모스크바로 낚시 여행을 보낼 생각이라면 꿈 깨라고. 그야 말로 개소리니까. 이봐, 본론만 얘기해. 쓸데없이 시간 끌지 말고."

"얼마든지. 여기 온 이유는 아직 발렌티나와 연락이 닿는지 알고 싶어서야. 모스크바 센터의 자존심 말이야."

그가 턱을 오만하게 내밀고 등은 군인처럼 곧추세운 채 가만히 정면을 응시한다.

"아무 소식도 못 들었어."

"이런. 의왼데, 아르카디. 자네가 사랑한 유일한 여자라고 하지 않았던가?"

그의 어두운 얼굴엔 아무런 변화도 없다. 하긴 언제는 있었나? 다만 온몸이 긴장하는 것으로 보아 내 지적이 신경을 건드린 것만은 확실하다.

"류드밀라와 이혼하고 발렌티나랑 결혼하려 했잖아. 듣자 하니, 발렌티나가 지금의 아내는 아닌 것 같은데. 발렌티나와는 나이 차이가 별로 안 났으니까. 젊고 아름다운 아내와는 거리가 멀겠지."

여전히 무표정.

"기억하나? 우린 그녀를 끌어들일 수 있었어. 방법도 있었고. 당신이 직접 제공했잖아. 언젠가 센터 임무로 트리에스테에 보내기도 했었지. 호주의 늙은 외교관이 나라 비밀을 팔려는데, 러시아 관리와는 얘기 않겠다고 했거든. 영사도, 외교관도 싫다고 말이야. 그래서 모스크바에서 발렌티나를 보냈지. 당시에는 여자 관리가 많지 않았지만 발렌티나는 특출했어. 총명하고 아름다웠지. 자네 입으로도 그러지 않았나? 삶의 꿈이라고. 당신과 발렌티나는 눈이 맞는 순간 센터에도 알리지 않고 일주일간 아드리아해로 밀월여행까지 떠났지. 기억하기로는 우리가 적당한 휴양지를 물색해 주었던 것 같은데. 발렌티나를 포섭할 생각이었지만 그 전에 자네를 먼저 설득해야 했으니까."

"발렌티나를 건드리면 당신을 죽여버리겠다고 했지."

"그래, 그랬지. 그 말에 우리는 감동했고. 내 기억이 맞는다면, 발렌티나는 그루지야 동포에 옛 비밀경찰 가문 출신이었어. 흠잡을 데가 없는 여자였지. 당신도 그랬지? 완벽주의자라고. 일도 완벽하고 사랑도 완벽하다고."

얼마나 오랫동안 밤하늘을 보고 있었을까?

"너무 완벽해서 탈이었지." 그가 마침내 내뱉듯 중얼거린다.

"어떻게 된 건가? 왜 결혼하지 않은 거지? 다른 남자가 있었나? 그렇다고 자네가 포기할 리는 없었을 텐데?"

다시 긴 침묵. 머릿속이 그만큼 복잡하다는 얘기다.

"발렌티나는 푸틴과 결혼했으니까. 그러니까, 영혼으로 말이지.

푸틴이 곧 러시아라고 말하곤 했지. 푸틴은 표트르대제야. 푸틴은 진짜야. 푸틴은 영리해. 푸틴이 타락한 서방을 정복할 거야. 푸틴이 러시아의 자존심을 돌려줬어……. 누구든 러시아의 것을 훔치면 사악한 도둑으로 여겨졌지. 그건 푸틴한테서 훔친 것과 다름없으니까."

"당신이 그 사악한 도둑놈이었군."

"비밀경찰은 훔치지 않아. 이건 그녀가 한 말이야. 그루지야 사람들도 훔치지 않고. 내가 당신네를 위해 일했다는 사실을 알면 피아노 줄로 내목을 졸라 죽이려 했을걸. 어차피 바람직한 결혼은 아니었겠지." 그가 쓸쓸하게 웃는다.

"어떻게 끝난 거야? 끝이 있긴 했나?"

"애정이야 적어도 탈, 많아도 탈 아니겠어? 난 그녀에게 이 모든 것을 제안했어." 그가 고갯짓으로 숲, 저택, 잔디, 철조망 담, 순찰 중인 경호원들을 가리켰다. "그랬더니 이렇게 말하더군. 아르카디, 당신은 악마야. 난 훔쳐낸 왕국에서 살 생각 없어. 그래서 내가 그랬지. 발렌티나, 잘 생각해 봐. 이 빌어먹을 세상에 부자치고 도둑 아닌 놈이 어디 있다고 그래? 성공은 수치가 아니라 죄의 사면이고, 신이 사랑하는 증거라잖아. 아쉽게도 그녀는 신을 믿지 않았지. 나도 안 믿었고."

"아직도 만나기는 해?"

그는 어깨를 으쓱인다. "헤로인을 끊는 게 가능한가? 나는 발렌티나에게 중독됐어."

"그녀도 그렇고?"

우리는 늘 그랬다. 그의 양분된 충성심 가장자리를 따라 줄타기를 하는 것이다. 그는 예측 불허의 고급 공작원으로, 나는 그가 비밀을 털어놓는 유일한 상대로.

"가끔은 보지?"

이 친구가 움찔한 건가? 아니면 내 상상일까?

"발렌티나가 허락하면. 이따금 페테르부르크에서." 그가 짧게 내뱉는다.

"무슨 일을 하던가?"

"늘 하던 일을 하지. 영사였던 적도, 외교관이었던 적도 없어. 문화계에도 언론계에도 몸담지 않았고. 자그마치 발렌티나라고. 위대한 베테랑 클린스킨.[6]"

"그래서, 그게 무슨 일인데?"

"전하고 똑같은 일. 모스크바 센터 외부에서 비합법 정보관들을 굴리고 있어. 서유럽 파트만. 전에 내가 있던 부서지."

"대기 요원까지?"

"10년간 똥밭을 파고들다가 빠져나오려고 20년을 허둥대는 인간들? 물론이야. 대기 요원도 돌리고 있지. 누구든 그 여자를 만났다 하면 절대 빠져나올 수 없잖아."

"자기 대기 요원들까지 팔아넘길까? 네트워크 밖의 대어를 위해서라면?"

---

6 cleanskin. 적에 알려진 바 없는 위장 공작원을 뜻한다.

"판돈이 크다면 얼마든지. 지역 첩보부야 늘 개판이니 그녀가 비합법들을 돌려도 센터는 눈감아줘야 할 거야."

"휴면 요원들까지 말이지?"

"센터에서 의심하지 않는다면 못 할 것도 없지."

"그렇게 세월이 흘렀는데도 아직 클린스킨인가?"

"그래. 그것도 최고 수준의."

"실명 가장[7]으로 현장에 뛰어들 정도로?"

"뭐든지, 어디든. 뭐가 문제겠나? 천재인데. 자네가 직접 물어보든지."

"요컨대 서방에 갈 수도 있다는 얘기군. 대어를 돕거나 물기 위해."

"대어를 낚을 기회라면야 얼마든지 가지."

"어종은?"

"대어라니까. 말했잖아. 대어여야 한다고."

"자네만큼?"

"더 클 수도 있고. 아무렴 어때?"

돌이켜보면 그 이후의 일들이 일종의 예지처럼 여겨지기도 한다. 한때 나는 그런 사람이었다. 나 자신보다 공작원들을 잘 아는 사람. 공작원들이 모이면 눈으로 확인하기도 전에 분위기 변화를 감지할 정도였다. 어느 버림받은 공산주의 도시의 뒷골목에 렌터카를 세우

---

7 natural cover. 실제 직업과 이름을 위장으로 삼아 스파이 활동을 하는 요원.

/ AGENT RUNNING IN THE FIELD

고 그 안에 쭈그리고 앉아 혼자 감당하기 힘든 삶의 편린들에 귀 기울인 수많은 밤의 결실이었다. 하지만 지금 나는 그중에서도 가장 슬픈 이야기를 하는 중이다. 고독한 짝사랑이 빚어낸 비극이라는 영원한 주제. 왕성한 정력의 사내가 가장 결정적인 순간에 미아가 되어 무기력하게 버림 받고 굴욕을 당한다는 이야기. 욕정은 치욕이 되고 화병은 커져만 갔다. 파트너를 잘못 만나는 경우야 많지만 발렌티나는 그중에서도 최악이었다. 그의 열정을 함부로 희롱하다가 갑자기 등을 돌리는 정도는 다반사였다. 완전히 장악한 뒤에는 아예 뒷골목에 내동댕이쳐버렸다.

이제 그 여자가 우리한테 온다. 직감으로 알 수 있다. 더 이상 개의치 않겠다는, 지나칠 정도로 무덤덤한 목소리에서. 그와 어울리지 않는 과장된 몸동작에서.

"대어가 수놈인가, 암놈인가?" 나는 묻는다.

"망할, 내가 어떻게 알아?"

"당연히 알겠지. 발렌티나가 말했으니까." 내가 넘겨짚는다. "다는 아니지만 약간의 힌트는 줬잖아. 자네 귀에 대고 속삭였겠지. 애간장을 태우고 흥분하게 만들려고. 그 여자 그물에 걸린 슈퍼 대어라. 영국산이라고 하던가? 나한테 말하지 않은 내용이 그거야?"

그의 이마에 땀이 흘러내린다. 얼굴빛이 더욱 공허하고 슬퍼 보인다. 이제 그는 내면의 목소리로 말을 한다. 예전에도 그런 식이었다. 배신하고, 배신한 스스로를 증오하고, 자신을 배신한 대상을 증오했다. 그녀를 향한 사랑을 즐기며 자신을 경멸하고, 자신의 이율배반을 그녀의 탓으로 돌렸다. 그래, 대어야. 영국 중산층에 수놈이지. 자발적 협조자야. 공산주의 시대의 관념에 빠져 있다더군. 발렌티나가 직접 훈련할 거야. 발렌티나의 소유물이자 신봉자가 되겠지. 애인이 될 수도 있고.

"이제 됐어?" 그가 갑자기 나를 돌아보더니 소리친다. "여기 온 이유가 그거야? 제국주의의 노예 같으니. 내 발렌티나를 두 번이나 배신하게 만들려고?"

그가 벌떡 일어선다.

"발렌티나랑 잤지? 발정 난 개자식!" 그가 빽 소리를 지른다. "네놈이 트리에스테 여자들을 죄다 건드린 거 모를 줄 알아? 솔직히 털어놔! 발렌티나하고 잤다고!"

"유감스럽게도 그런 영광은 누리지 못했어, 아르카디." 내가 대답한다.

그가 성큼성큼 앞서 걷는다. 팔꿈치를 내밀고 짧은 다리를 힘차게 뻗으면서. 나도 그를 따라 고미다락을 지나 두 개 층 아래로 내려간다. 배드민턴 코트에 다다르자 그가 내 팔을 잡는다.

"처음 만났을 때 나한테 뭐라고 했는지 기억나나?"

"기억하고말고."

"말해봐."

"안녕하십니까, 아르카디 영사님. 듣자 하니 배드민턴 실력이 수준급이라던데, 위대한 동맹국끼리 친선경기 한 번 어떻습니까?"

"나를 안아."

나는 그를 안는다. 그도 굶주린 듯 허겁지겁 나를 안았다가 곧바로 밀쳐낸다.

"100만 달러를 금괴로 내 스위스 계좌에 보내. 영국 돈은 쓰레기니까. 보내지 않으면 푸틴한테 알리겠어." 그가 선언한다.

"유감이지만 아르카디, 영국은 완전히 파산했어." 내 말에 둘 다 미소를 짓는다.

"다시는 오지 마, 닉. 이젠 아무도 꿈을 꾸지 않으니까. 자네를 사랑하지만 다음엔 죽이고 말겠어. 맹세코."

그가 나를 밀어낸다. 문이 닫힌다. 나는 다시 달빛의 안뜰에 서 있다. 산들바람이 불어온다. 내 두 뺨은 아르카디의 눈물로 젖어 있다. 디미트리가 메르세데스 사륜구동 안에서 헤드라이트를 켠다.

"아버지가 졌어요?" 그가 운전을 하면서 초조하게 묻는다.

"비겼어." 나는 대답한다.

그가 손목시계와 지갑, 여권과 볼펜을 돌려준다.

★★★

나를 조사했던 특수부대원 둘은 로비에 두 다리를 쭉 뻗고 앉아 있다. 바로 앞으로 지나갈 땐 고개도 들지 않더니, 꼭대기 계단에 이르러 돌아보니 내 쪽을 바라보고 있다. 사주식 침대맡, 자애로운 동정녀 마리아가 교미 중인 천사들을 굽어본다. 아르카디는 후회하고 있을까? 무려 30분에 걸쳐 고통스러운 과거를 꺼내놓지 않았던

가. 나를 죽이는 편이 나았다고 생각할까? 그는 나보다 더 오래 살았다. 그의 주변엔 지금 아무도 없다. 부드러운 발소리가 복도를 오락가락한다. 경호원용으로 방을 하나 더 잡았지만 그곳에 경호원 따위가 있을 리 없다. 무기는 방 열쇠 하나가 고작이다. 그 밖에는 부정확한 영어와 저들에게 간식거리도 안 될 중년의 몸뚱이뿐.

자네만큼? 더 클 수도 있고. 아무렴 어때?…… 누구든 그여자를 만났다 하면 절대 빠져나올 수 없잖아…… 이젠 아무도 꿈을 꾸지 않아, 안 그래?

12

모스크바가 입을 열었다. 아르카디도 입을 열었다. 내가 건드리
자 응답한 것이다. 돔 트렌치는 징계위원회에 보내겠다던 편지를
갈기갈기 찢었다. 런던 제너럴은 카를로비바리의 호텔에 왜 갔는지
캐물으면서도 경비에 대해서는 비용 처리를 해 주었다. 가이 브래
멀 지휘하의 러시아국은 피치포크 작전에 즉각 돌입하겠다고 선언
했다. 가이의 상사인 브린 조던도 워싱턴에서 승인 사인을 보내왔
다. 부하 관리가 위험한 전직 공작원을 몰래 찾아갔다니, 그 건에
대해 뭐든 생각이 있을 법도 하건만 추궁을 하지는 않았다. 아르카
디 수준의 대어가 배신을 한다는 소문에 런던 정국이 발칵 뒤집힌
마당이다. 런던 중심가 북쪽에 방 두 개짜리 단층 아파트를 구한 피
치포크 요원은 가상의 덴마크 애인 아네트의 암호 편지를 세 통이

나 받았다. 그 내용이 헤이븐을 들쑤셔놓고 곧바로 돔 트렌치, 러시아국, 작전국까지 차례차례 올라갔다.

"신의 은총입니다, 피터. 위대한 작전에 조금이라도 보탬이 된다니 감사할 따름입니다. 자칫 잊힌 존재로 남을 뻔했는데요. 전 그저 제 충심을 증명하고 싶을 따름입니다." 세르게이는 들뜬 목소리로 속삭였다.

그래도 퍼시 프라이스의 감시 팀은 해묵은 의심을 떨쳐내지 못하고 화요일과 목요일 오후 2시부터 6시까지 이어지는 역감시 체제를 당분간 유지하기로 한다. 사실 퍼시로서는 그 정도가 당장 할 수 있는 최선이다. 세르게이는 담당자 데니즈를 떠보기도 했다. 영국 시민권을 얻으면 내 청혼 받아줄래요? 데니즈는 배리에게 다른 남자가 생긴 모양이라고 넘겨짚는다. 세르게이는 그 사실을 받아들이기 힘들어 양성애자가 되기로 결심한 것이라고. 어찌 됐든 둘이 결합할 가능성은 거의 없다. 데니즈는 레즈비언이고 아내도 있다.

모스크바 센터의 암호 문서는 세르게이의 거처를 승인하고 런던 북부의 나머지 두 지역에 대해서도 구체적인 정보를 요구한다. 아네트의 완벽주의 성향을 반영한 것이겠다. 시민 공원, 보행인과 차량의 접근성, 문을 여닫는 시간, 관리인, 순찰자 등, 소위 '경계 요소'의 유무에 대해서도 상세히 보고해야 한다. 공원 벤치, 전망대, 야외 음악당, 주차 공간에도 관심이 적지 않다. 신호정보국은 모스크바 센터 북부 지국의 트래픽이 비정상적으로 급증했음을 확인한다.

카를로비바리에서 돌아온 뒤로, 나와 돔 트렌치와의 관계는 허니문이 따로 없다. 러시아국이 스타더스트 관련 업무에서 돔을 배제했지만 그는 개의치 않는다. 스타더스트는 사령부 컴퓨터가 임의로 선정한 암호명이며, 모스크바 센터와 정보원 피치포크 사이에 오가는 데이터를 관리하기 위한 조치다. 돔은 러시아국의 결정이 머지않아 부결되리라 확신하고 내 보고서들이 여전히 우리 연대를 보장해 줄 가능성에 필사적으로 매달린다. 요컨대 내 눈치를 봐야 하는 입장이라 불안한 기색이다. 나는 은근히 기분이 좋다.

★★★

플로렌스에게 다시 연락하겠다고 약속해 놓고는, 눈앞의 순간에 도취해 잠시 유보하고 있었다. 모스크바 센터의 최종 지시를 기다리는 동안은 흡사 태풍의 눈처럼 느긋하다. 난 그 짬을 이용해 무례를 만회하기로 한다. 프루는 병든 언니를 만나러 교외에 가 있다. 전화로 확인했더니 주말 내내 있겠단다. 헤이븐의 유선전화나 업무용 휴대전화를 쓸 수는 없다. 나는 집으로 가서 차갑게 식은 파이를 먹고 스카치 두어 잔을 비운 뒤 동전을 챙긴다. 그러곤 배터시 윗마을에 남은 유일한 공중전화로 걸어가 플로렌스가 알려준 번호로 다이얼을 돌린다. 이번에도 응답기로 넘어가겠거니 하는데 플로렌스가 숨을 몰아쉬며 전화를 받는다.

"잠깐만요." 플로렌스가 손으로 송화구를 막은 뒤 누군가에게 뭐

라고 소리친다. 공명이 크다. 집이 텅 비어 있는 건가? 대화 내용은
바닷가 안개만큼이나 모호하지만 두 사람 목소리가 들리기는 한다.
일단 플로렌스 그리고 어떤 남성. 이윽고 그녀가 특유의 사무적인
말투로 묻는다.

"예, 내트?"

"아, 잘 있었어요?" 나는 인사부터 챙긴다.

"예, 웬일이세요?"

내가 은연중에 미안해하는 태도를 기대했던 걸까? 하지만 그녀
의 목소리나 그 울림에서 그런 기미는 조금도 없다.

"전화하겠다고 했잖아요. 끝내지 못한 일도 있고." 맙소사, 해명
을 하고 있다니! 해명은 이 여자가 해야 할 일 아닌가!

"끝내지 못한 게 업무 관련한 일인가요? 사적인 일인가요?" 이렇
게 되묻는 통에 나도 끝내 뚜껑이 열리고 만다.

"내가 원하면 통화하겠다고 문자를 보낸 게 누군데? 그런 식으로
떠나놓고, 뭐? 할 말이 뭐냐고요?"

"내가 어떤 식으로 떠났는데요?"

"말 그대로 느닷없이 떠났죠. 굳이 말하자면, 당신이 관리하는 사
람들도 있는데 그러면 안 되는 것 아뇨?" 홧김에 내뱉지만 정적이
길게 이어지자 조금 후회가 된다.

"그 사람들은 어떻게 지내요?" 플로렌스가 나직이 묻는다.

"당신이 관리하던 사람들?"

"아니면 누구겠어요?"

"당신을 보고 싶어 하더군." 나도 목소리를 낮춘다.

다시 긴 침묵.

"브렌다도요?"

브렌다는 아스트라의 본명이다. 오슨에게 버림받은 정부이자 로즈버드 작전의 주요 정보원. 사실 브렌다 일로 플로렌스에게 한참 쏘아붙일 참이었다. 그녀가 떠난 뒤 브렌다도 더 이상 협조를 하지 않겠다고 버티니 말이다. 하지만 플로렌스의 목소리가 갈라지는 탓에 나도 한발 물러설 수밖에 없다.

"그럭저럭 지내요. 당신 안부를 묻기는 하지만, 사는 게 다 그렇다는 정도야 잘 아니까. 듣고 있어요?"

"내트?"

"예?"

"나한테 저녁 사주지 않을래요?"

"언제?"

"빠를수록 좋아요."

"내일?"

"그래요."

"생선 요리 어때요?" 내가 제안한다. 플로렌스가 로즈버드 발표를 마친 뒤에도 선술집에서 함께 생선 파이를 먹었다.

"메뉴는 상관없어요." 그 말을 끝으로 그녀는 전화를 끊는다.

내가 아는 생선 요리 전문점이라고는 관청가에서도 수준이 고만고만하다. 말인즉슨, 언제든 정보국 동료나 지인을 마주칠 수 있다는 얘기다. 우리 둘 다 원치 않는 바다. 나는 부랴부랴 웨스트엔드의 고급 레스토랑을 검색하고 ATM에서 돈을 인출한다. 바클레이카드 공동 계좌에 지출 내역이 찍히도록 할 수는 없다. 살다 보면 저지르지도 않은 죄 때문에 오해를 사는 경우가 있지 않은가. 런던은 장기간의 무더위에 신음 중이다. 나는 언제나처럼 미리 도착해 스카치 한 잔을 주문한다. 레스토랑에는 손님이 거의 없고 웨이터들마저 꾸벅꾸벅 조는 수준이다. 10분쯤 지나자 플로렌스가 나타난다. 정보국 작업복을 여름용으로 개조한 듯한 차림이다. 소매가 긴 밀리터리 블라우스의 칼라를 높이 세웠고, 화장은 하지 않았다. 그녀가 "안녕" 하고 인사를 건넨다. 마치 옛 연인을 대하는 듯한 태도지만 아마도 내 착각이리라.

번드르르한 메뉴판을 보며 하우스 샴페인 한 잔을 권한다. 그녀는 레드 부르고뉴만 마시는데 그것도 기억 못 하느냐며 퉁명스럽게 거절하지만, 곧 도버 솔 작은 것 정도는 괜찮겠다며 물러선다. 첫 번째 메뉴로는 게살 아보카도를 고른다. 괜찮죠? 물론 괜찮고말고. 난 그보다 그녀의 두 손에 신경을 쓰느라 정신이 없다. 특유의 남성용 인장 반지가 보이지 않는다. 추레한 은반지가 그 자리를 대신하고 있다. 레드 스톤이 점점이 박힌 반지. 손가락에 비해 헐렁해 보이고, 예의 인장 반지보다 더 어울리는 것 같지도 않다.

우리는 번잡한 주문을 해치우고 웨이터에게 메뉴판을 돌려준다. 그때까지 시선을 피하던 플로렌스가 이제는 뚫어져라 나를 바라보고 있다. 미안해하는 기색은 역시 눈곱만치도 보이지 않는다.

"트렌치가 뭐라던가요?" 그녀가 묻는다.

"당신 얘기?"

"예, 내 얘기."

오늘 난감한 질문을 던지는 사람은 나일 줄 알았는데, 플로렌스 생각은 달랐던 모양이다.

"당신이 지나치게 감정적이라더군. 애초에 잘못 뽑았다고. 내가 아는 한 그런 사람이 아니라고 했소. 정보국을 뛰쳐나간 마당이니 어차피 다 개소리가 됐지만. 배드민턴 시합 중에 얘기할 수도 있었고 나중에 전화할 수도 있었을 텐데, 안 그랬더군요."

"내트도 그렇게 생각해요? 잘못 뽑았다고? 성질도 더럽고?"

"트렌치한테 말했다고 했잖아요. 내가 아는 플로렌스는 그렇지 않다고."

"어떻게 생각했는지 물었어요. 뭐라고 말했는지가 아니라."

"내가 어떻게 생각했느냐고? 로즈버드 일은 우리 둘 모두에게 아쉽게 됐어요. 하지만 특수작전이 최후의 순간에 연기되는 게 특별한 일은 아니죠. 그래서 당신 성격이 급하다고 생각했고요. 돔과 개인적인 일이 있었나 보다는 생각도 들었지만…… 어느 쪽이든 내가 신경 쓸 바는 아니겠죠." 마지막 말은 일부러 덧붙인다.

"나와의 대화에 대해 돔이 또 어떤 얘기를 했죠?"

"별다른 얘기는 없었어요."

"사랑스럽고 사랑스러운 귀부인 아내, 레이철 남작 부인 얘기는 않던가요? 보수 꼴통 자산 관리사 말이에요"

"아니, 왜 그런 얘기를 하겠어요?"

"내트도 친하지 않아요? 그 여자랑?"

"만난 적도 없어요."

플로렌스는 레드 부르고뉴를 벌컥벌컥 들이키더니 내처 물까지 한 모금 홀짝인다. 그러고는 나를 잠시 노려보다가 숨을 삼킨다. 내가 대화 상대로 적절한지 가늠하는 듯하다.

"레이철은 CEO에 공동 창업자예요. 자기 오빠랑 자산 관리 회사를 세우고 시내에 기막힌 사무실도 열었죠. 비밀 고객들만 상대한다더군요. 미화로 5000만 달러 이하는 거들떠도 안 봐요. 내트도 알고 있으리라 생각했는데." "회사의 주력은 해외예요. 저지, 지브랄타, 네비스의 섬. 네비스에 대해서는 알죠?"

"아니, 아직은."

"아니, 몰랐어요."

"네비스는 절대 익명을 보장한다. 네비스는 세간의 이목을 철저히 봉쇄한다. 네비스의 누구도 그 무수한 기업의 진짜 주인이 누구인지 모른대요. 망할."

플로렌스의 초조함이 미미하게 떨리는 나이프와 포크를 통해 드러난다. 그녀는 손에 쥔 것을 내려놓고 다시 부르고뉴를 들이켠다.

"계속 얘기해요?"

"부디."

"레이철 남작 부인과 그 여자 오빠에게 감독 책임을 물을 수도 없어요. 기본적으로 네비스에 등록한 회사가 쉰세 개나 되지만, 관계도, 이름도, 친분도 없는 역외권 기업들이거든요. 지금 내 말 듣고 있는 거죠? 왜 아무 반응이 없죠?"

"어떻게 반응할지 모르겠어서. 계속해요."

"고객들은 철저한 보안 외에 고수익 보장을 요구해요. 15에서 20퍼센트쯤? 높을수록 좋겠죠. 남작 부인 남매의 본거지는 우크라이나 독립국이고 최고 고객 일부도 우크라이나 거물들이에요. 저 무명 회사들 중 176곳이 런던의 알짜배기 자산을 움켜쥐고 있는데, 대부분 나이츠브리지와 켄징턴 인근 소재예요. 하지만 진짜 알짜배기는 파크 레인에 있는 복층 아파트죠. 어느 기업 소유인데, 그 기업을 소유한 또 다른 기업의 소유주가 바로 오슨이 장악하고 있는 신용 펀드더라고요. 모두 논쟁의 여지 없는 사실이고, 수치 또한 얼마든지 확보 가능해요."

나는 원래 반응이 무덤덤한 사람이다. 정보국에서도 호들갑은 반기지 않는다. 플로렌스는 황당한 눈치다. 흥분해 날뛰어도 모자랄 판에 아무 일도 없다는 듯, 웨이터를 불러 빈잔을 채워달라고 주문까지 하니.

"얘기 그만할까요?" 플로렌스가 묻는다.

"아니, 계속해요."

"불쌍한 거두들을 보살피지 않을 때면, 레이철은 상원 선임 위원 자격으로 재무부 소위원회 한두 곳을 기웃거려요. 로즈버드 얘기가 오가는 자리에도 있었다더군요. 작전이 살아날 가능성은 제로인 셈이죠."

이제 내가 와인을 벌컥벌컥 들이켤 차례다.

"그동안 이 가상의 커넥션을 캐고 있었다는 얘기요? 그렇게 생각해도 되겠소?"

"예, 얼마든지요."

"어떻게 아는지의 문제는 잠시 접어둡시다. 사실 여부도. 돔과 만나서 어디까지 얘기한 거요?"

"거의 다."

"거의 다라면?"

"사랑하는 마나님께서 오슨의 회사들을 관리하면서 시치미를 뚝 떼고 있다는 사실까지."

"사실인지는 따져보기로 하고."

"나한테도 그 정도 확인해 줄 친구들은 있어요."

"그런 것 같군. 그 친구들을 안 지는 얼마나 됐죠?"

"망할, 그게 무슨 상관이에요?"

"레이철이 재무부 소위원회 위원이라고 했죠? 그 얘기도 친구들한테 들은 거예요?"

"그럴지도요."

"그 얘기도 돔한테 했고?"

"굳이 왜요? 이미 알고 있는데."

"그건 또 어떻게 알았지?"

"빌어먹을, 둘은 부부잖아요!"

나 들으라고 하는 얘기인가? 아마도. 혹시 우리의 가상 연애에 대한 환상이 나보다 플로렌스의 머릿속에 더 깊이 뿌리박혀 있었던 건가?

"레이철은 기막힌 여자예요. 상류사회에서도 인기 만점이죠. 선행으로 상도 많이 탔고요. 사보이 호텔에서 자선 바자회를 열고 거기서 벌어들인 돈을 호텔 바에 뿌려대잖아요. 모조리."

"레이철이 재무부의 비밀 소위원회 위원이라는 얘기를 상류층 사람들이 하고 다니는 건 아니겠죠? 다크 웹이라면 몰라도."

"그걸 내가 어떻게 알아요?" 그녀가 발끈한다.

"내가 묻고 싶은 말인데. 당신은 도대체 어떻게 안 거요?"

"나를 취조할 생각 말아요, 내트. 이젠 당신 부하도 아니에요."

"내 부하라고 생각한 적이 있다니 놀랍군."

첫 번째 사랑싸움일 텐데, 우린 섹스도 해 본 적이 없다.

"아내 얘기를 했더니 돔이 뭐라던가요?" 어느 정도 감정이 가라앉길 기다린 뒤 내가 묻는다. 물론 내가 아니라 플로렌스의 감정 얘기다. 이제 처음으로, 나를 적으로 대하려는 고집이 흔들리고 있다. 그녀가 테이블 너머 상체를 내밀더니 목소리를 낮춘다.

"하나, 이 땅의 고위급 인사들은 당연히 그런 커넥션들과 관계가 있다. 심지어 직접 검증하고 받아들인다."

"어느 고위급 인사들인지도 말하던가요?"

"둘, 이해 충돌은 없다. 모든 면에서 완전하고 솔직하게 공개된다. 셋, 로즈버드 중단은 국익 차원에서 내려진 결정으로 모든 상황을 적절하게 고려한 결과다. 넷, 너는 지금 접근 권한이 없는 기밀 정보를 거론하고 있다. 그러니 아가리 닥쳐라. 내트가 나한테 하려는 얘기도 비슷한 것 아닌가요?"

정확한 지적이지만 이유는 조금 다르다.

"다른 사람한테도 이 얘길 했어요? 돔과 나 말고?" 내가 묻는다.

"없어요. 그럴 이유가 없잖아요?" 다시 적대적인 반응.

"얘기하지 말아요. 형사법정에 나가 당신이 좋은 사람이라고 변호하고 싶지 않으니까. 다시 묻죠. 그런 친구들하고는 언제부터 어울린 거요?"

무응답.

"정보국에 들어오기 전부터?"

"그럴지도요."

"햄스테드의 그 남자는 누구죠?"

"개자식이죠."

"어떤 개자식?"

"마흔한 살의, 은퇴한 헤지펀드 매니저."

"기혼이겠군."

"내트처럼요."

"남작 부인이 오슨의 해외 계좌를 관리한다고 얘기해 준 게 그 사람입니까?"

"정확히는 우크라이나 부자 놈들이 좋아하는 투자자라고 말했어요. 재무 당국을 떡 주무르듯 한다는 얘기도 했고. 한두 번 직접 레이철을 써먹었는데 제대로 해냈다더군요."

"써먹다니?"

"개구멍. 개떡 같은 법망을 피해 가는 일에요. 아니면 뭐겠어요?"

"그래서 당신은 이 소문을 친구들한테 넘기고 그치들은 캐내고…… 그랬다는 건가?"

"어쩌면요."

"이야기가 사실이라고 합시다. 내가 어떻게 해 주면 좋겠소?"

"신경 꺼요. 다들 그러지 않나요?"

플로렌스가 자리에서 일어난다. 나도 일어난다. 웨이터가 거액의 청구서를 가져온다. 두 사람이 지켜보는 가운데 나는 20파운드 짜리를 세어 접시에 놓는다. 플로렌스는 거리로 나오더니 나를 붙잡는다. 우리는 처음으로 포옹을 하지만 키스는 없다.

"당신이 나갈 때 인사과에서 사인하게 한 문서들 봤죠? 그 내용 잘 기억해요." 헤어지면서 내가 말한다. "이런 식으로 끝나서 유감이요."

"음, 글쎄요. 정말 끝일까요?" 플로렌스는 반박하지만 실수를 깨닫기라도 한 듯 황급히 말을 바꾼다. "뭐, 절대 안 잊을 테니 걱정 말아요. 다들 좋은 사람들이었어요. 요원들, 헤이븐, 다들 훌륭했죠." 짐짓 쾌활한 태도다.

플로렌스는 도로에 내려서며 지나가던 택시를 잡는다. 그러곤 내가 목적지를 묻기도 전에 문을 쾅 닫아버린다.

★★★

이제 이글거리는 도로 위에 나 혼자 서 있다. 이미 밤 10시가 되었건만 얼굴이 화끈거릴 정도로 덥다. 밀회가 너무 금방 끝났어. 술기운에 열기까지 덮친 탓에 이 모든 게 꿈인지 생시인지 얼떨떨하기만 하다. 이제 어떻게 하지? 돔하고 담판을 지어? 아니, 담판은 플로렌스가 이미 지었다잖아. 정보국 친위대를 불러내 플로렌스의 친구 놈들한테 신의 분노를 보여줘? 친구들이라고 해 봐야 스테파니 또래의 분노에 찬 이상주의자 수준이겠지. 눈만 뜨면 어떻게든 시스템을 전복하려고 혈안이 되어 있는 천덕꾸러기들. 그도 저도 아니면 느긋하게 집에 걸어가 잠을 잔 다음 아침에 다시 생각해 봐? 그때 업무용 휴대전화가 삑삑거리며 긴급 메시지를 수신한다. 나는 가로등 불빛을 벗어나며 암호를 입력한다.

정보원 피치포크가 결정적인 메시지를 수신. 내일 0700 스타더스트는 빠짐없이 집무실에 모일 것.

메시지에는 러시아국의 임시 국장 가이 브래멀의 문장이 박혀 있다.

13

이후 열하루는 온갖 작전과 가정사와 역사적인 사건들로 정신없이 돌아갔다. 설상가상, 어떻게든 정리해 보려 해도 결과는 하나같이 재난 수준이었으며, 황당한 일들이 중요한 순간마다 끼어들어 훼방을 놓았다. 런던 거리는 기록적인 폭염으로 허우적거리지만 성난 군중은 개의치 않고 깃발을 높이 쳐들며 쏟아져 나왔다. 그중에는 프루와 좌익 변호사 동료들도 끼어 있었다. 임시 악대들이 저항가를 연주하고 기름칠한 인형들이 군중들 위에서 이리저리 흔들렸다. 경찰과 구급차들도 사이렌을 울려댔다. 웨스트민스터 시가는 접근 불가, 트래펄가 광장은 통행금지다. 웬 소요냐고? 영국이 미국 대통령에게 레드 카펫을 깔아주었기 때문이다. 트럼프라는 작자가 유럽과 영국의 연대를 비웃고, 자기를 초청한 수상을 모욕 주겠다며 날아오는 모양이다.

★★★

브래멀의 집무실, 스타더스트 회의가 끊일 새 없는 곳이지만
0700 모임은 처음이다. 오늘은 특히 전지전능한 감시 팀장 퍼시 프
라이스에, 러시아국과 작전국 엘리트들까지 참석했다. 돔이 보이지
않지만 신기하게도 행방을 묻는 사람은 없다. 나도 묻지 않는다. 자
매 정보기관의 저 끔찍한 매리언도 두 명의 훤칠한 변호사를 대동
하고 참석했는데 지독한 더위에도 둘 다 짙은 색 정장 차림이다. 브
래멀이 직접 세르게이의 최근 수신 지령을 읽는다. 모스크바의 거
물 간첩(성별 미상)과 고위급 영국 반역자의 비밀 접선을 위해 현장
을 지원하라는 내용이다. 스타더스트에서의 내 역할은 공식적으로
인정되지만 동시에 제약도 걸린다. 브린 조던의 입김이 작용했을
까? 아니면 내 편집증이 점점 심해지는 걸까? 나는 헤이븐 분국장
자격으로 '피치포크와 관리 요원들의 안녕과 운용'을 책임지게 된
다. 모스크바 센터를 오가는 비밀통신도 모두 나를 거쳐야 한다. 물
론 헤이븐의 통신은 유포하기 전에 빠짐없이 러시아국 임시 국장인
가이 브래멀의 사인을 받아야 한다. 그리고 놀랍게도 내 업무는 공
식적으로 거기에서 끝난다. 지위 문제가 아니라, 머나먼 타국의 브
린이 그 누구보다 더 자세히 알아야 하기 때문이란다. 좋다. 어차피
따분한 일이다. 세르게이와 데니즈까지 셋이서 함께 캠든 타운 역

옆 헤이븐의 낡은 안가에 처박혀 있지, 뭐. 세르게이랑 밤늦도록 암호 편지를 작성하거나 체스를 두면서, 우리가 코펜하겐에 보낸 최신 엽서를 처리 중이라는 내용이 동유럽 라디오방송으로 약속된 문자 암호로 흘러나올 때까지 기다리면 그만이다.

나는 현장 체질이다. 사무직도 사교직도 딱 질색이다. 헤이븐도 나도 버린 자식 신세지만, 지금은 명실공히 스타더스트 작전의 버젓한 주도자다. 세르게이를 흔들어놓은 게 누구이며, 누가 피 냄새를 맡았던가? 누가 그를 런던에 데려왔는가? 규율까지 어기면서 아르카디를 만나 이 상황이 흔해 빠진 의자 빼앗기 놀이가 아니라 고도의 정보 작전이라는 결정적 증거를 확보한 이가 과연 누구란 말인가? 그것도 영국 고위 간부가 결탁하고 모스크바 센터를 주무르는 '비합법 첩보원'의 여왕이 직접 관장하는 작전 아닌가!

전성기의 퍼시 프라이스와 나는 화려한 전적을 뽐냈다. 전설 같은 얘기다. 포즈난에서 러시아제 표준 지대공미사일을 빼돌리기도 했다. 그러니 첫 번째 스타더스트 전략 회의를 마친 뒤 세탁소 밴 뒷좌석에 웅크리고 앉아(최첨단 감시 장비로 무장했다지만) 런던 북부의 지역을 하나하나 순찰했다고 해서 "오, 대단한데?" 하며 기특해할 사람은 없다. 물론 세르게이가 답사해야 할 세 곳의 지역에 대한 감시다. 퍼시는 '그라운드 베타'라고 작전명을 정했다. 그에 이의를 제기할 생각은 없다.

그렇게 돌아다니면서, 우리는 구닥다리답게 과거 함께 수행했던 작전과 요원과 동료들을 회고하며 수다를 떤다. 퍼시는 내게 자신의 군대, 그러니까 감시 팀까지 소개한다. 나로서는 본부에서도 절대 용납하지 않을 특권을 얻은 셈이다. 어쨌든, 언젠가는 내가 감시 대상이 될 수도 있지 않은가. 이번 작전의 무대는 그라운드 베타 변경의 어느 붉은 예배당이다. 예배당은 저주라도 받은 듯 당장이라도 허물어질 것 같다. 우리는 추모제를 위장한다. 퍼시가 추모객을 100명이나 모았다.

"내트, 아이들을 격려할 생각이 있으면 얼마든지 환영이야." 그가 런던 특유의 말씨로 말한다. "신념이 대단한 아이들이지만 조금 따분한 일이잖아? 무덥기도 하고. 다만 솔직히 말하면 자네도 잔뜩 주눅 든 아이처럼 보이는군. 다들 밝은 표정을 좋아한다는 사실을 잊지 말게. 말 그대로 감시원들이라고. 봐, 얼마나 자연스러운가?"

퍼시를 향한 애정의 뜻으로, 난 부하들과 악수를 나누고 어깨를 다독여준다. 그가 몇 마디 격려의 말을 하라고 나를 호명할 때도 기꺼이 나선다.

"우리 모두는 다가오는 금요일, 정확히 7월 20일 저녁, 고도로 조율된 위장 접선 현장을 잡고자 합니다." 내 목소리가 리기다소나무 서까래 사이로 기분 좋게 울려 퍼진다. "두 사람은 지금껏 한 번도 만난 적이 없어요. 그중 하나, 암호명 '감마'는 산전수전에 공중전까지 치른, 상상 이상으로 노련한 사람입니다. 상대는 암호명 '델타', 나이 미상, 직업 미상, 성별 미상입니다." 늘 그렇듯 정보원 보호 차원에서다. "두 목표의 동기는 아직 밝혀진 바 없으며, 당연히 우리도 모릅니다. 이것 하나는 말할 수 있겠군요. 지금 이 순간 우리는 정보를 수집하고 있으며, 그로써 위대한 영국 국민은 여러분께 크게 고마워해야 할 것입니다. 물론 국민들이야 우리 노력도 알지 못하겠죠? 그 점이 유감이라면 유감이겠군요." 우레와 같은 박수. 기대 밖이었기에 더 뭉클하다.

★★★

퍼시야 내 표정이 자기 양 떼들한테 옮을까 싶어 못마땅한지 몰라도, 프루는 전혀 개의치 않는다. 우리는 이른 아침 식사 중이다.

"다들 전성기처럼 열심히 일하니 좋네." 프루가 《가디언》을 내려놓으며 말한다. "무슨 일을 하는지는 몰라도 말이야. 귀국할 즈음에는 정말 우울해했잖아. 집에 와서도 안절부절못하고. 너무 불법적인 일만 아니길 빌게. 그런 건 아니지?"

말인즉슨, (내가 정확히 알아들었다면) 서로가 살얼음판에 발을 디디듯 노력 중인 지금 찬물을 끼얹지 말라는 경고다. 모스크바 시절 이후 우리 사이엔 암묵적인 동의가 자리해 왔다. 내가 정보국 규정을 악용한다면, 사후에 아무리 솔직하게 고백한다 해도 쉬 용서받지 못할 것이다. 그만큼 프루는 음모 집단에 거부감이 크다. 나 역시 아내의 합법적 비밀에 절대 관여하지 않는다. 동료들과 빅 파마와 전면전을 치르고 있는 지금도 그 원칙에는 변함이 없다.

"프루, 웃기는 게 뭐냐면, 이번 일은 전혀 심각하지 않다는 거야. 당신도 동의할 정도로. 이제 곧 고위급 러시아 스파이를 잡게 될 거야." 말하자면, 정보국 규정을 악용하는 정도를 넘어 깡그리 무시한다는 얘기다.

"법정에 세울 생각이지? 당연히 그래야지. 그것도 공개 법정에."

"윗선에 달렸지, 뭐." 나는 조심스레 대답한다. 적국의 스파이를 체포할 경우 정보국이 절대 하지 않으려는 일이 하나 있다. 죄인을 고스란히 법정에 갖다 바치는 일.

"목표를 감지하는 데 자기가 핵심적인 역할을 한 거야?"

"솔직하게 말하면 그래, 맞아. 내가 그랬지."

"프라하에 가서 체코 밀정이랑 논의까지 해 가면서?"

"그래, 체코 요소가 있는 것도 사실이야. 그 정도만 말해둘게."

"음, 내트, 잔머리 굴리는 데는 역시 재주가 있어. 자기가 자랑스러워." 프루가 말한다. 몇 년간 이어져온 고통스러운 눈치 싸움의 기색은 더 이상 보이지 않는다.

프루와 동료들의 판단에 의하면 이미 빅 파마는 궁지에 몰려 있다. 어젯밤 전화기 너머 스테파니의 목소리도 지극히 부드러웠다.

★★★

밝고 청명한 아침, 신기하게도 만사가 착착 맞아 떨어진다. 스타더스트 작전도 막을 수 없는 기세로 추진력을 더해 가고 있다. 모스크바 센터의 최근 지령에 따르면 세르게이는 오전 11시 레스터 광장 어느 레스토랑에 모습을 드러내야 한다. '북서쪽'에 자리한 테이블을 하나 골라 초콜릿 라테, 햄버거, 토마토 샐러드를 주문하면 11시 15분에서 30분 사이, 이 음식들을 신호로 누군가 접근할 것이다. 상대는 옛 친구임을 밝히고 포옹을 하지만 약속 때문에 가봐야 한다며 일찌감치 자리를 뜨기로 했다. 짧은 포옹 중에 세르게이에게 소위 '오염되지 않은(모스크바의 표현이다)' 휴대폰을 전하는데, 거기에 새 유심 카드는 물론 이후의 지시 사항을 담은 마이크로필름도 들어 있다.

소란스러운 군중과 이글거리는 더위는 퍼시 프라이스뿐 아니라 세르게이에게도 골칫거리다. 세르게이는 마음을 다잡으며 식당에 자리를 잡고 식사를 주문한다. 그런데 가슴을 활짝 열고 접근하는 사람은…… 놀랍게도 펠릭스 이바노프다! 언제나 열정적이며 영원히 늙지 않는 펠릭스(아무튼 대기 요원 훈련소에서의 암호명이 그랬다). 세르게이와는 입학 동기에 같은 반이었다.

휴대폰 인계는 무사히 끝나지만, 예상치 못했던 사교의 순간이 불쑥 끼어든다. 이바노프 역시 옛 친구 세르게이를 보고 놀란 것이다. 그는 지령을 무시한 채 세르게이 옆에 앉아 그와 머리를 맞대고 사담을 늘어놓는다. 대기 요원들에게야 즐거움일지 몰라도 각각의 훈련관들은 죽을 맛이리라. 주위가 소란스럽긴 하지만 퍼시 팀은 큰 무리 없이 두 사람의 대화를 엿듣는다. 카메라도 둘의 조우를 기록하고 있다. 그사이 러시아국 컴퓨터가 이바노프에게 '타지오'라는 암호명을 달아준다. 아무튼 타지오가 떠나자마자, 퍼시는 팀을 보내 그를 붙잡아 골더스 그린에 자리한 학생용 호스텔에 구금한다.

덩치가 크고 억세고 쾌활해 '러시아 불곰'이라는 별명으로 동급생들의 사랑을 한껏 누렸건만, 타지오는 의외로 여성적인 면모를 보인다.

본부 확인 요원들이 새로 들어오는 데이터를 처리하며 밝혀진바, 이바노프는 이바노프가 아니고 러시아인도 아니다. 대기 요원 훈련소를 졸업한 후 그는 스트렐스키라는 폴란드인으로 신분을 바꾸었고, 지금은 학생 비자를 받아 런던 경제학교에 입학한 공대학생으로 지내고 있다. 지원서에 따르면 러시아어와 영어에 유창하며 독일어를 완벽하게 구사한다. 스위스 본과 취리히 대학에서 수학했고, 이름은 펠릭스가 아니라 미하일, 즉 '인류의 수호자'다. 러시아국 입장에서는 대단한 관심 대상이 아닐 수 없다. 옛 KGB의 투박한 인물이 아닌, 스파이계의 신인류에 속하기 때문이다. 서방어를 모국어처럼 다루고 자잘한 생활 방식까지 완벽하게 따라 하는 부류.

캠던 타운, 헤이븐의 추레한 안가. 세르게이와 데니즈가 소파에 나란히 웅크리고 앉아 있다. 나는 팔걸이의자에 앉아 타지오가 넘긴 휴대폰을 열어본다. 휴대폰은 기술 팀에서 임시로 비활성화해 놓았다. 우리는 마이크로필름을 꺼내 현미경에 넣고 세르게이의 일회용 암호표를 참고해 모스크바의 최신 지령을 해독한다. 암호는 러시아어로 되어 있다. 나는 언제나처럼 세르게이를 채근해 영어로 번역하게 한다. 지금껏 러시아어를 못하는 양 굴었는데 이제 와서 속였다는 사실을 드러낼 이유는 없다.

지령은 흠 하나 없다. 아르카디의 표현을 빌리자면 너무나 완벽하다. 반지하 창문 좌상 모퉁이에 "핵 결사반대"라고 적힌 전단을 끼워놓을 것. 단, 양방향의 행인은 물론 어느 거리에서도 쉽고 분명하게 볼 수 있어야 함. 요즘에는 "석유 채굴 결사반대"가 유행인지라, 인근 시위 용품 판매점에서는 핵 반대 전단을 구할 수가 없다. 결국 위조 팀에서 하나를 급조해 조달한다. 그 밖에 스태퍼드셔 테리어 모양을 한 빅토리아풍 자기 장식품도 구입할 것. 크기는 30에서 45센티미터 사이로. 그런 종류는 이베이에 얼마든지 있다.

★★★

이 바쁘면서도 행복하고 무더운 시기에 프루와 함께 한두 번쯤 파나마에 다녀오지 않았냐고? 당연히 다녀왔다. 저 시끌벅적한 스카이프 화상 통화 얘기다. 한 번은 주노가 박쥐 탐사를 떠나 스테파니 혼자였고, 한 번은 둘이 함께 있었다. 스타더스트가 정신없이 돌아간다 해도, 프루 말마따나 현실을 완전히 외면할 수는 없지 않은가.

새벽 2시면 원숭이들이 깍깍거리며 가슴을 두드려댄다니까. 캠프를 다 깨워놔. 자이언트박쥐는 익숙한 곳을 날아다닐 땐 레이더를 꺼놓는대. 그래서 야자나무 둥지에 있는 녀석들 잡는 건 식은 죽 먹기지. 스테파니가 끝도 없이 조잘거린다. 하지만 풀어놓고 쫓아가는 건 정말 못 할 짓이야, 엄마. 물리면 광견병에 걸릴 위험이 있대. 그래서 청소부처럼 엄청 두꺼운 장갑을 껴야 돼. 새끼들도 마찬가지야, 엄마. 스테파니는 다시 아이가 되어 있다. 우리는 서로 듣기 좋은 말만 한다. 주노도 예의 바르고 신중하며, 딸을 정말로 사랑하는 듯 보인다. 세상은 이따금 그렇게 멈춰 서기도 한다.

하지만, 현실의 삶은 예외 없이 결과를 낳는다. 스타더스트의 밤이 여드레쯤 남은 어느 날 저녁나절, 집 전화가 울린다. 프루가 전화를 받는다. 주노의 부모가 갑자기 런던으로 날아와 주노 모친의 친구가 경영하는 블룸즈버리의 어느 호텔에 묵고 있단다. 이제부터 윔블던도 관람하고 로드 경기장에서 영국과 인도의 크리켓 경기도 보겠지만, 무엇보다 "무역 참사관님과 부인께서 편하신 시간에 만나뵙고 싶다"고 한다! 프루는 소식을 전하면서 좋아 죽을 지경이다. 아니, 확실치는 않다. 왜냐하면 그때 난 그라운드 베타에서 퍼시 프라이스의 밴 뒷좌석에 앉아 작전 본부의 위치에 관한 설명을 듣고 있었으니까.

아무튼 이틀 뒤, 그러니까 디데이 엿새 전, 나는 기적적으로 짬을 내 깔끔한 정장으로 갈아입고 우리 집 거실 가스난로 앞에 앉아 있다. 프루도 옆에 자리를 잡는다. 나는 영국 무역 참사관이 되어 미래의 사돈들과 토론을 벌인다. 이를 테면 영국의 브렉시트 이후 아대륙과의 관계가 어떻게 진행된다느니, 인도의 스핀볼 투수 야다브가 손을 어떤 식으로 비튼다느니 하는 이야기들이다. 프루는 변호사답게 포커페이스의 달인이건만, 내가 궁지에 몰린 꼴을 보며 손으로 입을 가린 채 웃음을 참느라 돌아가실 판이다.

/ AGENT RUNNING IN THE FIELD

★★★

이 번잡한 나날을 보내는 동안 에드와의 배드민턴 시합에 관해 말하자면, 그 어느 때보다도 중요했다고, 혹은 우리 둘 다 좋은 컨디션으로 임했다고 요약할 수 있겠다. 마지막 세 차례의 시합을 위해 나는 체육관과 공원에서 부지런히 연습을 했다. 어떻게든 코트에서의 주도권을 되찾아 오고 싶었다. 그런데 어느 날 갑자기, 처음으로, 모든 게 심드렁해지고 말았다.

7월 16일, 그날은 에드에게도 나에게도 잊을 수 없는 날이다. 우리는 평소처럼 치열하게 시합을 벌인다. 결국 또 나의 패배로 끝난다. 그러면 어떤가? 이미 익숙해졌는데. 우리는 수건을 목에 건 채 터덜터덜 아지트로 향한다. 언제나처럼 단골손님들이 잔을 부딪치며 월요일 저녁의 수다를 즐기고 있겠거니 생각하지만 우리를 맞이하는 것은 끔찍한 정적이다. 바에서는 중국인 회원 대여섯이 텔레비전 화면을 노려보고 있다. 늘 어딘가에서 열리는 스포츠 중계에 채널이 고정되어 있었건만, 그날 저녁은 미식축구도 아이슬란드 아이스하키도 아닌, 도널드 트럼프와 블라디미르 푸틴의 모습이 화면을 채우고 있다.

헬싱키에서 열린 합동 기자회견 자리다. 두 지도자는 양국 국기 앞에 어깨를 맞대고 서 있다. 트럼프는 러시아의 지시라도 받은 양 자국 정보기관의 성과를 깔아뭉갠다. 2016년 미국 대선에 러시아가 개입했다는 불편한 사실을 드러냈기 때문이리라. 푸틴은 특유의 교도관 같은 미소를 흘리고 있다.

에드와 나는 주춤주춤 아지트를 찾아가 앉는다. 어느 패널이 상기시키듯, 트럼프가 유럽을 적국으로 규정하고 나토를 쓰레기 취급한 것이 불과 엊그제 일이다. 물론 똑똑히 기억하고 있다.

프루 말마따나, 내 마음은 어디에 있는 걸까? 어느 정도는 전직 아르카디의 말에 동의한다. 트럼프를 푸틴의 똥개라고 했던가? "트럼프는 블라디를 위해 뭐든 하고, 블라디는 혼자서 아무것도 하지 못한다"는 말도 했다. 워싱턴의 브린 조던은 어떤 심정일까? 그 역시 어느 구석엔가 처박혀 미국 동료들과 저 대선 음모와 얽힌 삼류 드라마를 보고 있을 텐데.

에드는 또 어떤 생각을 할까? 아직은 아무 말도 하지 않는다. 자기 생각에 빠진 것이다. 내가 생각했던 것보다 더 깊이, 더 멀리가 있다. 처음에는 넋 나간 꼴이더니, 이윽고 천천히 입을 다물더니 위아래 입술을 차례로 핥고 무심코 손등으로 닦아낸다. 그때 아무래도 안 되겠다고 판단했는지 바텐더 프레드가 채널을 돌려버린다. 여성 사이클 선수들이 죽어라 경기장을 돌고 있건만 에드의 눈은 화면을 떠나지 못한다.

"완전히 1939년의 재탕이네요. 그땐 몰로토프와 리벤트로프가 이런 식으로 세상을 능욕했죠."

내가 보기엔 그 정도는 아니다. 에드에게도 그렇게 얘기한다. 트럼프가 미국 역사상 최악의 대통령일지야 모르지만 그렇다고 히틀러에 댈 건 아니지. 제아무리 히틀러가 되겠다 해도, 미국인들이 죄다 멍청이인 것도 아니고. 저 거짓말을 누가 곧이곧대로 믿겠어?

에드는 내 말을 철저히 무시하고 있다.

"예, 좋아요." 마침내 그가 막 마취에서 깨어난 듯 몽롱한 목소리로 입을 연다. "하지만 독일인도 죄다 멍청이는 아니었죠. 그런데도 망할, 그 지랄을 했단 말입니다!"

14

디데이가 코앞이다. 본부 꼭대기 층에 자리한 작전실은 쥐 죽은
듯 고요하다. 모조 오크 문 위의 LED 시계가 1920을 가리킨다. 스
타더스트와 무관한 사람이라면 55분 뒤에 벌어질 쇼나 즐기면 그
만이다. 반면 그게 아닌 사람이라면, 독수리눈을 하고 서 있는 문간
의 감시자 둘에게 그간의 죄악과 오류를 꼬치꼬치 트집 잡힐 각오
를 해야 하리라.

분위기는 느긋하다. 기이하게도 데드라인이 다가올수록 여유롭
기만 하다. 허둥대는 사람도, 바쁜 사람도 없다. 보좌관들이 노트북
컴퓨터를 들고 드나든다. 식탁에는 보온병과 생수병, 샌드위치 따
위가 놓여 있다. 누군가 팝콘을 찾는다. 뚱보 하나는 형광 목줄을
만지작거리며 벽에 걸린 두 개의 스크린에 시선을 고정하고 있다.

두 화면에는 똑같이 윈더미어 호수의 가을 풍경이 떠올라 있다. 우리는 이어폰으로 퍼시 프라이스의 감시 팀 통신을 듣는다. 지금쯤 요원 100여 명이 흩어져 있을 것이다. 요원들은 근무를 마친 쇼핑객이나 노점상, 웨이트리스, 사이클 선수, 우버 운전사, 행인 등으로 변장했다. 행인들은 지나가는 여자에게 추파를 던지거나 휴대전화로 통화를 한다. 물론 암호화된 휴대전화들이다. 통화 상대도 친구, 가족, 연인, 빚쟁이가 아니라 퍼시 프라이스의 통제 센터다. 통제 센터는 내 왼쪽 벽 중간쯤 자리한 이중유리 너머에 있다. 오늘 저녁 퍼시는 특유의 흰색 크리켓 셔츠 차림이다. 소매를 말아 올린 채 지금은 이어폰으로 조용히 지시 사항을 전달하는 중이다.

우리는 16인의 역전 노장들이다. 로즈버드 작전 당시 플로렌스의 오라토리오를 들었던 바로 그 팀. 이번에는 반가운 지원병들까지 참석해 있다. 자매기관의 매리언이 검은 정장 차림의 변호사 부하 둘을 대동하고 나타났다. 매리언은 윗선에서 스타더스트 작전을 넘겨주지 않아 기분이 상해 있다. 화이트홀의 고위급 반역자로 추정되는 인물이 이 사건을 법정으로 넘기려 한다는 게 매리언의 주장이다. 매리언, 말 같은 소리를 해야지. 우리 정보원이잖아. 당연히 정보도 우리 것 작전도 우리 것 아니야? 그러니 꿈 깨시게나. 윗선에서는 그렇게 말했다고 한다. 모스크바의 루비안카, 옛 제르진스키 광장 밀실에 있을 북부 담당국의 비합법 팀원들도 우리처럼 밤새 똥줄을 태우고 있겠지?

나는 지위가 올랐다. 지금은 청원자 자리에 플로렌스 대신 돔 트렌치가 앉아 있고, 나는 그 맞은편 중앙에 자리한다. 로즈버드에 대해서는 더 이상 논의가 없다. 그래서 그가 상체를 숙여 속닥일 땐 솔직히 조금 당혹스럽기까지 하다.

"내트, 전에 노스우드에 보냈던 거 말입니다. 설마 아직 앙금이 남은 건 아니죠?"

"그럴 이유가 있나요?"

"그럼 나중에 내 편 좀 들어줘요."

"왜요? 무슨 문제라도 생겼어요?"

"그럴 만한 일이 있어요." 그는 맥없이 중얼거리더니 입을 닫아버린다. 10분 전쯤 지나가는 말로 남작 부인은 현재 어떤 비공식 직함으로 활동하는지 물었는데, 그 일 때문일까?

"못 말리는 여자예요." 그는 마치 왕비 안전이기라도 한 양 몸을 추스르며 그렇게 대답했었다. "지금도 고삐 풀린 망아지처럼 뛰어다니니, 원. 당신이나 나는 듣도 보도 못 한 웨스트민스터 특수법인 아니면 케임브리지에서 그곳 위인들이랑 공공 의료 서비스를 어떻게 구할지 논의 중이겠죠. 프루도 마찬가지 아닙니까?"

돔, 신께 감사하게도 프루는 달라요. 복도에 저 빌어먹을 대형 플래카드가 놓인 것도 그 때문이지. 당신도 봤겠죠? "거짓말쟁이 트럼프"라는 진부한 문구가 박힌 헝겊 쪼가리 말이요. 여기 올 때마다 밟고 지나다니지 않을 수 없으니.

윈더미어 호수가 흰색으로 변했다가 부르르 요동을 치고는 원래의 모습으로 돌아온다. 작전실 조도가 낮아진다. 지각생들이 종종 걸음으로 들어와 자리를 찾아 앉는다. 윈더미어 호수가 사라지고, 이제 퍼시 프라이스의 카메라가 느긋한 시민들의 모습을 쫓아가며 보여준다. 이글거리는 여름날 저녁 7시 30분, 런던 북부의 시민 공원에서 석양을 즐기는 사람들.

피 말리는 정보 작전이 정점에 이르기 몇 분 전, 절대로 고국과 동포를 향한 사명감에 사로잡히지 말아야 할 시점이다. 그런데 지금 스크린에서는 우리가 사랑하는 런던의 모습이 흘러나오고 있다. 여러 인종의 아이들이 함께 뒤섞여 네트볼을 하고, 여자들은 여름 원피스 차림으로 찬연한 햇볕 아래 일광욕을 즐기고, 노인들은 팔짱을 낀 채 거닐고, 젊은 엄마는 유모차를 밀고 다니고. 소풍객들도 무성한 나무 아래 자리를 잡고 체스를 두거나 공놀이를 한다. 인상 좋은 순경 하나가 평화롭게 그 사이를 순찰한다. 혼자 다니는 순경을 본 지가 얼마 만이더라? 누군가 기타를 연주하고 있다. 그러다 이내 나는 깨닫는다. 행복한 군중 상당수는 서른여섯 시간 전 저 저주받은 예배당의 추레한 첨탑 아래 모였던 멤버들이다.

그라운드 베타에 대해 알고 있는 스타더스트 팀은 퍼시에게 고마움을 표한다. 나 역시 마찬가지다. 시민 공원에는 다 망가진 테니스 코트 여섯 개가 있다. 정글짐, 시소 몇 개, 터널뿐인 놀이터도 있고, 악취가 진동하는 연못도 있다. 버스 전용 차선, 자전거도로, 혼잡한 주도로가 서쪽 경계를 이루지만 주차는 불가능하다. 도로 동쪽은 고층 공영주택 단지가 차지하고, 북쪽은 조지아풍 고급 주택의 테라스가 즐비하다. 그중 한 곳, 어느 반지하에 세르게이가 모스크바의 승인하에 잡은 거처가 있다. 방이 두 개인데, 한 곳에서는 데니즈가 문을 걸어 잠근 채 잠을 자고 다른 방은 세르게이가 차지했다. 밖으로 나가려면 철제 계단을 올라가야 한다. 창문 위쪽을 통해 놀이터가 보인다. 그 너머로 좁은 콘크리트 보도가 이어지고, 도로에는 한쪽에 세 개씩, 6미터 간격으로 벤치가 놓여 있다. 벤치 하나의 길이는 3미터 50센티미터 정도. 세르게이가 그 모두를 촬영한 뒤 1에서 6까지 번호를 붙여 모스크바로 전송했었다.

공원에는 인기 많은 카페도 하나 있다. 거리 쪽에서도, 공원 내부에서도 철문을 열고 입장이 가능하다. 카페는 오늘 임시 매니저가 운영한다. 정규 직원은 이미 하루 일당을 챙겼다. 물론 퍼시가 투덜대다시피 우리에게서 나온 돈이다. 카페 안에 테이블이 열여섯, 외부에 스물네 개가 있다. 실외 테이블에는 고정 파라솔이 설치되어 비와 햇볕을 막아준다. 음식과 음료는 실내 셀프 카운터를 이용해야 한다. 더운 여름이라 실외 아이스크림 코너에도 간판이 나와 있다. 소 한 마리가 신나는 표정으로 바닐라 더블 콘을 핥는 그림이다. 뒷마당에는 공중화장실이 있는데, 기저귀 교환과 장애인을 위한 전용 칸까지 구비된 곳이다. 이 모든 장면 역시 세르게이는 덴마크의 탐욕스러운 연인이자 완벽주의자 아네트에게 암호문까지 첨부해 보고했다.

모스크바의 지령에 따라 우리는 카페 안팎 사진에 더하여 출입구까지 찍어 제공했다. 세르게이의 통제관에게서 나온 돈으로 식사도 두 번이나 했다. 두 번 모두 오후 7시에서 8시 사이였고, 그즈음

손님들이 얼마나 많은지를 보고했다. 세르게이는 차후 지시가 있을 때까지 얼굴을 드러내지 않기로 한다. 그때까지 반지하 방에 머물며 지시를 기다릴 것.

"난 전천후가 될 거예요, 피터. 절반은 안가 지킴이로, 절반은 역감시 요원으로."

'절반'인 이유는, 그와 옛 동기 타지오가 작전 임무를 공유하기 때문이다. 도중에 우연히 마주치게 되면 서로 모르는 척할 것이다.

나는 사람들 사이에서 낯익은 얼굴 하나를 찾는 중이다. 트리에스테와 아드리안 해안에 머물던 당시, 아르카디의 발렌티나는 모스크바 센터의 밀사이자 잠재적 이중 스파이로 사진과 동영상에 등장했다. 그 정도 여성이라면 미모 하나만 가지고도 20년 이상 뭐든 멋대로 해낼 수 있으리라. 영상 팀에서 비슷한 외모를 잔뜩 내놓는다. 그중 누구든 새로운 발렌티나이자 아네트일 수 있다. 암호명이야 아무려면 어떤가. 나는 마음을 열고 다양한 연령대의 여성들이 정류장에서 내리는 모습을 지켜본다. 아직은 카페 철문이나 공원 쪽으로 향하는 사람이 하나도 없다. 퍼시의 카메라가 수염을 기른 초로의 사제를 잡는다. 담자색 중백의에 빳빳한 흰색 칼라.

"걸리는 사람 없나, 내트?" 그가 이어폰 너머에서 묻는다.

"아니, 퍼시, 전혀 없군. 고맙게도."

몇 사람이 키득거리며 웃는다. 우리는 다시 일에 집중한다. 다른 카메라 한 대가 보행로 옆 벤치들을 따라 돌아간다. 짐작건대 조금 전 보았던 인상 좋은 순경이 부착하고 다니는 카메라 같다. 순경은 주변 사람들의 미소에 응대하고 있다. 이번에는 중년 여인을 좇는다. 트위드 치마와 기능적인 갈색 가죽신 차림에 넓은 밀짚모자를 쓴 채《이브닝 스탠더드》무료판을 읽고 있다. 벤치 위 바로 옆에 쇼핑백도 하나 놓여 있다. 어쩌면 여성 볼링 클럽 회원일 수도 있고, 어쩌면 눈치채이길 기다리는 발렌티나일 수도 있다. 그도 저도 아니면, 그냥 더위 따위는 개의치 않는 영국 독신 여성이거나.

"저 여자일까, 내트?" 퍼시가 묻는다.

"글쎄요."

이제 카페 실외 좌석 차례다. 카메라가 커다란 가슴 두 개와 흔들리는 쟁반을 내려다보고 있다. 소형 찻주전자 하나, 컵과 컵 받침, 플라스틱 스푼, 우유를 넣은 단지, 셀로판지에 둘러싸인 제노바 과일 케이크를 담은 종이 접시. 다리, 발, 우산, 손, 얼굴 일부……. 쟁반을 들고 지나갈 때마다 이런 풍경들이 어지럽게 흔들리다가 문득 카메라가 우뚝 멈춘다. 이윽고 퍼시에게 훈련받은 수수하고 다정한 여자의 목소리가 마이크를 통해 흘러나온다.

"실례지만, 이 자리 주인 있나요?"

타지오가 여드름투성이의 오만한 얼굴로 우리를 올려다보더니 카메라에 대고 말을 한다. 그의 영어는 완벽하다. 결함까지도 완벽하다. 억양은 독일이거나 스위스일 텐데, 아마 취리히 대학을 염두에 두어서일 것이다.

"아, 예, 있습니다. 숙녀께서 지금 차 받으러 갔거든요. 자리를 지키고 있겠다고 약속했어요."

카메라가 그의 옆 빈자리를 비춘다. 데님 재킷이 의자 등받이에 걸려 있다. 레스터 광장 식당에서 세르게이와 만났을 때 입고 있던 바로 그 옷이다.

이번에는 보다 정교한 카메라가 치고 들어온다. 저격형 카메라, 고장 난 2층 버스의 2층 창에서 촬영하고 있으리라. 주변으로 그날 아침 퍼시가 세워둔 안전 삼각대들이 보인다. 작전 본부를 보호하기 위한 조치다. 카메라에 흔들림은 없다. 우리는 줌을 당긴다. 타지오 혼자 테이블에 앉아 빨대로 코카콜라를 빨며 스마트폰을 만지작거리고 있다.

한 여자의 등이 프레임 안으로 들어온다. 트위드도 아니고 널따랗지도 않다. 여성의 섬세한 등이다. 허리는 잘록한데, 어딘가 운동으로 다져진 몸 같다. 하얀 긴소매 블라우스에 버버리 스타일의 반코트 차림. 가느다란 목 위로 남성용 밀짚모자가 보인다. 목소리는…… 목소리는 두 곳에서 동시에 들려온다. 하나는 테이블에 놓인 양념 통 세트일 테고, 다른 하나는 좀 더 먼 곳에 있는 마이크다. 두 소리 모두 강렬하고 이국적이고 유쾌하다.

"저, 실례지만, 이 의자 임자가 있나요? 아니면 재킷용인가요?"

그 소리에 타지오가 지령이라도 받은 듯 벌떡 일어나 큰 소리로 외친다. "물론 빈자리입니다. 얼마든지 앉으세요, 부인."

타지오는 기사도를 한껏 과시하며 데님 재킷을 의자에서 집어 자기 의자의 등받이에 걸고 다시 앉는다.

다른 앵글, 다른 카메라. 쨍그랑 소리과 함께 쟁반을 내려놓는 등과 허리가 보인다. 종이컵, 차 혹은 커피, 설탕 두 봉지, 플라스틱 포크와 스펀지케이크 조각. 여자는 쟁반을 바로 옆에 있는 카트에 놓고 타지오 곁에 앉는다. 카메라 쪽은 돌아보지 않는다. 둘 사이에 대화는 없다. 여자는 포크로 스펀지케이크를 자르고 차를 한 모금 홀짝인다. 밀짚모자 챙이 얼굴에 어두운 그림자를 드리운다. 누군가의 질문에 고개를 들어 대답하는데 우리한테는 들리지 않는다. 타지오가 속목시계를 보며 뭐라고 떠들더니(역시 무슨 말인지는 알 수 없다), 긴급한 약속이라도 생각난 듯 벌떡 일어나 재킷을 들고 부랴부랴 자리를 뜬다. 그러자 여자의 전신이 화면에 들어온다. 검은 머리, 날씬하고 아름다운 용모, 강한 인상. 50대 중후반치고는 상당히 관리된 몸이다. 면 소재의 암녹색 롱스커트를 입고 있다. 실명 위장으로 움직이는 여성 요원이라 하기엔 존재감이 지나치다. 하기야, 언제는 안 그랬던가. 안 그랬으면 아르카디가 저렇게 헤맬 리도 없겠지. 그때는 아르카디의 발렌티나, 지금은 우리의 발렌티나다. 우리가 앉아 있는 건물 밖 멀지 않은 곳에 있는 감시 팀도 동일한 결론을 내놓은 듯 보인다. 스크린의 붉은색 형광 프린트 너머에서 암호명 감마가 우리를 향해 윙크를 보낸다.

"앉으시게요?" 여자가 경쾌한 목소리로 카메라를 향해 묻는다.

"예, 음, 사실 여기 앉아도 괜찮을까 생각하던 참이에요." 에드가 대답한다. 그는 탁 소리를 내며 쟁반을 내려놓고 앉는다. 조금 전에 타지오가 앉았던 그 의자에.

★★★

에드가 즉흥적이고 긍정적인 사람이냐고? 아니, 아무리 생각해도 그건 사실과 거리가 있다. 에드는 그런 사람이 아니다. 절대로. 저 사람은 에드가 아니라 '델타'다. 에드의 몸을 빌린 사내라는 표현이 오히려 정확하겠다. 오래전, 에드와 흡사하게 생긴 사내가 흰 눈을 뒤집어쓴 채 투아 소메의 산장 문을 두드린 적이 있다. 프루와 나는 치즈 빵과 화이트 와인을 즐기던 참이었다. 큰 키에 어정쩡한 모습, 그때처럼 어깨도 볼품없이 기울었지만 똑바로 설 생각은 없어 보인다. 뭐, 좋다. 목소리? 그래, 목소리도 에드를 닮았다. 의심의 여지가 없다. 북부 출신답게 발음이 새는 말씨. 익숙해지기 전에는 투박한 느낌도 든다. 그러니까, 약간의 모욕에도 발끈하는 영국 젊은이 특유의 목소리라고나 할까? 충분히 에드답다. 목소리도 에드, 생김새도 분명 에드다. 다만 나의 에드일 리는 없다. 절대로. 두 화면을 통해 보여준다 해도 아닌 건 아니다.

내가 단호한 부정의 혼돈 속에서 허우적거리는 10초에서 12초 동안, 에드와 감마 사이에 이런저런 인사가 오간다. 나의 부정은 그 후로도 얼마간 이어진다. 그래도(그 화면을 다시 보지 못했으니 확신할 수는 없지만) 중요한 부분을 놓친 것 같지는 않다. 인사야 애초에 별 의미 없는 절차 아닌가. 기억이 꼬인 이유는 따로 있다. 정신을 차릴 때쯤 스크린 하단의 디지털시계가 정말로 29초쯤 되돌아가 있고, 퍼시 프라이스는 작심이라도 한 듯 새로 찾아낸 적의 플래시 백 이미지들을 마구 쏟아내는 중이다. 카페 실내에 줄을 선 에드, 한 손에는 갈색 가방을, 다른 손에는 양철 쟁반을 든 에드, 샌드위치와 케이크와 페이스트리 진열장을 서성거리다가 체다와 피클이 든 바게트를 고르는 에드, 음료 카운터에서 잉글리시 브렉퍼스트를 주문하는 에드. 금속성의 목소리가 흘러나온다.

"예, 라지 사이즈로요. 고맙습니다."

에드는 엉거주춤한 자세로 계산대에 서서 차와 바게트를 이 손 저 손으로 옮겨가며 이 주머니 저 주머니를 뒤진다. 가방은 두 다리 사이에 끼운 채 지갑을 찾는 중이다. 암호명 델타, 그가 이제 턱을 넘어 실외로 나가고 있다. 한 손에는 쟁반, 다른 손에는 서류 가방을 들었다. 안경 도수가 잘 맞지 않는 듯 주변을 둘러보며 끔벅거리기도 한다. 문득 100만 년 전 비밀경찰 규정집에서 읽은 글이 떠오른다. 음식이 있으면 비밀 접선은 더 그럴듯해 보인다.

15

나는 동료들을 살펴보았지만 다들 두 개의 화면에 시선을 고정할 뿐 별다른 반응은 없었다. 적어도 기억은 그렇다. 오히려 나만 고개를 돌리고 있음을 깨닫고 얼른 시선을 돌렸다. 돔에 대해서는 도통 기억이 나지 않는다. 따분한 연극을 보며 초조해하듯 한두 명이 방을 서성이고 있었던 것 같다. 여기저기 다리를 꼬거나 목을 가다듬는 사람도 있었지만 그런 부류는 주로 꼭대기 층 윗선들이었다. 특히 가이 브래멀이 심했다. 그 밖에 상처 받은 매리언이 있었다. 그녀는 까치발로 몰래 방을 빠져나갔다. 다소 기이해 보이기는 했다. 세상에, 어떻게 까치발로 저렇게 멀리까지 가지? 그런데 정말 그렇게 멀리 갔다. 더군다나 롱스커트 차림으로. 검은 정장의 심복 변호사 2인조도 그 뒤를 따라갔다. 잠깐 빛이 들이치고, 세 그림자가 조심조심 문을 빠져나가자 곧바로 경비가 문을 닫았다. 그것 말고 기억나는 건, 침을 삼키고 싶었는데 잘되지 않았다는 것. 그러더니 느닷없이 한 대 얻어맞기라도 한 듯 아랫배에 통증이 느껴지고, 대답 불가의 질문들이 머릿속을 무차별적으로 난타하기 시작했다. 돌이켜보면, 전문 정보 관리라면 누구나 겪어야 할 통과의례 같은 것이다. 특히 처음부터 끝까지 자기 요원에게 속았다는 사실을 깨달았을 때라면. 구실을 찾고자 사방을 두리번거렸으나 그런 건 어디에도 없었다.

감시는 끝낸다고 끝나는 것이 아니다. 쇼는 계속된다. 동료들도, 나도 마찬가지고. 나는 이 현장 중계의 마지막까지 실시간으로 전부 감상했다. 동료들의 시청을 방해할 수는 없었기에 움직이지도, 말 한 마디 꺼내지도 않았다. 서른 시간이 지난 뒤 샤워를 할 때 프루가 내 왼쪽 손목의 피멍에 대해 물었을 정도다. 나도 모르게 오른손으로 꽉 쥐고 있었던 것이다. 배드민턴 시합 중에 다쳤다고 변명했지만 프루가 믿을 리는 없다. 자기 손톱 맞아? 꼬집힌 거 아니고?

딱히 에드를 지켜본 것도 아니다. 그의 동작 하나하나는 내게 너무도 익숙했다. 그 방의 어느 누구한테도 불가능한 일이다. 배드민턴 코트에서부터 아지트까지, 그의 일거수일투족을 꿰뚫고 있는 이가 나 말고 누가 있겠는가? 에드가 화를 가라앉힐 때면 약간 구부정하게 걷는다는 것도, 성격이 급해 이따금 말이 막히고 꼬인다는 것도 나는 알고 있다. 어기적거리며 밖으로 나온 에드의 시선이 발렌티나가 아닌 타지오를 향하고 있다는 사실을 알아챈 것도 그래서였다.

에드는 타지오를 확인한 뒤에야 발렌티나에게 접근한다. 그즈음 타지오는 이미 프레임에서 벗어난 뒤였다. 그로써 위기에서조차 내가 늘 합리적인 판단을 내린다는 사실을 재확인할 수 있다. 에드와 타지오는 이미 입을 맞춘 것이다. 에드를 발렌티나에게 소개하는 것으로 타지오는 임무를 완수했다. 그가 황급히 자리를 떠나고, 에드와 발렌티나는 우연히 자리를 함께한 사람들처럼 가볍게 대화를 나누고, 차를 마시고, 각자의 체다 바게트와 스펀지케이크를 먹는다. 완벽하게 조율된, 고전적 위장 접선인 셈이다. 아르카디의 말을 다시 빌리자면, 완벽해도 너무 완벽했다. 맙소사, 데님 재킷을 이용하다니!

화면에서 흘러나오는 소리도 마찬가지였다. 이번에도 나는 다른 관객들과 격이 다르다. 에드와 발렌티나는 내내 영어로 대화를 나누었다. 발렌티나의 영어는 훌륭하지만, 그루지야 특유의 감미로움과 경쾌한 억양은 여전하다. 10년 전 아르카디를 훅 보내버린 말투 아닌가. 목소리도 특별해 음색과 억양이 마치 오래전에 잊힌 곡조처럼 들린다. 내내 머릿속을 맴돌건만 기억해 내려 애쓸수록 점점 멀어져만 가는 노래.

정말 에드의 목소리였냐고? 그건 의심의 여지가 없다. 첫 배드민턴 경기에서의 그 오만한 목소리. 상처 입은 듯 까칠하고 산만하면서, 이따금 무례하기까지 한 목소리. 그 목소리는 죽을 때까지 내 언저리를 맴돌 것이다.

★★★

감마와 에드는 상체를 숙인 채 머리를 맞대고 이야기를 나눈다. 전문가인 감마의 목소리는 테이블에 설치한 마이크에도 이따금씩 잡히는 정도지만, 반대로 에드는 목소리를 어느 수준 이하로 낮추는 게 불가능한 듯하다.

감마: 괜찮아요, 에드? 여기 오는 길에 이상한 일이나 문제는 없었나요?

에드: 괜찮습니다. 망할 놈의 자전거를 먼 곳에 세우느라 애는 좀 먹었지만요. 이 근방에 새 자전거를 가지고 오면 끝장이거든요. 자물쇠를 채우기도 전에 바퀴를 떼어 가는 놈들이니.

감마: 아는 사람을 만나지는 않았고요? 께름칙한 일은?

에드: 없었어요. 적어도 제 생각에는요. 정말 못 봤습니다. 아무튼 좀 늦었네요. 그쪽은요? 괜찮아요?

감마: 윌리가 다가오지 말라고 손짓할 때 놀랐죠? [독일어의 강한 '위' 발음.] 자전거에서 떨어질 뻔했다면서요?

에드: 예, 맞아요. 포장도로에 서서 손을 흔들기에 택시를 부르는 줄 알았죠. 그쪽 사람이리라고는 상상도 못 했어요. 마리아한테서 꺼지라는 말까지 들은 직후라.

감마: 마리아는 그 상황에서 꽤 신중하게 행동한 셈이에요. 우리로서도 그 애를 자랑스럽게 생각할 이유가 있고. 동의 못 하려

나요?

에드 : 아, 대단한 사람이죠. 어느 모로 보나 능력자예요. 나를 본 척
도 않고 있었는데, 갑자기 윌리가 날 붙들더니 독일어로 자기
가 마리아 친구라는 거예요. 다들 이 일에 매달려 있으니 우
리도 전열을 정비하고 움직이자더군요. 솔직히 전 좀 혼란스
러웠죠.

감마 : 혼란스러워도 해야 할 일이었어요. 윌리는 에드의 주의를 끌
어야 했죠. 영어로 말을 걸었다면 마을 주정뱅이라 생각하고
그냥 자전거를 탄 채 지나쳤을걸요? 어쨌든, 우리를 도울 준
비는 된 거죠?

에드 : 누군가는 해야 하니까요. 그냥 죽치고 앉아 개판이라고 욕만
늘어놓을 수는 없잖아요. 비밀스럽게 일어나는 일이니 내 일
이 아니라고 할 수도 없고요. 적어도 인간이라면 그럴 수 없죠.

감마 : 그리고 에드는 인간이고요. 당신의 용기를 높이 삽니다. 판단
력도 포함해서요.

(한참 동안 침묵이 흐른다. 감마가 대답을 기다리지만 에드는 뜸을 들
인다.)

에드 : 마리아가 꺼지라고 했을 땐 솔직히 마음이 놓였어요. 어깨에
서 모루 하나가 떨어져 나간 기분이었죠. 그런데, 그게 오래가
지는 않더라고요. 할 일은 해야 하잖아요. 남들처럼 구경만 할

수는 없죠.

감마 : [밝은 목소리로] 에드, 제안 하나 할게요. [휴대전화를 들어 검색하며] 맘에 들 거예요. 지금은 그저 모르는 사람들끼리 차 한잔 마시며 가볍게 인사나 주고받는 수준이잖아요? 곧 내가 일어나서 대화 즐거웠다며 인사를 할 거예요. 에드도 빵마저 먹고 2분쯤 지난 뒤 천천히 일어나 가방을 챙겨요. 자전거 세워둔 곳에 가면 윌리가 안전한 장소로 안내할 겁니다. 그곳에서 둘이 편하게 대화 나누죠, 응? 괜찮은 제안이죠?

에드 : 예, 좋습니다. 자전거만 얌전히 있다면요.

감마 : 자전거는 윌리가 지키고 있어요. 도둑은 나타나지 않았고. 그럼, 즐거웠어요, 선생님. [에드 스타일에 가깝게 악수.] 이 나라 사람하고 대화하면 늘 즐겁더군요. 특히, 당신처럼 젊고 잘생긴 분이라면요. 아니, 일어나지 마세요. 안녕.

발렌티나가 손을 흔들고는 큰길로 나선다. 에드도 가볍게 손짓한 뒤 바게트를 한 입 물었다가 내려놓는다. 이어 차를 홀짝이더니 손목시계를 보며 인상을 찌푸린다. 우리가 지켜보는 1분 50초 동안 에드는 고개를 숙인 채 찻잔만 어루만지고 있다. 아틀레티쿠스에서 차가운 라거 잔을 만지작거리던 바로 그 모습이다. 경험에 따르면, 에드는 지금 발렌티나의 제안에 따를지 아니면 포기하고 집으로 갈지 고민하는 중이다. 1분 51초, 에드가 가방을 들고 일어선다. 그러고도 잠시 고민하는가 싶더니 마침내 쟁반을 집어 휴지통을 향해

성큼성큼 걸어간다. 훌륭한 시민답게 쓰레기를 처리하고 쟁반은 회수함에 넣는다. 아직 고민이 완전히 끝나지 않았는지 미간을 찡그리지만, 결국 콘크리트 통로 쪽으로 발을 옮긴다. 발렌티나를 따르기로 한 것이다.

★★★

두 번째 테이프. 편의상 그렇게 부르기로 하자. 카메라는 세르게이의 반지하 방에 설치했으나 정작 세르게이 자신은 아무 역할도 하지 않는다. 문제의 지령은 '오염되지 않은' 휴대폰으로 수신해 비밀리에 복사한 뒤 헤이븐과 본부에 넘긴 뒤다. 지령에 따르면 공원을 한 번 더 수색해 '적의 감시 흔적'을 확인해야 한다. 그러니 감시팀 입장에서 추론하자면 세르게이를 도려내 에드와 직접 접촉하지 않게끔 할 것이다. 한편 타지오는 이미 에드를 알고, 에드도 타지오를 안다. 따라서 타지오는 작전의 흐름에 대비할 필요가 있다. 물론 그렇다고 모스크바 센터의 일류 간첩과 에드워드 섀넌 사이의 비밀 대화까지 들을 수는 없다. 세르게이와 마찬가지로, 타지오 역시 반지하 방에는 접근 불가라는 뜻이다.

★★★

감마 : 자, 에드, 다시 만났네요. 여긴 우리뿐이에요. 안전하고 은밀한

곳이니 자유롭게 얘기하자고요. 우선 고맙다는 말부터 해야겠
네요. 중요한 순간에 우리를 돕겠다니.

에드 : 별말씀을요. 도움이 된다면야 얼마든지 도와야죠.

감마 : 묻고 싶은 게 하나 있는데, 괜찮죠? 에드 부서에 성향이 비슷
한 동료가 또 있나요? 에드를 돕는 사람 말이에요. 그런 사람
이 있으면 역시 감사 표시를 해야 할 것 같아서요.

에드 : 저 혼자입니다. 이 일로 다른 사람을 귀찮게 하고 싶지는 않
아요. 제게 공모자가 있다고 생각하시는 겁니까?

감마 : 그럼 에드의 작업 방식에 대해 얘기해 줄래요? 물론 마리아에
게 이미 얘기한 거 알아요. 모두 녹음해 두기도 했고요. 그래
도 복사기와 관련된 그 특별한 작업에 대해 좀 더 들었으면
해서요. 마리아한테는 혼자 일한다고 했다던데?

에드 : 예, 그게 핵심 아닌가요? 민감한 작업일수록 혼자 하는 게 낫
죠. 나 혼자 들어가고, 일반 팀원들은 밖에서 대기해요. 심층
을 거치지 않은 친구들이라.

감마 : 심층?

에드 : 심층 신원 조회. 나 빼고 신원이 확실한 요원은 한 명뿐입니다.
그래서 그 여성과 내가 교대를 하죠. 더 이상 전자 장비를 믿
는 사람은 없겠죠? 정말 정교한 작전이라면 처음부터 끝까지
종이와 사람뿐입니다. 옛날이나 똑같죠. 복사본이 필요한 경
우엔 증기 복사기를 쓰고요.

감마 : 증기?

에드 : 구닥다리, 기본. 그냥 말장난입니다.

감마 : 그러니까, 증기 복사기를 돌리는 중에 '예리코'라는 서류를 잠
　　　 깐 본 건가요?

에드 : 잠깐은 아니죠. 거의 1분은 봤으니까. 기계가 멈추는 바람에
　　　 그 자리에 서서 쭉 지켜봤어요.

감마 : 그래서, 어느 순간에 감이 왔죠?

에드 : 감이라뇨?

감마 : 계시든 깨달음이든. 어느 순간 큰 결심을 하고 마리아에게 연
　　　 락했는지 묻는 거예요.

에드 : 아, 상대가 마리아인 줄은 몰랐습니다. 그쪽에서 정해 줬으니
　　　 까요.

감마 : 그 자리에서 곧바로 우리한테 와야겠다고 결심했나요? 아니
　　　 면 몇 시간, 며칠을 끙끙 앓았나요?

에드 : 문건을 보는 순간 감이 오더군요. 바로 이거야.

감마 : 에드가 본 부분에 "일급비밀 예리코"라고 적혀 있었다는 거죠?

에드 : 마리아한테 다 얘기했는데요.

감마 : 내가 마리아는 아니잖아요. 서류 수신인은 보지 못했고요?

에드 : 당연하잖아요. 중간 부분만 살짝 봤는데. 수신인이나 사인은
　　　 당연히 없었죠. 귀퉁이에 적힌 헤더만 봤어요. 일급비밀 예리
　　　 코 그리고 참조.

감마 : 마리아한테는 수신인이 재무부라고 했다던데?

에드 : 제 옆에 재무부 놈이 바싹 붙어 있었으니까요. 빨리 꺼지라는

얘긴데, 딱 봐도 재무부 앞으로 보낸 거예요. 지금 나를 심문하는 겁니까?

감마 : 마리아의 보고서를 확인하는 거예요. 에드가 기억력이 좋고 정보를 윤색하지 않는다던데 정말 그런 것 같네요. 그 밖에 참조는……?

에드 : KIM 하나였어요.

감마 : KIM은 어느 단체의 약호죠?

에드 : 영국 합동 정보 팀, 워싱턴.

감마 : 그럼 'T'라는 인물은?

에드 : 영국 팀 수장.

감마 : 그 사람 이름은 알아요?

에드 : 아뇨.

감마 : 정말 머리가 좋군요, 에드. 마리아 말이 과장은 아니었네요. 잘 참아줬어요. 이해해 줘서 고맙고요. 워낙 신중을 기해야 할 일이라. 아, 스마트폰은 있죠?

에드 : 마리아한테 번호 줬어요. 알잖습니까?

감마 : 혹시 모르니까 다시 알려줘요.

(에드가 피곤한 듯 번호를 부르자, 감마가 개인 수첩으로 보이는 노트에 적는다.)

감마 : 스마트폰을 직장에 들고 가도 괜찮아요?

에드 : 아뇨. 입구에서 검사를 해요. 열쇠, 펜, 동전…… 금속은 모두 금지예요. 이틀 전에는 구두도 벗어보라고 하더라고요.

감마 : 에드를 의심해서요?

에드 : 그 사람들 일이니까요. 지난주에 현장감독들이 왔었거든요.

감마 : 소형 장치 하나 줄까요? 사진 촬영까지 가능한 물건인데, 금속도 아니고 스마트폰처럼 생기지도 않았어요. 괜찮겠죠?

에드 : 아니, 싫어요.

감마 : 싫다고?

에드 : 스파이 장비 아닌가요? 그런 짓에 끼고 싶지는 않습니다. 난 그저 옳다고 믿기 때문에 도울 뿐이에요. 그 이상도 이하도 아니라고요.

감마 : 마리아한테 다른 자료도 제공했던데. 유럽 대사관에서 보낸 자료요. 암호화되지 않은 것으로.

에드 : 예, 그래야 협잡꾼이 아니라는 걸 믿을 테니까요.

감마 : 그래도 '비밀' 등급이잖아요.

에드 : 당연하지 않습니까? 그렇지 않으면 내가 무슨 소용이죠?

감마 : 오늘도 비슷한 자료를 가져왔죠? 저 가방에 있나요?

에드 : 윌리가 그러더군요. 뭐든 가져오라고. 시키는 대로 했을 뿐입니다.

(오랜 침묵. 에드가 내키지 않는 듯 가방 버클을 풀어 가죽 폴더를 꺼내더니 무릎에 놓고 펼친 뒤 감마에게 건넨다.)

에드: [감마가 읽는 동안] 쓸모없는 정보라 해도 어쩔 수 없습니다. 그쪽에도 그렇게 전하세요.

감마: 최우선이라면야 당연히 암호명 예리코 자료겠죠. 그 밖의 자료라면 동료들하고 얘기해 봐야 해요.

에드: 어디서 구했는지만 말하지 마시고요.

감마: 그런데 이런 비밀 자료 말예요, 암호 안 걸린 일반 비밀요. 이런 자료 복사본은 큰 문제 없이 구해 줄 수 있다는 거죠?

에드: 예, 점심시간을 이용하면 됩니다.

(감마가 가방에서 휴대전화를 꺼내 열두어 페이지를 촬영한다.)

감마: 윌리가 내 정체에 대해서도 얘기하던가요?

에드: 조직 내 고위급이라더군요.

감마: 맞아요. 최고위급이죠. 아무튼 에드한테는 아네트로 하죠. 덴마크에서 제2외국어로 영어를 가르치는 선생이고, 코펜하겐에 살고 있어요. 우리는 에드가 튀빙겐에서 공부할 때 만났고요. 둘 다 교양 수업으로 독일 문화를 수강했죠. 당연히 내가 연상에 유부녀이지만, 우린 연인 사이예요. 내가 영국에 올 때마다 여기, 내 기자 친구인 마르쿠스한테 빌린 아파트에서 사랑을 나누죠. 듣고 있어요?

에드: 예, 듣고 있습니다, 맙소사.

감마: 마르쿠스와 개인적으로 알고 지낼 필요는 없어요. 그저 이 집

/ AGENT RUNNING IN THE FIELD

임차인일 뿐이니까. 하지만 우리가 만나지 못할 경우, 나한테 보낼 자료나 편지가 있으면 이곳에 남겨요. 자전거 타고 지나가면서. 마르쿠스는 좋은 친구예요. 당연히 우리 통신을 철저히 비밀로 할 겁니다. 이곳을 '레전드'라고 부르는 이유죠. 레전드 정도면 괜찮겠죠? 아니면 다른 곳으로 하고 싶어요?

에드 : 상관없어요. 해 보죠.

감마 : 그리고 보상을 좀 하고 싶은데. 우리에게 해 준 일이 있으니까요. 돈이든 뭐든, 원하는 대로요. 다른 나라에 비상금을 만들어줄까요? 말만 해요.

에드 : 고맙지만 괜찮아요. 이미 충분히 받기도 했고, 모아놓은 돈도 있습니다. [어색하게 웃으며] 고급 커튼, 새 욕실. 고맙지만 전 필요 없어요. 그 문제는 더 이상 거론하지 않기로 하죠.

감마 : 애인 있어요?

에드 : 그게 무슨 상관이죠?

감마 : 애인도 같은 생각인가 해서.

에드 : 거의 비슷해요. 대부분은.

감마 : 우리하고의 거래를 애인도 아나요?

에드 : 알면 안 되겠죠.

감마 : 어쩌면 애인도 도와야 할지 몰라요. 중재자로. 애인은 지금 에드가 어디 있는 걸로 알고 있죠?

에드 : 집에 가는 중이라고 생각하겠죠. 내가 그렇듯이, 그녀도 자기 삶이 있는 사람이에요.

감마 : 에드와 비슷한 일을 하나요?

에드 : 아뇨, 아닙니다. 절대 아니에요. 그럴 생각도 없고.

감마 : 그럼 무슨 일을 하죠?

에드 : 그 사람 얘기는 하지 않겠습니다. 괜찮죠?

감마 : 물론이에요. 에드가 이목을 끄는 성격은 아니죠?

에드 : 어떻게 해야 이목을 끌죠?

감마 : 회사 돈을 훔친 적도 없고, 우리처럼 금지된 연애를 하지도 않으면? [에드가 농담을 이해할 때까지 기다린다. 마침내 그도 이해한 듯 멋쩍은 미소를 짓는다.] 상사한테 거역한 적 없죠? 상사들도 에드를 위험인물이나 망나니로 여기지 않고요? 내사를 받아본 일은? 당신이 회사 정책에 반대한다는 사실은 아무도 모르겠죠?

(에드는 다시 생각에 잠긴다. 어두운 표정이다. 감마가 에드를 제대로 파악했다면 그가 헤어 나올 때까지 기다려주리라.)

감마 : [쾌활한 목소리로] 뭔가 난감한 일을 숨기는 건 아니죠? 우린 관대한 사람들이에요, 에드. 인본주의 전통도 꽤나 길답니다.

에드 : [조금 더 생각한 뒤에] 난 평범한 사람이에요. 솔직히 말해서 우리 같은 사람이 많지는 않지만요. 보통은 그냥 죽치고 앉아 누군가 해결해 주기만 기다리잖아요. 나는 그 누군가가 되려는 겁니다. 그뿐이에요.

스태퍼드셔 테리어는 안전 신호예요. 창가에 개가 없으면 피하라는 뜻이죠. 그녀가 말한다. 적어도 내 기억엔 그랬다. 이명 증세 탓에 조금 헷갈리기는 한다. 아닌가? 안전하다는 뜻이었나? 반핵 포스터는 '중요한 메시지가 있다'는 뜻이었던 것 같다. 아니, 다음에 지나갈 때 메시지를 남기겠다는 예고였나? 혹은 다시는 이 길을 지나지 말라는 경고였던가? 교본에 따르면 항상 요원이 먼저 자리를 떠야 한다. 에드와 발렌티나는 서로 마주 보고 서 있다. 에드는 당혹스럽고, 피곤하고, 처량해 보인다. 내게는 익숙한 모습이다. 죽기 살기로 혈투를 벌이다가 피했던 일곱 경기에서도 저랬다. 발렌티나가 양손으로 그의 손을 잡고 끌어당긴 다음 양쪽 뺨에 입을 맞춘다. 하지만 러시아식 키스는 아니다. 에드는 무덤덤하게 받아들인다. 가방을 들고 철제 계단을 오르는 그의 모습을 외부 카메라가 포착한다. 항공 카메라에는 자전거 체인을 푸는 모습이 잡힌다. 그는 자전거 바구니에 가방을 넣고 혹스턴 방향으로 멀어져간다.

★★★

작전실 여닫이문이 열린다. 매리언과 2인조 변호사가 돌아왔다. 문 닫고 조명 켜. 퍼시 프라이스가 방음 유리벽 너머에서 팀원들에게 임무를 할당하고 있다. 내용은 뻔하다. 한 팀은 감마를 쫓을 것.

다른 팀은 에드에게 집중하되 원격으로만 감시할 것. 어딘가에서 "감마에게 성공적으로 꼬리를 붙였다"라고 보고하는 여자의 목소리가 들린다. 누가 따라붙었을까? 에드의 자전거에도 미행을 붙였다. 퍼시는 아주 만족스러워한다.

스크린 화면이 깜빡이다가 꺼진다. 윈더미어의 가을 풍경도 사라진다. 매리언이 근위병이라도 되는 양 벌떡 일어선다. 지금은 안경을 쓰고 있다. 검은 정장의 졸병들도 따라 일어난다. 그녀가 숨을 들이쉬더니, 오른쪽 자료를 들고 침착한 태도로 천천히, 크게 소리 내어 읽기 시작한다.

"유감스럽지만, 지금 시청하신 감시 화면에서 '에드'로 확인된 남성은 우리 기관의 정직원입니다. 이름은 에드워드 스탠리 섀넌, 직급은 A급 사무원으로 일급비밀 이상에 접근 권한이 있습니다. 컴퓨터 과학 2등급 학위를 가진 1급 디지털 전문가, 기본 연봉 3만 2000파운드에 시간 외, 주말, 언어능력이 요구되는 근무 시 성과급 보너스가 지급됩니다. 독일어 3급 능력자이며, 영국 정부 후원하에 합동 정보 팀의 유럽 분야를 담당하고 있습니다. 물론 극비죠. 2015년부터 2017년까지 베를린에서 소속 지국 연락 사무원으로 근무한 바 있습니다. 정보 임무에 적합하다고 인정된 적은 한 번도 없으나, 현재 우리 유럽 파트너들을 위해 극비 자료를 제거하거나 파기하는 일을 하고 있습니다. 당연히 그 일에는 미국 전용 정보 자료의 제거가 수반되며, 그중에는 유럽의 이해에 반하는 것으로 해석되는 자료들도 포함됩니다. 조금 전 영상에서 밝혔듯, 섀넌은 극히 민감한 자료의 복사 권한이 있는 1급 전문가 2인에 속합니다. 심층 신원 조회뿐 아니라 추가 조사도 성공적으로 통과했죠."

입술이 마르는지 매리언은 입을 삐쭉 내밀어 조심스레 침을 바른 뒤 다시 이야기를 이어간다.

"베를린에 거주할 당시, 섀넌은 독일 여성과의 연애에 실패하고 폭음에 빠지기도 했습니다. 상담 치료 후 신체적·정신적으로 완전히 회복했다는 진단을 받았죠. 그 이후로 징계 사유는 물론, 반감이나 이상 행동이 기록된 적은 없습니다. 현장에서는 고립주의자로 통하죠. 현장 관리자도 '외톨이'라고 하더군요. 미혼이지만 이성애자이고, 현재 알려진 파트너는 없습니다. 정치적 편향성에 대해서도 알려지지 않았고요."

다시 입술에 침을 바르고.

"지금 위험 요소 조사가 진행 중입니다. 섀넌의 과거와 현재의 지인도 조사 대상이고요. 조사 결과가 나올 때까지 섀넌은 조사받는다는 사실을 인지하지 못할 겁니다. 배경과 상황을 고려하면 이렇게 말할 수 있겠군요. 우리 팀은 합동 테스크 포스 구성에 협조할 의사가 있습니다. 고맙습니다."

"한마디 덧붙여도 되겠습니까?"

놀랍게도 내가 자리에서 일어서고 있다. 톰도 놀라서 나를 올려다본다. 내 목소리는 단호하면서도 여유롭다.

"이 친구와 개인적으로 아는 사이입니다. 에드. 월요일 저녁마다 배터시에서 함께 배드민턴을 치죠. 집 근처에 함께 다니는 클럽이

있습니다. 아틀레티쿠스라는 클럽입니다. 시합이 끝나면 함께 맥주
도 두어 잔 하고요. 어떤 식으로든 돕고 싶습니다."

 너무 급하게 앉았는지 자세가 불안정해진다. 그다음 기억나는 건
가이 브래멀이다. 그가 잠시 휴식 시간을 갖자고 제안하고 있다.

16

좁은 작전실에서 얼마나 기다렸는지 모르겠다. 한 시간은 족히 되었으리라. 사무용 휴대폰까지 빼앗기는 바람에 그저 무늬 하나 없는 파스텔 톤 벽만 멍하니 바라봐야 했다. 한참 후 문 앞을 지키던 이가 내 팔을 건드리며 "따라오시죠"라고 말할 때까지 내가 앉아 있었는지, 서 있었는지, 아니면 방 안을 오락가락했는지조차 기억이 안 난다.

아, 기억나는 것도 있긴 하다. 누군가가 함께 기다리고 있다가 둘이서 나를 승강기로 안내했다. 우리는 끔찍한 무더위에 대해 불평을 늘어놓고, 앞으로 여름마다 이 모양일까요? 하며 걱정을 나누었다. 그리고 '외톨이'라는 단어가 비난처럼 내 머릿속을 헤집었다. 내가 에드의 친구라서가 아니라 에드의 유일한 친구였기 때문이다.

그 덕에 책임도 더 무거워졌다. 그런데…… 무슨 책임이지? 망할 놈의 승강기는 도무지 올라가는지 내려가는지 알 도리가 없었다. 위아래로 마구 흔들리기까지 했다. 작전실에서 풀려나 감옥으로 끌려 들어가는 기분이다.

수위 하나가 유리문 반대편에 서 있다가(앤디라는 친구로, 늘 태도가 당당하다) 고개를 삐쭉 내밀고는 "타세요, 내트" 하더니, 씩씩하게 나를 어느 방으로 데려갔다. 더 넓고, 역시 창문은 없는 방이었다. 심지어 가짜 창문도 없었다. 의자가 죽 늘어서 있는데 모양이 전부 똑같았다. 평등을 추구하는 정보국이니 어련할까. 수위가 아무 데나 앉으라고 했다. 다른 사람들도 곧 도착할 거라고.

나는 의자 하나를 골라 앉은 뒤, 두 손을 깍지 낀 채 양 팔꿈치를 테이블에 괴었다. 다른 사람들? 도대체 누구지? 문득 작전실을 나와 여기로 오는 동안 어느 모퉁이에선가 윗선들이 자기들끼리 속닥거리던 내용이 기억났다. 돔 트렌치가 마지막 순간 끼어들려는데 가이 브래멀이 그를 제지했다. "아니, 당신은 안 돼, 돔."

사람들이 몰려들었을 때 돔의 모습은 보이지 않았다. 그때 또 다른 것이 기억났다. 돔이 나를 차에 태워 노스우드로 보낸 건에 대해 잘 얘기해 달라고 부탁했던 것. 처음 들어온 사람은 기타 마스든이었다. 그녀가 미소를 지으며 "또 보네요, 내트" 하고 인사했다. 그 덕분에 마음이 조금 편해지긴 했지만…… 그런데 또 보다니? 그게 무슨 뜻이지? 우리가 다시 태어나기라도 한 것 같지 않은가. 자매기관의 매리언도 화난 표정으로 등장했다. 이번엔 변호사 부하가 한 명뿐인데, 더 크고 더 우는 상이었다. 그가 처음 뵙겠다며 앤서니라고 이름을 밝힌 뒤 손을 내밀었다. 악수를 나누는데 손이 부러지는 줄 알았다.

"저도 배드민턴 좋아합니다." 그가 말했다. 그로써 모든 의혹이 해소되었다는 투였다. 그래서 "아, 그래요? 시합은 어디에서 하죠?"라고 물었지만 그는 들은 척도 않고 가버렸다.

그다음이 독실한 신도 퍼시 프라이스. 잔뜩 찡그린 얼굴과 냉랭한 태도에 가슴이 철렁했다. 나를 모른 척해서가 아니라, 이곳에 오느라 부관들에게 스타더스트 지휘권을 넘긴 것이 분명했기 때문이다. 곧 가이 브래멀이 뒤따라 들어왔다. 손에 플라스틱 찻잔을 들었는데 셀프 카페에서 에드 쟁반에 놓여 있던 잔과 비슷했다. 그와 함께 아담한 체구의 조 라벤더가 모습을 드러냈다. 정보국 내부 보안 팀의 회색분자, 지금은 지극히 느긋한 표정이었다. 조는 파일 상자를 들고 있었는데, 인사 겸 농담 삼아 수위들이 내용물을 확인하더냐고 물었더니 대답 대신 인상만 찡그렸다.

사람들이 쏟아져 들어오는 동안 내 머리도 바쁘게 돌아갔다. 저 사람들은 어두운 표정 빼고 도대체 어떤 공통분모가 있기에 이 자리에 모인 걸까? 이런 모임이 우연히 만들어질 리는 없다. 에드는 자매기관 소속이다. 말인즉슨, 정보기관 간의 혈투라면 당연히 에드는 우리의 성취이자 그쪽의 실수가 되어야 한다. 그건 분명한 사실이다. 어느 쪽이 케이크의 어느 부분을 차지할 것인가? 기관 간의 줄다리기야 불 보듯 뻔하다. 상황이 모두 끝난 뒤에도 당연히 최후의 난장판이 남아 있을 것이다. 방의 시청각 시스템이 제대로 작동하는지 마지막까지 확인할 필요가 있다. 지난번처럼 망신을 당할 수야 없지 않는가. 그런데 그게 언제였더라?

사람들이 자리를 잡고 앉는다. 수위 둘이 커피 주전자와 물병과 샌드위치를 들고 들어오지만, 다들 영상 쇼에 집중하느라 그쪽엔 아무도 신경 쓰지 않는다. 언제나 당당한 앤디가 내게 윙크를 건넨다. 수위들이 나가자 정보국의 선임 정신과 의사인 글로리아 폭스턴이 유령처럼 스르륵 들어선다. 어쩐지 침대에서 자다가 끌려 나온 듯한 표정이다. 그녀보다 세 걸음 뒤쪽에서 심지어 인사과의 모이라까지 두꺼운 녹색 파일을 들고 등장한다. 내 파일이겠지? 아니면 저렇게 빈 쪽이 위로 향하도록 놓은 채 가져올 리가 없지 않는가.

"내트, 플로렌스 소식 못 들었어요?" 모이라가 내 옆에 멈추더니 걱정스러운 어조로 묻는다.

"보지도 듣지도 못했어요, 모이라." 내가 단호하게 말한다.

왜 거짓말을 했을까? 지금까지도 그 까닭을 모르겠다. 거짓말이 체질도 아니고 그럴 생각도 없었는데. 이유도 없고 말이다. 모이라의 표정을 보니, 그저 날 떠보려는 것뿐 이미 대답을 알고 있는 듯하다. 덕분에 희대의 멍청이가 된 기분이다.

"내트, 잘 지내죠?" 글로리아 폭스턴이 묻는다. 정신 치료가 필요한 환자를 대하는 말투다.

"그럼요. 잘 지냅니다, 글로리아. 당신도 잘 지내죠?" 나도 가볍게 대답하고 멋쩍은 미소를 지어 보인다. 내 지위(그게 뭐든 간에) 정도라면 정신과 의사의 안부 따위는 묻지 않는 법인데.

"프루는요?" 이런, 도를 넘는 호기심이라니.

"아, 엄청납니다. 완전히 풀가동이에요. 빅 파마를 조준하고 있거든요."

하지만 마음속에서는 터무니없는 분노가 치솟는다. 5년 전 스테파니 문제로 무료 상담을 청했을 때 글로리아가 안긴 상처가 떠올라서다. "스테파니가 혹시 남자 급우 모두에게 몸을 던지는 식으로 아버지의 부재에 항의하는 것은 아닐까요?" 더더욱 화가 나는 것은, 아마도 그녀의 말이 옳았을 것이기 때문이다.

마침내 모두가 자리를 잡고 분위기도 무르익는다. 그사이 글로리아 옆에 정신과 보조의 리오와 프란치스카가 합세했다. 둘 다 열여섯 살쯤 되어 보이는 애송이다. 이제 친애하는 동료 10여 명이 반원형으로 포진해 있다. 누구나 나를 훤히 볼 수 있는 위치다. 이유는 모르겠지만, 아버지를 마지막으로 본 게 언제냐고 취조받는 어느 그림 속 아이가 된 기분이다. 다만 이곳에서 이들이 궁금해하는 상대는 내 아버지가 아니라 에드다.

★★★

가이 브래멀이 포문을 연다. 어찌 보면 당연한 노릇이다. 가이는 법률가 훈련을 받은 데다 세인트올번스의 저택에서 크리켓 팀도 운영한다. 지난 몇 년 사이 틈만 나면 나를 시합에 끌어들이기도 했다.

"내트, 안타깝지만 우리한테 할 말이 좀 있을 것 같군. 친구와 배드민턴 시합을 했는데 그 친구가 알고 보니 자매기관 소속의 빌어먹을 러시아 스파이란 말이지. 자, 이왕이면 처음부터 시작하는 게 좋겠지? 두 사람은 어떻게 만났고, 언제 어떤 일을 했나? 아무리 사소한 것이라도 빠뜨리지 않았으면 싶군."

그래서 처음부터 이야기를 풀어나가기로 한다. 적어도 나는 그렇게 한다. 아틀레티쿠스의 토요일 저녁. 첼시의 인도 출신 라이벌과 경기를 마친 뒤 맥주를 마시고 있다. 앨리스와 에드가 들어온다. 에드가 도전장을 내민다. 첫 번째 시합. 에드가 고용주들을 욕한다. 지금 바로 앞에 보이는 매리언과 그 팀원들인 셈이다. 시합을 마친 뒤에는 아지트에서 맥주를 마신다. 에드가 브렉시트와 도널드 트럼프를 악마라며 비난한다.

"자네도 맞장구를 쳤고?" 브래멀이 최대한 자상한 어투로 묻는다.

"적당한 선에서요. 에드는 브렉시트에 반대하고, 나도 다르지 않았으니까. 지금도 마찬가지고요. 이 방 사람들 대부분 그렇지 않나요?" 내가 큰마음 먹고 반격을 가한다.

"트럼프는? 트럼프에 대한 생각도 같았나?" 브래멀이 재차 묻는다.

"맙소사, 가이. 트럼프가 선인은 아니지 않습니까? 닥치는 대로 부수고 다니는 괴물이라고요."

주위를 둘러보지만 아무도 내게 동의를 표하는 것 같지 않다. 나는 굴하지 않는다. 모이라와의 헛발질은 잠시 잊자. 이래 봬도 백전노장 아닌가. 이 정도 시궁창 싸움이라면 절대 지지 않는다. 요원들에게도 그렇게 가르쳤다.

"섀넌의 관점에서 트럼프와 푸틴이 손잡은 일은 악마의 작당이나 매한가지였어요. 다들 유럽을 상대로 들고일어났지만 그조차 그에겐 꼴불견이었고요. 에드에겐 독일인 기질이 있습니다."

"자네에게 먼저 도전했다고? 다들 보는 앞에서? 자네를 찾기 위해 꽤나 애를 쓴 모양인데, 결국 이렇게 여기 등장하시는군." 가이 브래멀은 내 투정에 아랑곳없이 집요하게 물고 늘어진다.

"난 클럽의 단식 챔피언이에요. 소문을 듣고 기회를 노린 거죠." 내가 대답한다. 곧 죽어도 위엄을 잃어선 안 된다.

"소문을 듣고 시합 한 번 하기 위해 자전거로 런던을 가로질렀다?"

"그렇겠죠."

"그런 다음 자네에게 도전했고? 첼시 챔피언도 그 자리에 있었는데, 그 친구는 안 되고 반드시 자네여야 했다 이 말인가?"

"내가 패배했다면야 첼시 쪽에 도전했겠죠." 솔직히 확신할 수는 없지만 어쨌든 그렇게 말한다. 가이의 말투에 슬슬 께름칙한 기분이 들기 시작한다.

매리언이 종이 한 장을 건네자 가이가 돋보기를 쓰고 차근차근 확인한다.

"아틀레트쿠스 접수원에 따르면, 섀넌이 처음 도전한 뒤 자네는 그자하고만 시합을 했다더군. '단짝'이라는 표현까지 있는데, 맞나?"

"뭐, 그런 셈입니다."

"좋아, 단짝."

"둘이 잘 맞았으니까요. 섀넌은 품위 있게 시합했고, 품위 있게 이기거나 졌어요. 요즘 매너 있는 선수는 찾아보기 힘들죠."

"그야 그렇겠지. 둘이 자주 어울려 다녔다지? 술도 둘이서만 마시고."

"그건 과장입니다, 가이. 그저 정기적으로 경기를 하고 맥주 한두 잔으로 마무리했을 뿐이에요."

"매주, 가끔은 한 주에 두 번. 아무리 연습 벌레라도 그 정도면 자주 아닌가? 게다가 대화도 나누고."

"그랬죠."

"대화는 보통 얼마나 했나? 라거 마시면서."

"30분? 아니, 한 시간? 그때그때 달랐어요."

"모두 더하면 열여섯에서 열여덟 시간? 스무 시간까지는 아니겠지?"

"스무 시간일지도 모르죠. 그게 무슨 차이죠?"

"독학한 부류인가, 섀넌은?"

"전혀요. 공립학교 출신일 겁니다."

"자네 직업이 뭔지도 얘기했나?"

"말도 안 되는 소리 마세요."

"그럼 뭐라고 했지?"

"거짓말을 했죠. 사업을 한다고. 지금은 외국에서 귀국해 새 일을 벌이려는 중이라고."

"믿는 것 같던가?"

"별로 관심이 없었어요. 자기 직업도 대충 얼버무렸죠. 미디어 쪽 일이라는데 자세한 얘기는 하지 않았고요. 그런 점에선 둘 다 비슷했던 셈이죠."

"나이가 절반밖에 안 되는 배드민턴 파트너와 스무 시간이나 정치를 논하는 게 일반적인가?"

"시합이 즐겁고 할 얘기가 있으면 못 할 것도 없죠."

"자네에 대해 묻는 거야. 보통 사람이 아니라. 아주 간단한 질문 아닌가? 전에도 그 또래 상대와 정치 얘기를 자주 했나?"

"시합이 끝나고 함께 술을 마신 적은 있죠."

"에드워드 섀넌만큼 규칙적이지는 않았겠지?"

"아마도."

"아들이 없지? 우리가 아는 한 해외 파견 기간이 길기도 했고."

"예, 없습니다."

"숨겨놓은 아들도?"

"없어요."

브래멀이 내사과의 스타 조 라벤더를 돌아본다.

"조, 자네도 궁금한 게 있겠지?"

★★★

하지만 아직 조 라벤더 차례가 아니다. 대신 매리언의 두 번째 부하가 셰익스피어 극 속의 메신저처럼 툭 튀어나온다. 이제 놈이 가이의 승인하에 소속 기관 수사 팀이 제공한 질문을 퍼부어델 참이다. 놈의 커다란 손에 얇은 종이쪽지가 한 장 들려 있다.

"내트, 직접 들었든 눈치를 챘든 상관없습니다만, 혹시 에드워드 스탠리 섀넌의 모친 엘리자가 상습 시위꾼이자 인권 운동가로서 평화 등의 다채로운 이슈에 관여한다는 사실을 아셨습니까?"

"아뇨, 그런 걸 알 리가 있겠소?" 내가 톡 쏘아붙인다. 아무리 억누르려 해도 속이 부글부글 끓기 시작한다.

"우리가 듣기로는 아내분께서도 기본 인권에 관심이 많으시죠. 아, 추궁이 아니라 사실 확인 차원입니다. 맞습니까?"

"그렇소, 아주 강성이지."

"다들 인정하시겠지만 멋지고 훌륭한 일입니다. 그래서 말인데요, 엘리자 메어리 섀넌과 아내분 사이에 어떤 형태로든 관계나 대화가 있었을 가능성에 대해 혹시 알고 계신 바가 있습니까?"

"내가 아는 한 관계도 대화도 없었소."

"감사합니다."

"천만에."

메신저가 떠난다.

★★★

그러고도 이런저런 질문과 대답이 오간다. 이른바 모호한 기억의 난장 파티가 벌어지는 동안 동료들은 번갈아가며, 브래멀의 말마따나 "내트의 이야기를 일목요연하게 정리"한다. 이윽고 장내가 조용해지고 조 라벤더가 마이크를 잡는다. 그의 목소리에는 아무런 특징이 없다. 계급도 출신 지역도 드러나지 않는, 애잔하면서도 졸린 듯한 목소리.

"처음으로 돌아가보죠. 아틀레티쿠스에서 섀넌이 당신을 선택한 순간." 그가 말한다.

"괜찮다면 '도전한' 순간이라고 표현해 주시죠."

"당신 말에 따르면 그의 체면을 생각해서 도전을 받아들였다고요. 정보국의 고참이신데, 그곳에서 이상한 사람들은 못 봤나요? 기억을 떠올려보시죠. 새 회원이든 회원의 손님이든, 경기에 필요 이상으로 관심을 보이는 사람 말입니다."

"아뇨."

"클럽은 일반인에게도 개방되어 있다더군요. 누군가 회원을 따라 클럽에 와 바에서 술을 마실 수도 있겠죠? 당신 말로는, 섀넌이 당신한테 접근한 것이……"

"도전한."

"그래요, 도전. 이해 당사자들의 의도나 감시가 없는 도전이 분명하다고 했죠? 물론 우리도 클럽 CCTV 영상을 확인해 볼 생각입니다만."

"당시에도 느끼지 못했고, 지금도 필요 이상으로 관심을 보인 사람은 기억나지 않습니다."

"저들이 전문가라면 눈치채지 못한 게 당연하지 않을까요?"

"바에 몇 사람 있었지만 전부 아는 얼굴이었어요. 그리고 영상 보느라 고생할 필요 없어요. CCTV는 없으니까."

조가 눈을 크게 뜨며 짐짓 놀란 표정을 짓는다.

"오, CCTV가 없어요? 이런, 이상하네요. 요즘 같은 세상에? 꽤 규모가 있는 곳인 데다 오가는 사람도 많고 돈도 많지 않나요? 그런데 CCTV가 없다?"

"클럽 위원회의 결정이었죠."

"당신도 거기 위원이죠? CCTV를 설치하지 말자는 결정을 지지했나요?"

"예, 그랬습니다."

"부인처럼 감시 체제에 대해 회의적인 입장이기 때문인가요?"

"굳이 아내 얘기는 하지 않아도 되는 것 아뇨?"

내 말을 듣기는 했나? 아니, 그는 들을 생각이 없다. 자기 일에만 바쁘니.

"그런데 왜 보고하지 않았죠?" 그가 무릎에 올려둔 파일 박스에서 고개도 들지 않은 채 묻는다.

"보고라니? 뭘 말이오?"

"에드워드 섀넌. 매주 한두 번 배드민턴 데이트를 함께하는 사람. 정보국 규정에 따르면 활동의 성격과 상관없이 정기적으로 접촉하는 사람은 누구든 인사과에 보고해야 하지 않나요? 아틀레티쿠스 클럽 자료를 보니, 적어도 열네 번은 섀넌과 접촉했더군요. 정기적으로. 그런데 왜 보고하지 않았는지 이상하다는 겁니다."

난 애써 미소를 짓는다. 미치겠군. "음, 조, 지난 몇 년간 나와 경기를 치른 사람이 200명은 됩니다. 그중 일부와는 스무 번, 아니 서른 번쯤 했고요. 설마 내 개인 파일에 그 모두를 기록하라는 얘기는 아니겠죠?"

"섀넌을 보고하지 않기로 결심한 겁니까?"

"결심하고 말고 할 게 아니었어요. 그에 관한 생각은 아예 하지도 않았습니다."

"다른 식으로 묻죠. 그래야 답변을 얻을 것 같으니. '그렇다', 혹은 '아니다'로만 대답해 주시죠. 에드워드 섀넌을 정기적으로 만나는 지인이자 친구로서 보고하지 않기로 의식적인 결정을 내렸습니까?"

"친구가 아니라 경기 상대입니다. 아뇨, 보고하지 않기로 결정한 적 없습니다."

"이제 알게 되었듯이 당신은 몇 개월간 러시아 스파이와 어울리면서 보고도 하지 않은 셈입니다. 그런데 그에 관한 생각은 하지도 않았다는 정도로 넘어갈 수 있겠습니까?"

"망할, 러시아 스파이라는 사실을 몰랐으니까! 조, 당신은 알았습니까? 난 그자가 정보기관 소속인 줄 몰랐다고요. 내가 잘못됐습니까, 매리언? 당신네 쪽에서 처음부터 다 알고도 우리한테 얘기할 생각을 안 한 거잖아요."

내 반격은 다시 무시당한다. 친애하는 동료들은 반원형으로 앉아 노트북컴퓨터나 허공만 노려보고 있다.

"섀넌을 집에 데려간 적 있나요, 내트?" 조가 가볍게 묻는다.

"도대체 그걸 말이라고……"

"왜 안 되죠? 아내분께 소개하고 싶었을 수도 있잖습니까. 아내분처럼 진보적인 여성이라면 섀넌과 죽이 잘 맞겠다고 생각했을 텐데요."

"아내는 변호사로서 충분히 바쁩니다. 나랑 배드민턴 치는 사람이 누구든 소개받을 시간도 흥미도 없어요. 당신 말처럼 진보적이지도 않고. 무엇보다 아내는 지금 얘기와 아무 상관도 없소. 다시 말하지만, 아내 얘기는 빼주지 그래요?"

"섀넌이 당신을 집으로 데려간 적은 있나요?"

더 이상은 못 참겠다.

"당신이니까 하는 말인데, 조, 우린 공원에서 서로 빨아주는 정도로 만족했어요. 자, 이런 얘길 듣고 싶은 거요?" 난 브래멀을 바라본다. "맙소사, 가이."

"대답하게, 내트."

"섀넌이 러시아 스파이라면…… 보아하니 그런 것 같긴 한데…… 왜 이 방에 죽치고 앉아 내 얘기만 하는 거죠? 내가 속았다고 칩시다. 그래 봐야 속은 거예요. 좆같은 일이죠. 하지만 소속 기관도 속고 다들 속았잖아요? 그런데 누가 그자의 재능을 알아보고 누가 뽑았는지, 어디에서 뽑았는지는 왜 묻지 않는 겁니까? 마리아라는 이름이 계속 튀어나오는데, 그 사람은 누굽니까? 에드를 몰아댔다는 여자 말입니다."

가이는 형식적으로 고개만 한 번 끄덕인 뒤 다시 멋대로 질문을 이어간다.

"성격이 좀 까칠한 편인가요? 당신 친구 말입니다."

"내 친구?"

"섀넌."

"가끔 그렇긴 하죠. 다들 그렇지 않습니까? 그러다가 사근사근해지기도 하고."

"감마한테 그렇게 부루퉁하게 나온 이유가 뭘까요? 러시아인들과 접선하는 문제로 끝도 없이 고민하고 말이죠. 짐작건대 모스크바 센터 쪽에서도 그 친구를 좀 어중간하게 봤을 겁니다. 제대로 파악한 셈인데, 그러다 생각을 바꿔서 금광으로 간주한 거고요. 타지오가 에드를 세우고 희소식을 전한 다음 곧바로 감마와 연결해 준 것도 그래서겠죠. 마리아의 행동에 대해 사과하고 함께 일하기 위해 무진 애를 썼어요. 그런데 대체 왜 그는 줄곧 마땅찮은 표정이었느냐는 겁니다. 좋아서 날뛰어도 모자랄 판에, 계시라는 게 당최 무슨 뜻인지조차 모르는 것처럼 굴다니 말입니다. 무슨 소리냐고요? 요즘엔 누구나 그놈의 계시를 받잖습니까. 스파이 한두 놈 만나지 않고는 길을 건널 수도 없다니까." 그가 투덜댄다.

"자기 일이 싫었는지도 모르죠. 그가 했던 얘기들을 종합해 보면, 에드는 지금도 서방에 도덕적인 기대를 하고 있어요."

"망할, 그게 무슨 상관입니까?"

"청교도적 기질 때문에라도 서방이 죗값을 치러야 한다고 생각할지 모르죠. 그래요, 아마 그 때문일 겁니다."

"정리해 봅시다. 당신 말은, 에드가 화나 있는 이유가 서방이 자신의 도덕적 기대치에 미치지 못해서다?"

"어쩌면."

"그래서 푸틴한테 붙었다? 도덕이라는 게 먹는 건지 뱉는 건지도 모를 위인한테? 내가 정확히 이해한 겁니까? 그것참 대단한 청교도적 기질이네요. 전문가가 아니라 모르겠지만."

"어쩌면이라고 했잖아요. 나도 확신하는 건 아닙니다."

"그럼 확신하는 건 뭡니까?"

"글쎄요. 저자는 내가 아는, 알던 사람이 아니라는 거."

"젠장, 당연하지!" 브래멀이 결국 발끈한다. "반역자 때문에 우리가 놀랄 일이 없다면, 말 그대로 놈이 일을 제대로 못한다는 뜻이니까. 저놈은 잘하나? 누구보다 자네가 알아야 하잖나. 전성기엔 반역자 몇 명 정도는 손으로 주물렀잖아! 그자들은 뭐 개나 소나 만나서 자기가 파괴 분자라고 까발리고 다녔나? 그랬다간 목숨 부지하기도 어려웠는데. 안 그래?"

좌절감 탓일까? 당혹감? 그도 저도 아니면, 나도 모르게 방어기제가 발동한 걸까? 순간 문득 에드의 편을 들어야겠다는 생각이 들었다. 제정신이었다면 다시 한 번 생각했을 테지만.

나는 매리언을 겨냥한다.

"매리언, 궁금해서 묻는데……" 나는 프루의 동료 변호사들에게서 빌려 온 사무적이고 관조적인 목소리로 말을 잇는다. "섀넌이 법적으로 죄를 저지른 게 있습니까? 어떤 의미에서든 말입니다. 지금 에드가 언뜻 봤다는 일급비밀 암호 자료 때문에 이 아수라장인 모양인데, 그가 그걸 정말로 보기는 한 거예요? 혹시 꾸며낸 이야기 아닙니까? 그리고 에드가 제공한 다른 자료들 얘기라면, 오히려 그를 신뢰해야 하는 상황 아닙니까? 비밀 등급도 아니고, 그렇다 해도 별로 중요한 자료 같지도 않던데. 내 말은, 차라리 에드를 불러들여 폭동법 조항을 읽어주고 정신과 의사들에게 넘기는 쪽이 당신네 정신 건강에도 좋지 않겠냐 이겁니다."

매리언이 심복을 돌아본다. 내 손을 박살 내기 위해 악수를 청하던 그놈이 지금은 놀란 눈으로 빤히 나를 바라보며 이렇게 되묻는다.

"지금 제정신으로 하는 소립니까?"

나는 지금만큼 제정신인 적이 없다고 단호하게 쏘아붙인다.

"괜찮다면 인용 하나 해 드리죠. 1989년 공무상 비밀 엄수법 제3조에 이렇게 나와 있습니다. 영국 공무원 또는 정부와 계약관계에 있는 자가 당국의 허락 없이 국제 관계 관련 기사나 자료 등의 정보를 공개하여 해를 끼칠 경우 법률 위반으로 인정한다. 우리한테는 새넌의 서약서도 있습니다. 국가 기밀을 누설하지 않겠다고 서약했고, 누설할 경우 어떻게 되는지도 충분히 이해하고 있어요. 이런저런 상황을 종합해 보면, 비밀 법정에 약식기소를 해도 10년에서 12년 정도의 징역형을 받을 겁니다. 자백하면 6년 정도로 감형이 되죠. 정신과 상담도 무료 제공이고. 그 정도는 알 줄 알았는데요?"

★★★

빈방에서 한 시간 넘게 기다리는 동안 절대 화를 내지 않겠다고 다짐한 터였다. 비난을 감수하고 참고 견뎌라. 그 말도 계속 읊조렸다. 한잠 자고 깨어난다고 잊힐 일은 아니다. 에드 섀넌, 아틀레티쿠스의 신입 회원, 앨리스가 데려와 인사시킬 정도로 수줍어하던 친구가 정보기관 정직원이자 변절한 러시아 스파이라고? 이유는 몰라도 에드는 나를 골랐다. 좋다. 기본적인 전술이니까. 뿌듯하지. 암, 뿌듯하고말고. 기막힌 솜씨였다. 나를 갖고 놀고 농담 따먹기를 하면서 이리저리 휘두르지 않았던가. 에드도 알고 있었던 게 분명하다. 내가 불만투성이 베테랑 스파이이며, 따라서 개종이 쉽겠다고 판단했으리라.

맙소사, 그렇게 내 마음을 돌려놓고 미래의 요원으로 포섭하겠다고? 그러려면 목숨을 걸고 물고 늘어지든지, 러시안 통제관들에게 넘겨 훈련이라도 받게 해야 하는 것 아닌가? 왜 안 했을까? 요원 회유의 기본 원칙은 어디 팔아먹은 거야? 에드, 도대체 무슨 생각을 한 거야? 결혼 생활이 위태로운가요, 내트? 빚이 많아요, 내트? 능력을 인정받지 못하고 있죠, 내트? 진급하기엔 글렀잖아요, 내트. 급여도 연금도 날름날름 빼앗기는 기분 아닌가요, 내트? 왜 한 번도 묻지 않았지? 훈련관들이 어떻게 입을 놀리는지 정도는 알고 있을 텐데. 누구에게나 약점은 있다. 모집책은 그 약점을 찾아야 하고! 왜 찾지 않았지? 찔러보기는커녕 그럴 생각 자체가 아예 없었잖아.

시도조차 않았잖아.

그래, 에드는 시도할 생각이 없었다. 첫 만남부터 정치 불만을 늘어놓기 바빴다. 내가 전향하겠다고 한들 관심이나 있었을까?

★★★

에드를 옹호해 봐야 동료들에게는 먹히지 않는다. 상관없다. 나도 어느 정도 기운을 회복했고 마음도 차분해졌다. 가이 브래멀이 매리언에게 신호를 보내자 그녀도 몇 가지 질문이 있다며 응한다.

"내트."

"매리언."

"아까 말했죠? 당신도 새넌도 상대의 직업이 뭔지 잘 몰랐다고. 맞나요?"

"아뇨, 매리언, 틀렸어요. 서로 정확히 알고 있었죠. 에드는 미디어 기업에서 일하지만 그 일을 싫어하고, 나는 새로운 사업을 찾아보는 동안 잠시 옛 친구를 돕고 있었어요." 내가 가볍게 대꾸한다.

"구체적으로 얘기하던가요? 미디어 기업에서 일한다고?"

"꼬집어 말한 적은 없어요. 뉴스 기사를 정리해 고객에게 넘긴다는 식으로 얘기했죠. 고용주들이…… 음, 자기한테 관심이 없다고 투덜대더군요." 내가 씩 웃으며 덧붙인다. 문득 두 기관의 관계를 원만히 해야 한다는 생각이 들어서다.

"당신 이야기를 액면 그대로 받아들이자면, 두 사람의 유대는 신

271

분에 대한 상호 오해에 기반하고 있었다는 건가요?"

"그렇게 말하고 싶다면야. 아무튼 중요한 문제는 아니었어요."

"서로가 상대의 위장 신분을 맹목적으로 받아들였다는 뜻인가요?"

"맹목적이라는 표현은 좀 지나친 것 같군요. 합리적인 사람들이라 서로 캐묻지 않기로 했을 뿐입니다."

"내사과에서 듣기로는 내트와 에드 섀넌이 아틀레티쿠스 남성 탈의실에서 각각 별도의 로커를 사용했다는데, 맞습니까?" 매리언이 이어간다. 거칠 것도, 양해를 구하는 기색도 없다.

"로커까지 함께 써야 했던 겁니까?" 역시 대답은 없다. 웃음이라도 기대했건만 그것도 실패다. "에드한테 에드 몫의 로커가 있고 나한테도 있으니 당연하겠죠." 이 불경한 시간에 앨리스를 강제로 깨워 장부를 펴 들게 했겠지?

"잠금장치는요? 그러니까, 자물통 열쇠로 여는지 아니면 번호 키인지 묻는 겁니다."

"열쇠요. 모두 열쇠죠. 작고, 납작한…… 크기는 우표만 하고요." 나는 잠시 다른 생각을 하다가 현실로 돌아와 대답한다.

"경기할 때는 주머니에 넣나요?"

"끈이 달려 있어요." 내가 말한다. 처음 만난 날 탈의실에서 잔뜩 긴장하고 있던 에드의 모습이 불현듯 떠오른다. "주머니에 넣기도 하고 목에 걸기도 하죠. 각자 원하는대로요. 에드와 나는 끈을 떼어 두었습니다."

"그러면 열쇠는 주머니에 넣었겠군요?"

"내 경우엔 앞주머니였죠. 뒷주머니에는 신용카드와 현금 20파운드를 넣고 다녀서요. 바에서는 보통 신용카드를 쓰지만 주차 요금을 현찰로 낼 때도 있고 거스름돈을 받기도 하거든요. 대답이 되었나요?"

아닌 모양이다.

"당신의 작전 보고서에 따르면, 과거 배드민턴을 모집 수단으로 활용한 일이 있더군요. 최소 러시아 요원 한 명을 포섭해 라켓을 교환하는 식으로 정보를 교환했어요. 그 일로 포상도 받았고. 맞나요?"

"맞습니다."

"그럼 이렇게 말해도 '비합리적 억측'이 아닐 수 있겠군요. 동일한 수단으로 소속 기관의 비밀 정보를 섀넌에게 제공하기에 최적의 요건을 갖추었다."

나는 천천히 주변을 둘러본다. 퍼시 프라이스는 언제나처럼 온화한 표정이다. 브래멀도. 라벤더와 매리언의 애견 두 마리도 마찬가지지만 글로리아는 도저히 못 듣겠다는 듯 고개를 다른 곳으로 돌린 모습이다. 보조의 둘은 긴장한 표정으로 똑바로 앉아 있다. 두 손은 무슨 생물학적 상호작용이라도 이루어진 듯 단단히 맞잡힌 채 무릎 위에 놓여 있다. 기타는 마치 꾸중을 듣는 착한 딸처럼 허리를 똑바로 세운다. 모이라는 창밖을 내다보지만 이곳에 창문이 있을 리 없다.

"다들 이 황당한 얘기에 동의하는 겁니까?" 내가 묻는다. 씁쓸한 분노가 척추를 훑고 올라온다. "매리언에 따르면, 난 에드의 대리 요원이고 그를 통해 비밀을 모스크바에 송달했군요. 다들 미친 겁니까? 아니면 내가 미친 건가?"

아무도 대답하지 않는다. 사실 기대도 없었다. 우리가 돈을 받는 이유는, 사고의 틀 밖에 있는 것들을 생각하기 때문이다. 하는 일도 그렇다. 결국 매리언의 가설은 그다지 무리한 것이 아닐지도 모른다. 당연한 얘기지만 정보국에도 그 자체로 도려내야 할 환부가 있다. 어쩌면 내트 자신에게도.

하지만 내트는 바로 내가 아닌가. 분명하게 입장을 밝힐 필요가 있다.

"좋아요. 그럼 대답해 보시죠. 유럽 출신의 골수 공무원이 왜 다른 곳도 아닌 러시아 측에 영국의 기밀을 무료로 제공하겠습니까? 블라디미르 푸틴이라는 반유럽 독재자가 멋대로 주무르는 나라에? 이 질문에 대답하지도 못하면서 왜 나를 희생양으로 고른 겁니까? 섀넌과 내가 배드민턴 경기를 했다는 이유만으로? 맥주 한두 잔 하면서 정치 수다 몇 마디 떨었다고?"

돌이켜보면 잘못된 판단이었다.

"그리고 예리코는 또 무슨 얘깁니까? 누가 대답 좀 해 주시죠? 이 자리에서 얘기할 건이 못 되고 내겐 접근 자격이 없는 기밀이라는 것도 압니다. 하지만 그건 마리아도 마찬가지 아닌가요? 감마도 그렇고. 모스크바 센터도 다르지 않겠죠. 섀넌도 당연히 그럴 테고요. 그러니 예외를 만들어보죠. 지금까지 들은 바에 따르면, 에드의 스위치를 누른 당사자는 예리코고, 그 덕에 에드가 마리아와 감마

품에 안겼어요. 그런데도 우리는 여기 죽치고 앉아 아무도 그 망할 이름을 모르는 척하고 있잖습니까!"

당연히 알고 있다. 나를 빼고 이 방에 모인 인물 모두 예리코에 미친 인간들이다. 아니, 이것도 개소리다. 저들도 나만큼이나 모른 다. 입에 올리지 않아야 할 이름을 언급했기에 순간 충격에 빠졌을 뿐이다.

브래멀이 제일 먼저 말할 힘을 회복한다.

"그 얘기를 한 번 더 해 보지, 내트."

"무슨 얘기요?" 내가 되묻는다.

"섀넌의 세계관. 기본 동기. 트럼프와 유럽과 온 우주에 대해 퍼 부었던 에드의 개소리들. 자네도 그대로 받아들인 것으로 보이 니까."

★★★

내 목소리가 아련하게 들려온다. 마치 이곳의 다른 소음과 소리 를 모두 듣고 있는 기분이다. 조심스럽게 에드가 아니라 섀넌으로 부르지만 이따금 혀가 미끄러지고 만다. 브렉시트와 에드, 트럼프 와 에드. 하나에서 다른 하나로 어떤 식으로 넘어갔는지 제대로 기 억해 낼 수가 없다. 그래, 어차피 에드가 뒤집어써야 할 일이다. 결 국 저들이 원하는 건 내가 아닌 에드의 세계관 아닌가.

"섀넌이 보기에, 트럼프는 악마의 대변인이었어요. 무책임한 선

동과 약탈 정치를 전 세계에 퍼뜨렸죠." 나는 최대한 무덤덤한 목소리로 선언한다. "트럼프라는 인간은 쓰레기 선동가에 불과하지만 저 바깥, 그러니까 폭발 직전의 제3세계 입장에서 보면 악마 그 자체라는 겁니다. 지나치게 단순하고 편협한 견해일지 몰라도, 그래서 더 절실하겠죠. 특히 섀넌 같은 골수 친유럽파라면요." 내가 덧붙인다. 우리 둘을 확실하게 떼어놓을 필요가 있다.

내가 흘린 자조의 웃음이 조용한 공간을 가볍게 흔든다. 나는 기타를 겨냥한다. 제일 만만한 인물.

"기타, 믿지 못하겠지만 어느 날 저녁에 섀넌이 그런 말을 하더군요. 미국 암살자들이 하나같이 극우인데, 정말 쪽팔린 일 아니냐고. 이제 좌파도 저격수를 키워야 한다고."

침묵이 이보다 더 깊을 수 있을까?

"당신은 그에 동의했고요?" 기타가 모두를 대신해 되묻는다.

"맞장구를 쳤을 뿐이에요. 맥주도 마셨겠다, 다들 그러듯 이론상 반박하지 않는다는 의미 정도로. 트럼프가 당선되지 않았다면 세상이 이렇게 망가지지 않았으리라는 의견에 동의한 거죠. 암살 얘기를 했는지도 사실 확실하지 않아요. 끌어내리거나 쫓아내야 한다고 했을지도 모르겠군."

그러고 보니 바로 옆에 물병이 있다. 이것도 모르고 있었다니. 정보국에서는 원칙적으로 수돗물을 사용한다. 뚜껑이 잠겨 있다면 꼭대기 층에서 내려왔다는 뜻이다. 난 잔에 물을 따르고 벌컥벌컥 들이켠 뒤 가이 브래멀에게 애원한다. 그나마 합리적인 인물이다.

"가이, 제발."

가이는 못 들은 척 아이패드에만 몰두한다. 그러다 마침내 고개를 든다.

"자, 여러분, 상부의 지시입니다. 내트, 집으로 돌아가 대기하게. 오늘 저녁 6시에 전화가 갈 거야. 그때까지는 연금이고. 헤이븐은 지금부터 기타가 맡을 겁니다. 요원들, 작전, 팀, 모두. 임시 조치이긴 하지만 헤이븐은 러시아국에 통합됩니다. 브린 조던 전결. 불쌍한 양반, 워싱턴에서 이 무슨 망신이람. 그럼 다들 자리로 돌아가요."

사람들이 하나둘 나간다. 마지막으로 방을 나서는 사람은 지난 네 시간 동안 한 마디도 하지 않은 퍼시 프라이스다.

"자네 친구들, 정말 웃기는 땅콩들이야." 그가 고개도 돌리지 않은 채 중얼거린다.

★★★

집 근처 도로 위쪽에 작고 허름한 카페가 있다. 새벽 5시부터 아침 식사를 제공하는 곳. 거기 앉아 내가 무슨 생각을 하고 있었는지, 그때도 지금도 모르겠다. 그저 멍하니 커피를 마시며 종업원들의 잡담에 귀를 기울인 것도 같다. 어차피 헝가리 말이라 당시 내기분만큼이나 이해 불가능이기는 했지만. 6시가 지나 난 커피값을 치르고 나와 몰래 뒷문으로 집에 들어갔다. 그런 뒤 2층에 올라가 잠든 프루 옆에 조용히 누웠다.

17

지금도 이따금 생각하곤 한다. 그 토요일, 프루와 내가 그레이트 미센든에서 래리, 에이미 부부와 느긋하게 점심 데이트를 즐겼다면 상황이 달라졌을까? 프루와 에이미는 학창 시절부터 함께한 단짝 친구들이다. 에이미의 남편인 래리는 고문 변호사로 나보다 약간 나이가 많고 골프와 개를 좋아한다. 벌써 결혼 25주년이라지만 부부에게는 아쉽게도 아이가 없다. 넷이서 점심 식사를 하고 칠턴스 언덕을 산책할 예정이었다. 프루는 빅토리아풍 누비 침대 커버를 구입해 포장까지 다 해 놓았고, 복서견을 위해 괜찮은 개껌도 준비해 두었다. 무더운 날씨에 토요일의 교통 정체를 감안하여 우린 두 시간 일찍, 늦어도 11시에는 출발하기로 했다.

10시, 난 아직 침대에 있다. 프루가 친절하게 차 한 잔을 가져다

준다. 언제 깨어났는지 이미 옷까지 갈아입은 채다. 아마도 두 시간 전부터 책상에 앉아 빅 파마와 싸우고 있었으리라. 그 와중에도 나를 위해 차를 끓이다니, 약간 우쭐해지려는 참이다. 대화는 자연스럽게 "어제, 몇 시에 들어왔어, 내트?"로 시작된다. 잘 모르지만 많이 늦었다고 대답한다. 그런데 내 목소리나 표정의 무언가가 프루의 신경을 건드린 모양이다. 그리고 이제야 알았지만, 내 귀국 이후로 평행선을 달리던 둘의 생활도 서서히 프루의 신경을 건드리고 있던 참이다. 빅 파마와의 싸움과 정보국에서 내게 맡긴 임무. 그것들이 상호 보완 작용을 하기는커녕 서로를 양극으로 밀어내고 있다는 불안감이 커진 것이다. 게다가 그날 내 표정이 말 그대로 죽상이었으니, 기어이 담담하지만 가시 돋친 대화가 촉발되고 만다.

"갈 거지?" 프루가 묻는다. 그녀가 이런 식으로 물어 올 때면 일단 기부터 죽는다.

"가다니? 어딜?" 모르는 척 되묻지만 물론 너무나 잘 알고 있다.

"래리랑 에이미 집에. 결혼 25주년이랬잖아. 왜 그래?"

"아, 꼭 우리 둘 다 가야 하는 건 아니지? 난 어렵겠어. 혼자 다녀와. 피비하고 가든지. 좋다고 따라나설 텐데."

피비는 이웃집 여자다. 그다지 총명하지는 못하지만 혼자보다야 낫지 않겠는가.

"내트, 어디 아파?" 프루가 묻는다.

"아니, 아픈 데 없어. 그냥 대기 상태라 그래." 난 최대한 아무렇지 않게 대답한다.

"뭘 대기하는데?"

"정보국 일이지 뭐."

"대기라도 나갈 수는 있지 않아?"

"아니, 여기 있어야 해. 집 안에."

"왜? 집에서 무슨 일이라도 벌어지는 거야?"

"아무 일도 없을 거야."

"아무 일도 없을 건데 뭘 대기해? 위험한 상황인가?"

"그런 건 아니야. 래리와 에이미는 내가 무슨 일을 하는지 아니까 직접 전화해 둘게. 래리라면 캐묻지 않겠지." 내가 쾌활하게 말한다. 마지막에 "당신처럼"이라고 덧붙일 뻔하지만 간신히 참는다.

"그럼 오늘 밤 영화는? 사이먼 러셀 빌 영화표 두 장 있는 거 알지? 제일 좋은 자리야."

"그것도 어렵겠는데."

"대기 상태라서?"

"6시에 전화가 올 거야. 그 후에야 상황을 가늠할 수 있어."

"하루 종일 6시에 올 전화를 기다리겠다고?"

"아마도. 음, 아무튼 그래야 해." 내가 말한다.

"그 전에는?"

"집을 떠날 수 없어. 브린의 지시야. 연금."

"브린?"

"워싱턴에서 직접 지시했어."

"에이미한테는 내가 직접 전화하는 게 낫겠어." 프루가 잠시 생각하더니 이렇게 말을 잇는다. "두 사람도 영화 티켓 좋아하겠지. 부엌에서 전화할게."

상황이 어떻든, 프루는 늘 프루다. 나에 대한 인내가 바닥났겠구나 싶을 때도 마찬가지다. 몇 걸음 물러나 상황을 파악한 다음 직접 해결에 나서는 것이다. 돌아올 때 보니 오래된 청바지와 스키 여행때 산 에델바이스 재킷으로 갈아입은 모습이다. 얼굴엔 미소까지 가득하다.

"잠은 잤어?" 프루가 묻는다. 그 말에 몸을 추슬러 똑바로 일어나 앉는다.

"별로."

프루가 내 이마를 만지며 열이 나는지 확인한다.

"아프지는 않아, 프루." 내가 중얼거린다.

"그래, 알아. 그러니까, 정보국이 자기를 버린 거야? 그게 알고 싶어." 프루가 내가 아닌 자신의 관점으로 질문을 돌려놓는다.

"음, 비슷해. 그런 셈이지." 나는 솔직히 대답한다.

"부당하게?"

"아니, 꼭 그렇지만은 않아."

"자기가 일을 망친 거야? 아니면 그쪽이?"

"둘 다 어느 정도씩. 내가 누군가랑 잘못 얽혔거든."

"우리가 아는 사람?"

"아니."

"자기를 해치러 올 가능성도 있나?"

"아니, 그런 문제는 아니야." 자신 있게 대답하지만, 말을 하면서도 내가 기대만큼 나 자신을 통제하지 못한다는 사실을 실감한다.

"사무용 휴대전화는 어떻게 했어? 항상 침대 옆에 두잖아."

"정장 주머니에 있겠지, 뭐." 계속 불확실한 대답만 늘어놓는군.

"찾아봤는데 없었어. 회사에서 압수한 거야?"

"응."

"언제?"

"어젯밤. 아니, 오늘 새벽. 새벽에 끝났으니까."

"그 사람들 원망해?"

"모르겠어. 생각 중이야."

"그럼 누워서 생각해. 6시 전화도 집 전화로 올 테니까."

"그렇겠지. 알았어."

"스테파니한테 이메일 보내서 스카이프 시간이 겹치지 않게 할게. 정신 사납게 되어 좋을 것 없으니까." 그러곤 문을 열려다가 마음을 바꾸어 다시 침대로 돌아와 앉는다. "한마디 해도 돼, 내트? 잔소리를 늘어놓으려는 건 아니고, 그냥 사소한 부탁이야."

"물론, 얼마든지."

프루가 다시 내 손을 잡지만 이번에는 맥박을 확인하려는 게 아니다.

"기관에서 자기를 엿 먹이는데 끝까지 버틸 생각이면, 내 지지와 지원은 무한대로 기대해도 돼. 죽음이 우릴 갈라놓을 때까지. 자기도 그놈들 엿 먹이라는 얘기야, 알겠지?"

"그래, 고마워."

"기관에서 엿 먹이면 얼마든지 좆 까라고 해. 연금 따위 날아가도 상관없어. 우린 능력이 있고, 충분히 먹고살 수 있어."

"그것도 명심할게."

"브린한테도 그렇게 얘기해. 아니면 나라도 할 테니까." 프루가 단호하게 덧붙인다.

"그건 좀 아닌 것 같은데." 내 말에 둘 다 씁쓸히 안도의 웃음을 흘린다.

서로를 향한 사랑의 말이 제삼자에게는 그리 감동적으로 들리지 않으리라는 걸 알지만, 그날 우리가 나눈 이야기, 특히 프루가 내게 한 말은 오랫동안 내 기억 속에 응원가처럼 울려 퍼졌다. 마치 그 한마디가 우리 사이의 보이지 않는 문을 활짝 열어준 것 같았다. 그 리고 바로 그 문이 열렸기에, 그동안 폭죽처럼 튀어나와 여기저기 서 터지던 에드의 이해할 수 없는 행동들에 관한 산만한 생각들과 설익은 통찰들이 조금씩 자리를 찾아가기 시작했다.

★★★

"내 독일적 성향으로 볼 때는……" 이따금 에드는 멋쩍게 웃으며 이렇게 화두를 꺼내곤 했다. 혈통에 비해 지나치게 열정적이거나 현학적인 모습으로.

그래, 늘 '독일적 성향'을 강조했어.

타지오도 에드를 부르면서 독일어를 썼다.

왜지? 정말로 길거리 주정뱅이로 착각할까 봐?

그런데 왜 독일, 독일이지? 다들 러시아, 러시아 하지 않나?

또 하나, 에드와 감마의 대화를 되새길 때마다 불협화음으로 이루어진 음악을 듣는 기분은 대체 무엇 때문일까? 심지어 나 같은 음치 주제에?

이 난제들에 해답을 찾지 못한다 해도, 심지어 혼란상만 키운다 해도, 그날 저녁 6시의 내게는 프루의 강력한 지원 의사가 있었다. 정보국에서 헌신짝처럼 버림받은 새벽 5시에 비하면 난 훨씬 호전적이고 더 유능하고 더 전투적으로 변해 있었다. 오로지 프루 덕분에.

★★★

교회 시계로 6시, 내 손목시계로 6시, 거실에 걸린 벽시계로도 6시. 런던의 대가뭄이 불러온 이글거리는 저녁이다. 나는 반바지와 샌들 차림으로 계단참 구석에 앉아 있다. 프루는 정원에서 바짝 타들어가는 장미에 물을 주는 중이다. 그때 벨 소리가 울린다. 집 전화가 아니라 초인종이다.

내가 벌떡 일어나지만 프루가 더 빨랐다. 우리는 계단 중간쯤에서 만난다.

"그 옷 말고 좀 더 격식 있는 걸로 갈아입어. 밖에 차가 와 있는데 자기를 데려갈 거래." 프루가 말한다.

층계참 창문 너머로 안테나가 두 개 달린 검은색 포드 몬데오가 보인다. 그리고 아서, 그러니까 브린 조던의 오랜 운전사가 차에 기댄 채 조용히 궐련을 즐기는 모습도.

★★★

햄스테드 언덕마루의 교회. 아서가 나를 그곳에 내려준다. 브린은 자기 집 앞에 사람들이 오가는 걸 극도로 싫어한다.

"길은 알죠?" 아서가 말한다. 질문이라기보다는 확인에 가깝다. 그러고 보니 "안녕, 내트"라는 인사 이후로 처음 건넨 말이다. 예, 알아요, 아서. 고마워요.

내가 처음 모스크바 지국에 들어가고 프루가 정보원 배우자가 되었을 때부터, 브린은 아름다운 중국인 아내 아찬과 음악을 하는 세 딸, 성격 까다로운 아들과 함께 이 언덕에서 살고 있다. 햄스테드 황야가 내려다보이는 18세기식 대저택. 우리는 모스크바에서 불려 오거나 휴가를 얻을 때마다 이 멋들어진 벽돌집을 찾아와 높다란 대문의 초인종을 누르고 이들과 어울려 즐겁게 식사를 하곤 했다. 딸 셋이 슈베르트의 가곡을 연주하면 누군가 용기를 내어 노래도 불렀다. 크리스마스 때면 마드리갈을 연주했다. 거실 모퉁이에 걸린 십자가가 증명하듯 브린 가족은 구교도 신자들이다. 다른 민족도 아닌 웨일스 출신이 어떻게 가톨릭을 믿을 수 있는지 여전히 이해가 안 되지만, 사람 속이라는 게 원래 천길만길 아닌가.

브린과 아찬은 우리보다 열 살이 많다. 세 딸은 일찍부터 엘리트 코스를 밟았다. 아내는 장모님 만나러 샌프란시스코에 갔어. 브린이 문간에서 나를 맞으며 말한다.

"장모님이 지난주에 크리켓에서 100점을 기록했는데 아직 여왕한테서 전보가 오지 않았다나 봐." 그가 활기찬 목소리로 말을 잇는다. 나는 그를 따라 선로만큼 기다란 복도를 걸어간다. "정당한 응모였는데 여왕께서는 자격이 있는지 확신이 서지 않는가 보더군. 장모님이 중국 태생인 데다 샌프란시스코에 살고 있으니 그렇겠지. 게다가 그놈의 내무부에서 장모님 파일을 잃어버렸으니. 뭐, 이 정도는 빙산의 일각이야. 귀국할 때마다 느끼지만 완전히 개판이라니까. 제대로 된 게 하나도 없으니. 모스크바에 있을 때하고 뭐가 달라? 그 시절 기억나나?"

냉전 시대 얘기다. 브린이 싸우던 시절. 그는 널따란 거실로 나를 들인다.

"동맹국과 이웃 국가가 보기엔 우린 그냥 웃기는 얼간이들이야. 자네야 눈치 못 챘을지 몰라도." 여전히 밝은 목소리. "가판대 하나 제대로 못 꾸리는 주제에 과거 제국주의 향수에나 빠져 있는 얼간이들 말이야. 자네 생각도 그렇지 않나?"

나는 그렇다고 대답한다.

"자네 친구 섀넌도 마찬가지인 것 같더군. 아마도 수치심이 동기가 되었을 테지. 그런 생각 안 드나? 나라를 향한 수치심이 사고를 갉아먹고 감정을 건드린 거야. 틀림없어."

에드가 민족주의자라고 생각한 적은 한 번도 없지만, 난 그럴 가능성도 있겠고 대답한다.

높은 서까래, 가죽이 다 갈라진 팔걸이의자, 어두운 조각상, 중국 무역 시대의 작품들이 보인다. 그리고 종잇조각들을 잔뜩 끼운 낡은 서책들과 난로 위의 망가진 스키 세트, 위스키, 소다, 캐슈너트가 담긴 널따란 은쟁반 하나⋯⋯.

"얼음 기계까지 말썽이라니." 브린이 한심하다는 듯 내뱉는다. "늘 이 모양이라니까. 미국에 가면 어디서든 얼음이 나오는데 우리 영국 놈들은 만들지도 못하니 원. 하긴 뭔들 아닌가. 아무튼, 얼음 안 넣지?"

언제나처럼 브린의 기억력은 정확하다. 그는 내게 묻지도 않고 위스키 두 잔을 따르더니 한 잔을 내민다. 이어 매혹적인 미소와 손짓으로 의자를 권하고 자신도 자리를 잡은 뒤 장난처럼 건배를 제안한다. 모스크바에 있을 땐 실제보다 나이 든 모습이었건만, 이제는 오히려 젊어 보인다. 촉촉하니 푸른 두 눈은 더 밝고 더 직접적이다. 모스크바에서는 문화 담당관이라는 위장 신분으로 살았다. 러시아 고객들을 상대로 다양한 주제를 해박하게 설명했기에 다들 진짜 외교관이라고 믿을 정도였다. 이봐, 위장은 신의 뜻이야. 브린은 틈만 나면 설교를 늘어놓곤 했다.

난 가족들 안부를 묻는다. 세 딸은 아주 아주 잘하고 있어. 애니는 코톨드, 엘리자는 런던 필하모닉에 있지. 그래, 첼로. 그걸 기억하고 있다니 반갑군. 손주들도 무더기로 태어나거나 태어날 예정이니 더없이 잘됐지. 지그시 두 눈을 감는 브린.

"토비는요?" 내가 조심스럽게 묻는다.

"아, 그놈은 망했어." 그가 말도 말라는 듯 손사래를 친다. 나쁜 소식을 전할 때면 늘 그런다. "구제불능이라니까. 풀 옵션으로 7미터짜리 보트를 사주고 팔머스에 가서 게라도 잡으라고 했지. 뉴질랜드에서 뭔가 엄청난 곤경에 빠졌다는데, 그게 마지막으로 들은 소식이야."

난 잠시 입을 다물고 안타까움을 표한다.

"워싱턴은 어떻습니까?"

이 질문에 그의 미소가 더 커진다.

"오, 맙소사, 끔찍하네, 내트. 어딜 가나 폭동 천지라니까. 당장 내일은 어떻게 될지, 누가 해고당할지 매일매일이 안갯속이잖아. 슈퍼맨이라도 나타나야 질서가 잡힐 텐데, 다 틀렸지 뭐. 2~3년 전에는 우리도 유럽에 속한 미국인이었는데. 문제도 있고 그리 편치 않았지만, 그래도 괜찮은 시절이었어. 유럽 밖 미국의 일부라니, 맙소사. 통일된 외교? 국방? 그런 건 꿈도 꾸지 말아야지." 다시 눈을 감으며 허탈한 웃음. "미국과 특별한 관계라고 하지만 그게 다야. 미국 똥구멍이나 빨아대거나 혼자 딸딸이 치는 격이지. 보라고, 독일이나 프랑스 놈들한테도 한참 뒤처졌잖아. 처참한 지경에 끔찍한 참상이 어디 남의 나라 이야기인가?"

그가 키득거리다가 간신히 멈추고 화제를 보다 밝은 쪽으로 돌린다.

"그보다, 자네 친구 섀넌이 했다는 도널드 얘기가 재미있더군. 민주주의의 기회가 얼마든지 있었는데 다 날려버렸다는 얘기 말이야. 그 말이 사실인지 여부와는 상관없이, 사실 트럼프의 핵심은 이거야. 그 인간 조폭 두목이야. 뼛속 깊이. 시민사회를 까부수기 위해 태어났지. 시민하고는 거리가 멀다고. 섀넌이란 친구는 그 점을 간과했어. 내 말이 부당하게 들리나?"

누구에게 부당하다는 거지? 트럼프? 아니면 에드?

"블라디미르 푸틴이야 민주주의 훈련을 손톱만큼도 받지 않은 놈이고. 그 점 하나만큼은 인정해야겠지. 그 양반은 스파이로 태어났고, 지금도 스파이야. 거기에 스탈린의 과대망상증까지 장착했고. 매일 아침 서방이 선제공격으로 자신을 날려버리지 않은 것을 신기해한다더군." 브린은 거침없이 말을 이어가다가 캐슈너트를 우적거리고는 스카치 한 잔으로 넘긴다. "그 친구, 몽상가 아닌가?"

"누구 말씀이죠?"

"섀넌."

"그런 것 같습니다."

"어떤 쪽으로?"

"그건 모르겠습니다."

"정말?"

"예, 정말 모릅니다."

"가이 브래멀이 '병맛' 이론을 내놓더라고." 그는 그 표현이 재미있는지 악동처럼 웃는다. "이런 표현 들어본 적 있나? 병맛?"

"아뇨. 얼마 전에 '개떡'이라는 말은 들었는데 병맛은 또 처음이네요. 아무래도 외국에 너무 오래 있었나 봅니다."

"나도 그래. 웬만한 건 다 안다고 생각했는데. 아무튼 가이가 그런 얘기를 했어. 병맛 임무를 맡은 자가 함께 침대에서 뒹군 여자한테—여기에선 마더 러시아겠지?—내가 여기서 너랑 떡 치는 이유는 너보다 내 여편네를 더 싫어하기 때문이라고 얘기하는 꼴이라고. 그러니 병맛이라는 거야. 그런데 그게 그 친구한테도 들어맞는 얘기일까? 자네 생각은 어떤가?"

"브린, 어떻게 생각하냐고요? 어젯밤 저는 흠씬 두들겨 맞았어요. 처음에는 섀넌한테, 그다음엔 사랑하는 친구와 동료들한테. 솔직히 내가 왜 여기 와 있는지도 모르겠습니다."

"그래, 조금 지나치기는 했지." 브린이 수긍한다. 늘 그렇듯 모든 견해에 열려 있는 태도다. "하지만 그 친구들 심정도 이해해야 돼. 나라 전체가 개판이잖아. 그게 그들에겐 실마리가 되었는지도 모르지. 산산이 조각난 영국에서 절대를 추구하는 은둔 사제들. 절대에는 절대적 배신도 들어가는 법이야. 그래서 의회를 날려버리는 대신 러시아로 내빼는 게지. 그런 것 같지 않나?"

나는 뭐든 가능성은 있지 않겠냐고 대답한다. 브린은 한참 동안 눈을 감고 묘한 미소를 짓는다. 바야흐로 좀 더 위태로운 영역으로 들어가겠다는 경고인 셈이다.

"자, 말해보게, 내트. 나한테만 말이야. 명실공히 섀넌의 멘토이자 고해신부 아닌가. 어린 대자가 고해성사도 없이 저 콧대 높은 감마에게 엉겨들었어. 심정이 어땠던가?" 내 스카치 잔에 건배. "기가 막혔나? 어떤 생각이 들었지? 머리 굴리지 말고 그냥 얘기해 봐."

브린과 단둘인 상황. 평소 같으면 속내를 있는 대로 토해 냈을 것이다. 하지 않을 말까지 더해서. 넋을 놓은 채 발렌티나의 목소리를 듣는 동안 그루지야와 러시아 운율 사이 어딘가에서 이질적인 느낌을 받았다고. 그루지야 쪽도 러시아 쪽도 아닌 느낌. 위장일까? 어쨌거나 원래 목소리는 아니었다. 그러고서 하루 종일 집에서 대기하던 중, 문득 그 이유를 깨달았다. 극장에 지각한 사람이 더듬더듬 어둠을 헤집듯 조금씩 해답에 근접한 것이다. 아스라한 기억 저편에서 어머니가 화를 내며 나를 야단치고 있었다. 내가 엄마 애인은 못 알아듣는 말로 뭔가 좋지 않은 소리를 했다는 얘기였다. 하지만 발렌티나-감마는 목소리의 독일 억양을 감추려 하지 않았는데. 적어도 내 귀에는 아니었다. 오히려 독일 억양을 흉내 내려 애쓰는 쪽이었다. 영어에서 러시아를 제거하기 위해, 러시아-그루지야의 흔적을 덮기 위해, 억지로 독일 말투를 끌어들인 것이다. 하지만 이렇듯 망상에 가까운 생각을 하면서도, 불현듯 브린에겐 절대 이 얘기를 해선 안 된다는 자각이 인다. 내 속에서 머릿속으로 음모가 꿈틀거리기 시작한 게 바로 이때였을까? 나조차도 막연하기만 한 음모가? 그렇게 생각하니 그런 것 같기도 하다.

"글쎄요, 그때 심정이라면……" 어쩌면 브린은 내가 어떤 선택을 했는지 묻고 있는 것이리라. "섀넌이 정신적으로 무너진 상태라는 느낌을 받았습니다. 정신 분열, 양극성 장애, 병원에서 뭐라고 부르는지는 모르겠지만요. 그 경우 우리 같은 문외한들이 합리적인 동기를 갖다 붙여봐야 시간낭비밖에 안 되죠. 결정적 계기가 있기는 했을 겁니다. 마지막 지푸라기든 각성이든. 그러고 보니 이것도 억측이네요. 정작 당사자는 그런 것 없다고 부인할 테니. 그저 흔히 하는 말로, '사람들을 움직이게 하는 동인'이라고 해 두죠."

브린은 여전히 바위처럼 딱딱한 미소를 머금고 있다. 더 갈 데까지 가보자는 얘긴가?

"본론으로 들어가지." 그가 내 얘기는 듣지도 못한 양 부드러운 목소리로 말한다. "오늘 아침 일찍, 모스크바 센터에서 섀넌과 2차 회동을 제안했어. 날짜는 일주일 뒤. 섀넌도 동의했지. 서두르는 것 아닌가 싶을지 몰라도, 내가 보기엔 전문적인 판단이야. 장기적인 관점에서 섀넌은 불안한 정보원일 수밖에 없으니까. 왜 아니겠나? 아무튼 이쪽에서도 발길을 재촉해야 한다는 뜻이지."

문득 분노가 치밀어 입 밖으로 말이 튀어나온다.

"계속 '우리'라고 하시는데…… 다 끝난 결정이라는 말씀인가요?" 불만을 드러내더라도 언제나처럼 목소리만큼은 가볍고 경쾌하게 가져가자. "솔직히 이해가 안 되는군요. 저 위에서 얘기가 오가는 모양인데, 잊으셨는지 몰라도 제가 스타더스트 입안자입니다. 그런데 왜 내 작전 상황에 대해 나만 보고를 받지 못하는 거죠?"

"이런, 자네도 보고를 받고 있어. 내가 해 주잖나. 정보국 사람들에게 자네는 과거의 인물일 뿐이야. 당연히 그래야지. 내가 고집을 부렸다면 헤이븐도 얻지 못했을 걸세. 시간은 흘러가는 법이지. 위험한 나이 아닌가. 프루는 잘 있지?"

예, 안부 전하죠. 고맙군요, 브린.

"프루도 알고 있나? 섀넌 문제 말이야."

아뇨, 모릅니다.

"그게 좋겠어."

예, 브린.

그게 좋겠다고? 프루한테 얘기하지 말라고? 오늘 아침 무조건적인 신뢰를 선언한 유일한 사람한테? 열이 뻗치면 정보국에든 누구에게든 좆이나 까라고 욕설을 퍼부어도 좋다고 한 사람한테? 정보국이 인정한 가장 바람직한 스파이의 배우자한테? 프루는 지금껏 정보국의 신뢰를 배신한 적이 없다. 그런데 다른 사람도 아니고 브린이, 프루조차 못 믿겠다고? 좆이나 까라지!

"당연한 얘기지만, 자매기관 역시 섀넌의 피에 목말라하고 있어. 놈을 잡아. 어떻게든 자백을 받고 본보기로 삼으라고. 그럼 다들 행복해질 테니까. 가뜩이나 브렉시트 와중에 이런 국가적 추문으로 골치를 썩고 멍청이가 되어야겠나? 우리가 아예 협상 테이블에서 빼내자고. 그게 내 생각일세."

또 '우리' 타령. 그가 캐슈너트 접시를 넘기고, 나는 한 줌 집어든다. 일단 비위를 맞출 필요가 있다.

"올리브도 들겠나?"

아뇨, 괜찮습니다, 브린.

"전에는 좋아했잖아? 칼라마타 올리브 말이야."

그때도 그냥 그랬습니다, 브린.

"또 다른 방법. 녀석을 본부로 끌어들여 선택하게 하는 걸세. 좋아, 새넌, 너는 모스크바 센터의 공인 스파이다. 그러니 지금부터 우리 통제를 받든지, 그게 싫다면 대가를 치러야겠어. 어때, 먹혀들까? 자네가 그 친구를 잘 알잖나. 우린 몰라. 그 친구 동료들도 모르고. 여자가 있는 것 같긴 한데 그마저 확실치는 않다더군. 그냥 친구일 수도 있고, 그 친구 집을 담당하는 실내장식가일지도 모르지. 그 친구, 아파트를 손보는 중이라며? 봉급을 저당 잡히고 위층 집을 샀다던데. 자네한테도 그런 말 하던가?"

아뇨, 브린, 듣지 못했습니다.

"여자가 있다는 얘기는?"

못 들었습니다.

"그럼 없나 보군. 여자 없이 잘 사는 그런 부류인 모양이지? 어떻게 사는지는 모르지만."

그럴지도 모르죠.

"자네 생각에, 우리가 접근하면 그 친구는 어떻게 나올 것 같나?"

나는 잠시 뜸을 들이며 생각하는 척한다. 그래야 할 질문이다.

"제 생각에는 좆이나 까라고 할 것 같은데요."

"왜?"

"배드민턴을 함께 쳐보면 알 겁니다. 모든 걸 걸고 싸우는 친구예요."

"하지만 우린 배드민턴을 안 치니까."

"에드는 굴하는 법이 없어요, 브린. 명분이 자기 자신보다 크다고 여기면, 아첨도 타협도 체면도 개의치 않는 친구죠.

"딱 순교자 타입이군." 마침내 해결책을 찾은 듯 흡족한 목소리다. "그럼 누가 그 친구를 차지할 것인지를 놓고 벌이는 줄다리기만 남은 셈인가? 우리가 찾아냈으니, 우리가 가지고 노는 한 그 친구는 당연히 우리 거야. 더 이상 써 먹을 일이 없으면 그걸로 게임 끝이고. 그다음엔 자매기관에서 죽이든 살리든 알아서 하겠지. 자, 하나만 묻지. 아직도 그 친구를 사랑하나? 육체적인 얘기가 아니라, 정말로 아끼느냐는 질문일세."

브린 조던은 그런 인물이다. 언젠가 한 번은 건너야 할 강 같은 사람. 상대를 홀리고, 불만과 제안을 다 들어주지만, 절대 직접 개입하지는 않는다. 목소리 한 번 높이지 않고, 친절하게 이 구경 저 구경 다 시켜준 다음, 종내는 허리춤에서 꼬챙이를 꺼내 배때기를 찌르는 인간.

★★★

"그 친구를 좋아합니다, 브린. 아, 일이 터지기 전이니까 좋아했다고 해야겠군요." 내가 담담하게 대답한다. 그 전에 위스키를 한 잔 들이켜기는 했다.

"그 친구가 자네를 좋아하듯이 말이지. 그 친구가 자네에게 하듯 다른 사람한테 말하는 모습을 상상할 수 있겠나? 우린 그 점을 이용할 거야."

"어떻게요?" 내가 묻는다. 미소를 포기하지는 않은 채로. 머릿속 비밀 공간(브린의 표현이다)에서 온갖 목소리들이 아귀다툼을 벌이지만 그래도 나는 자제심을 붙들고 있다. "계속 대답을 피하시는데, 이 방정식에서 '우리'가 대체 누굽니까?"

산타 할아버지 같은 눈썹이 한껏 올라가더니 더없이 환한 미소가 이어진다.

"맙소사, 자네와 나 말고 또 누가 있겠나?"

"우리가 무슨 일을 하는 건지 여쭤도 되겠습니까?"

"당연히 자네가 잘하는 일이지! 그 친구랑 내내 잘 지냈잖아. 그 것만으로 절반은 먹고 들어가는 셈이야. 기회를 노려서 나머지 반만 주물러봐. 자네 정체를 밝히고 그 친구가 뭘 잘못했는지 말해주는 것도 괜찮겠군. 차분하게, 담담하게. 그럼 넘어올 거야. '예, 그렇게 할게요, 내트'라고 말하는 순간 밧줄을 목에 걸고 부드럽게 경마장으로 이끄는 거지."

"부드럽게 이끈 다음에는요?"

"우리가 갖고 놀아야지." 가짜 정보 하나 그럴듯하게 만들어서 미끼로 던져. 파이프라인을 통해 모스크바에 넘어가게 말이야. 최대한 이용해 보자고. 일이 끝나면 자매기관에서 감마의 네트워크를 장악하고 승리의 나팔을 불 거야. 자넨 표창을 받겠지. 지금껏 하던 대로만 하면 돼. 그냥 최선을 다해 경기하면 된다는 거지. 브라보! 발을 빼면 불충이 되고 주제넘게 나서면 욕을 먹을 걸세. 자, 이제

부터 내 말 잘 듣게." 내 쪽에서 뭐라 반박할 틈도 주지 않은 채 브
린은 거침없이 밀어붙인다.

★★★

브린은 메모를 하지 않는다. 필요가 없기 때문이다. 자료나 수치
를 살피느라 업무용 휴대전화를 열어보는 일도 없다. 억지로 기억
을 되살린답시고 머뭇거리고 찡그리며 머릿속을 헤집지도 않는다.
로마의 소비에트 연구소 시절 달랑 1년 만에 러시아어를 익히고,
여가 시간을 활용해 표준 중국어를 이력서에 추가한 인물 아닌가.

"지난 아홉 달 사이 자네 친구 섀넌은 런던 주재 유럽 외교 시설
을 총 다섯 차례 방문했어. 공식 방문이었고, 윗선에 보고도 했지.
두 번은 프랑스 대사관의 문화 행사였어. 독일 대사관은 세 차례 방
문했는데, 한 번은 독일 통일 기념일 행사, 한 번은 영국의 독일어
교사 시상식, 한 번은 정체불명의 사교 목적이었지. 할 말 있나?" 그
가 갑자기 묻는다.

"듣고 있습니다, 브린. 계속해요."

사실 할 말이 있지만 입 밖으로 내지는 않는다.

"방문은 모두 소속 지부에서 승인했어. 사전 승인인지 사후 승인
인지는 모르겠지만. 어쨌든 날짜도 기록되어 있지. 여기 그 자료가
있네." 그가 바로 옆에 놓인 지퍼 폴더를 가리킨다. "그리고 혹스턴
의 공중전화에서 독일 대사관으로 전화를 걸어 여행 팀의 프라우

브란트를 찾았다지만. 확인 결과 그런 사람은 없었어."

브린이 잠시 말을 멈춘다. 내가 제대로 듣는지 확인하려는 것인데, 쓸데없는 걱정이다. 나 역시 신경을 곤두세우고 있으니까.

"또 하나, CCTV를 통해 알아낸 게 있어. 어제저녁 섀넌은 그라운드 베타로 가던 중 자전거를 세워놓고 어느 교회 안에 들어갔어. 그곳에서 20분이나 있었지." 다시 넉넉한 미소.

"어떤 교회죠?"

"저교회파. 늘 문을 열어두는 그런 교회 있잖나. 돈도, 성화도, 값비싼 성의도 없는 곳 말이야."

"누구와 얘기했죠?"

"누구와도 얘기하지 않았어. 노숙자 커플이 있었는데 둘 다 진짜였지. 통로 맞은편에는 검은 옷을 입은 노파가 있었고, 그 밖에는 안내인 정도였어. 안내인 말에 따르면 섀넌은 무릎을 꿇지도 않았다더군. 그냥 앉아 있다가 일어나 그대로 자전거를 타고 떠난 거야 (다시 환한 미소). 도대체 왜 그랬을까? 창조주한테 영혼을 맡기기 위해서? 내가 보기엔 정황상 말이 안 되는 일이지만, 뭐 각자 나름의 생각이 있는 법이니까. 아니면 혼자 있을 곳이 필요해서? 난 후자에 걸지. 그런데 프랑스와 독일 대사관은 왜 찾아갔지?"

브린은 잔을 부딪친 뒤 느긋하게 등을 기대고 앉으며 내 대답을 기다린다. 나도 생각해 보지만, 솔직히 아무것도 떠오르지 않는다.

"브린, 먼저 말해보시죠." 내가 제안한다. 게임을 돌려준 격인데 오히려 그는 흡족해한다.

"내 생각에는 대사관 사냥이었어." 그가 자신 있게 내뱉는다. "있는 정보 없는 정보 탈탈 털어서 러시아 승냥이들한테 던져주려고. 감마 앞에서는 순진한 척했지만, 내가 보기엔 오랫동안 개입해 온 게 틀림없네. 진짜 얼간이라면 또 모를까. 자, 자네 차례야. 궁금한 게 있다면 얼마든지 물어보라고."

묻고 싶은 얘기야 많지만 일단 가벼운 것부터 건드리기로 한다. 내 선택은 돔 트렌치다.

"돔! 오, 그놈의 돔! 손톱 밑 가시 같은 놈! 끌어안기도 내치기도 애매하게 됐지."

"왜요? 무슨 잘못을 했죠?"

"애초에 우리한테 걸린 것부터 잘못이지. 우리 잘못이기도 하고. 정보국에서 도둑놈을 너무 사랑한 게 문제 아니겠나. 그놈의 결혼도 분수를 모르는 짓이었고. 다크 웹에서 파파라치들한테 탈탈 털렸는데, 한두 가지 억측은 있어도 대부분 정확하더라고. 그건 그렇고 자네, 우리를 떠난 그 여자와 잤나? 플로렌스?" 멋쩍은 미소.

"플로렌스와 잔 적 없습니다, 브린."

"한 번도?"

"예, 한 번도."

"그럼 왜 공중전화로 연락하고 식당까지 모시고 간 거야?"

"헤이븐을 떠나면서 요원들이 궁지에 몰렸어요. 성격이 복잡한 여자라 연락은 해 봐야겠다고 생각했습니다." 맙소사, 이런 궁색한 변명이라니.

"지금부터는 조심해야 할 거야. 그 여자, 선을 넘었거든. 자네도 그렇고. 다른 질문은? 천천히 잘 생각해 봐."

나는 뜸을 들인다. 이번에는 조금 더 찔러보자.

"브린?"

"응?"

"도대체 예리코가 뭡니까?" 내가 묻는다.

★★★

믿지 못하는 사람에게 음어의 신성함을 이해시키기란 여간 어려운 일이 아니다. 음어는 적을 교란하기 위해 정기적으로 변경해야 하기에 그 자체로도 내용만큼이나 신성하다. 외부인 앞에서 음어를 발설할 경우, 브린의 말마따나 죽음의 죄를 짓는 셈이다. 그런데, 다른 사람도 아니고 내가, 그것도 러시아국의 상징적 우두머리에게 묻고 있지 않은가! 브린, 도대체 예리코가 뭡니까?

순간 브린의 미소가 그대로 굳어버리지만 나는 물러나지 않는다.

"브린, 섀넌도 서류가 복사기를 통과할 때 얼핏 본 게 전부예요. 뭘 봤는지, 뭘 봤다고 생각했는지 몰라도 그게 전부였죠. 에드가 전화해서 그에 대해 얘기하면 난 뭐라고 대답하죠? 무슨 말인지 모르겠다고 해요? 그래서야 길을 잘못 들었다고 생각하겠습니까? 그런 식으로는 그 친구 못 끌고 와요." 난 좀 더 밀어붙이기로 한다. "섀넌은 예리코를 알고……"

"안다고 생각하겠지."

"……모스크바도 예리코를 압니다. 감마가 떠맡을 정도니까요. 심지어 모스크바는 무제한 지원을 약속하고 있죠."

브린의 미소가 커지지만 입술은 여전히 굳게 닫혀 있다. 절대로 밝히지 않겠다는 뜻이다.

"대화야. 위쪽 어른들의 대화." 그가 마침내 내뱉는다.

"어떤 어른들요?"

브린은 못 들은 체한다.

"내트, 자네도 알겠지만 우린 분단국가나 진배없어. 시민의 갈등은 결국 위쪽 양반들의 의견 충돌로 나타나지. 두 장관이 같은 날 같은 방식으로 생각하는 걸 어디 본 적이 있나? 우리한테 보내는 정보 요구서가 순간순간 요동을 치는 것도 그 탓이야, 서로 딴 얘기를 하니까. 결국 우리도 터무니없는 생각을 할 수밖에 없지. 러시아국 사람들이 바로 이 방에 앉아서 기도 안 차는 고민을 한 게 어디 한두 번이겠나?"

브린은 금언을 좋아한다. 아니나 다를까, 기어이 하나를 찾아내고 만다.

"이정표는 가리킬 뿐 가지 않아, 내트. 어떤 길로 갈지 정하는 건 결국 우리 못난 인간들 몫이지. 이정표가 결정까지 책임지는 건 아니라고."

예, 그렇죠. 아니, 그렇지 않다고 해야 하나요? 오늘 좀 헷갈리게 만드시는군요.

"하지만 브린이 KIM의 I라고 가정해도 틀린 생각은 아니겠죠? 워싱턴 팀 수장이니까요. 아니면, 그것도 너무 나갔나요?"

"아냐, 아냐, 가정이야 늘 자유롭잖나."

"더 이상 해 줄 말씀은 없습니까?"

"뭘 더 알 필요가 있을까? 자넬 위해 준비한 얘기는 여기까지야. 문제의 비밀 대화는 미국 쪽 친구들과 나눈 얘기였네. 예비 조사와 간접 확인이 목적이었지. 고위급에서 주관하지만 산파 역할을 한 건 정보국이었고. 사실 죄다 가설뿐이고 확실한 건 하나도 없네. 새년이 자백한 바에 따르면 총 쉰네 페이지의 자료 중 극히 일부만 보고 암기했다는데, 그나마도 부정확한 내용이야. 그걸로 잘못된 판단을 내려 모스크바에 가 붙었고, 어느 부분인지는 우리도 몰라. 아무튼 이제 현행범으로 잡혔네. 의도한 건 아니었겠지만 자네 덕분이지. 그 친구와 논쟁을 벌일 필요는 없어. 그냥 채찍만 보여주고, 앞으로 그걸 쓸 일이 없기만 바란다고 말해주게나."

"그게 전붑니까?"

"이 정도도 자네에겐 필요 이상의 정보야. 나도 괜히 감상에 빠져 안 하던 짓을 했군. 이거 받게. 자네한테만 주는 거야. 계속 디시를 오가야 하는데 비행기에 있으면 연락이 닿지 않을 거야."

"이거 받게"라는 말과 함께 테이블 위에 쨍그랑 금속 떨어지는 소리가 울린다. 은회색 스마트폰, 내가 요원들한테 건네곤 하던 것과 같은 모델이다. 난 휴대전화를 보고, 브린을 보고, 다시 휴대전화를 본다. 이어 마지못해 집어 재킷 주머니에 넣는다. 그제야 브린의 표정이 펴지고 목소리도 부드러워진다.

"자넨 섀넌의 구세주가 될 걸세, 내트. 자네만큼 그에게 애정을 가진 사람이 없잖나. 자네마저 허둥거리면 대안을 생각해 봐야겠지만…… 설마 가이 브래멀한테 넘기고 싶지는 않겠지?" 그가 달래듯 말한다.

나도 대안을 생각해 봤지만 브린이 염두에 둔 사람들은 절대 아니다. 그가 일어나 나도 따라 일어선다. 그가 내 손을 잡는다. 애정 표현에 긍지가 있는 사람이다. 우리는 조던 가문의 초상화가 담긴 액자들을 지나치며 선로 같은 복도를 따라 한참을 돌아온다.

"다른 가족들도 잘 지내지?"

나는 스테파니의 약혼 소식을 알린다.

"맙소사, 겨우 아홉 살 아니었어?"

둘 다 키득거리며 웃는다.

"아찬은 그림 스케일이 훨씬 커졌어. 코크 스트리트에서 곧 전시회를 크게 연다는군. 이젠 파스텔도 수채 물감도 구아슈도 안 써. 유화 아니면 흉상이지. 프루도 아내 작품에 대해 좋은 말을 많이 해 준 걸로 기억하는데."

"예, 지금도 그렇고요." 처음 듣는 소리지만 나는 고분고분 대답한다.

우리는 현관 계단에서 마주 보고 선다. 모르긴 몰라도, 다시는 서로를 만나지 못할 것이다. 머릿속을 뒤져 아무 화제나 꺼내고 싶지만 언제나 그렇듯 브린이 먼저다.

"돈 문제라면 골치 썩을 필요 없어. 손대는 것마다 개판을 쳐놨으니 곧 궁지에 몰리고 말걸. 하긴 또 모르지, 출마라도 하려고 들지."

우리는 서로를 보며 음흉하게 키득거린다. 악수를 나누며 브린은 미국식으로 내 어깨를 다독이고는, 예의상 계단 중간까지 배웅한다. 몬데오가 앞에 멈춰 선다. 아서가 나를 집으로 데려간다.

★★★

프루는 노트북컴퓨터 앞에 앉아 있다가 내 얼굴을 힐끗 보더니 아무 말 없이 자리에서 일어나 정원으로 통하는 온실 문을 연다.

"나보고 에드를 포섭하라네." 사과나무 아래 앉아 내가 입을 연다. "전에 얘기했지? 함께 배드민턴 쳤다는 아이. 수다꾼."

"그 사람을 왜 포섭해?"

"이중 스파이로."

"상대가 어딘데?"

"러시아."

"음, 그럼 일단 그냥 스파이부터 되어야 하는 거 아닌가?"

"이미 스파이야. 자매기관의 고급 사무직인데, 러시아 쪽에 비밀을 넘기다가 걸렸어. 당사자는 아직 모르지만."

한참의 정적 후, 아내 특유의 전문성이 발동한다. "그럴 경우 정보국은 증거를 있는 대로 모아야 해. 증거는 공공기소국에 넘기고 공개 법정에서 정당하게 재판을 받는지 지켜봐야지. 그 사람 친구

들을 꼬드기거나 협박하거나 모함하는 일은 절대 금물이고. 당연히
브린한테는 싫다고 했겠지?"

"하겠다고 했어."

"왜?"

"에드가 줄을 잘못 선 것 같아."

18

레나테는 늘 일찍 일어났다.

일요일 아침 7시, 해가 뜨자마자 더위가 기승을 부리기 시작한다. 나는 리젠트 공원의 열기 가득한 동토대를 지나 북쪽 프림로즈 마을을 향해 터덜터덜 걷고 있다. 그동안 조사한 바에 따르면(조사는 내 컴퓨터 대신 프루의 노트북컴퓨터로 진행했다. 프루는 애매한 태도로 지켜보기만 했다. 나로서도 아직 정보국을 향한 충성심이 남아 있고 잘못을 일일이 떠벌릴 이유도 없는 터라 프루를 완전히 끌어들이지는 않기로 했다), 내가 찾는 동네는 빅토리아 시대의 대저택 단지를 성공적으로 복원한 곳이다. 사실 의외다. 외교관 직원들은 대체로 본부 주변에 모여 산다. 레나테의 경우라면 벨그레이브 광장의 독일 대사관이어야 한다. 하긴, 헬싱키에 있을 때도 그녀는 본부와 최대한 멀리 떨어져 살겠다고 고집을 부렸다. 내가 이곳에서 이인자이 듯 레나테도 그곳 지국에서 이인자였기에 그 정도는 얼마든지 요구할 수 있었다.

프림로즈는 지극히 조용하다. 에드워드풍의 파스텔 빛깔 빌라 지대 어딘가에서 교회 종소리가 울리지만 그마저도 조심스럽다. 그래도 카페 겸 주점을 운영하는 이탈리아인만큼은 거리낌 없이 덜커덩 소리를 내며 줄무늬 차양을 내린다. 그 소리가 내 발소리와도 묘하게 어울린다. 나는 오른쪽으로 돌았다가 다시 왼쪽으로 꺾는다. 벨리샤 코트는 회색 벽돌로 된 6층짜리 건물로, 막다른 골목에서도 어두운 쪽에 서 있다. 돌계단을 올라 아치형 현관으로 가보니 검은색 이중문은 꽁꽁 잠겨 있고 각 호의 번호만 적혀 있을 뿐 이름은 보이지 않는다. 하나뿐인 초인종에 "관리실" 표시가 있지만, 그 뒤에 꽂아둔 메모지에 손 글씨로 "일요일 방문 금지"라고 적혀 있다. 열쇠가 있어야만 들어갈 수 있다는 얘기다. 놀랍게도 원통형 자물쇠가 걸려 있다. 정보국의 내로라하는 전문가도 이 정도면 쉽사리 열지 못한다. 나에게야 더 어려운 일이지만 어차피 장비도 없다. 어찌나 오래 썼는지, 자물쇠가 온통 흠집투성이다.

나는 밝은 쪽으로 건너간다. 진열장 아동복에 관심이 있는 척하지만 그보다 이중문의 반영을 관찰하는 중이다. 벨리샤 코트가 아무리 철옹성이라 해도 누군가 아침 조깅은 하지 않겠는가. 마침내 문이 반쯤 열린다. 조깅을 하려는 사람은 아니다. 검은 옷을 입은 중년 부부, 아마도 교회에 가는 길이리라. 나는 안도의 한숨을 내쉬며 노부부 쪽으로 접근한다. 부부는 웃고 있지만 내가 아니라 서로를 향한 미소다. ……그게 언제였지, 여보? 내게서 멀어진 뒤에도 노부부는 서로 키득거리며 돌계단을 내려간다. 나는 창 없는 통로를 따라 왼쪽 마지막 문으로 향한다. 이 문을 지나면 다시 정원 문이 나올 것이다. 헬싱키에서도 그랬지만 레나테는 널찍한 1층을 선호한다. 물론 뒷문이 확보된 곳이어야 한다.

8호 문에 편지 수납용 날개판이 달려 있다. 내 손에 들린 봉투에는 "레니 친전"이라 적혀 있고 비밀 표시도 되어 있다. 레나테는 내 필체를 안다. 레니는 내가 붙인 애칭인데 그녀도 좋아한다. 나는 구멍 안으로 봉투를 밀어 넣는다. 이어 두어 번 날개를 움직인 뒤 버저를 누르고 골목으로 빠져나온다. 좌로 꺾고, 우로 꺾고, 중심가에 진입해 카페를 지나치면서 이탈리아인에게 손을 흔들어 인사를 건넨다. 거리를 가로지르고 철문을 지나자 가파른 프림로즈 언덕이 눈앞에 나타난다. 언덕은 다 타버린 담배 색깔이다. 언덕마루에 오르자 밝은색으로 차려입은 인도인 가족이 모여 있다. 그들은 거대한 가오리연을 날리려 애를 쓰지만, 바람이 없는 탓에 바짝 마른 낙엽조차 미동도 않는다. 나는 근처 나무 벤치에 앉는다.

★★★

15분을 꼬박 기다린다. 16분이 지날 즈음엔 거의 포기하기 직전이다. 레니는 나타나지 않는다. 조깅 나갔나? 요원이나 연인과 함께

일 수도 있고, 에든버러나 글라인드본에 가서 임무 수행 중일 수도 있다. 위장 신분이 있으니 어디든 얼굴을 비치고 악수를 해야 할 것이다. 질트에 좋아하는 해변이 있는데 그곳에서 휴가를 즐길지도……. 다른 가능성도 있다. 잠재적으로는 제일 난감한 상황이다. 남편이나 연인이 함께 있다가 편지를 낚아채고 지금 나를 만나러 오는 중이라면? 아, 다행히 성난 남편이나 연인이 아니다. 레니 자신이 씩씩하게 언덕을 오르고 있다. 두 주먹으로 작고 땅딸한 몸 여기저기를 두드리며 걷는다. 발을 내디딜 때마다 갈색 단발머리가 펄럭인다. 푸른 눈은 분노에 이글거리고 있다. 아무래도 이 전사께서 기어이 나를 죽일 생각인 모양이다.

레니는 나를 발견하고 방향을 잡는다. 걸음을 디딜 때마다 먼지가 펄펄 치솟는다. 나는 자리에서 일어난다. 레니는 그대로 지나치더니 벤치에 털썩 앉아 나를 노려본다. 옆에 와서 앉으라는 지시다. 헬싱키에 있을 때도 영어를 꽤 했고 러시아는 더 잘했으나, 어느 날 갑자기 무슨 바람이 불었는지 둘 다 내동댕이치고 고국 독일 북부 언어를 고집하기 시작했다. 지금, 오랜만에 속사포 같은 불평을 듣고 있자니 영어 실력이 훨씬 나아진 것 같다. 마지막으로 레니의 영어를 들은 건 8년 전 발트 해안, 남루한 오두막에서 주말도 없이 일할 때였다. 문득 그곳의 더블 침대와 땔감으로 불을 피우던 때가 떠오른다.

"지금 제정신으로 이러는 거야, 내트?" 그녀가 나를 노려보며 쏘아댄다. 레니다운 모습이다. "도대체 무슨 의미야? '단둘이 은밀한 대화 필요'라니. 나를 포섭하자는 거야, 아니면 엿 먹이자는 거야? 어느 쪽이든 난 관심 없으니, 위쪽 대가리들한테 그렇게 전해. 살짝 맛이 간 여자니까 관심 접으라고, 오케이?"

"오케이." 일단 대답한 뒤 레니가 진정하기를 기다린다. 여성 레나테는 스파이 레니보다 다혈질이다.

"스테파니는 잘 있고?" 레니가 묻는다. 다행히 조금 진정된 모양이다.

"잘 지내지. 어느새 어른이 되어 약혼까지 했다고. 폴은 어때?"

폴은 아들이 아니라 남편이다. 아니, 헤어졌을까? 베를린 출판업자인 남편은 바람기가 있었다. 레니한테는 아이가 없다. 그녀도 그 점을 아쉬워한다.

"응, 잘 지내. 만나는 여자들은 더 젊고 멍청해지고, 출간 도서는 도색잡지 같아졌지만, 사는 건 뭐 그럭저럭. 나 이후로 연애 좀 했나?"

"아니, 난 조신하게 지냈어."

"아직 프루랑 살지?"

"아주 잘."

"그렇군. 왜 나를 불렀는지 얘기할 거야? 아니면 대사를 불러올까? 영국 친구들이 런던 파크 기지국장에게 부적절한 제안을 한다고?"

"그보다는 내가 정보국에서 쫓겨났고 지금은 구조 임무 중이라 전해."

내 말에 그녀가 자세를 고쳐 앉는다. 손목과 팔꿈치를 모으고, 두 손은 깍지 낀 채 무릎 위에 놓는다.

"정말이야? 자기를 잘랐다고? 황당무계한 음모 아니지? 언제?"

"어제, 내 기억이 맞는다면."

"부적절한 연애 같은 게 얽혔나?"

"아니."

"그런데 구조라니, 누굴 구조한다는 거야?"

"자기. 단수가 아니라 복수로. 자기 팀, 자기네 기지, 자기네 대사, 베를린에 있는 사람들."

레나테가 눈을 크게 뜬다. 집중할 때면 절대 깜빡이는 법이 없다.

"진담이야, 내트?"

"그 어느 때보다."

그녀는 잠시 생각에 잠긴다.

"지금 우리 대화 녹음하고 있어?"

"아니, 안 해. 자기는?"

"나도 아니야. 어쨌든 우리를 구조한다는 얘기 좀 얼른 해 봐. 그 때문에 여기 온 거라며."

"만약에 말이지, 정보국에서 이런 얘기를 했다고 가정해 봐. 런던 정보기관의 누군가가 우리 쪽과 미국 파트너들과의 일급비밀 대화를 자기한테 제공했다는 정보를 입수했다고. 그러면 자기는 어떻게 하겠어?""

대답이 예상보다 빨리 나온다. 여기 올라오는 동안 궁리했을까?

아니면 집에서 나오기도 전에 상부의 조언을 받은 걸까?

"지금 어디서 낚시질이냐고 대꾸하겠지."

"뭣 때문에 낚시질을 하는데?"

"브렉시트에 대비해 우리 충성도를 확인하고 싶을지도 모르잖아. 작금의 황당한 위기에서 그들한테 그보다 중요한 일이 있겠어?"

"어쨌든 그런 정보는 받은 적 없다?"

"자기가 가정법으로 질문했잖아. 나도 가정법으로 대답한 거야."

그러고서 그녀는 입을 굳게 다문다. 말인즉슨 이 얘긴 끝났다는 뜻이다. 다만, 일어나 떠나는 대신 조용히 앉아 있다. 정보를 더 원하지만 티를 내고 싶지 않은 모양이다. 인도인 가족은 연날리기를 포기하고 이미 언덕을 내려갔다. 언덕 아래서는 조깅하는 사람들이 떼를 지어 왼쪽에서 오른쪽으로 달려간다.

"그 정보원 이름이 에드워드 섀넌이라면?" 내가 미끼를 던진다.

어깻짓. 어림도 없다.

"이것도 가정인데, 섀넌은 한때 베를린에 소재한 우리 합동 정보 연락 팀 소속이었어. 독일에 빠져서 차도 독일 차만 타고 다니는 친구야. 동기가 복잡하고 우리 상호의 이익을 위해서도 부적절하지만, 악의는 없어. 사실 좋은 의도라고 할 수 있지."

"당연한 얘기지만, 한 번도 들어본 적 없는 이름이야."

"당연히 그렇겠지. 하지만 지난 몇 달 사이 자기네 대사관을 여러 번 방문했더라고." 난 날짜까지 알려준다. 브린도 허락한 사항이다. "런던에서 일하면서 레니 쪽 지국에 연줄을 만들지 못했기 때문이겠지. 누구한테 정보를 제공해야 할지 몰라 대사관 아무나 찔러보다가 결국 그쪽 지국 사람한테 가버린 거야. 정보국 사람이긴 해도 음모라는 측면에서 완전히 젬병인 셈이지. 그럴싸한 시나리오 아냐? 물론 가정이지만."

"그래, 그럴싸해. 동화라면 딱 어울리겠네."

"섀넌을 받아들인 당사자가 자기네 직원 마리아 브란트라면 좀 더 그럴싸해질까?"

"그런 사람 없어."

"그래, 없겠지. 하지만 말이지, 자기네 지국에서 결정을 내리기까지 열흘이나 걸렸어. 열흘간 숙고에 숙고를 거듭한 끝에 제안에 관심 없다고 답한 거야."

"물론 아니겠지만, 혹시라도 그랬다면 우린 왜 여기 앉아 있는 거지? 그 사람 이름을 알잖아. 가짜 구매자를 만들어 잡아들이면 그만 아냐? 비록 가정이긴 해도, 우리 대사관 쪽에서는 100퍼센트 제대로 대처했네."

"가짜 구매자?" 나는 믿을 수 없다는 듯 외친다. "에드가 가격까지지 정했다는 얘기야? 그럴 리 없을 텐데?"

또다시 특유의 시선. 다만 이번엔 보다 부드럽고 친근하다.

"에드? 지금 그 사람을 그렇게 부른 거야? 가상의 반역자를? 에드라고?"

"다들 그렇게 부르니까."

"그렇다고 자기까지 그렇게 불러?"

"입에 잘 붙잖아. 아무 의미 없어." 내가 항변하지만 수세에 몰린 것은 사실이다. "그런데, 새년이 비밀을 팔려고 했다는 건 어떻게 알았어?"

이제 수세에 몰리는 건 레니 쪽이다.

"그런 말 한 적 없어. 터무니없는 가정 얘기만 늘어놓은 건 자기잖아. 정보 장사꾼들은 그냥 값을 부르는 법이 없잖아. 먼저 상품을 내놓고 구매자의 신뢰부터 얻어내려 하지. 조건을 논하는 건 그다음이고. 우리 둘 다 잘 알잖아?"

사실이다. 우리를 이어준 것도 헬싱키의 독일 출신 정보 장사꾼들이었다. 브린 조던이 쥐새끼 냄새를 맡고 독일 친구들을 만나 점검해 보라 지시했는데, 그때 레니를 소개받았다.

"아무튼 베를린에서 그를 내치라고 지시하기까지 열흘 밤낮이 걸렸다고."

"헛소리."

"아냐, 레니. 난 그쪽 고통을 분담하려는 거야. 열흘 낮 열흘 밤이 지난 뒤에 그를 밀어냈지. 자기네 런던 지국장 나리께서, 손아귀에 들어온 기막힌 전리품을 말이야. 새년은 꿈의 정보를 주겠다고 제안했어. 그런데 망할, 그 친구가 까발리면 어쩌지? 외교적 추락을 생각해 봐. 우리 영국 매체는 또 어떻게 나올까? 5성급 독일 스파이, 브렉시트 와중에 겁을 먹고 우리를 엿 먹이다!"

레니가 항변하려 하지만 난 기회를 주지 않는다. 사실 나한테도 여유가 없다.

"잠자고 있었나? 아니잖아. 지국이 동면 중이었어? 대사관이? 열흘 밤낮이 지난 다음에야 얘기했다고. 섀넌한테 전해, 제안을 거부한다고. 다시 접선하면 영국 관계 당국에 넘겨버리겠다고. 마리아가 증발하기 전에 섀넌에게 한 얘기가 그거였어."

"열흘 같은 건 없어. 상상의 날개는 여전히 생생한가 보네? 그런 제안이 들어왔다면 대사관에서 당장에 거절했겠지. 그런 적도 없지만. 자기네 정보국이든 다른 정보국이든 엉뚱한 생각을 했다면 속은 거야. 내가 거짓말하는 거 봤어?"

"아니, 레니. 늘 자기 업무에 충실할 뿐이지."

레니는 화가 나 있다. 나한테도, 자기 자신한테도.

"또 나를 꼬드겨 항복시키려고?"

"내가 헬싱키에서 그랬나?"

"그럼 아니야? 다 그런 식으로 넘어갔어. 자긴 그런 짓으로 유명하고. 그 사람들이 고용한 것도 그래서잖아? 그 잘난 매력을 이용해 로미오 노릇 좀 해 보라고 말이야! 자기는 집요했고, 난 어렸지. 브라보!"

"우리 둘 다 어렸어. 둘 다 고집이 셌고. 벌써 잊었어?"

"헛소리. 불행한 과거를 서로 자기 입맛에 맞게 기억하는 모양이네. 좋아, 그렇다고 해 두자고. 대신 다시는 헛소리 말기."

레니는 여성이다. 지금 난 오만하게도 여성 앞에서 나대는 중이다. 그녀도 고위급 전문 정보 요원이니 궁지에 몰리는 게 달가울 리 없으리라. 하지만 난 그녀의 전 애인이기도 하다. 다른 스파이들처럼 이제 내쳐질 위기에 처했지만, 그녀의 삶에서는 작으나마 소중한 일부 아닌가. 레니는 그런 나를 날려버릴 생각이 없다.

"레니, 내 말 들어봐." 내가 물고 늘어진다. 더 이상 조급함을 감추려 하지도 않는다. "이번 일은 잘 풀릴 거야. 지난 열흘 밤낮 동안 자기네 정보국 안팎에서 어떤 일이 있었는지 내가 알거든. 에드워드 섀넌이 제 발로 찾아가 영국을 겨냥한 최고급 정보를 제공한다고 했지. 어떻게 처리할 생각이었어? 회의는 몇 번이나 했지? 얼마나 많은 사람들이 서류를 건드리고, 서로 전화하고, 이메일을 보내고, 승인을 했지? 아무래도 그 일부는 안전망을 벗어나지 않았겠어? 얼마나 많은 정치가들과 공무원들이 식겁하고 똥줄을 태웠을까? 시간, 장소 안 가리고 떠벌리고 다녔겠지? 맙소사, 레니, 베를린에서 자기들이랑 함께 살고 일했던 젊은이야. 독일어와 독일인을 사랑하고 스스로 독일의 심장을 가졌다고 믿는 친구란 말이야. 타락한 용병이 아니라, 진심으로 어떻게든 유럽 사회를 구하기 위해 뛰어든 친구라고. 마리아 브란트 역할을 했을 때 그런 느낌 못 받았어?"

"웬 헛소리야? 내가 마리아 브란트 역할을 했다고? 어떻게 그런 생각을 하지?"

"설마 그 친구를 하급 직원한테 맡겼다는 소리는 아니지? 자기가 그럴 리 없어, 레니. 영국 정보국의 자발적 협조자가 일급비밀 쇼핑 목록을 들고 건너갔으니까."

그러면서도 나는 레니가 항변하고 부인하겠거니 생각한다. 무조건 부인하라 배우지 않았던가. 그런데 일종의 체념 같은 것이 그녀를 제압하고 만다. 레니는 내게서 시선을 거두고 아침 하늘을 올려다본다.

"그래서 해고당한 거야, 내트? 그 녀석 때문에?" 레니가 묻는다.

"어느 정도는."

"그런데 그 애한테서 우리를 구하러 왔다고?"

"에드가 아니라, 자기들 자신한테서야. 런던, 베를린, 뮌헨, 프랑크푸르트, 자기네 상사들이 모여 회의하는 곳이라면 어디든 섀넌의 제안이 새어 나갔어. 결국 라이벌 조직에서 가로챘지."

갈매기 한 떼가 날아와 저 아래 내려앉는다.

"미국?"

"러시아." 내가 대답한다. 레니는 한동안 갈매기들만 바라본다.

"우리 정보기관으로 속이고 가짜 깃발을 내세워서? 모스크바가 섀넌을 포섭했다고?" 레니가 다시금 확인을 구한다.

그녀는 작은 주먹을 꼭 쥐어 무릎에 놓는다. 그 주먹만이 그녀의 분노를 드러내고 있다.

"러시아에서 그 친구한테 그렇게 말했어. 마리아가 제안을 거절했던 건 이쪽에서 행동을 개시할 동안의 지연전술이었다고."

"섀넌이 그런 개소리를 믿어? 맙소사!"

우리는 다시 입을 다문다. 그사이 그녀의 방어벽과 적대심은 모두 사라져 있다. 헬싱키에서처럼 우린 다시 동지가 되었다. 물론 둘 다 인정하지 않지만.

"예리코가 뭐야?" 내가 묻는다. "그 친구, 그 음어 자료 때문에 이성을 잃었어. 극히 일부만 보고도 그쪽으로 달려간 것으로 미루어 아무래도 초특급인 것 같은데."

레니는 눈을 크게 뜬 채 나를 바라본다. 그래, 사랑을 나눌 때도 저런 눈이었지! 목소리에서도 사무적인 말투는 사라져 있다.

"예리코를 몰라?"

"몰라. 들은 적도 없고. 돌아가는 꼴을 보아하니 앞으로도 알긴 어려울 것 같군."

레니는 더 이상 말이 없다. 깊은 생각에 빠진 것이다. 그녀가 천천히 눈을 뜬다. 난 자리에서 꿈쩍도 하지 않는다.

"맹세 하나 해 줘, 내트. 지금 하는 얘기 다 사실이지? 전부 다 말하는 거지?"

"다 안다면야 당연히 전부 얘기하지. 어쨌든 내가 아는 사실을 다 얘기한 건 맞아."

"러시아에서 섀넌을 설득했다고?"

"우리 정보국도 설득했고. 꽤 제대로 했더군. 예리코가 대체 뭐야?" 내가 다시 묻는다.

"섀넌이 얘기한 그대로 들려줘? 그럼 자기 조국의 더러운 비밀까지 나올 텐데."

"그게 사실이라면야. 나도 '대화'에 대해 듣긴 했는데 거기까지가 한계였어. 정보 채널을 통해 이루어진 아주 민감한, 영국과 미국 간의 고위급 대화."

레니가 크게 숨을 들이켜고 다시 두 눈을 감는다. 눈을 떴을 때는 내게 시선을 고정하고 있다.

"섀넌에 따르면, 그가 읽은 내용은 영국과 미국의 위장 연합작전 증거였어. 그것도 빼도 박도 못 할 증거. 이미 기획 단계였고 목표 는 두 가지였지. 하나는 유럽연합의 사민주의 기관들을 훼손하고, 둘째는 국제 거래 관세 제도를 폐지하는 것." 레니는 다시 큰 숨을 들이켠 뒤 이어간다. "브렉시트 시대잖아. 영국은 절박한 심정으로 미국과의 거래를 늘리려 할 거야. 미국은 영국의 어려움을 인정하 겠지만 당연히 조건을 붙이겠지. 그 조건 하나가 위장 연합작전이 야. 유럽 기구의 관료, 의원, 언론인들을 설득해 포섭하는. 설득한다 고는 하지만, 뇌물이나 협박이 배제되는 건 아니지. 또 가짜 뉴스를 대규모로 퍼뜨려 유럽연합 회원국들을 이간질하기도 할 거야."

"섀넌의 말을 그대로 옮기는 거야?"

"거의. 그가 예리코 자료의 도입부라고 주장한 내용이야. 단어 300개를 외웠다기에 내가 적어뒀어. 처음엔 나도 믿지 못했지."

"지금은 믿고?"

"그래, 믿어. 우리 정보국도, 정부도. 주장을 뒷받침할 만한 증거 도 확보했고. 미국인 모두가 유럽을 싫어하는 것도 아니고, 영국 사 람이라고 무조건 트럼프의 미국과의 무역 연맹에 목매는 것도 아니 잖아?"

"그런데도 섀넌을 거절했다?"

"독일 정부로서는 영국이 유럽으로 돌아오리라 믿고 싶었으니까.

그 때문에 우방국을 상대로 스파이 활동을 벌이고 싶지 않았던 거야. 제안은 고맙습니다, 섀넌 씨, 하지만 유감스럽지만 이러이러한 이유에서라도 수용할 수 없겠네요."

"자기가 그렇게 말했어?"

"그렇게 말하라고 지시를 받았어. 그대로 전달했을 뿐이야."

"독일어로?"

"아니, 영어로. 섀넌의 독일어는 기대만큼 훌륭하지 못했거든."

발렌티나가 독일어가 아닌 영어로 얘기한 것도 그래서였군. 어쨌든 밤새도록 나를 괴롭힌 문제 하나는 해결된 셈이다.

"동기에 대해서도 물어봤어?" 내가 묻는다.

"당연히 물었지. 괴테의 《파우스트》를 인용하더라고. '태초에 행위가 있었노라.' 조력자가 있는지 물었을 땐 릴케를 인용했고. 'Ich bin der Eine.'"

"무슨 뜻이지?"

"내가 바로 그다? 독불장군? 아니면 단독자. 릴케가 알겠지."

"첫 번째 만남이었나? 아니면 두 번째?"

"두 번째 만남 때는 나한테 화를 냈어. 이 바닥에서 우는 건 금기지만, 솔직히 울고 싶었지. 그 사람 체포할 거야?"

불현듯 브린의 금언이 떠오른다.

"이런 일이 있을 때마다 하는 얘기이지만, 체포하기엔 너무 착해."

레니의 시선이 바짝 마른 언덕 중턱을 향한다.

"구하러 와줘서 고마워, 내트." 그녀가 마치 내 존재를 처음 깨달기라도 한 듯 입을 연다. "보답하지 못해 아쉽지만. 이제 프루한테 돌아갈 시간이지?"

19

난 에드에게서 어떤 반응을 기대했을까? 그야 모를 일이다. 어쨌든 열다섯 번째 배드민턴 시합을 위해 아틀레티쿠스 탈의실에 들어온 그의 얼굴에 예의 활기찬 미소는 보이지 않았다. "안녕, 내트, 주말 잘 보냈죠?" 그가 인사를 건넨다. 반역자들도 루비콘강을 건너면 돌아올 방법이 없다는 사실 정도는 안다. 경험으로 볼 때 자기 선택에 크게 만족하는 경우는 없다. 자신이 우주의 중심이라는 생각에 신이야 나겠지만, 끝내는 두려움과 자기 비하, 끔찍한 외로움에 매몰되고 만다. 이제부터 누구를 믿어야 한단 말인가? 적국?

아무리 에드라 해도 지금쯤은 뭔가 깨닫지 않았을까? 완벽주의자 아네트도 무조건 믿을 만한 존재는 못 된다. 설령 그녀가 예리코에 홀딱 빠졌다 해도 말이다. 아네트에 대해 뭔가 눈치채기는 했을까? 예를 들어 독일어-영어 발음이 흔들린다는 점이라든가. 특히 그루지야식 러시아어로 갔다가 황급히 되돌아올 때 말이다. 독일풍 매너도 지나치게 전형적이고 구태의연하다. 그걸 느꼈을까? 옷을 갈아입는 섀넌의 모습을 지켜보며 전과 다른 분위기를 찾아보지만 헛수고다. 표정이 어두워지지도, 동작이 어색하지도, 목소리가 갈라지지도 않는다.

"나야 잘 지냈지, 고맙네, 섀넌. 자넨?" 내가 묻는다.

"잘 지냈어요, 내트. 예, 정말로요."

내가 아는 한 에드는 자기 감정을 손톱만큼도 감추지 않는 사람이다. 아무래도 반역에 대한 최초의 도취감이 아직은 남아 있는 듯하다. 조국을 배신하는 것이 아니라, 유럽 내에서 영국의 명분을 찾아주기 위한 일이라고 믿는 한 당연한 노릇이다. 아직까지는 모든 점에서 고무되어 있다는 얘기다.

우리는 1번 코트로 나간다. 에드가 앞에서 라켓을 흔들며 전의를 불태운다. 서브용 셔틀콕이 에드 쪽으로 떨어진다. 이 문제에 대해서는 언젠가 창조주가 설명해야 할 것이다. 에드가 승전 가도를 달리기 시작한 그 검은 금요일 이후, 저놈의 셔틀콕은 매번 에드 몫이 되니 말이다.

기죽지 말자. 물론 오늘 내 컨디션이 최상이라고는 할 수 없다. 아침 조깅을 빼먹은 데다 체육관에도 못 갔으니까. 하지만 복잡하게 얽힌 모종의 이유로, 오늘만큼은 기어이 에드를 이겨야 한다.

우리는 두 게임을 소화한다. 에드는 내내 한물간 선수처럼 군다.

한두 번 공방이 오가기는 하지만 승패에도 관심이 없는 듯하다. 후방 쪽 높은 공이라면 스매싱도 불안해질 것 같다. 나는 높이 받아친다. 그러자 그는 라켓을 휘두르는 대신 허공에 던져버린다! 이어 떨어지는 라켓을 받더니 쾌활한 목소리로 선언한다.

"됐어요, 내트, 고마워요. 오늘은 둘 다 이긴 걸로 하죠. 그보다 다른 일로 감사를 드려야겠는데."

다른 일? 내가 엉겁결에 자기를 러시아 스파이로 노출시킨 일 얘긴가? 그가 네트를 넘어오더니 내 어깨를 찰싹 때린다. 이런 적은 없었는데? 나를 아지트로 데려간 그는 차가운 칼스버그 라거 두 잔과 올리브, 캐슈너트, 감자 칩을 들고 돌아온다. 이어 잔을 부딪치고는 미리 준비한 연설을 읊기 시작한다. 특유의 북부 억양.

"내트, 할 말이 있어요. 나한테는 아주 중요한 문젠데, 내트한테도 그랬으면 좋겠네요. 저, 멋진 여자와 결혼할 생각입니다. 내트 덕분에 만난 여자예요. 그 점에 대해서는 정말 고맙게 생각합니다. 지난 몇 달간 배드민턴뿐 아니라 꿈의 여인에게로 날 이끌어준 셈이잖아요. 정말, 정말 고마워요."

그가 말을 맺기도 전에 난 상황을 파악한다. 내가 소개한 멋진 여성은 한 사람뿐이다. 당시 플로렌스가 분노에 차 대꾸도 않던 그 망할 놈의 위장 각본에 따르면, 나는 그녀를 딱 두 번 만난 것으로 되어 있다. 처음에는 사업을 하는 가상의 친구 사무실에 들어갔을 때. 당시 그녀는 임시직 비서였다. 두 번째는 더 이상 거짓말하고 싶지 않다며 반항하던 그날. 이 빌어먹을 약혼자한테 내가 베테랑 스파

/ AGENT RUNNING IN THE FIELD

이라는 사실까지 털어놨을까? 건배를 하는 동안 그의 미소가 흩어지지 않는 걸 보니 아닌 모양이다.

"에드, 그야말로 놀라운 소식이로군. 그런데 그 멋진 여성이 누구신가?" 내가 모르는 척 떠본다.

이제 나보고 거짓말쟁이에 사기꾼이라며 욕을 하려나? 플로렌스와 내가 반년 가까이 함께 일했다는 거 다 안다고? 아니면 그저 마법사처럼 가식적인 미소를 지으며 모자에서 그녀의 이름을 꺼내놓을까?

"혹시 플로렌스 기억하세요?"

난 내숭을 부린다. 플로렌스? 플로렌스가 누구더라? 다 나이 탓이야. 난 고개를 젓는다. 미안하군. 아무리 생각해도 기억이 안 나.

"맙소사, 함께 배드민턴까지 쳤잖아요, 내트!" 그가 소리친다. "바로 여기, 3번 코트에서, 로라하고요. 기억하시죠? 내트 친구분 회사에서 임시로 일하던 그녀를 데려와서 복식시합을 했잖아요."

오, 마침내 기억이 돌아오는군.

"그래, 플로렌스! 멋진 사람이었지! 정말 축하하네! 어쩌면 이렇게 까맣게 잊고 있었지? 세상에……."

악수를 나누며 나는 양립할 수 없는 두 가지 정보와 맞닥뜨린다. 플로렌스는 정보국 서약에 충실했다. 적어도 나와 관련한 부분에서는. 그리고 러시아 스파이 에드는 최근까지 영국 정보국 소속이었던 직원에게 청혼했다. 말인즉슨 국가적 추문의 가능성이 무한대로 열려 있다는 뜻이다. 이런 생각들이 머릿속을 헤집고 다니는데, 그가 "조속히 혼인신고를 하겠다"는 포부를 늘어놓는다. 시간 낭비할 필요 없잖아요?

"어머니한테 전화했더니 아주 좋아하시더라고요." 그가 맥주잔 너머로 상체를 기울이더니 내 팔뚝을 힘껏 잡는다. "어머니는 말끝마다 예수 타령이에요. 로라처럼요. 사실 이렇게 말씀하실 줄 알았거든요. 예수님이 결혼식에 오시지 않으면 그 결혼 무효다."

브린 조던의 얘기가 떠오른다. 20분이나 어느 교회에 들어가 있었다지…… 저교회파…… 돈도 없는.

"다행히 어머니는 오기 힘드실 거예요. 다리가 안 좋거든요. 날짜가 촉박한 데다 로라 때문에라도 쉽지 않죠. 너희들 원하는 대로 해라, 하시더라고요. 제대로 하고 싶어요. 널리 알리고 모두 초대할 겁니다. 어머니는 플로렌스를 정말 좋아해요. 누군들 아니겠어요? 로라도 마찬가지고요. 이번 주 금요일로 정했어요. 홀번 등기소, 12시 정각. 주말이라 대기자가 많다네요. 그 사람들 말이 15분이면 충분하대요. 다음 커플이 들어올 때쯤 우린 주점으로 갈 생각입니다. 갑작스럽긴 하지만 두 분만 괜찮으시다면…… 아, 프루가 변호사 업무로 바쁘다는 정도는 압니다."

나는 용케 인자한 미소를 유지한다. 스테파니를 돌아버리게 만드는 그 미소. 팔을 빼내지도 않는다. 지금은 무엇보다 이 놀라운 뉴스를 소화할 시간이 필요하다.

"그러니까, 프루와 나를 결혼식에 초대하는 건가, 에드? 자네와 플로렌스의 결혼에? 물론 영광이지, 영광이고말고. 프루도 마찬가지일 걸세. 아내한테도 자네 얘길 많이 했으니까."

이 엄청난 일을 어떻게 감당해야 할지 몰라 허우적거리고 있건만, 에드가 기어이 결정타를 날린다.

"내트가 와주신다면……" 그가 특유의 미소를 지으며 덧붙인다. "음, 들러리를 서주시면 어떨까 해요. 저한테는 제일 가까운 친구니까. 물론 괜찮으시다면요." 어떻게든 나를 붙잡겠다는 생각인지, 저놈의 미소는 대화하는 내내 꺼질 줄을 모른다.

나는 그 시선을 피해 고개를 숙인다. 정신 똑바로 차려. 다시 고개 들고 미소. 세상에, 이런 빌어먹을 일이 가능하다니!

"아, 물론 괜찮고말고, 에드. 그래도 자네 또래의 친구가 낫지 않을까? 옛 동기라든가. 그래, 대학 동창이 좋겠군."

에드는 잠시 생각하더니 어깻짓을 하고 고개를 저으며 다시 웃는다. "아니, 없어요." 이제는 내 반응이 진짜인지 가식인지 나조차 헷갈릴 지경이다. 나는 팔을 빼낸 뒤 사내답게 그와 다시 악수를 나눈다. 영국식으로.

"프루도 좋다면 증인이 되어주셨으면 해요. 플로렌스 생각도 같아요. 증인이 필요하거든요." 이젠 아예 거침이 없다. 세상에, 주여, 내 잔은 이미 넘치고 넘치나이다. "어려우시면…… 등기소에서 사람을 대여할 수도 있대요. 하지만 프루가 해 주는 편이 훨씬 낫죠. 변호사시잖아요. 존재만으로도 완벽한 결혼식이 될 거예요."

"그래, 그렇겠지. 자네 말대로 바쁘지 않으면 좋겠군." 내가 조심스럽게 말한다.

"하나 더요. 실은 내트한테 묻지도 않고 8시 30분에 중국집에 세 자리를 예약해 뒀어요." 맙소사, 시련이 더 남아 있다니.

"오늘 밤?" 내가 묻는다.

"아, 괜찮으시면요." 그가 말하며 주점 뒤쪽의 시계를 돌아본다. 8시 15분. 뭐, 늘 10분쯤 빠른 시계이기는 하다. "프루가 없어서 유감이네요. 플로렌스가 정말로 만나고 싶어 했거든요. 지금도 그렇고요." 그가 정말로 아쉬운 듯 덧붙인다.

사실 프루는 무료 고객들과의 약속까지 취소하고 집에서 오늘 밤 조우의 결과를 기다리는 중이다. 하지만 일단 그에 대해서는 생각하지 말자. 이 작전의 귀재가 아직은 수렁에 빠져 허우적대는 마당이니 말이다.

"물론 플로렌스도 내트를 보고 싶어 해요. 당연하죠. 제 가장 친한 친구니까요. 같이 시합도 한 사이고." 맙소사, 미치고 팔짝 뛸 노릇이군.

"아, 나도 만나고 싶군." 나는 양해를 구한 다음 화장실로 달아난다.

화장실을 향해 가면서 보니, 한 테이블에서 여자 둘 남자 둘이 열띤 논쟁 중이다. 내가 잘못 본 게 아니라면 그중 키 큰 여자는 지난번 그라운드 베타에서 유모차를 밀던 사람이 틀림없다. 탈의장 샤워실에서 흘러나오는 와자지껄한 소리 속에서, 나는 프루에게 전화를 걸어 적당히 살균한 목소리로 이 기쁜 소식을 전하고 조언도 구한다. 식사 마치고 집으로 데려갈까? 프루의 목소리는 담담하다. 내가 해 줄 일 있어? 나는 방에서 스테파니에게 전화를 걸어야 한다고 얘기한다. 15분쯤? 이미 약속이 돼 있는 걸로. 그래, 좋아. 그사이 내가 자리를 지켜줄게. 다른 건? 지금은 없어. 내가 대답한다. 이제 나는 돌이킬 수 없는 걸음을 내디딘 참이다. 브린의 말이 맞는다면 처음 에드와 함께 앉은 이후, 아니 어쩌면 그 전부터 내 무의식에 자리를 잡기 시작한 계획이다. 담당 정신과 의사가 그런 얘길 했었지. 혁명의 씨앗은 행동으로 나타나기 훨씬 전에 뿌리를 내리는 법이라고.

기억하건대 조금 전 묘사한 프루와의 짧은 대화에서 나는 지극히 객관적이었다. 하지만 프루의 기억대로라면 반대로 객관성을 잃어가고 있었다. 분명한 것은 내 목소리를 듣는 순간 프루도 우리가 작전에 돌입했음을 알아차렸다는 사실이다. 내 입으로 얘기하긴 뭣해도, 정보국 입장에서 프루는 정말 아쉬운 손실이 아닐 수 없다.

★★★

골든 문에서 우리는 크게 환영받는다. 식당의 주인이자 매니저도 아틀레티쿠스의 평생회원이라 내 경기 상대인 에드에게 관심이 많았다. 플로렌스는 정각에 도착한다. 매혹적인 차림새다. 그녀는 오자마자 웨이터들과 인사부터 나눈다. 웨이터들도 그녀의 지난번 방문을 기억하고 있다. 아파트 개조 공사 인부들과 씨름하다 왔었는데, 이를 증명이라도 하듯 청바지에 페인트 자국이 가득했단다.

합리적으로 보자면 그즈음 난 제정신이 아니어야 정상이다. 하지만 다행히 자리에 앉기 전에 가장 큰 불안 요소 두 가지가 해소된 참이다. 플로렌스는 우리의 벼락치기 위장 신분을 고수하고 있었다. 저 친근하면서도 서먹서먹한 인사를 보라! 프루가 집으로 초대했다고 전하자 두 연인은 정말로 기뻐하는 눈치다. 사실 그 초대에 계획의 성패가 달렸다고 할 수 있다. 여기서는 이 연인을 위해 식당에서 제일 비싼 스푸만테 샴페인 한 병을 호기롭게 주문하고 농담 따먹기나 하면 된다. 그런 뒤 두 사람을 집에 끌고 가면, 난 혼자 토굴에 몰래 숨어들 것이다.

나는 두 사람에게 첫눈에 반했냐고 묻는다. 당연한 질문이다. 두 사람을 서로에게 소개한 게 불과 얼마 전 아닌가. 둘 다 내 질문에 당혹스러워한다. 대답이 어려워서가 아니라 하나 마나 한 질문이라서다. 예, 복식 시합이 있었잖아요? 그 말로 다 설명이 되지 않느냐는 투다. 하지만 사실은 그 반대여야 한다. 당시 플로렌스는 정보국에서 퇴출된 직후라 크게 화가 나 있었다. 그리고 중국집에서 식사도 했고요. 내트는 빠졌지만. 바로 이 자리였지, 플로? 에드가 자랑스럽게 묻는다. 기어이 이 꼴을 보고 마는군. 한 손으로는 젓가락질, 한 손으로는 애무. "그때부터 계속 만났죠. 그 짧은 사이에 정말 많은 일이 있었네요. 그렇지, 플로?"

플로? 내가 잘못 들었나? 플로라니! 자기가 무슨 인생의 남자라도 되는 줄 아나? 두 사람의 꼴불견 대화에 둘을 떼어놓지 못했다는 비애까지 겹친다. 문득 일요일 점심 식사 때의 스테파니와 주노가 떠오른다. 스테파니의 약혼 소식을 전하자 에드와 플로렌스는 자기 일처럼 기뻐한다. 나는 특별히 바로 콜로라도의 자이언트박쥐 얘기도 들려준다. 얼마 전부터 사람들과 모일 때마다 자랑처럼 떠벌리는 소재다. 문제는 에드가 이야기에 끼어들 때마다 저 사랑의 콧소리를 참아줄 수 없다는 점이다. 불과 사흘 전, 발렌티나이자 아네트이자 감마도 저놈의 징징거리는 소리에 괴로워했지.

나는 휴대전화에 문제가 있는 것 같다고 핑계를 댄 뒤 거리로 나가 다시 프루에게 전화를 건다. 이번에도 가벼운 목소리로 얘기한다. 도로 맞은편에 밴이 한 대 보인다.

"이번엔 뭐가 문제야?" 그녀가 묻는다.

"아니, 그냥 확인차." 내가 대꾸한다. 바보가 된 기분이다.

테이블로 돌아온 나는 프루가 퇴근해 손님 맞을 준비를 하는 중이라고 알린다. 옆 테이블의 두 남자가 내 말을 엿듣고 있다. 둘 다 식사 속도가 느리다. 스파이 준칙에 신경을 쓰느라 우리가 일어날 때도 열심히 음식을 씹어댄다.

인사 파일 기록에 따르면, 나는 작전 계획에 관한 한 최고라 할 수 있지만 서류 작업에서는 아니다. 셋이 나란히 걸어 집 앞 몇 백 미터 앞에 이르렀을 때―에드는 스푼만테를 반병이나 비우곤 내가 들러리를 서면 자기 왼손이 뼈다귀뿐이라 고생 좀 할 거라는 둥 헛소리를 지껄이고 있다―나는 문득 그 사실을 깨닫는다. 내가 작전 계획 수립에야 일류일지 모르지만, 이제 이 작전의 성패는 서류를 얼마나 잘 쓰느냐에 달려 있다.

★★★

지금까지는 프루를 묘사하는 데 인색했다. 우리 사이에 드리운 이 어쩔 수 없는 소원함이 걷히고 서로를 향한 사랑이 제대로 드러나길 기다렸기 때문이다. 동료들이 나를 심문한 다음 날 아침, 프루가 구원의 말을 건네면서 마침내 그 소원이 이루어졌다.

우리 결혼을 이해하기 어렵다면 프루를 이해하는 것도 마찬가지일 것이다. 가난하고 억압받는 사람들에게는 거칠 것 없는 좌파 변호사요, 집단소송에는 용맹한 전사, 배터시의 볼셰비키…… 프루에게 따라붙는 어떤 수식어도 내가 아는 프루를 제대로 대변하지 못한다. 배경이 화려한 것은 사실이지만, 그럼에도 불구하고 아내는 자수성가한 인물이다. 판사 장인은 개자식이었다. 자식 간의 경쟁을 막겠다는 명분으로 그들의 삶을 지옥으로 만들었다. 프루가 법과대학에 다닐 때도 지원은 손톱만치도 없었다. 어머니는 알코올의존으로 고생하다가 세상을 떴고, 오빠는 완전히 망가졌다. 내가 아는 한 프루의 인본주의 정신과 합리성에 대해서는 강조할 필요조차 없다. 하지만 다른 사람들, 특히 내 잘난 동료들이라면 이해하기 쉽지 않으리라.

★★★

시끌벅적한 인사를 마친 뒤 우리 넷은 일광욕실에 자리를 잡고

잡다한 대화를 나눈다. 프루와 에드는 소파에 앉아 있다. 프루가 정원 문을 열어두었다. 산들바람이라도 없는 것보다는 나으니까. 미래의 부부를 위해 촛불을 몇 개 밝히고 고급 초콜릿도 한 상자 내놓는다. 술은 오래된 아르마냐크를 꺼내 왔는데 나도 처음 보는 물건이다. 저 술이 집에 있었다고? 커피도 만들어 커다란 보온병에 담아두었다. 그런데 즐겁게 떠드는 중에도 프루는 뭔가 마음에 걸리는 듯 보인다.

"내트, 미안한데 스테파니랑 약속한 거 잊지 않았지? 급히 의논할 게 있다고 했잖아. 9시랬나?" 프루의 신호에 나는 시계를 확인하고 벌떡 일어난다. "맙소사, 깜빡할 뻔했네. 금방 돌아올게." 그런 뒤 골방으로 달아난다.

나는 돌아가신 아버지의 사진이 끼워진 액자를 조심스레 들어 책상 위에 똑바로 놓는다. 이어 서랍에서 종이 뭉치를 꺼내 한 장씩 유리 상판 위에 펼친다. 흔적을 남기지 않기 위해서다. 나중에 깨닫기는 했지만, 정보국 지침서에 적힌 규칙은 있는 대로 어기면서 과거의 정보국 방식을 죽어라 고수하는 격이다.

나는 지금까지 수집한 정보를 요약한다. 에드에게 불리한 정보, 그다음엔 10대 현장 지침. 한 번에 한 문항씩, 또박또박. 플로렌스가 즐겨 쓰던 부사는 모조리 빼버린다. 문서 머리엔 그녀의 정보국 상징을, 꼬리엔 내 상징을 배치한다. 내용을 다시 읽어보지만 오류는 없다. 나는 종이를 두 번 접어 평범한 갈색 봉투에 넣고, 그 위에 "청구서, 플로렌스 새넌 부인 앞"이라고 마구 갈겨 적는다.

일광욕실에 돌아가니 난 이미 쓸모없는 사람이 되어 있다. 프루는 플로렌스를 악덕 고용주로부터 탈출한 동료쯤으로 여기며 이야기를 나눈다. 심지어 자신과 더없이 잘 통하는 임시직 출신아닌가. 내가 들어갔을 땐 아파트 개조 공사에 대해 대화 중이다. 플로렌스는 아르마냐크 잔을 어루만지며(좋아하는 술은 레드 부르고뉴지만) 계속 말을 늘어놓는다. 에드는 옆에서 꾸벅꾸벅 졸다가 가끔 눈을 뜨는데, 그때마다 애인을 칭송하곤 다시 잠에 빠진다.

"폴란드 석공, 불가리아 목수, 스코틀랜드 십장을 동시에 상대하다 보면 '누가 자막 좀 달아주세요!' 하고 외치고 싶어진다니까요." 플로렌스가 특유의 웃음을 터뜨린다.

플로렌스가 화장실 위치를 묻자 프루가 데리고 나간다. 에드는 그들을 지켜보다가 두 손을 무릎 사이에 넣고 고개를 숙인 채 몽환에 빠진다. 플로렌스의 가죽 재킷이 의자 등에 걸려 있다. 나는 에드한테 들키지 않게 재킷을 집어 복도로 가져간 다음 오른쪽 주머니에 봉투를 넣고 현관 옆에 걸어둔다. 곧 플로렌스와 프루가 돌아온다. 재킷이 보이지 않자 플로렌스는 의심스러운 얼굴로 나를 바라본다. 에드는 여전히 고개를 숙인 채 조는 중이다.

"아, 재킷? 혹시 잊고 갈까 봐 불안해서 말이죠. 주머니에 청구서처럼 보이는 게 삐져나와 있더라고요." 내가 말한다.

"오, 아마 폴란드 전기공일 거예요." 그녀는 눈 하나 깜짝 않고 대답한다.

메시지 접수.

프루가 빅 파마 귀족들과의 전쟁을 요약해서 설명하자 플로렌스도 맞장구를 친다. "정말 질 나쁜 놈들이네요. 다 처넣어야죠." 에드는 여전히 반쯤 잠들어 있다. 착한 아이들은 일찍 자야지. 내 말에 플로렌스도 동의하며 두 사람은 런던 반대편에 산다고 말한다. 당연히 나도 아는 사실이다. 정확하게는 그라운드 베타에서 자전거를 타고 1.5킬로미터쯤 가야 하는 곳이지만 플로렌스는 그 얘기를 생략한다. 혹시 모르는 건가? 내가 가족용 휴대전화로 우버를 부른다. 우버 기사가 기이할 정도로 빨리 도착한다. 나는 플로렌스가 가죽 재킷 입는 것을 돕는다. 고맙다는 인사가 수없이 오가지만 작별이 한없이 늘어지지는 않는다.

"정말, 정말, 대단하세요, 프루." 플로렌스가 말한다.

"예, 정말입니다." 에드도 잠에 취한 채 동의한다. 스푸만테에 아르마냐크까지, 무리를 하기는 했다.

우리는 문가에 서서 택시가 보이지 않을 때까지 손을 흔든다. 프루가 내 팔을 잡는다. 완벽한 여름밤이네. 공원에서 산책이나 할까?

★★★

공원 북쪽에 벤치가 하나 있다. 보행로 뒤쪽 공간인데, 한편에는 버드나무 숲이 이어지고 반대편으로는 강이 흐른다. 프루와 나는 그 벤치를 '우리 벤치'라고 부른다. 저녁 모임을 즐기고 너무 늦지 않게 손님들을 몰아낸 날이면 둘이 이곳에 앉아 마음을 달래곤 한다. 그곳까지 가는 동안 우리 사이에 의혹을 살 만한 대화는 전혀 오가지 않는다. 모스크바 시절의 습관 때문이다. 하지만 이곳에서라면 우리 목소리 정도는 강물과 도시의 소음에 묻힌다.

"정말일까?" 한참 침묵이 흐른 뒤, 결국 내가 정적을 깬다.

"두 사람 결혼?"

언제나 판단에 진중한 프루지만, 그에 대해서만은 전혀 의심하지 않는다.

"부평초처럼 떠돌다가 겨우 서로를 만난 거야." 프루가 선언하듯 말한다. "플로렌스 생각이 그래. 나도 공감하고, 보기 좋잖아. 어쩌면 한줄기로 태어난 두 사람을 운명이 떼어놓았던 건지도 모르지. 잘 살 거야. 플로는 자기가 뭘 하든 에드가 믿어주리라 생각하더라고. 아이가 생기면 좋겠지만 아직은 잘 모르겠대. 그러니까, 에드를 상대로 뭘 하든 자기도 이것 하나는 잊지 마. 우리 일은 그들 세 식구를 위한 거야."

★★★

우리는 속삭이듯 이야기를 나눴다. 지금으로서는 누가 어떤 생각을 했고 어떤 말을 했는지 헷갈리지만, 그래도 분명한 기억 하나는 있다. 우리 목소리가 모스크바 시절 수준으로 조심스러웠다는 것. 배터시가 아니라 고르키 문화 공원에 앉아 있는 게 아닐까 싶을 정도로 나는 프루에게 브린과 레니가 한 얘기를 모두 전하고, 프루는 아무 말 없이 들었다. 발렌티나 그리고 에드의 정체를 밝힌 과정은 일부러 생략했다. 어차피 이미 지나간 일이다. 작전 계획이 그렇듯, 대화의 초점은 적들이 에드를 상대로 수집한 자원들을 어떻게 이용할지에 집중되었다. 다만 정보국을 적으로 규정하는 데에는 프루가 더 적극적이었다.

그녀에 대해 고마운 마음이 충만했던 것도 기억난다. 조금씩 조율을 거쳐 계획을 완성해 가면서 우리의 생각과 언어가 하나로 모였다. 이제는 누구 머리에서 나온 계획인지를 따지는 것조차 무의미하다. 프루는 고맙다는 인사마저 듣고 싶어 하지 않았다. 내가 이미 사전 단계를 제대로 밟은 덕이라며, 청구서 편지를 써서 플로렌스에게 건넨 사실을 거론한다. 그 일이 크지. 프루의 관점에서 추진 동력은 나고, 자신은 내 뒤를 좇을 뿐이다. 어느 정도 돕기는 하지만, 젊은 시절 정보국의 배우자나 유능한 변호사로서 개입하는 것은 결코 아니라는 뜻이다.

내가 벤치에서 일어나 강독을 따라 몇 걸음 뗄 때쯤 프루와 나는 거의 완벽한 합의에 이르렀다. 그녀의 마지막 몇 마디를 들으며, 난 브린이 건넨 휴대전화의 자판을 누른다.

★★★

브린이 말한 대로라면 지금쯤 그는 워싱턴행 비행기 안에 있어야 한다. 하지만 수화기로 듣는 배경 소음은 분명 육지다. 주변에 다른 사람들도 있는데, 대부분 미국인 남성들이다. 요컨대 이미 워싱턴 디시에 도착해서 회의 중에 전화를 받았다는 뜻이다. 통화에 집중하긴 힘들겠군.

"그래, 내트, 어떻게 됐나?" 언제나처럼 친절한 목소리지만 조바심이 살짝 배어 있다.

"에드가 결혼합니다, 브린. 금요일에요. 상대는 헤이븐의 이인자였던 사람이고요. 맞습니다. 우리가 얘기했던 그 여자, 플로렌스요. 홀번 등기소에 신고할 예정이라는군요. 조금 전에 우리 집에 다녀갔어요."

브린은 놀라지 않는다. 이미 알고 있었을까? 언제나 나보다 많은 걸 알고 있는 사람이니 신기할 것도 없다. 나는 부연 설명을 생략한다. 이제 누구의 하수인이 아니니까. 아쉬운 사람도 내가 아니라 브린이고.

"나보고 들러리를 서달라더군요. 웃기지 않습니까?"

"그래서 승낙했나?"

"아니면 어떻게 하겠습니까?"

긴급한 안건을 처리하는지 웅성이는 소리가 들린다.

"클럽에서는 계속 둘이서만 있었잖나. 왜 단도직입적으로 묻지 않았지?" 그가 말한다.

"뭘 어떻게 물어보라는 겁니까?"

"들러리 역할을 받아들이기 전에 얘기해. 일단 자네에 대해 좀 알고 싶다고. 거기서부터 풀어나가란 말이야. 이봐, 가이한테 이 일을 넘길 수도 있어. 그 친구라면 허튼짓 안 할걸."

"브린, 잠깐 내 말 좀 들어보시죠. 결혼식이 나흘 뒵니다. 섀넌은 지금 다른 세상에 살고 있어요. 문제는 누가 맡느냐가 아니라, 지금 접근할 것인가 아니면 결혼 후까지 기다릴 것인가예요."

다소 막 나간 감은 있지만 나는 자유인이다. 강둑을 걷는 프루도 조용히 고개를 끄덕여주지 않는가.

"섀넌은 잔뜩 들떠 있어요, 브린. 지금 건드렸다가는 꺼지라는 소리나 들을 겁니다. 그럼 작전은 물 건너가는 거죠."

"잠깐 기다려 봐!"

나는 기다린다.

"듣고 있나?"

그럼요, 브린.

"우리 손에 들어올 때까지는 섀넌이 감마든 누구와도 다시 들어앉게 두면 안 돼. 알아들었나?"

들어앉는다는 건 비밀 회동을 뜻한다. 독일 스파이들의 은어. 그리고 브린의 은어.

"그 친구한테 그렇게 말하라는 겁니까?" 내가 짜증스럽게 묻는다.

"일 좀 제대로 하란 말이야. 시간 낭비 말고." 그도 툭 쏘아붙인다. 분위기가 험악해진다.

"브린, 분명히 말씀드리는데, 섀넌은 지금 자기 기분을 제대로 통제 못 해요. 얘긴 이걸로 끝입니다. 난 그 친구가 평정을 되찾을 때까지 밀어붙일 생각 없어요."

"그래서, 당장은 뭘 어쩌겠다는 건가?"

"예비 신부 플로렌스랑 이야기해 보죠. 지금으로서는 유일한 통로니까."

"그 여자가 다 불어버리면?"

"정보국에서 훈련을 받은 친구예요. 내 밑에서 일도 했고. 이해력이 뛰어나고 상황 판단도 좋은 사람입니다. 잘 얘기하면 플로렌스가 섀넌에게 제대로 설명할 거예요."

다시 웅성거리는 소리. 잠시 후 브린이 황급히 대화로 돌아와 묻는다.

"여자도 알고 있나? 애인이 뭘 하려는지?"

"브린, 그건 중요하지 않은 것 같은데요. 아직 얘기도 안 해 봤고요. 만약 플로렌스가 공범이라면 함께 처벌을 받겠죠."

브린의 목소리가 조금 누그러진다.

"여자한테는 어떻게 접근할 생각인가?"

"함께 점심 식사를 할 겁니다."

다시 웅성거리는 소리. 다시 복귀.

"어떻게 한다고?"

"플로렌스도 어른이에요, 브린. 히스테리 같은 것 안 부린다고요. 생선 요리도 좋아하고요."

다시 웅성거리는 소리. 하지만 이제는 브린도 나와의 대화를 이어간다.

"뭐? 어디로 데려간다고?"

"전에 데려간 곳 아시잖아요." 조금 더 성질을 부릴 타이밍이다. "이봐요, 브린, 내 제안이 마음에 들지 않으면 가이한테 넘겨요. 난 상관없으니까. 아니면 돌아와서 직접 해 보시든가."

프루가 벤치에 앉아 손가락으로 목을 긋는다. 전화를 끊으라는 신호지만, 브린이 "여자랑 얘기한 다음 곧바로 보고해"라는 간략한 지시와 함께 먼저 끊어버린다.

우리는 팔짱을 낀 채 터덜터덜 집으로 돌아온다.

"플로도 눈치챘을지 몰라. 전부는 아니어도 걱정할 만큼은 알고 있을걸." 프루가 중얼거린다.

"음, 눈치 이상이겠지." 나도 중얼거리며 머릿속으로 플로렌스의 모습을 그려본다. 공사 때문에 난장판이 된 아파트에 웅크리고 앉아 편지를 읽고 있을까? 에드는 그 옆에서 태평하게 잠을 자고?

20

플로렌스의 얼굴은 너무도 단단하고 무표정했다. 그러고 보니, 언젠가 이 식당에서 마주 보고 앉아 돔 트렌치와 그의 심복들을 비난할 때도 이 정도는 아니었다. 그런 표정은 처음이지만 놀랄 일은 아니다. 오히려 그 반대라면 놀랐을 것이다.

내 얼굴은? 거울에 비춰보니 퍼뜩 '작전용 무표정'이라는 표현이 떠올랐다.

식당은 'L' 자 모양이다. 좁은 구역에 바가 있고, 대기용 벤치가 몇 개 놓여 있다. 그 자리에 앉아 12파운드짜리 샴페인을 주문할 수도 있다. 지금의 나처럼. 나는 플로렌스가 나타나기를 기다리고 있다. 그녀를 기다리는 게 나 혼자만은 아니다. 저 성가신 웨이터들. 오늘 웨이터들은 지나치게 열심이다. 사실 홀 지배인도 마찬가지다. 어서 테이블에 앉히려 부산을 떨고, 나 혹은 동행에게 특별히 가리는 음식이나 요구가 있는지 묻는다. 손님께서 예약하신 자리는 아니지만 죄송합니다, 오늘은 창가 좌석이 꽉 차서요. 조용한 모퉁이 자리입니다. 손님 마음에 들면 좋겠군요. 모르긴 몰라도 그 자리가 '퍼시 프라이스의 도청에 최적화된 좌석'이라는 말을 덧붙이고 싶었으리라. 퍼시에 따르면, 주변이 시끄러울 경우엔 창문이 수신 상태를 완전히 망가뜨릴 수 있다.

하지만 아무리 퍼시의 마법사들이라도 혼잡한 주점의 구석구석을 모두 커버할 수는 없다. 홀 지배인의 다음 질문은 직업 특유의 예언적 시제로 흘러나온다.

"그럼, 곧장 테이블로 가서 평화롭고 조용히 아페리티프를 드실까요? 아니면 자리가 날 때까지 기다리시겠습니까? 바가 너무 소란스럽다고 생각하실까요?"

소란스러움이야말로 내가 바라고, 반대로 퍼시의 도청 장치들이 꺼리는 바다. 바에서 기회를 엿보기로 한다. 나는 2인용 플러시 소파를 선택하고 레드 부르고뉴를 큰 잔으로 추가 주문한다. 손님이 무리 지어 들어오지만 퍼시의 수하 같지는 않다. 플로렌스도 그 무리에 휩쓸려 들어왔는지 어느새 내 옆에 앉아 있다. 인사 같은 건 없다. 내가 레드 부르고뉴 잔을 가리키자 그녀가 고개를 젓는다. 나는 물에 얼음과 레몬을 추가해 주문한다. 플로렌스는 정보국 작업복이 아니라 깔끔한 바지 정장 차림이다. 약지에 끼었던 싸구려 은반지는 보이지 않는다. 나로 말하자면 짙은 남색콤비와 회색 플란

넬 셔츠 차림이다. 상의 오른쪽 주머니에는 원통형 립스틱이 들어 있다. 프루가 특별히 좋아하는 일본제인데, 립스틱 하단을 자르면 마이크로필름을 담을 만큼 깊고 넓은 공간이 생긴다. 이번 경우엔 타이핑 용지를 잘라서 내가 직접 글을 썼다.

플로렌스의 태도는 태연을 가장한 쪽이다. 그럴 수밖에. 명목은 점심 초대지만 내 어투가 애매했기에 플로렌스로서도 궁금한 게 있을 것이다. 약혼자의 친구 자격으로 부른 걸까? 아니면 전 직장 상사로? 우리는 가볍게 인사를 나눈다. 플로렌스는 공손하면서도 방어적이다. 나는 목소리를 낮추어 당면한 문제를 꺼낸다.

"첫 번째 질문."

플로렌스는 숨을 들이켜며 고개를 내 쪽으로 기울인다. 어찌나 가까운지 머리카락이 얼굴에 닿을 정도다.

"예, 그 사람하고 결혼하고 싶어요."

"두 번째."

"예, 그 사람한테 그렇게 하라고 했지만 그게 무슨 일인지는 나도 몰랐어요."

"그래도 당신이 부추긴 건 사실이잖소." 내가 넘겨짚는다.

"반유럽 음모를 막기 위해 할 일이 있다고 했어요. 다만 규정 위반이라 문제라고."

"당신 대답은?"

"옳다고 믿는다면 해라. 규정은 개나 주고."

플로렌스는 더 이상의 질문을 무시한 채 곧바로 파고든다.

"금요일이었죠? 그날 집에 와서 울더라고요. 이유는 얘기도 않고. 그래서 내가 그랬죠. 옳다고 믿으면 무슨 일을 했든 괜찮다. 그 사람은 확신한다고 했어요. 난 그럼 됐다고 했고요."

결심을 잊은 듯 그녀가 부르고뉴를 한 모금 들이켠다.

"만일 자기가 지금 누굴 상대하는지 알게 되면?" 내가 찔러본다.

"자수를 하거나 자살을 하겠죠. 듣고 싶은 대답이 이건가요?"

"그냥 정보를 준 거예요."

그녀는 목소리를 높이다가 다시 누그러뜨린다.

"내트, 그 사람은 거짓말 못 해요. 아는 것만이 진실인 사람이라고요. 의지와 상관없이 이중 스파이로서는 무용지물이라는 뜻이죠. 절대 못 해요."

"결혼식 날 계획은?" 내가 다시 묻는다.

"세상 사람들을 죄다 초대했어요. 예식 끝나고 술집에서 보자고. 내트가 지시한 대로 말이죠. 에드는 나보고 미쳤다고 하더군요."

"신혼여행은 어디로 갈 생각이요?"

"안 가요."

"집에 돌아가면 토키의 호텔을 예약해요. 최고급, 신혼부부용 특실로. 이틀. 예약금을 원하면 내고. 자, 이제 핸드백을 열 이유가 생겼으니 어디 봅시다."

플로렌스가 핸드백을 열고 티슈 한 장을 꺼내 눈가를 훔친다. 핸드백은 자연스럽게 우리 사이에 놓인다. 나는 샴페인을 한 모금 마시며 왼손을 뻗어 프루의 립스틱을 그 안에 넣는다.

"테이블에 앉는 순간 우리는 중계방송이 돼요. 테이블에 도청 장치가 있고 레스토랑 전체가 퍼시 부하들로 득실거리니까. 언제나처럼 잔뜩 긴장해야 한다는 뜻이요. 평소보다 더. 알았소?"

플로렌스가 보일 듯 말 듯 고개를 끄덕인다.

"대답해요."

"망할, 알았다고요." 그녀가 으르렁거린다.

지배인이 우리를 기다리고 있다. 우리는 멋진 모퉁이 테이블에 마주 앉는다. 지배인 말로는 전망이 제일 좋은 자리다. 퍼시가 특별히 차밍 스쿨 출신을 보낸 모양이다. 늘 그렇듯 호화로운 메뉴. 나는 전채 요리를 고집하지만 플로렌스가 거절한다. 훈제 연어를 권하자 그제야 좋단다. 메인 코스로는 가자미 요리에 동의한다.

"오, 오늘의 특별 요리를 선택하셨군요, 선생님." 지배인이 감탄했다. 오늘의 요리가 다른 날과 다르기라도 하다는 투다.

내내 나를 외면하던 플로렌스가 마침내 나와 시선을 마주한다.

"나를 왜 불러낸 거죠? 얘기해 줄래요?" 그녀가 나를 노려보며 묻는다.

"얼마든지." 나도 마찬가지로 이를 악물고 대답한다. "당신이 결혼하려는 남자가 누군지 알아요? 러시아 정보기관의 자발적 협조예요. 당신이 몸담았던 정보국이 공식적으로 확인한 사실이지. 물론 당신도 이미 알고 있겠지만."

커튼이 올라가고 무대가 열린다. 나와 프루의 유령이 모스크바의 도청을 위한 즉흥연주를 시작한다.

★★★

헤이븐의 판단에 따르면 플로렌스는 성미가 급하다. 하지만 내가 그런 모습을 본 건 배드민턴 경기장에서뿐이다. 진짜인지 연극인지 묻는다면, 나로서는 둘 다 그녀 자신이라고 말할 것이다. 이를테면 대규모의 즉흥 공연인 셈이다. 예술로서의 애드리브, 자율적이고 가차 없으면서도 영감으로 가득한 즉흥연주.

처음에는 그녀도 입을 다문 채 내 말을 듣는다. 표정은 굳게 잠겨 있다. 나는 에드의 배신을 가리키는 증거가 부인 못 할 정도로 확실하다고 말한다. 영상을 확인해도 좋다고 덧붙이지만 새빨간 거짓말이다. 플로렌스 자신에 대해서도 얘기한다. 정보국을 그만둘 즈음 그녀가 영국 정치 엘리트들을 증오했다고 믿을 만한 증거가 충분하다고. 따라서 조국의 최고 기밀을 러시아에 제공하겠다는 망나니 외톨이와 연을 맺는다고 해서 놀랄 사람은 없다고. 너무도 멍청한 일을 저질렀지만, 그럼에도 불구하고 위에서 나를 보내 플로렌스에게 생명 줄을 제안해 보라고 했다고.

"에드한테 가서 정확하게 전해요. 다 끝났다고. 우리한테는 견고한 증거가 있고, 다들 열 받은 상태요. 에드 소속 기관에서도 피를 원하고. 구원의 길이 열려 있기는 하지만 그것도 전적으로 협조할 의향이 있을 경우에 한해서예요. 협조를 거부한다면 죽을 때까지 교도소에서 살게 될 거요."

나는 지극히 조용한 목소리로 이 모두를 얘기한다. 짐작하겠지만 극적인 상황 같은 건 일어나지 않는다. 훈제 연어가 나오는 바람에 얘기가 잠시 중단된다. 긴 침묵으로 보건대, 플로렌스는 속으로 분노를 키우고 있다. 당연하다. 하지만 지금까지의 분위기상 폭탄이 터질 것 같지는 않다. 그녀는 메시지를 무시한 채 메신저인 나를 향해 전면전을 개시한다.

당신이 뭔데? 기껏 스파이 주제에. 당신이 신의 사자라도 되는 줄 알아? 이 망할 놈의 세상이 당신 거야? 변태 새끼처럼 배드민턴으로 잘생긴 남자들을 홀리고 다녀놓고. 그렇게 에드에게 꼴려 쫓아다니더니, 이제 와서 러시아 스파이로 몰아? 꼴린 놈을 받아주지 않았다고?

플로렌스는 상처 입은 짐승처럼 나를 물어뜯고 찢어발긴다. 자기 남자와 아직 태어나지 않은 아이를 보호하려는 본능이 그렇게나 강하다. 밤새도록 나에 대한 악감정을 하나하나 들춰내며 마음을 벼린 게 분명하다. 그러지 않고서야 이렇게 잘해 낼 리가 없다.

지배인이 나타나 쓸데없는 오지랖을 부리지만 플로렌스는 개의치 않고 비난을 이어간다. 교관 매뉴얼에서 힌트를 얻었는지 전략적 후퇴를 취하기도 한다.

좋아요, 얘기 나온 김에, 에드의 충성심이 비뚤어졌다 쳐요. 진탕 퍼마신 어느 날 밤 러시아 쪽에서 수작을 걸어왔고, 에드가 넘어갔다 치자고요. 죽어도 그럴 사람은 아니지만 어차피 가정이니까. 그렇다고 그 사람이 빌어먹을 이중간첩질을 받아들이겠어요? 그들이 원하면 언제든 구렁텅이에 처박힐 수 있다는 걸 알면서? 어디 입이 있으면 한번 말해보시죠. 정보국에서는 이중 스파이에게 어떤 종류의 보장을 약속하죠? 사자 아가리에 대가리를 처박으려는 요원한테 말이에요.

에드는 거래할 위치가 아니요. 그저 우리를 믿고 결과를 받아들여야지. 내가 대답하는데 마침 가자미 요리가 나온다. 그러지 않았던들 또다시 욕설의 융단폭격을 감당해야 했으리라. 그녀는 대신 짧고 가혹한 징계를 택하지만, 그러면서도 전술적 양보를 고심하는 눈치다.

"그 사람이 내트를 위해 일한다고 가정해 봐요." 목소리도 조금 더 부드러워진다. "그냥 가정이에요. 내가 설득했다고 치자고요. 그런데 그가 실수를 하거나 러시아 쪽에서 눈치를 채면? 그럼 어떻게 되죠? 에드는 끝장이겠죠? 단물 다 빨아먹히고 쓰레기장에 내동댕이쳐지는 거잖아요. 그 사람이 왜 고통을 당해야 하는데요? 구태여? 차라리 당신들한테 엿 먹으라고 하고는 그냥 감옥에 가는 게 낫지 않겠어요? 어느 쪽이 더 나쁠까요? 양쪽에서 꼭두각시처럼 희롱당하다가 뒷골목에 시체로 버려지는 것과, 형량을 채우고 무사히 나오는 것 중에서?"

말인즉슨, 윗선과 상의해 보라는 얘기다.

"그가 얼마나 큰 범죄를 저질렀는지, 그 증거가 얼마나 확실한지에 대해서는 교묘하게 입을 다무는군요." 나는 최대한 단호한 말투로 설득을 이어간다. "그저 당신 추측만 얘기하고 있잖소. 당장 약혼자 목이 날아갈 판에, 우리가 그래도 어떻게든 구해 보겠다고 기회를 주겠다는 거예요. 미안하지만, 지금으로서는 양자택일뿐이오."

아쉽게도 그 말은 가차 없는 비난만을 불러들인다.

"북 치고 장구 치고 혼자 다 하시네요. 아, 법이니 재판이니 운운하는 시간인가요? 인권은? 잘난 부인께서 허구한 날 울부짖는 인권은요? 그건 어디 갔죠?"

플로렌스의 오랜 고민이 이어진 뒤에야 나는 그녀가 나를 위해 마련해 놓은 돌파구를 어렵사리 찾아낸다. 이런 상황에서도 그녀는 적절하게 품위를 지켜낸다. 적어도 겉으로 보기엔 그렇다.

"난 아무것도 인정하지 않았어요, 그렇죠? 단 하나도."

"계속 얘기해 봐요."

"정말 만약인데, 에드가 이렇게 말한다고 쳐요. 그래, 내가 잘못했어. 난 조국을 사랑하니까 협조하겠어. 이중 스파이든 뭐든 책임질 건 져야지. 어쨌든 그렇다면, 그는 사면을 받게 되나요?"

나는 일부러 뜸을 들인다. 책임지지 않을 거라면 약속도 하지 말 것. 브린의 금언이다.

"에드가 공을 세우면 고민해 봐야겠지. 내무부 장관 선에서 받아들인다면 가능성이 없지는 않아요. 사면도."

"그다음은? 설마 공짜로 목을 걸라는 건 아니죠? 나까지? 적어도 위험수당은 있어야 하잖아요."

이 정도면 충분하다. 플로렌스도 할 말 다 했고, 나도 마찬가지다. 이제 막을 내릴 시간이다.

"플로렌스, 우리도 큰맘 먹고 당신을 만난 거요. 우리가 원하는 건 무조건적인 항복이고. 당신과 에드가 항복하면 이쪽에서도 전문가들을 불러 전적으로 지원을 하겠지. 다만 브린은 분명한 대답을 원해요. 지금 당장. 내일은 늦어요. 예, 브린, 할게요. 그게 아니면, 아뇨, 브린, 안 해요. 그러고서 결과를 감내하면 그만이지. 어떻게 할 겁니까?"

"에드하고 결혼부터 할래요. 그 전에는 싫어요." 그녀가 고개도 들지 않은 채 대꾸한다.

"결혼한 다음 그 친구한테 얘기해 보겠다는 뜻인가?"

"예, 그래요."

"그게 언제죠?"

"토키 이후."

"토키?"

"거기서 마흔여덟 시간 내내 죽어라 신혼을 즐길 생각이거든요!" 갑자기 화가 치솟는지 그녀가 버럭 소리를 지른다.

다시 정적. 둘 다 입을 열지 않는다.

"플로렌스, 우린 친구 맞죠? 난 그렇다고 생각하는데."

내가 그녀에게 손을 내민다. 그녀는 여전히 고개를 숙인 채 내 손을 잡는다. 처음에는 머뭇거리다가 마침내 꼭 쥔다. 나는 마음속으로 그녀에게 축하를 건넨다. 마침내 일생일대의 공작을 맡았군.

21

이틀하고도 한나절의 기다림이 마치 100일 같았다. 그 한 순간 한 순간이 빠짐없이 기억난다. 표적이 어긋나기는 했으나 플로렌스의 분노는 삶에서 비롯한 것이었다. 자주는 아니었지만, 내가 당면한 고민에서 벗어날 때면 당시의 혹독한 비난은 언제든 돌아와 내가 지은 죄와 짓지 않은 죄들을 비난하고 나섰다.

연대 선언 이후 프루도 자신의 개입을 두고 조금씩 불안해하는 기색을 보였다. 나와 레니의 관계에 대해서는 별다른 반응이 없었다. 그런 식의 문제들일랑 피치 못할 과거사로 돌린 지 이미 오래다. 자칫 법조계 경력에 해가 갈 수 있다고 경고했을 때 다소 신경질적으로 반응하기는 했다. 걱정은 고맙지만 그 정도는 나도 충분히 알거든. 러시아에 맞설 목적으로 독일에 비밀을 건넬 경우 영국 판사의 관용을 기대할 수 있을지 묻자, 프루는 씁쓸하게 웃으며 판사들 눈에는 독일이 더 나쁠 수 있다고 대꾸했다. 그동안 정보원의 훈련 받은 배우자임을 거부해 오던 프루도 이번만큼은 위장 의무를 효율 적으로 수행해 나갔다. 왜 아니겠는가? 다른 사람도 아닌 프루인데.

변호사로 활동하는 프루는 내내 결혼 전 성인 '스톤웨이'를 사용 했다. 조수를 시켜 렌터카를 예약할 때도 그 이름이었다. 업체에서 면허증 관련 사항을 물으면 차를 받으러 갈 때 얘기하겠다고 할 작 정이었다.

내 요청에 따라, 프루는 두 번 플로렌스에게 전화했다. 처음에는 여자들끼리의 수다로, 토키의 어떤 호텔에서 묵을지 물었다. 프루 가 꽃을 보내고 싶어 했고, 나 또한 에드에게 샴페인 한 병을 보내 기로 했다. 플로렌스는 임페리얼에 섀넌 부부로 예약했다고 말했 다. 프루의 전언에 따르면, 플로렌스는 잘해 내고 있었다. 퍼시의 감 시자들을 위한 서비스 차원에서 초조한 예비 신부 행세도 적절히 해 주었다. 프루는 꽃을 주문했고, 나는 샴페인을 주문했다. 둘 다 온라 인으로 주문했는데 역시 퍼시 팀의 노고에 보답하는 취지였다.

두 번째는 예식 후 댄스파티와 관련해 도울 일이 있는지 묻기 위 한 연락이었다. 프루와 거래 관계에 있는 회관들이 바로 길 아래쪽 에 있다고 했다. 플로렌스는 널따란 사실을 예약했는데, 다른 건 다 괜찮지만 지린내가 난다고 투덜댔다. 프루는 한번 알아보겠다고 했 지만 시기상 취소가 불가능하다는 정도는 둘 다 알고 있었다. 퍼시, 잘 듣고 있어요?

프루의 노트북컴퓨터와 신용카드로 유럽 여러 지역의 비행기 노선을 살펴본 결과, 휴가 성수기의 정기 노선 비즈니스 클래스는 아직 여유가 많다. 우리는 사과나무 그늘 아래 앉아 작전 계획을 재차 확인한다. 중요한 단계를 빼먹은 건 아닐까? 평생 도둑질을 했는데 설마 마지막 담벼락에서 떨어지지는 않겠지? 프루는 아니라고 대꾸한다. 계획을 재검토했지만 오류는 찾지 못했다고. 그러니 쓸데없이 초조해하지 말고, 에드한테 전화해서 점심이나 같이하지 그래? 그거야 들러리 자격만으로도 얼마든지 가능한 일이다. 에드가 플로렌스와 서약을 주고받기까지 스물네 시간이 남아 있었다.

나는 에드에게 전화를 건다.

에드는 반가워한다. 좋아요, 내트! 좋고말고요! 한 시간밖에 여유가 안 난다지만 그거야 두고 볼 일이다. 1시 정각, 도그 앤드 고트 살롱 바 어때요?

도그 앤드 고트, 좋아. 그곳에서 보지. 13시 정각에.

★★★

도그 앤드 고트 살롱 바에 공무원 차림의 무리가 꾸역꾸역 밀려든다. 그도 그럴 것이 다우닝가, 즉 외교부와 재무부에서 불과 500미터도 채 떨어지지 않는 곳이다. 공무원 대다수가 에드 또래다. 그래서인가, 결혼식 전날 인파를 뚫고 다가오는 그를 누구 하나 알은척하지 않는다는 것이 어딘가 부자연스럽게 느껴진다.

아지트 비슷한 분위기는 꿈도 꾸지 못한다. 그나마 에드가 장신을 이용해 팔꿈치를 적절히 휘두른 덕에 바 의자 두 개를 만들어낸다. 나도 전선으로 나아가 라거 생맥주 두 잔을 주문한다. 서리가 앉을 정도는 아니어도 맥주는 충분히 시원하다. 체다와 양파 피클, 파삭파삭한 빵까지 가벼운 점심도 함께 주문한다.

먹을 것을 챙기고 보니 용케 아지트 비슷한 느낌이다. 우리는 소음 속에서 서로 고함을 질러댄다. 바라건대 퍼시의 부하들이 확실하게 도청하기를. 왜냐고? 에드의 말 한 마디 한 마디가 내 곤두선 신경에 향유를 바르는 듯하니 말이다.

"플로는 제정신이 아니에요, 내트! 정말요! 친구들을 몽땅 초대했다니까요. 애들까지 모두! 토키에도 엄청 고급 호텔을 예약했대요. 수영장에 안마실까지 있는 곳이에요! 그거 알아요?"

"뭐?"

"우리 완전히 거덜 났어요, 내트! 파산이라고요! 아파트 내부 공사에 몽땅 쏟아부었다니까요! 맙소사! 결혼식 다음 날 아침부터 세탁 아르바이트라도 해야 할까 봐요!"

에드가 가봐야 할 시간이다. 마침 명령이라도 떨어진 듯 다른 손님들도 썰물처럼 빠져나간다. 우리는 조용한 보도 위에 서 있다. 차량들이 중심가를 꽉 메우고 있다.

"원래는 오늘 밤 총각 파티를 할 생각이었어요. 저랑 내트랑 해서요. 그런데 플로가 찬물을 끼얹더라고요. 남자들의 개수작이라나 뭐라나."

"플로렌스 말이 옳아."

"반지는 일단 돌려받았어요. 아내가 될 때 다시 주겠다고 했죠."

"잘했군."

"잊어버리지 않게 잘 간수해야겠죠."

"내가 보관해 줄까?"

"아니에요. 내트, 그동안의 배드민턴 시합은 정말 끝내줬어요. 최고의 순간들이었죠."

"토키에서 돌아오면 더 자주 보자고."

"죽이네요. 예, 그럼 내일 만나요."

중심가 보도에서는 포옹하지 않는 법이다. 에드는 그러고 싶을지 모르지만. 우리는 대신 양손 악수로 갈음한다. 그가 두 손으로 내 오른손을 잡아 위아래로 힘껏 흔든다.

★★★

시간이 쏜살같다. 벌써 초저녁이라니. 프루는 사과나무에서 돌아와 아이패드를 꺼내고, 나는 생태학 서적을 편다. 임박한 종말에 대한 내용이라며 스테파니가 권한 책이다. 재킷은 의자 등에 걸쳐두었는데, 그러다가 어느 순간 깜빡 잠이 든 모양이다. 어디선가 웅웅거리는 소리가 들려 정신을 차려보니 브린 조던이 건넨 스마트폰이 진동하고 있다. 프루가 먼저 재킷에서 전화기를 꺼내 자기 귀로 가져간다.

"아니, 브린, 그 사람 아내예요. 목소리가 옛날 그대로네요. 어떻게 지내요? 좋네요. 가족은요? 다행이에요. 남편은 자고 있어요. 몸이 좋지 않은가 봐요. 배터시 전체가 요즘 별로예요. 뭐라고 전할까요? 아, 그러면 남편도 기운이 좀 나겠어요. 예, 일어나자마자 전할게요. 예, 브린도요. 아뇨, 아직은 아니지만 상황이 좀 복잡해서요. 가능하면 갈게요. 아찬에게도 고맙다고 전해 주세요. 아, 오일도 써 봤는데 별 효과는 못 봤어요. 예, 잘 자요, 브린. 그곳이 어디든."

프루가 전화를 끊는다.

"축하한다고 전해 달라네. 그리고 코크 스트리트에서 열리는 아찬의 전시회에 꼭 오래. 어차피 어렵겠지만."

★★★

아침, 아침은 언제나 길다. 카를로비바리 언덕 숲에서의 아침, 비에 흠뻑 젖은 요크셔 언덕마루에서의 아침, 그라운드 베타 작전실에 있는 더블 스크린 앞에서의 아침, 헤이븐 프림로즈 힐에서의 아침, 아틀레티쿠스 1번 코트에서의 아침. 나는 차와 오렌지 주스를 가지고 침대로 돌아온다. 우리에게는 최고의 시간이다. 미뤘던 결정을 내리고, 평일에는 어떤 일을 할지, 휴일에는 어디 갈지 상의하는 시간.

오늘은 행사를 위해 어떤 옷을 입을지, 얼마나 재미있을지에 대해 이야기한다. 토키를 제안하다니, 신의 한수였어. 그 아이들은 절대 그런 결정 못 내려. '그 아이들'이란 우리가 에드와 플로렌스를 지칭하는 대명사가 되어 있다. 그러다 대화가 과거 모스크바 시절로 돌아간다. 이유는? 퍼시 프라이스 때문이다. 침대 옆에 전화선이 있을 때 우정은 휴지통 쓰레기나 마찬가지인 인간.

전날 오후까지만 해도 예식은 1층에서 치르겠거니 생각했다. 그러다 도그 앤드 고트에서 돌아오는 길에야 그게 아님을 깨달았다. 목표 지역에 대한 사진정찰을 수행하던 중, 에드와 플로렌스가 선택한 등기소가 5층에 있다는 사실을 알게 된 것이다. 시간이 촉박한데도 예약이 가능했던 이유가 그거였다. 접수 데스크에 이르려면 차가운 돌계단을 여덟 번이나 돌아 오르고, 거기서 다시 층계참 하나를 더 올라가야 동굴 같은 대기실에 들어갈 수 있다. 대기실은 무대 없는 극장처럼 생겼다. 감미로운 음악이 들리고, 사람들은 플러시 의자에 앉아 초조해하며 기다리고 있었다. 제일 안쪽 번들거리는 문에는 "예식 전용" 푯말이 걸려 있었다. 허접한 승강기가 하나 있기는 했으나 그마저 장애인 전용이었다.

정찰 중에 알아낸 사실이 하나 더 있다. 3층은 공인회계사 사무실로 임대되어 있는데, 그 위의 베니치아풍 육교가 거리 맞은편 건물로 이어졌다. 기막히게도 그 끝에는 등대 비슷한 계단통이 있어서 지하 주차장까지 이동이 가능했다. 주차장에서 올라오는 길은 누구나 이용할 수 있지만, 3층 육교를 건너는 건 해당 건물의 입주자들만 가능하다. "일반인 출입 금지"라고 적힌 표지가 전자 문 두 개에 걸쳐 걸려 있었다. 공인회계사의 황동 푯말에는 여섯 명의 이름이 적혀 있는데, 제일 위에 적힌 이름은 M. 베일리였다.

　다음 날 아침, 프루와 나는 조용히 옷을 입는다.

★★★

　지금부터 특수작전 수준으로 상황 보고를 할 참이다. 오전 11시 15분, 계획적으로 조금 일찍 도착한다. 우리는 돌계단을 올라가다가 먼저 3층에 들른다. 내가 공인회계사 사무실의 여성 접수원에게 얘기를 거는 동안 프루는 꽃무늬 모자를 쓴 채 미소를 짓고 있다. 아뇨, 금요일은 일찍 문 안 닫아요. 내 질문에 접수원이 대답한다. 베일리 씨의 오랜 고객이라고 하자, 여자는 베일리 씨는 오전 내내 미팅이 있다고 알려준다. 나는 그 친구 옛 동창이고, 친구를 귀찮게 할 생각은 없으니 내주에 다시 예약하겠다고 말한다. 명함도 한 장 건넨다. 지난 작전에서 남은 명함이다. 무역 참사관, 탈린 영국 대사관 소속. 난 접수원이 읽을 때까지 기다린다.

　"탈린이 어디죠?" 그녀가 가볍게 묻는다.

　"에스토니아요."

　"에스토니아는 어디 있는데요?" 키득키득.

　"발트해, 라트비아 북쪽이에요." 내가 대답한다.

　발트해가 어디인지 묻지 않지만 키득거리는 웃음소리로 보아 목적은 충분히 달성했다. 위장 신분을 날리기는 했어도 누가 신경이나 쓰겠는가? 우리는 동굴 대기실까지 두 개 층을 더 올라가 입구

가까이에 진지를 구축한다. 녹색 군복 차림에 소장 견장을 단 뚱보 여성이 예비부부들을 줄 세우고 있다. 결혼식이 끝날 때마다 대형 스피커에서 종소리가 울리고, 그 신호에 맞추어 입구에서 제일 가까운 그룹이 안으로 끌려 들어간다. 문이 닫히면 15분 후 어김없이 다시 종소리가 들린다.

11시 51분, 플로렌스와 에드가 팔짱을 끼고 등장한다. 둘은 흡사 주택금융조합 광고 속의 모습 같다. 에드는 회색 정장을 맞춰 입었으나, 평소 입던 옷만큼이나 어울리지 않는다. 플로렌스는 바지 정장 차림이다. 수천 년 전 어느 청명한 봄날, 유망한 정보 요원 자격으로 정보국 늙은이들 앞에서 로즈버드를 설명할 때 입었던 옷이다. 품에 안은 붉은 장미 한 다발은 아마 에드가 사준 것이리라.

우리는 서로 인사하며 볼 키스를 나눈다. 프루가 플로렌스와 에드에게 차례로, 이어 내가 들러리 자격으로 플로렌스의 뺨에 입을 맞춘다. 우리의 첫 키스인 셈이다.

"마침내 강을 건너는군요." 내가 그녀의 귀에 대고 장난스럽게 말한다.

우리가 떨어지자 에드가 긴 팔로 나를 어정쩡하게 끌어안는다. 전에도 이런 적이 있었나? 나를 번쩍 들어 올리는데, 힘이 어찌나 좋은지 질식할 지경이다. 우리의 가슴이 맞닿는다.

"프루, 이분이 배드민턴 실력은 형편없지만, 그것만 빼면 꽤 괜찮습니다."

에드가 나를 내려놓고 숨을 몰아쉬며 웃는다. 잔뜩 들뜬 표정이다. 늦게 등장한 손님들의 얼굴과 태도와 면면을 보아하니 아무래도 이 예식의 증인은 프루 말고도 더 있겠다 싶다.

"에드워드-플로렌스 팀 어딨죠? 에드워드-플로렌스 팀, 이쪽으로! 고맙습니다. 이쪽이에요. 예, 들어가시면 됩니다."

녹색 군복 소장이 우리를 인도한다.

"이봐요, 내트. 나 깜빡하고 반지를 안 가져왔어요." 에드가 머쓱하게 웃는다.

"잘한다. 정신 나갔군." 내 대꾸에 그가 어깨를 슬쩍 떠민다. 농담이에요, 농담.

일제 립스틱은 열어봤겠지? 쪽지에 적힌 주소도 확인했을까? 구글 어스에서 찾아봤을까? 트란실바니아 알프스 산중 오지에 노년의 카탈로니아 부부가 운영하는 게스트 하우스가 있다는 사실도 알아냈을까? 둘 다 과거 내 요원이었다는 사실은? 아니, 그럴 리 없다. 플로렌스는 똑똑한 여성이라 역감시까지 꿰뚫고 있다. 하지만 적어도 내가 동봉한 쪽지는 읽었을 것이다. 전통에 따라 두루마리식 타이핑 용지에 적은 쪽지. 친애하는 파울리와 프란세스크, 이 멋진 부부를 위해 최선을 다해 줘요, 애덤.

등기소 직원은 친절하면서도 직분에 맞게 엄격하다. 머리는 풍성한 금발. 먹고살기 위해 결혼 생활을 유지하는 사람이다. 그 정도는 억눌린 말투만으로도 짐작이 가능하다. 퇴근해 집에 돌아가면 남편이 이렇게 묻겠지. "오늘은 몇 명이야?" 그럼 그녀는 대답한다. "쉴새 없었어, 테드." 남편 이름이 테드인지 조지인지는 모르겠다. 아무튼 그런 다음엔 둘이 나란히 앉아 텔레비전을 본다.

예식이 정점에 이르렀다. 경험으로 보건대 신부는 두 종류가 있다. 잘 들리지 않을 정도로 목소리가 작은 신부, 세상이 다 듣도록 큰 소리로 서약하는 신부. 플로렌스는 후자다. 에드도 그녀의 신호를 받아 불쑥 서약을 마친다. 에드는 플로렌스의 손을 잡은 채 내내 얼굴을 들여다보고 있다.

잠깐만요.

직원이 살짝 짜증을 내며 문 위에 걸린 시계를 올려다본다. 에드는 허둥댄다. 새 정장의 어느 주머니에 반지를 넣었는지 잊은 것이다. "망할." 그가 투덜대자 등기소 직원이 이해한다는 듯 미소를 짓는다. 찾았다! 바지 오른쪽 주머니. 배드민턴 시합에서 나를 흠씬 두들겨대는 동안 로커 열쇠를 넣어두던 바로 그 주머니. 잘났어, 정말.

통로는 양쪽으로 열려 있다. 우리는 계단을 따라 3층으로 내려간다. 다들 뛰다시피 하는데 플로렌스가 조금 뒤로 처진다. 마음이 바뀐 걸까? 공인회계사 접수원이 우리를 보고 씩 웃는다.

"찾아봤어요. 붉은 지붕이 많더군요. 탈린요." 그녀가 자랑스럽게 말한다.

"그렇죠. 아, 베일리 씨가 육교를 이용해도 좋다고 해서요." 내가 말한다.

"예, 얼마든지요." 그녀가 노래를 흥얼거리며 옆의 노란 버튼을 누른다. 전자 문이 부르르 떨더니 천천히 열렸다가 우리가 나가자 바로 닫힌다.

"어디로 가는 거죠?" 에드가 묻는다.

"지름길이에요." 프루가 대답한다. 우리는 빠른 걸음으로 베네치아풍 육교를 지나간다. 프루가 선두에 서 있다. 발아래로 자동차들이 질주한다.

우리는 등대 같은 계단통을 뛰다시피 내려간다. 한 번에 두 계단씩. 에드와 플로렌스는 나보다 층계참 하나 뒤에 있고 프루가 후미를 지킨다. 지하 주차장에 들어가면서도 난 여전히 불안함을 느낀다. 퍼시의 부하들이 뒤쫓고 있을까? 아니면 줄곧 따라오는 저 소리는 그저 우리 발소리의 울림일까? 렌터카는 검은색 폭스바겐 골프, 하이브리드 차량이다. 프루가 한 시간 전에 이곳에 주차해 두었다. 그녀가 문을 열고 운전석에 앉는다. 내가 뒷문을 열고 신랑과 신부를 태운다.

"어서요, 에드, 깜짝 이벤트예요." 프루가 재치 있게 한마디 던진다.

에드는 불안한지 플로렌스를 바라본다. 플로렌스가 먼저 뒷자리에 올라타 빈 옆자리를 툭툭 두드린다.

에드도 올라탄다. 나는 조수석에 앉는다. 에드는 다리가 긴 탓에 옆으로 비스듬히 앉는다. 프루가 잠금장치를 누르고 재빨리 출구로 나가며 기계에 주차 티켓을 밀어 넣는다. 차단봉이 위로 치솟는다. 사이드미러는 아직 깨끗하다. 차도, 오토바이도 보이지 않는다. 하지만 퍼시의 부하가 에드의 구두나 정장 어디엔가 도청 장치를 심었다면 아무 의미도 없다.

프루가 위성항법 시스템에 런던 시티 공항을 입력해 둔 탓에 결국 목적지는 드러난 셈이다. 망할, 그 생각을 못 했군. 아니, 안 한 거겠지. 플로렌스와 에드는 서로를 애무하느라 정신이 없지만, 마침내 에드가 내비게이션을 확인하고 플로렌스를 바라본다.

"어디 가는 거야?" 아무도 대답하지 않는다. "무슨 일이야, 플로? 말해 줘. 장난치지 말고. 재미없어."

"외국으로 갈 거야." 플로렌스가 대답한다.

"말도 안 돼! 짐도 없이? 술집에 초대한 사람들은 다 어쩌고? 여권도 없는데! 다들 미쳤어?"

"여권은 있고, 짐은 나중에 올 거야. 부족한 건 거기서 사면 되고."

"무슨 돈으로?"

"내트와 프루가 돈을 좀 줬어."

"왜?"

모두 입을 굳게 닫는다. 프루는 내 옆에서, 에드와 플로렌스는 룸미러에서. 둘은 이제 멀찍이 떨어져 앉아 서로를 바라보고 있다.

"들켰으니까." 마침내 플로렌스가 대답한다.

"들키다니?" 에드가 되묻는다.

다시 정적이 이어진다.

"자기 양심이 자기한테 어떤 일을 시켰는지 다들 알아. 증거를 잡고 크게 화가 났어."

"화가 나? 누가?" 에드가 다시 묻는다.

"자기네 기관 그리고 내트의 정보국."

"내트의 정보국? 내트한테 무슨 정보국이야? 내트는 그냥 내트라고."

"자기네 자매기관, 내트는 그곳 소속이야. 내트 잘못은 아니야. 그래서 자기랑 나는 내트와 프루의 도움을 받아 잠시 외국으로 피신해야 해. 안 그러면 우리 둘 다 감옥행이야."

"내트, 정말 정보국 소속이에요?" 에드가 묻는다.

"유감스럽지만 사실이야, 에드." 내가 대답한다.

★★★

저녁시간이 꿈결처럼 찾아온다. 작전은 성공했다. 그보다 더 달콤한 탈출이 또 어디 있겠는가. 전성기에 몇 번 감행해 봤으나 정말로 조국을 빠져나간 적은 한 번도 없었다. 마지막 순간, 프루가 신용카드로 빈행 비즈니스 클래스 티켓을 끊을 때도 소동은 일어나지 않았다. 탑승 수속을 밟는 중에 우리 이름을 부르는 사람도 없었다. 프루와 내가 출발 게이트 너머 보안 구역에 선 두 사람에게 손을 흔들 때도 "잠시 실례하겠습니다" 같은 위협은 없었다. 두 사람은 우리에게 손을 흔들어주지 않았다. 뭐, 결혼한 지 채 두 시간도 안 된 커플 아닌가.

플로렌스가 내 정체를 밝힌 순간부터 에드는 한 마디도 하지 않았다. 잘 있으라는 인사도 없었다. 그나마 프루한테는 유감이 없는지 "잘 있어요, 프루"라고 중얼거렸고, 심지어 뺨에 입을 맞추기까지 했다. 하지만 내 차례가 되자 커다란 안경 너머로 잠시 바라보기만 하더니, 괜한 짓을 했다는 듯 얼른 시선을 돌려버렸다. 나도 꽤 괜찮은 인간이라고 말해주고 싶었지만, 그러기엔 이미 때가 늦었다.

옮긴이 조영학

소설 전문 번역가. 《더 레이븐》, 《윈터 킹》, 《에너미 오브 갓》, 《엑스칼리버》, 《임페리움》, 《루스트룸》, 《이니그마》, 《아크엔젤》, 《고스트라이터》, 《숨은 강》, 《링컨 차를 타는 변호사》, 《히스토리언》, 《나는 전설이다》, 《스켈레톤 크루》 등 60여 편이 있다.

에이전트 러너

1판 1쇄 인쇄 2021년 8월 20일
1판 1쇄 발행 2021년 8월 27일

지은이 존 르 카레
옮긴이 조영학

발행인 양원석 **편집장** 김건희
디자인 정세화, 김미선 **영업마케팅** 조아라, 신예은, 이지원, 구채원

펴낸 곳 ㈜알에이치코리아
주소 서울시 금천구 가산디지털2로 53, 20층 (가산동, 한라시그마밸리)
편집문의 02-6443-8902 **도서문의** 02-6443-8800
홈페이지 http://rhk.co.kr
등록 2004년 1월 15일 제2-3726호

ISBN 978-89-255-7965-8 (03840)